절대적인
몇 가지

절대적인 몇 가지

지은이	한승희
펴낸이	박대일
펴낸곳	파란미디어
편집	임수진
교정	고나리
디자인	office d.e.n
주소	서울시 마포구 합정동 387-18 현화빌딩 B1층
전화	3141-5589 (FAX) 3141-5590
출판등록	2004년 9월 14일 제 313-2004-00214호
초판인쇄	2009년 2월 1일
초판발행	2009년 2월 5일
ISBN	978-89-91396-98-2(03810)
E-mail	paranbook@korea.com
Blog	paranbook.egloos.com

한 승 희 장 편 소 설

절대적인
몇가지

파란

Prologue

남자에 관해서라면 대한민국에서 둘째가라면 서럽다고 자부하는 김미옥 여사 가라사대, 자고로 세상에는 두 종류의 남자가 있느니 이름하여 소장용과 관상용이다. 소장용을 만나면 몸이 편하고 관상용을 만나면 눈이 즐겁다. 두 부류 모두 나름대로 여자에게는 썩 바람직한 존재이나 절대로 그 둘을 섞거나 용도를 혼동해서는 안 된다.

물론 김미옥 여사는 나름의 확고한 지론대로 관상용과 소장용을 적당히 섞어가며 인생을 즐긴다. 여기서 소장용이란 만나는 시간에 비례해서 소장품이 늘어날 수 있는 남자를 의미한다. 소장용을 만날 때면 손가락마다 반짝이는 새 반지를 바꿔 끼는 걸로 삶을 만끽한다면, 관상용을 만날 땐 느릿해진 걸음걸이와 반쯤은 안개에 덮인 눈으로 삶의 보람을 찾는다.

한편 남편 잘 만나 한평생 손에 물 한 방울 안 묻히고 팔자 편하게 살았다며 언니 김미옥 여사의 수가 틀릴 때마다 눈총을 받곤 하는 김영옥 여사는, 모름지기 여자란 적당히 교묘하게 남자를 이용할 줄 알아야 한다고 기회가 닿을 때마다 충고하곤 한다.

객관적으로 봤을 때 스스로의 이론에 가장 부합하는 인생을 살고 있는지라 설득력 또한 월등한 김영옥 여사의 논리에 따르면, 남자란 세상에서 가장 단순한 창조물이란다. 요컨대 어떤 식으로 교육시키느냐에 따라 사는 모양새가 천양지차라는 것. 물론 학습 능력에 따라 교육의 결과는 천차만별이지만 여러모로 우수한 유전인자를 물려받은 녀석으로 잘 골라잡기만 한다면 가장 경제적인 인생을 살 수 있다고 했다.

마지막으로, 열일곱 겨울방학에 같은 반 남자 애와 과감하게 동반 가출을 감행, 종내 무소식이다가 이듬해 핏덩이를 안고 컴백 홈을 한 김이진 양은 남자에 대해 이렇게 말한다. '남자는 함께 있으면 즐겁다. 하지만 그뿐이다. 침대를 데우는 용도로는 그 어떤 것보다 훌륭하지만 그 외의 용도로 쓰려고들면 골치만 아프고 결국 나처럼 인생이 복잡해진다.'

글쎄, 채 스무 살도 안 된 그녀인지라 이 이론이 가설이 아닌 정설로 인정받기 위해서는 앞으로 시간이 더 필요하다 하겠다.

자, 그렇다면 어렸을 때부터 남자에 대해 이렇듯 사뭇 다른 이론을 듣곤 했던 나는 어떤가. 안타깝게도 실전을 방불케 했던 다양한 간접 체험은 실습에 대한 흥미를 잃게 했다.

한때 제법 잘나가는 모델과 죽네 사네 하던 김미옥 여사가 언제나처럼 콩깍지를 쓴 채 달랑 트렁크 하나 들고 집을 나간 지 한 달쯤 된 어느 날 저녁 퉁퉁 부은 눈으로 집으로 돌아왔을 때, 또 아침저녁으로 가계부 검사하는 쫀쫀한 남자와는 도저히 못 살겠다며 김영옥 여사가 커다란 트렁크 들고 식전 댓바람부터 현관문을 두드렸을 때−물론 하루 만에 돌아가긴 했지만−, 고등학생 주제에 엄마처럼 이 남자 저 남자 전전하지 않고 운명의 상대를 만나 행복한 가정을 꾸리겠다는 야심에 불타 가출을 시도했던 김이진 양이 비쩍 말라 눈만 남은 얼굴로 한 손에는 트렁크를 다른 손에는 빽빽 울어대는 아이를 안고 들어섰을 때.

최소의 건수로 최대의 충격을 안겨주었던 김이진 양을 제외한 김미옥 여사와 김영옥 여사의 실전 교육은 오랜 시간에 걸쳐 퍽이나 버라이어티했다. 그 결과, 중학교에 입학할 무렵 난 벌써 남자란 여자에게 그다지 쓸모 있는 존재가 아니라는 결론을 내렸다. 그리고 해가 거듭될수록 결심은 더욱 확고해져만 간다.

물론 이 사실은 일급비밀이다. 쉰을 가뿐히 넘긴 나이에도 길게 붙인 속눈썹을 파닥거리며 기대감에 빛나는 눈동자로 데이트를 나가는 김미옥 여사나, 요즘 들어 주변의 처녀들에게 자신의 이론을 설파하는데 전력을 기울이는 김영옥 여사가 알았다가는 그 성화를 어찌 감당해야 할지 도통 엄두가 나지 않기 때문이다.

다만 한 번도 해보지 못한 연애에 대해서는 어쩔 수 없는 미련이 남는다. 누구처럼 소장용, 관상용으로 골라잡아서 즐길 주제는 못 되지만 나도 혈관에 더운 피가 도는 인간이니 말이다.

맹세하건대 서른이 되기 전에 꼭 한 번은 제대로 된 연애를 할 작정이다.

뼈마디가 녹아내리고 피가 끓는 뜨거운 연애. 아직까지는 미정인 상대를 머릿속에 떠올리기만 해도 온몸이 자근자근한, 누가 뭐래도 제대로 된 불같은 연애.

그렇지만 나, 김시정이 누군가. 제아무리 마음에 든 인간이라도─김미옥 여사와 김이진을 제외한 세상의 그 누구라도─내가 가진 전부는 절대 꺼내주지 않는다는 것을 최우선 신조로 삼고 사는 인간 아닌가. 이는 연애도 마찬가지. 설령 남자에 눈이 뒤집혀 온 세상이 거꾸로 보일지라도 절대 예외일 수는 없다. 그러니 연애에도 나름의 규칙을 세우는 건 당연한 일. 훗!

김시정이 연애를 할 때 명심해야 할 절대적인 몇 가지

✳ 연애 상대는 절대 평생의 운명이 아니다

김시정의 인생에서 평생의 운명이란, 죽음이 아니고는 절대 떼놓을 수 없는 인간들을 가리키는 말이다. 이미 연애의 달인인 김미옥 여사와 어디로 튈지 모르는 사고뭉치 김이진이 있으니, '운명'이란 이름을 붙일 인간은 이로써 족하다. 물론 더 늘릴 생각은 추호도 없다.

✳ 연애의 끝이 해피엔딩이라는 착각을 일찌감치 던져버리자

내가 원하는 건 단지 발끝을 찌릿찌릿하게 해줄 연애일 뿐이다. 그 이상도 그 이하도 아님을 명심하자.

✳ 연애는 모름지기 즐겁고 행복해야 하는 법

즐거움과 짜릿함을 위해 시작한 연애에서 상처 따위 절대 받지 말자. 삶은 씁쓸하지만 연애만큼은 반드시 즐거워야 한다.

1

으으.

　딱히 정체를 밝힐 수는 없지만 올 때마다 비위를 상하게 하는 비릿한 냄새가 떠도는 경찰서 복도를 걸으며 진휘는 으드득 이를 갈았다. 헬멧 미착용이라며 바이크를 세운 전경에게 다짜고짜 주먹을 휘둘러 유치장에 들어가 있는 걸 빼준 게 일주일 전이다. 설상가상 술까지 마셨던 터라 해결하는 데 얼마나 애를 먹었는가 말이다.

　낯이 익니 못해 이젠 친숙하기까지 한 복도를 지나 문을 열고 들어서자 그를 발견하고 주춤거리며 일어서는 박 형사가 보였다. 지난 몇 년 동안 은휘 녀석 때문에 쉴 새 없이 들락거리면서 어느새 이숙해진 얼굴이다. 경험만큼 좋은 스승도 없다는 말처럼 가까이 다가가 묻기도 전에 사건의 전말을 풀어놓는 박 형사 또한 익숙한 솜씨다.

　"술집에서 싸움이 벌어졌다는 신고를 받고 출동했더니 은휘 씨가 있어서요. 지난주 일도 있고 해서 대충 조용히 넘어가려고 했는데 미성년자가 끼어 있는 데다 기물 파손 정도도 심해서……."

"어디 있습니까?"

말이 끊긴 것이 기분 나쁘기도 하련만 어지간히 무던한 성격의 그는 중학교 신입생처럼 짧게 쳐 올린 머리를 쓱쓱 긁으며 한구석을 가리켰다.

"저쪽입니다."

고개를 돌려보니 너덜거리는 옷을 걸친 채 찌그러져 앉아 있는 녀석들 몇이 눈에 들어왔다.

병원 복도처럼 비좁은 통로를 사이에 두고 긴 나무 의자가 마주보고 놓여 있었다. 한쪽 의자에 은휘와 그 패거리가 앉아 있는 걸 보니 맞은편에 앉은 녀석들이 한판 떴던 놈들일 것이다. 저쪽에는 여자 애도 하나 끼어 있는데 겉으로만 봐서는 그들 중 누가 미성년자인지 도통 알 수가 없었다.

눈살을 찌푸리며 다가가는 것을 알아차리기라도 한 듯 갑자기 은휘 녀석이 고개를 들었다. 박 형사가 전화를 해 불러낼 정도라면 제법 큰 판이겠구나 싶었는데, 아니나 다를까 눈언저리며 입가 여러 곳에 제법 야무지게 피멍이 맺혀 있었다.

굳은 얼굴로 다가오는 진휘를 발견한 은휘 녀석은 에이 씨, 하는 표정을 짓더니 곧장 고개를 돌려버렸다.

"형님 오셨습니까."

조무래기들이 재빠르게 일어나 90도로 허리를 꺾어 꾸벅 인사를 했다. 모르는 사람이 보면 조폭 애들이라고 오해하기 쉬운 바로 그 인사였다. 중학교 때부터 은휘와 함께 허구한 날 사고만 치고 다니던 패거리다. 그리고 은휘에게 일이 생길 때마다 절대로 빠지지 않는 녀석들이기도 했다.

"이번에는 또 뭐냐?"

다른 녀석들과 달리 형을 본 순간부터 외면으로 일관하고 있는 은휘에게로 다가가 신발 끝을 툭 치며 물었다.

"아이 씨, 보면 몰라?"

귀찮다는 듯 툭 내뱉는 말에도 더 이상 놀라거나 마음이 상하지 않는 걸 보면 녀석의 뒤치다꺼리에 이골이 난 게 틀림없다.

무슨 일을 저질렀든 녀석은 항상 당당했다. 붙잡혀 있는 곳이 경찰서 대기실이건 유치장이건, 채무자의 집 안방에 이죽거리고 들어가 홀러덩 웃통 벗고 드러눕는 사채업자 같은 얼굴을 하고 콧방귀 한 방이면 끝이었다.

가끔은 단지 형이라는 이유로 뒷일을 수습하려 이리 뛰고 저리 뛰는 자신이 오히려 비굴하게 느껴질 정도이니.

"이게 다 저 계집애 때문이에요, 형님."

은휘의 옆에 있던 문수 녀석이 반짝 고개를 들더니 억울하다는 얼굴을 했다.

휘이익.

문수의 턱짓에 따라 고개를 돌린 진휘는 하마터면 채신없이 그 자리에서 휘파람을 불 뻔했다. 짧은 스커트 아래 미끈하게 뻗은 두 다리, 약간 넘친다 싶을 정도의 볼륨감을 자랑하는 가슴과 잘록한 허리선은 자리보전하고 누워 오늘내일하는 구순의 노인도 벌떡 일어나게 만들 정도로 섹시했다. 작정하고 나서면 어떤 녀석이라도 그 앞에서 거품 물고 쓰러지겠다 싶을 정도였다. 다른 건 몰라도 몸매 하나만큼은 10 점 만점에 10점을 다 주어도 아깝지 않았다.

진휘의 감탄과는 상관없이 씩씩거리는 문수의 말은 계속 이어졌다.

"생긴 게 곱상해서 좀 놀자고 했더니 저 계집애가 대뜸 바짓가랑이에 술을 들이붓잖아요."

"미친놈, 지 손버릇 더럽다는 소리는 죽어도 안 하는 거 봐."

잠자코 문수의 이야기를 듣고 있던 여자 애가 모양 좋게 빠진 턱을 추켜들고는 같잖다는 조로 빈정거렸다. 얼굴이 곤죽이 된 채로 나란히 앉아 있던 녀석들은 문수의 말을 듣고도 눈만 부라릴 뿐 대거리를 못 하는데 혼자서 톡 불거져 나서는 걸 보니 여간내기가 아닌 듯 보였다. 다른 곳도 아니고 경찰서에서 우글우글한 사내 녀석들 사이에 끼어 앉아 있으면서도 주눅은커녕 눈빛까지 제법 또랑또랑한 것이 보통은 넘어 보였다.

"어유! 저거 아직 민증에 피도 안 마른 게."

금방이라도 달려들 듯 눈을 부라리는 문수를 향해 여자 애의 빈정거림은 계속 이어졌다.

"지금까지 찍소리도 못하고 처박혀 있던 주제에 빽 하나 왔다 싶으니까 앙앙거리며 꼬치꼬치 일러바치기는. 것도 뻥을 있는 대로 쳐서. 하긴 그 따위로 쫀쫀하게 생겨 처먹었으니까 하는 꼬락서니도 딱 그 모양으로 껄떡대지. 야, 니 다리 사이에 달린 그거 차라리 떼서 이리 던져라. 꼬마 소시지 대신 우리 집 강아지 간식으로 주게. 보아하니 사이즈도 얼추 비슷하겠다, 야."

한쪽 눈을 지그시 감고 새끼손가락을 들어 크기를 가늠해 보는 척을 하는데 순간 어느 쪽이랄 것도 없이 웃음이 터져 나왔다. 처음 짐작대로 보통내기가 아니었던 것이다. 문수 녀석은 붉으락푸르락 화가 나 어찌할 바를 모르며 발까지 동동 구르며 씩씩댔지만, 이미 대세는 넘어간 뒤였다.

"으유, 저 재수 없는 계집애."

"니 재수도 만만치는 않아."

갓난아기 머리보다 더 큰 주먹을 치켜들어 보이며 을러도 뉘 집 개가 짖느냐, 하는 얼굴로 꼬고 앉은 다리의 방향을 바꿔 앉으며 코웃음만 칠 뿐이었다.

오가는 대화를 들으니 문수 녀석이 여자 애한테 치근거린 것이 빌미가 되어 그쪽 일행과 싸움이 붙었던 모양이다. 평소에도 손버릇 나쁘기로 이름 난 녀석인데 잘빠진 애를 보고 그냥 있었을 리가 없다. 분명히 치근대며 여기저기 주물럭거리고 더듬으려 들었겠지. 안 봐도 알 만했다.

"저걸 그냥 확! 너 여기서 나가면 밤길 조심해라."

"왜애? 아예 집 밖으로 얼씬도 하지 말라고 그러지."

넝시기 신만 한 녀석이 협박 비슷한 말로 을러대는데도 콧방귀 한 번 뀌고는 그만이었다.

"너 뭐야?"

갑자기 들려오는 앙칼진 소리에 진휘는 고개를 돌렸다. 청바지에 흰 셔츠, 긴 머리를 틀어 올려 묶은 여자가 잔뜩 독이 오른 얼굴이 되어 만점짜리 여자애를 노려보고 있었다. 갸름한 얼굴과 아기자기한 이

목구비만 보자면 청순가련형에 가깝지만 목소리로 미루어 판단하건대 공주과는 절대 아니었다.

그를 더욱 놀라게 한 것은 만점짜리 여자 아이였다. 조금 전까지 한 마디도 안 지고 바득바득 대들던 기세는 순식간에 사라지고 단박에 곤란하다는 얼굴이 되어 고개를 떨어뜨리는 것이다.

"이런 씨이."

"뭐어? 이런 씨이?"

체구에 어울리지 않은 가랑가랑한 목소리가 결코 작지 않은 조사실 안에 쩽 하고 퍼져 나갔다. 잠시, 그러니까 적어도 2, 3초쯤 사람들의 시선이 그녀에게 집중되었다. 다른 건 몰라도 목소리만큼은 누구와 겨루어도 절대 질 것 같지 않았다. 욕 같지도 않은 한마디에 그렇지 않아도 큰 눈을 더 동그랗게 뜨더니 그대로 다가가더니 동그란 머리통을 야무지게 쥐어박는 것으로 보아 성질도 한 가닥 하는 게 분명했다.

"아 씨, 쪽팔려! 언니이!"

새된 소리로 내지르는 말은 귓등으로 넘기고 기어이 한 대 더 쥐어박고야 뒤로 물러섰다. 언니의 성격을 잘 알고 있을 여자 애도 더 이상은 소리 지르거나 반항하지 않고 붉어진 얼굴로 아랫입술만 꼭 깨물고 있었다. 벌써부터 이쪽의 녀석들이 키득거리고 있으니 창피하기도 할 터였다.

"쪽팔리는 거 아는 애가 이런 데서 저런 생기다 만 녀석들하고 사이 좋게 얼굴 마주 보고 앉아 있니?"

그러면서 동생 옆의 일행과 은휘들 쪽을 앙칼지게 노려보는 눈빛이 꽤나 살벌했다.

절망적인 몇 가지 15

"저 이모 좀 무서우신 듯."

"귀여운 누님이 눈빛은 장난 아니신데."

그 눈빛에 은휘 패거리들이 서서히 웅성거리기 시작했다. 그다지 크지 않은 체구였지만 뿜어져 나오는 기가 장난 아니었다. 오가는 말로 봐서는 자매 사이가 분명한데 닮은 구석을 찾기는 어려웠다.

일단 척 보기에도 동생처럼 만점짜리 몸매는 아니었다. 동생이 훤칠한 키에 기다란 팔다리를 가진 서구적인 스타일이라면 언니 쪽은 좀 더 아담하고 아기자기한 생김새였다. 처음 여자를 볼 때면 늘 그렇듯 진휘의 눈이 얼굴과 목을 지나 가슴을 훑고 주욱 내려갔다. 뭔가를 집어넣은 것이 아니라면 꽤나 바람직한 크기와 모양이었다. 기꺼이 평균보다 후한 점수를 줄 의향이 있다. 만족한 느낌으로 좀 더 아래로 서서히 훑어 내리던 그의 시야 한쪽에 자그마한 뭔가가 들어왔다. 그의 주먹보다 조금 더 작아 보이는 노란색의 저것은⋯⋯.

순식간에 화들짝 놀란 진휘의 눈이 거의 빛과 맞먹는 속도로 여자의 얼굴로 향했다.

오호라, 그러니까 아기 엄마셨군.

사람들로 복닥거리는 경찰서 한복판에서 피의자 신분으로 앉아 있는 동생 뒤치다꺼리를 하는 건 아무나 할 수 있는 일이 아니다. 아내가 애를 낳은 다음부터는 무서운 것도 창피한 것도 모르더라며 고개를 설레설레 젓던 유부남 친구 녀석의 말이 문득 떠올랐다.

그런데 이상하게도 힘에 부친 듯 이마에 땀이 송송 맺힌 채로 옆구리에 낀 아이를 연신 추켜올리는 그녀의 모습이 자꾸 눈에 거슬렸다. 실로 오랜만에 기지개를 켜기 시작하는 심장의 움직임도.

"애는 왜 데려왔어?"

천하에 무서울 것이 없어 보이는 왈가닥도 조카 걱정은 되는 모양이었다. 그런데 그 말이 더욱 언니의 비위를 상하게 하리라는 건 몰랐을까. 커다랗게 쌍꺼풀이 진 눈이 이내 세모꼴이 되더니 동생을 쏘아보았다.

"그럼 집에 혼자 두고 오니?"

"엄마는?"

"시끄러! 네가 지금 정원이 걱정하는 게 말이 돼?"

"이런 데까지 앨 데려오니까 하는 말이잖아."

"그렇게 끔찍하게 위하면 얌전히 집에 붙어 앉아 있어야 될 거 아냐!"

야멸치게 한마디 하더니 그대로 뒤도 돌아보지 않고 박 형사 쪽으로 가버렸다. 걸을 때마다 청바지에 감싸인 동그란 엉덩이가 보기 좋게 흔들렸다. 아기를 안고 있는 것을 보면 십중팔구 남편이 있는 여자다. 아기까지 있는 여자라고, 머리로는 분명 그렇게 생각을 하면서도 도무지 눈이 떨어지지 않았다. 기분 더럽게 됐군.

여자의 출현이 빌미가 되었는지 녀석들은 결론도 나지 않을 입씨름을 다시 시작했다.

"야, 이 계집애야, 니가 '미' 자만 아니었어도 이렇게 들어와 있지는 않았을 거잖아."

"지들이 잘못한 걸 지금 누구한테 뒤집어씌우는 거야? 이 새끼야, 니가 손만 얌전히 뒀으면 이런 개 같은 꼴은 안 당하는 거잖아!"

"뭐어? 너 지금 뭐라고 그랬어!"

점점 목소리가 높아지자, 눈에 힘을 가득 담은 진휘가 그들을 노려보았지만 기대했던 만큼의 효과는 없었다. 아무래도 조금 전 카리스마 넘치던 아기 엄마의 영향이 너무 컸던 탓이다.

그래도 잘났다고 큰소리는.

조금 전 인사를 했던 형사에게로 가면서도 내내 구시렁구시렁. 그러지 않을 수가 없는 게 자칫 마음에 안 들면 상황 파악 못하고 큰 소리로 울기부터 하는 갓난애를 안고 이런 데까지 드나들어야 하나 싶어서였다. 까짓 거 사람 죽인 살인범도 아닌데 구치소든 유치장이든 평생 처박아둘 리는 없고 보호자가 와서 신병 인수만 하면 된다는데도, 그런데도 시정은 화가 났다.

돌이켜 생각하면 아랫도리 가벼운 그 잡놈하고 가출하기 전에도 이진 때문에 경찰서와 지구대 출입을 한 적이 있었다. 죄목도 거창한 미성년자 음주와 무면허 운전. 술이야 그렇다 치더라도 김미옥 여사의 차를 몰래 몰고 나가 걸렸던 걸 생각하면 지금도 등골이 오싹하다. 다행히 얼마 못 가서 신호등에 걸렸다가 출발 못해 절절매는 것을 보고 마침 지나가던 경찰이 세웠단다. 연락을 받고 달려가 마구 혼을 내면서도 그저 철이 없어 그러려니 했는데 설은 무는 개뿔. 제 버릇 개 못 주고, 개 꼬리 삼 년 묵어도 황모 못 된다더니 그 말이 딱이다.

"언니라고요? 아버님이나 어머님은 안 오십니까?"

가뜩이나 비위가 상해 있던 시정은 형사의 말을 딱딱하게 되받아쳤다.

"꼭 부모님이 오셔야 하나요?"

"상관은 없습니다만 대개 이런 경우에는 부모님이 오시거든요."

그대로 고개를 끄덕이고 말자, 담당 형사는 머쓱한 얼굴로 사정을 대충 설명했다.

"점심 때 술집에서 싸움이 났다는 신고가 112로 들어왔어요. 출동해보니 단순 폭행 사건인 데다 미성년자도 있고 해서 일단 데려왔습니다. 당사자들 얘길 대충 들어보니까 쌍방 과실이라서 훈방 쪽으로 결정을 했으면 하는데. 싸우면서 술집 내부와 기물이 좀 파손되긴 했지만 그거야 적당한 선에서 변상만 한다면 크게 문제가 되진 않을 겁니다. 미성년자가 개입돼서 그쪽도 큰소리 칠 입장도 못 될 테니 말입니다."

"술……이요?"

영락없는 깍두기 모양으로 머리를 자른 형사는 야무지게 고개를 끄덕이는 것으로 설마 아니기를 바라는 시정의 기대를 단박에 꺾어 버렸다.

"주민등록 조회를 해보니까 김이진 씨는 아직 미성년자여서 보호자분께 연락한 겁니다."

"정말 죄송합니다."

푹 숙인 고개로 대답하는 시정의 목소리는 절로 수그러들었다.

아무리 잘 봐줘도 도무지 경찰서와는 어울리지 않는 야한 차림으로 앉아 그래도 잘했다고 나불대고 있는 꼴이 하도 한심해서 기세 좋게 쥐어박고 오기는 했지만, 결국 죄송하다는 말밖에 무슨 말을 더 하겠는가. 휴우, 내 팔자.

한숨을 쉬는 그녀의 곁눈에 다가오는 누군가가 잡혔다. 힐끗 고개를 돌리니 이진과 함께 있던 양아치 일행 앞에 서 있던 까만 양복 입은 남자였다.

조금 전 이런저런 사연을 가진 사람들이 저마다 목소리를 높이며 와글와글 떠들어대는 방 안에 들어서자마자 가장 먼저 눈에 들어온 것은 이진이었다. 경찰서 한구석에 처박힌 채로도 전혀 기죽은 기색 없이 왁왁거리는 걸 보고 하필이면 이런 데서 피는 물보다 진하다는 명언을 되새길 게 뭐란 말이냐, 혀를 끌끌 차며 다가가다 발견한 게 이 남자의 뒷모습이었다. 모델처럼 훤칠하니 큰 키와 넓은 어깨만 보고도 벌써 침부터 고였다. 이 삭막한 데서 웬 노다지냐, 오늘 일진이 사납다 투덜댔더니 하늘이 도우셔서 눈이나마 호사를 하는구나 싶었다.

아무 생각 없이 눈을 내리던 시정의 시선이 반들반들 윤이 나게 잘 닦인 구두로 갔다. 기름을 묻힌 것처럼 윤기가 잘잘 흐른다. 그리고 그 위로 한없이 길게 이어지는 두 개의 다리. 놀라운 길이가 신기해 허리선까지 위아래로 몇 번을 훑다가 그만 딱 눈이 마주쳐버렸다. 굳이 자를 들고 덤벼들지 않아도 대한민국 평균인 그녀의 키는 간신히 그의 어깨에 닿을락말락하는 정도. 어깨 아래로 눈을 쓱 내리깔더니 알겠다는 듯 피식 웃는 모양이 여자들의 감탄하는 시선에 꽤나 단련이 된 듯 보였다.

순간 얼굴이 확 달아올랐다.

일단 쪽은 팔리지만 대체 이 남자 왜 이리 멋진 거냐.

그사이 잠깐 자리를 비웠던 술집 사장이 보호자가 왔다는 연락을 받았는지 한달음에 달려왔다. 얼굴에 온통 기름이 번들번들한 채로 형사에게는 이진이 미성년자인 줄 몰랐다며 우는 소리를 하는 틈틈이,

시정과 까만 양복에게는 받지 못한 술값과 깨진 그릇 값은 물론이고 벌써 훨씬 전에 술에 취한 누군가의 주먹에 맞아 움푹 들어갔을 벽이며 발길에 차여 내려앉은 문에 대해서까지 장광설을 늘어놓았다.

"형사님, 아무리 막 나가는 세상이라지만 저렇게 꾸미고 다니는 미성년자가 세상 천지에 어디 있습니까. 형사님도 보셨지만 화장이며 옷이며 꼭 어디 나가는 꼬락서니를 하고 다니는데 저런 애를 미성년자로 본다는 게 더 이상한 거 아닙니까? 내 여동생이면 그냥 머리채를 확 잘라서 방 안에 가둬버렸을 거라고요."

잠자코 있으려니 속에서 열불이 치받았지만 이진도 잘한 게 없다는 생각에 시정은 치밀어 오르는 화를 꾹꾹 눌러 참았다. 언니 하는 걸 보니 스물도 안 된 동생이 야시시하게 차려입고 대낮부터 술집에서 쌈박질할 만하다는 소리를 듣기 딱 좋을 상황이었다.

징징거리는 소리가 반가울 리 없는 형사가 사내의 말을 단칼에 잘랐다.

"술집 하는 사람이 요새 애들 얼마나 성숙한지도 몰라요?"

"얼마를 원하는 겁니까?"

무뚝뚝한 얼굴로 종내 옆에서 잠자코 있던 까만 양복이 드디어 입을 열어 물었다. 가타부타 다른 말은 일절 없이 딱 그 한마디뿐이었다. 술집 사장이라는 사람이 와서 떠들어대도 입만 꾹 다물고 있는 걸 보고 혼자 해결해야 하는구나 싶었는데.

까만 양복을 위아래로 훑어보던 사장의 눈이 무언가를 계량하는 듯 가느스름해졌다. 조금 전 시정에게 부리던 호기도 어느새 자취를 감췄다. 그러더니,

"넉 장이면 될 것도 같은데."

굵은 팔을 올려 가슴께에 팔짱을 끼며 부른 액수에 시정은 잠시 얼떨떨해졌다. 저 사람이 말하는 넉 장이라는 게 설마 파란색 배춧잎 넉 장은 아닐 거고, 그럼 사십만 원인가 하는 사이에 재킷 주머니에서 지갑을 꺼낸 남자가 수표 넉 장을 건넸다.

얼핏 본 것에 불과하지만 분명 동그라미가 꽤 여러 개 그려져 있었다. 수표를 확인하자 그렇지 않아도 번들대던 사장의 이마에서 광채가 나는 것만 봐도 그녀가 수표의 색깔을 잘못 본 게 아니라는 건 거의 확실했다. 설마 하는 사이에 돈의 단위가 확 달라져버렸지만 수표의 원주인은 여전히 포커페이스를 유지하고 있었다.

손 큰 까만 양복이 건넨 수표로 일의 마무리는 급속도로 빨라졌다. 필요한 서류를 꾸미는 동안 시정은 고개를 돌려 저쪽에 앉아 있는 사고 친 녀석들의 머릿수를 세기 시작했다. 벽 쪽 의자에 세 놈, 건너편 의자에 네 놈 그리고 이진까지. 모두 해서 여덟이니까 내가 내놓아야 할 몫은…… 속으로 열심히 계산을 하는데 사고 친 녀석들이 주춤주춤 다가왔다.

"이제 싸움질들 하지 말고 얌전히 지내라. 특히 은휘 너."

형사의 당부에 큿웃음으로 답한 맨 앞의 녀석이 그대로 나가버렸다.

"형님, 고맙습니다!"

뒤에 있던 녀석들도 형사가 아닌 까만 양복한테 넙죽 절을 하더니 줄줄이 따라 나갔다.

혀, 형님이라니, 그럼 혹시 이 남자가 말로만 듣던 어둠……의 세력? 조폭? 지갑에서 고액권 수표를 척척 꺼내 드는 게 예사롭진 않다 싶었지만 그래도 설마 했는데.

굵기나 크기 모두 어디에 내놔도 지지 않는 몸 둘레를 오지랖으로 칭칭 감은 형사는 덜떨어진 조폭 애들의 무시에도 전혀 굴하지 않고 이번에는 이진에게 고개를 돌렸다.

"너도 앞으로 적어도 다섯 달 동안은 그런 데 절대 출입할 생각하지 마. 진짜 내 여동생 같아서 하는 말인데, 그렇게 치장하고 다닐 시간 있으면 책 한 줄이라도 더 보고 앞날에 대해 진지하게 생각해보는 게 좋을 거야. 앞으로 더 살아보면 알겠지만 세상살이라는 게 니가 생각하는 것만큼 그리 만만한 거 아니다."

역시나 코웃음을 치며 무시하고 밖으로 나가버리는 이진을 대신해 시정은 수고하셨다는 말로 들으나마나한 충고의 대가를 남기고 나왔다. 침침한 복도를 지나는데 아이고, 사지에 맥이 탁 풀린다. 이러다 자칫 일내겠다 싶어서 정원이를 안은 팔에 잔뜩 힘을 주었다.

"차 갖고 왔지?"

경찰서 현관 앞에 서더니 가느다란 허리에 손을 얹으며 이진이 물었다.

적어도 이런 상황에서는 미안한 척이라도 해야 정상인 거다. 그런데도 너무나 태연하게 아무 일도 없었던 것처럼 굴자 시정은 분통이 터졌다. 하지만 아무리 화가 난다고 여기에서 판을 벌일 수는 없는 일.

잠깐이라도 열을 식히기 위해 고개를 돌리니 조금 전의 까만 양복 일행이 주차장으로 우르르 몰려가는 모습이 눈에 들어왔다.

"차 갖고 왔냐고."

"왜애!"

화를 이기지 못해 버럭 소리를 지르자 금세 소심해져서는

"이 꼴로 택시 타기 쪽팔린단 말이야."

하면서 머리를 가렸다.

안에서는 미처 몰랐는데 온통 헝클어진 것이 제대로 드잡이를 한판 한 모습이다. 누가 보면 늙은 영감 옆에 붙어 첩질하다가 본처한테 들켜 머리채 꺼들린 걸로 오해하기에 딱 알맞았다.

"쪽팔린 걸 아는 인간이 대낮부터 폭력에 미성년자 음주로 경찰서 의자에 앉아 있냐?"

하지만 늘 그렇듯 이런 말은 귓등으로도 들으려 하지 않는다. 외려 얼굴을 바짝 들이대며 물었다.

"솔직히 말해봐. 언니도 내가 미성년자인 거 가끔 까먹지? 언니가 그러는데 나는 어떻겠냐?"

"치워, 이 계집애야. 냄새 나."

나불대는 주둥이가 어찌나 보기 싫은지 시정은 팔꿈치로 밉상을 밀쳐버리고 그대로 주차장으로 향했다. 리모트로 차 문을 열고 그 난장판 속에서도 세상모르고 잠이 든 어린 조카를 카 시트에 앉혔다. 아이구, 칙힌 내 조카.

"내가 안을게."

기다렸다는 듯 뒷좌석으로 기어 들어가려는 걸 시정이 매몰차게 밀쳐냈다.

"집에 가서 샤워 말끔히 끝내기 전에는 정원이한테 손도 댈 생각하지 마. 말 안 듣고 가까이 가기라도 했다가는 바로 죽음이야."

손가락을 들어 보이며 낮게 경고하고 뒷문을 닫았다.

그리고 주차장 저 끝에서 똘마니들에게 둘러싸여 있는 까만 양복을 향해 서둘러 잰걸음으로 다가갔다. 배웅을 위해 깊게 허리를 숙이고 있는 똘마니들의 옆을 거의 경보 수준의 속도로 지나쳐 막 차에 타려는 그를 붙잡았다.

"무슨 일입니까?"

짙은 눈썹 한쪽이 삐딱하니 올라섰다.

바로 그 순간, 김시정 일생에 전무후무한 일이 벌어지고 말았다. 지금까지 상황과 상대를 막론하고 단 한 번도 말문이 막힌 적 없었던 그녀가 잠깐 동안 할 말을 잊고 만 것이다.

얼굴이 뜨거워지고 입 안에 침이 마르는 건, 심장이 콩콩대며 뛰는 건, 들숨과 날숨이 두서없이 엉키는 건…… 역시 운동 부족 때문이겠지.

"할 말 없으면 이만."

스타일만큼의 예의는 갖추지 못했는지 남자는 성가신 기색을 전혀 숨기려들지 않았다.

"잠깐만요."

"뭡니까?"

다시 한 번 자신의 앞을 막아선 시정을 향해 남자는 이제 짜증과 귀찮음을 노골적으로 드러냈다. 그사이 고개를 든 똘마니들은 감히 보스의 길을 막은 겁 없는 여자를 놀라움과 호기심을 가득 담고 지켜보고 있었다.

그제야 자신을 향한 시선들을 의식한 시정의 얼굴이 약한 붉은빛을 띠었다.

"계산은 마쳐야지요."

"계산?"

보기 좋은 떡이 먹기에도 좋으란 법은 없지. 항상 그렇더라니까.

남자의 매너 없음과 이해력 부족에 시정은 한편으로 실망하면서 속으로 혀를 끌끌 찼다.

"조금 전 내 합의금 말인데요."

말을 꺼내며 허리를 꼿꼿이 세워 최대한 키를 늘이고 턱을 치켜들었다. 지윤의 말에 따르면 이럴 때 그녀의 모습은 여왕처럼 위엄 있어 보인단다.

일언반구 상의 한마디 없이 저쪽에서 일방적으로 처리한 거니까 나쁜 마음을 먹자고들면 나 몰라라 해도 할 말은 없을 것이다. 그렇지만 인간된 도리로 차마 그럴 수는 없는 일.

하지만 이러한 선의의 시도는 단칼에 무시당하고 말았다.

"됐습니다."

담이 약하다면 순간 움찔, 뒤로 한 발짝 물러나고 싶을 정도로 냉담한 말투였다. 그렇지만 이대로 물러난다면 김미옥 여사의 딸이 아니고 김형옥 여사의 소가스이니다.

곧장 차에 타려는 그의 팔을 시정은 서둘러 붙들었다. 감탄이 절로 나왔다. 옷을 사이에 두고 있음에도 근육의 단단함이 장난 아니었다. 근육의 강도를 측정하기 위해 저절로 움직이려드는 손가락들을 단단히 힘주어 붙들어 맸다. 잡혀 있는 팔을 그가 힐끗 내려다보자 시정은 마지못해 정말 마지못해 손을 떼었다. 그러고도 속으로 내내 최면을 걸어야 했다.

김시정, 정신 차려. 비록 네가 남자를 가까이 한 지가 누천 년 만이라고 해도 아무한테나 이렇게 무작정. 이건 아니잖아.

"그건 아니지요. 내 동생 일인데 생전 처음 보는 남한테 신세를 질 이유는 없잖아요? 전부해서 여덟 명이니까 사백만 원 나누기 팔 해서 오십만 원이면 되는 거지요?"

미리 계산해놓은 대로 한 치의 오차도 없이 또박또박 말을 꺼낸 것까지는 아주 좋았다. 그런데 아뿔싸! 그 순간 가방을 차에 두고 온 것이 떠오를 게 뭐람. 이 남자가 떠나기 전에 서둘러 붙들어야 한다는 일념 때문에 정작 중요한 가방을 깜박 잊고 만 것이다.

"잠깐만 기다려요."

검지까지 들어 보이며 단단히 다짐을 해놓고 시정은 자신의 차를 향해 거의 뛰다시피 했다. 그러는 동안에도 몸 뒤판 전체가 따가웠다.

왈칵 차 문을 열자 그사이 앉은 채로 선잠이 들었던 이진이 화들짝 놀라 눈을 떴다.

"왜?"

묻는 말에는 코대답도 않고 가방에서 지갑을 빼내 고개를 드는데 미끈한 검은 차가 경찰서 문을 빠져나가는 것이 보였다. 뒤에 남은 똘마니들은 역시나 붉은 미등을 향해 허리를 반으로 접어 배웅하고 있었다.

"이런 씨이!"

발을 구르던 시정은 그대로 지갑을 차 안에 내동댕이쳤다. 분명히 잠깐만 기다리라고 했는데. 그새를 못 참고 그냥 가버리다니. 지갑 속에

백만 원짜리 수표를 여러 장씩 넣고 다니다가 필요하면 아무 때나 꺼내 쓰는 정도이니 그깟 몇 십만 원 따위 굳이 받지 않아도 된다는 건가.

이런 젠장! 아무리 그래도 이렇게 순식간에 빚을 지워놓는 게 어디 있냐는 말이다.

"야, 안에 들어갔다 와."

잠자다 깨서 마스카라 번진 눈으로 멀거니 쳐다보고 있는 이진에게 경찰서를 가리켰다.

"왜 또?"

짜증 섞인 소리로 말대답을 하는 동생의 머리를 딱 한 대만 갈겨주고 싶다는 생각을 하면서 이를 악문 채로 시정은 천천히 다시 반복했다.

"들어가서 아까 그 형사한테 합의금 준 사람 전화번호 받아서 와."

"받기 싫다고 갔는데 그냥 내버려두면 되지. 뭘 귀찮게……."

그러면서 다시 몸을 웅크리는 것이 금방이라도 잠이 들 태세였다. 부아가 치민 시정은 결국 참지 못하고 이진의 어깨를 후려쳤다.

"빨리 못 가!"

시정의 서슬이 무서웠는지 이진은 아프다고 툴툴거리면서도 곧장 차에서 내렸다. 그러게 미성년자 주제에 술집은 왜 갔으며, 갔으면 얌 전히 한쪽 구석에 처박혀 곱게 술이나 마시고 나올 일이지 쌈박질은 왜 했으며, 그랬으면 제대로 도망이나 칠 것이지 어쩌자고 잡혀서 경찰서까지 왔냐고! 저만치 멀어지는 이진의 뒤통수를 향해 시정은 다시 한 번 눈을 흘겼다.

사무실에 돌아와 채 자리에 앉기도 전에 회장실과 연결된 직통 전화가 울렸다. 수화기를 들자마자 평소에도 엄청난 음량을 자랑하는 목소리가 곧장 귀를 찔렀다.

"그 녀석 대체 아직까지 왜 그 모양이야! 나이가 몇 살인데 여태 정신을 못 차리면 어쩌자는 거야! 이후로는 어디서 무슨 일로 연락이 와도 절대 가서 해결해주지 마. 네 어머니가 무슨 말을 해도. 알았어?"

"네."

재차 다짐을 받은 후에야 퉁명스러운 소리와 함께 전화는 끊겼다.

난데없는 불벼락에 한숨과 함께 수화기를 제자리에 놓으며 진휘는 고개를 절레절레 저었다. 오늘 같은 일이 있을 때마다 죽어나는 건 자신이었다. 늘 사고만 치고 다니는 작은아들이 못마땅한 아버지는 죽이 되든지 밥이 되든지 혼자 처리하도록 그대로 두라고 호통이었고, 작은아들의 방황이 사업만 알고 자식들에게 무관심한 데다 엄하기까지 한 아버지 탓이라고 생각하는 어머니는 장남인 자신을 붙들고 호소를 했다.

아침 회의 시간에는 회의 직전까지 내내 멀쩡하던 노드북이 빌씽을 부려 사람 답답하게 만들더니 연이어 은휘의 일로 경찰서까지 다녀와야 했다. 잘 다녀오라던 어머니의 아침 인사가 새삼스럽다 싶을 정도로 오늘 하루는 일진이 별로 좋지 않았다.

"좀 들어오세요."

이참에 확실하게 정리를 해야겠다는 생각에 진휘는 지선을 방으로 불러들였다.

"내가 누굽니까?"

"네?"

뜻밖인 물음에 놀라 반문하는 비서를 향해 진휘가 다시 물었다.

"말해보세요. 내가 누굽니까?"

"전략 기획실 이사님이시고……."

"그리고요?"

"그리고 제 직속 상사십니다."

머뭇거리는 대답의 마지막 음절이 채 끝나기도 전에 진휘의 날카로운 물음이 나갔다.

"그런데 왜 내 방에서 있었던 일이 내가 보고도 드리기 전에 회장실로 새는 겁니까! 그것도 반복해서."

핵심을 찌르며 곧장 파고들자 지선은 쩔쩔매며 어쩔 줄 몰라 했다. 호기를 놓칠세라 매서운 추궁은 계속됐다.

"내가 누구와 어디서 무엇을 하는지 회장님께 보고하는 것이 이지선 씨가 하는 일입니까?"

"아, 아닙니다."

진휘의 비서로 일을 한 지 일 년이 넘었지만 지금과 같은 눈빛은 처음이었다. 그를 둘러싼 수많은 소문들 중 그 어떤 것도 지금처럼 얼음이 도는 얼굴로 사람을 잡는다는 말은 없었다.

지금이야 이곳에 머무르고 있지만 오래지 않아 회장실에 입성할 사람이었다. 은성백화점 창업주의 아들이며 대주주라는 사실을 감안한다면 차기 경영자가 되는 것은 시간문제이니 말이다. 그러니 회장실에서 그의 일거수일투족에 신경을 쓰는 것은 당연한 일이었다.

처음에는 회장실에서 물어올 때마다 별 생각 없이 스케줄을 알려주면서 시작되었다. 그러던 것이 언젠가부터 그녀 쪽에서 먼저 보고를 하는 형식이 되어버렸다. 진휘에 관해서라면 제아무리 사소한 일이라도 금세 소문이 퍼질 정도로 백화점 내에서 주목을 받고 있으니, 회장 비서실에서도 한시도 긴장을 늦추지 못하고 촉각을 곤두세운 채로 지켜보고 있는 것이다.

"이런 일이 또다시 있을 때에는 사표 쓸 각오해야 할 겁니다."

"정말 죄송합니다."

붉어진 얼굴로 고개를 숙이며 거듭 사과를 하고 지선이 나간 뒤, 진휘는 넥타이를 느슨하게 풀었다. 사무실 한켠에 놓인 냉장고에서 손이 시릴 정도로 차가운 주스를 꺼내 뚜껑을 여는 찰나 인터폰이 울렸다.

"2번에 전화입니다."

어지간히 혼이 났는지 잔뜩 기가 죽은 소리를 뒤로 하고 버튼을 눌렀다.

"서진휩니다."

—실례지만······.

"누구십니까?"

잠깐 머뭇거리는 상대의 말을 낚아채듯 먼저 물었다. 무례를 저지르고 있다는 것을 빤히 알면서도 부드럽게 응대하지 못하는 건 오늘 하루 일진이 사나웠던 탓이다.

—몇 시간 전에 경찰서에서 뵀었죠.

경찰서를 언급하는 맑은 목소리는 처음 듣고 짐작했던 대로 아까의 아기 엄마인 듯했다. 그렇지 않아도 하강 곡선을 그리던 기분이 급작스레 곤두박질쳤다.

—분명히 기다리라고 말했었는데 먼저 가버려서 전화로 연락드리

는 거예요. 번호는 담당 형사 분한테서 알아냈고요.

잠깐만 기다리라는 말을 듣지 않아 굳이 전화까지 하게 만들었다는, 약간의 짜증이 섞인 투가 말소리에 다분했다. 아버지를 제외한 다른 사람에게 지시 비슷한 것을 들어본 게 언제인지 기억하기도 힘든 자신에게 명령이라니. 절로 실소가 흘러나왔다.

"무슨 일입니까?"

만일 아기와 함께 있는 모습을 보지 않았더라면 이런 식의 딱딱한 응수는 절대 하지 않았을 것이다. 잠깐이라도 눈길을 머물게 했던 여자이니 슬쩍슬쩍 호기심을 비치며 부드럽게 대화를 이어나가고 농담 섞인 몇 마디 말로 어렵지 않게 전화번호를 손에 넣었을 것이다.

그렇지만 이 여자는 번호를 받은 지 3분 안에 문자를 쏘고, 3시간 안에 통화, 3일 안에 대면이라는 이 바닥의 상식이 절대 통하지 않을 상대. 파렴치한이 아닌 대부분의 남자들에게는 이계異界의 종種이나 다름없는 아기 엄마인 것이다. 여자라는 종을 지극히 좋아하고 연애를 사랑하지만 모름지기 사람이건 물건이건 임자가 있는 것은 절대 건드리지 않는 걸 철칙으로 삼고 있는 그로서는 어떤 이유로든 절대로 가까이해서는 안 될 여자였다.

수화기를 쥔 채로 신위는 쓰게 웃었다.

이젠 아줌마가 다 눈에 들어오고. 서진휘, 너도 갈 때까지 갔구나. 오늘이라도 당장 새로운 상대를 물색해야겠다. 마지막 연애를 끝낸 게 그러니까 거의 두 달이 다 되어 간다. 전 같으면 이미 새로운 연애를 시작하고도 남았을 테지만 어찌된 일인지 아직까지 그다지 썩 내키는 상대를 만나지 못했다.

—합의금 부쳐드리려고 전화했거든요. 계좌 번호 좀 알려주세요.

"됐습니다."

—됐다니요?

설령 실물을 보지 않았더라도 호감을 가지기에 충분할 정도로 사람의 마음을 잡아끄는 목소리였다. 몇 마디 안 되었지만 듣다보니 진휘는 여자와의 대화가 슬슬 즐거워졌다. 작정하고 수작을 거는 것도 아니고 그냥 통화만 하는 건데 뭐 어때.

되바라지다 못해 세상 찌든 때를 덕지덕지 묻히고 있던 동생처럼 잘빠진 몸매에 뛰어난 미인은 아니었지만 어쨌든 나름대로 매력적인 여자였다. 화장기 거의 없는 맨 얼굴에 청바지와 셔츠만 입고 더구나 아기까지 달랑 안은 여자가 한눈에 남자를 사로잡기란 결코 쉽지 않다는 걸 그동안의 경험을 통해 진휘는 너무도 잘 알고 있었다. 어쩌면 그래서 더욱 아쉬운지도.

"그 돈 필요가 없다는 말입니다."

거절이 밑에 한 옥타브쯤 올라갔던 여자의 목소리는 이내 고십스러운 말투로 변했다.

—전 꼭 드려야겠는데요.

"글쎄 괜찮다니까요."

상대가 자신의 모습을 보지 못한다는 장점을 십분 살린 장난기 넘치는 매력적인 미소가 그의 입가에 걸렸다.

—그쪽은 괜찮을지 몰라도 난 아니에요. 내가 거지도 아닌데 왜 남의 돈을 거저 받아요? 그러니까 얼른 계좌 번호 주세요.

살살 구슬려도 모자랄 판에 정석대로 딱딱하게 나오는 걸 보면 연애를 즐기는 타입은 아닐 것이다. 자고로 이성과의 대화라면 친근함의 정도를 떠나서 슬쩍슬쩍 잡았다 놓고 밀었다가 당기는 대화의 기술이 필요한 법인데 말이다.

"나한테 갚았다 생각하고 어디 다른 데 기부를 하는 건 어때요? 덤으로 좋은 일까지 하고 얼마나 좋아. 말했다시피 어차피 난……."

─그건 그쪽에서 신경 쓸 일이 아니니까 입금할 계좌 번호나 알려주세요.

성질만 대단한 줄 알았더니 고집도 성질만큼이나 센 모양이었다. 약이 오를 만한 말을 몇 마디 더 해서 저 고지식한 머리에 김이 오르도록 해줄까 하다가, 무슨 짓을 하는 건가 싶어지자 고개를 젓고 말았다. 어쨌든 상대가 아기 엄마라는 사실은 변하지 않는다. 거기까지 생각이 미치자 그만 대화에 흥미를 잃었다.

"그럼 바빠서 난 이만."

그대로 수화기를 내려놓고 말았다. 무례한 짓이라는 것을 모르지 않았지만 모처럼 눈에 들어온 여자가 아기 엄마라는 사실에 기분이 상했던 것에 비하면 이쯤은 아무것도 아니었다.

우선은 박 형사에게 전화를 해야겠다. 누구에게든 전화번호를 함부로 일러줬다가는 큰코다치게 될 거라는 사실을 주지시킬 필요가 있었다.

2

"여보세요, 여보세요?"

바쁘다는 말을 끝으로 전화는 뚝 끊겼다. 이런 성질 급하고 못된 인간 같으니라고. 세상에 바쁜 사람이 저 하나뿐인 줄 아나.

시정은 손가락 끝에 있는 대로 힘을 실어 전화기의 버튼을 꾹꾹 다시 눌렀다.

―전략 기획실입니다.

조금 전에도 느꼈지만 적당한 위압감에 친절을 살짝 덧입힌 목소리만 들어서는 제대로 된 트레이닝을 받은 비서라고 착각할 정도였다. 요즘은 조폭들도 전략적으로 기획해가면서 조폭질하는 모양이지. 약간 열이 오른 상태임에도 시정은 쿡! 웃음을 흘렸다. 흠흠, 뒤이어 꿰인 구슬처럼 따라 나오려는 웃음을 간신히 꿀꺽 삼킨 후 목을 가다듬고 말했다.

절때적인 몇가지

"조금 전에 전화했던 사람인데요, 서진휘 씨 좀 다시 부탁드립니다."

이진이 형사한테 받아온 메모에 의하면 그의 이름은 서진휘였다. 글자로 쓰인 걸 보지 않았다면 '진희'라고 생각하기 쉬운 이름이었다. '진휘'든 '진희'든 혹은 '진'이든 검은 양복을 입고 커다란 검은 차를 타고 다니며, 똘똘 몰려다니는 사내애들의 90도로 구부러지는 인사를 받는 사람과는 도대체 어울리지 않지만 말이다.

"이사님께서는 회의가 있어서 방금 자리를 비우셨습니다."

이사님은 무슨. 거기에 회의까지. 이 아가씨야, 핑계도 말이 되는 걸 대야지. 당신한테 월급 주는 사람이 뭐해서 먹고사는지 대충 알고 있거든.

웃음을 꾹 눌러 참으며 시정이 다시 물었다.

"혹시 사무실 위치 좀 알 수 있을까요?"

"무슨 일로 그러십니까?"

"서진휘 씨한테 전할 게 있어서요."

일단은 최대한 공손하고 상냥하게 말하지만 물론 순순히 알려줄 리 없다. 개인적으로 가까운 사이라면 그런 것쯤은 이미 알고 있어야 하는 것이다. 짐작대로 단호한 거절의 말을 듣자 시정은 그대로 전화를 끊었다.

"도도하기는. 지가 무슨 대기업 회장 비서라도 되나."

일단 얌전히 통화를 마치기는 했지만 똑똑 끊어지는 말투에 기분 좋을 리가 없다.

"뭐 하니?"

갑자기 어깨를 툭 치는 것에 소스라치게 놀라 돌아보니 언제 왔는지 김미옥 여사가 서 있었다.

"놀랐잖아."

놀란 가슴을 쓸어내리는 딸은 쳐다보지도 않은 채 입구 쪽을 향해 손짓부터 하는 모습을 보고 시정은 한숨부터 내쉬었다.

한동안 뜸하다 했어.

손짓을 따라 눈을 돌리니 촌스러움을 중후함으로 포장하려 애쓴 티가 역력한 초로의 남자가 헤벌쭉 웃으며 손을 마주 들어 보인다. 신나게 손을 흔들던 남자는 중후한 신사라는 설정이 뒤늦게 떠올랐는지, 금세 근엄하게 표정을 바꾸고 부부 동반으로 해외 순방 나가는 대통령처럼 팔을 좌우로 슬슬 흔들고 있었다.

아이고, 내 팔자야. 또 시작이구나. 어쩐지 요전 날 밤에 샤워도 안하고 느릿한 걸음으로 방으로 들어가는 것이 수상쩍다 했었다. 역시 오랫동안 단련된 눈치이니 알아채는 것도 재빠를 수밖에.

"이번엔 관상용이야, 소장용이야?"

"얘는, 척 보면 모르니?"

핏! 김미옥 여사도 많이 둔해지셨네. 아무렴 저 인물에, 저렇게 촌스럽게 차려입은 남자를 두고 관상용이라고 할까봐. 어서 봐 달라는 듯 냉큼 들어 올린 왼쪽 약지에서 붉은빛을 발하는 반지만 봐도 소장용인 줄 딱 알겠구만. 그나저나 과년한 딸 앞에서 이제는 몇 번째인지 세기도 귀찮아진 애인에 대해 꼭 이런 식으로 뻐기듯 얘기해야 직성이 풀리겠지. 아암, 그렇고말고. 이것도 김미옥 여사 나름의 개성일 수 있을 테니 말이다.

"관상용이라고 하기엔 처지고 소장용이라기엔 돈 냄새가 안 나."

속이 뒤틀려 딱 잘라 평하는 말을 들은 김미옥 여사는 코웃음으로 대답을 대신했다.

"내가 이래서 너는 아직 멀었단 거야. 이진이는 보자마자 딱 알더라."

"걔는 또 언제 불러내서 보인 거야?"

집 나간 지 사흘 만에 요란하게 사고 치고 들어온 계집애가 말도 없이 금세 또 기어 나갔을 리는 없다. 지난주 언젠가 김미옥 여사하고 점심 먹었다고 했었는데 아마 그때 봤겠군.

"중국어 회화 배우러 가서 만났는데 나이를 어디로 먹었는지 사람이 순진하고 세상 때가 안 묻었어. 사근사근하게 이름만 불러줘도 황송해서 어쩔 줄 몰라 한다니까."

누가 연애하느냐고 묻기를 하나, 연애 상대가 궁금하다고 옆구리 콕콕 찌른 사람이 있길 하나. 그나저나 저 촌티 나는 형광색 핑크 넥타이는 좀 어떻게 해야 하지 않을까 싶다.

자라는 동안 김미옥 여사 덕에 제대로 된 관상용을 지나치게 많이 봐서인지 남자의 외모에 대한 시정의 기준은 꽤 높은 편이었다. 그래서인지 잘생겼다고 호들갑을 떠는 배우들을 보고도 별다른 감흥을 느낄 수 없을 때가 대부분이었다. 어쩌면 이것도 나름대로 김미옥 여사의 딸로 자란 부작용이라고 할 수 있을 터였다. 그나마 최근에 만난 남자들 중에서는 경찰서에서 만난 까만 양복의 조폭이 단연 군계일학이었는데 말이다.

"오늘은 강의 없니?"

로즈마리 티를 홀짝이던 김미옥 여사가 불쑥 던진 물음에 그만 속이 뒤집어진 시정은 들고 있던 유리잔을 덜그럭 소리가 나도록 내려놓았다. 이건 정말 너무하는 거다. 강의 시작한 지 일 년이 다 되어가는데.

원래 허브에 관심이 많았던 은성백화점의 회장 사모님이 누군가의 추천으로 샵에 들렀다가 허브에 대한 시정의 해박한 지식과 허브에 관련해서는 대한민국 최고의 수준이라고 자부해도 전혀 손색이 없는 샵을 보고 한눈에 반한 것이 일의 시작이었다. 그렇지 않아도 건강과 관련해 새로운 아이템을 기획하고 있던 문화 센터 측에서는 물론 당연히 높으신 분의 의견을 적극 반영해서 강사 자리를 제안해왔다. 기대 반 우려 반으로 시작했던 것과 달리 그녀의 강좌는 학기가 바뀔 때마다 서둘러 등록하지 않으면 자리가 없을 정도로 대성공이었다.

그런데 정작 엄마가 네 번의 학기가 지나는 동안에도 강좌가 있는 날을 기억 못하다니. 이런 무관심이 어제오늘 일이 아니긴 하지만 이럴 때마다 서운해지는 건 역시 어쩔 수 없다.

"강좌 없는 날이야."

시정이 금세 샐쭉해진 이유를 모를 리 없는 김미옥 여사가 서둘러 화제를 바꿨다.

"정원이는 별일 없지?"

"밤낮을 바꿔 살아서 좀 힘들어."

어린 조카로 화제가 옮겨 가자 새치름하게 올라갔던 눈초리가 제자리를 찾는다.

"그건 좀 크면 자연히 괜찮아질 거고."

그 말을 끝으로 김미옥 여사는 서둘러 자리에서 일어났다.

김시정, 저게 어찌나 수완이 좋은지. 샤워 비누 하나 사러 왔다가 바디 제품 일습을 한가득 안고 나가게 만드는 말솜씨에 자칫 말려들기라도 했다가는 애보개로 한동안 꼼짝없이 잡혀 있어야 할지도 모른다.

"무슨 일 생기면 연락하고. 그래도 너 있으니까 내가 잠깐씩 숨이라도 쉬지. 안 그랬으면 시계추처럼 집하고 샵만 왔다 갔다 하면서 꼼짝없이 갇혀 살았을 것 아니니. 사람이 바깥바람도 좀 쐬고 취미 생활도 하고 그래야 안 늙고 젊게 살지. 그러고 보면 네가 참 효녀야."

영양가라고는 찾아볼 수 없는 입에 발린 칭찬 몇 마디로 책임을 떠넘긴 김미옥 여사는 샵 안을 스윽 둘러보는 것을 끝으로 사라졌다.

"사장님이 요즘 바쁘신가봐요."

빈 찻잔을 가지러 온 지윤의 말에 시정은 그저 어깨를 까딱하고 말았다. 무언가 대답을 하고 싶지만 말을 시작하기도 전에 마구 터져 나올 것이 분명한 한숨 때문에 그저 꾹 참을 뿐이었다.

*

"문화 센터 수강생의 감소 요인은 무엇보다도 경기 침체의 여파가 가장 크다고 할 수 있겠습니다. 그리고 또한 문화 센터 강의가 우후죽순으로 늘어난 것도……."

담당 부장의 브리핑이 길게 이어지는 것을 들으며 진휘는 나오는 한숨을 간신히 눌러 참았다. 이현범 부장은 일에 대한 의욕은 대단했지만 안타깝게도 업무 처리 능력이나 속도는 그 대단한 의욕에 따르지 못하는, 어찌 보면 상당히 불운한 사람이었다. 게다가 소심하기까지

해서 올해 들어 부쩍 감소 추세를 보이고 있는 문화 센터의 회원 수 때문에 속을 바싹바싹 태우고 있을 터였다.

실제로 문화 센터는 그 자체로 이윤을 창출하는 것보다 백화점 고정 고객의 확보와 그와 연결된 판매 확대가 주목적이었다. 어쨌든 강의가 있는 날 백화점에 들르면 하다못해 지하의 슈퍼마켓에서 저녁 찬거리라도 사 갈 테니까. 무엇보다 비슷한 연배의 여자들이 모이다 보면 자연스레 서로의 차림새에 신경을 쓰기 마련이었다. 어떤 스타일의 옷을 걸쳤는지, 구두와 가방의 브랜드는 무엇인지 흘금흘금 쳐다보게 되는 것이다. 그래서인지 강좌가 집중되어 있는 요일은 그렇지 않은 날보다 매출액에서 확실히 차이가 났다.

그런데 다음 학기 수강 신청이 눈에 띄게 줄어 부랴부랴 긴급회의를 소집하게 된 것이었다. 불황 탓도 있지만 이 부장이 올린 보고서에 따르면 인기 있던 몇몇 강좌의 강사들이 다른 곳으로 옮겨간 것이 가장 큰 원인이었다.

"지금 가장 인기 있는 강좌가 뭡니까?"

누군가 묻는 말에 이 부장의 표정이 약간 밝아졌다.

"건강과 관련된 강좌의 호응도가 높습니다. 이번 학기에 가장 먼저 마감이 된 것도 'about 허브'라는 강좌였습니다."

지금까지와는 다른 자신 있는 설명에 조금 전 질문을 던졌던 사람이 다시 물었다.

"about 허브요?"

어지간히 잘나가는 과목인지 대답을 하는 이 부장의 목소리에 이전과 달리 약간의 힘까지 실렸다.

"이사장님께서 직접 아이디어를 내서서 개설하게 됐는데 첫 학기부터 네 번째 학기가 끝나가는 지금까지도 인기가 높습니다. 호응이 좋다는 것을 알고 경쟁 백화점에서도 비슷한 강좌를 개설했지만 우리 백화점만큼 수강생을 모으지는 못하고 있습니다."

고향의 지명을 딴 장학 재단을 설립해 운영하는 어머니의 공식적인 직함은 이사장이었다.

"그럼 그 강좌의 강의 시간을 늘리는 건 어떻습니까?"

진휘의 제안에 이 부장은 고개를 저었다.

"그건 힘들 것 같습니다. 학기가 바뀔 때마다 의견을 타진해보는데 담당 강사가 허브 숍을 운영하고 있기 때문에 강의를 더 맡으려 하지 않습니다. 문화 센터 강좌도 이사장님의 강권으로 성사가 된 것으로 알고 있습니다."

"그럼 다른 강사를 구하면 될 것 아닙니까?"

너무나 당연한 듯 들리는 누군가의 말에 이 부장은 차근차근 설명을 시작했다.

"허브에 대한 풍부한 경험과 지식으로 강의를 끌어갈 수 있는 사람을 좀처럼 찾기 힘든 데다, 전문가가 있다고 해도 거의 대부분 농장이나 개인 숍을 운영하기 때문에 시간을 내기가 힘듭니다. 그 사람들 입장에서 보면 문화 센터 강의는 투자하는 시간에 비해 상대적으로 수입이 너무 적으니까요. 게다가 허브가 요즘 한창 관심 받는 분야이다 보니 굳이 힘들게 강의를 하지 않아도 수입이나 인지도 면에서 별 영향을 받지 않습니다. 말씀드린 대로 경쟁 백화점에서 별다른 재미를 보지 못한 것도 강사와 강좌 내용이 부실한 탓이 크다고 볼 수 있습니다."

"조금 전에 말씀하신 강사는 그럼 우리 백화점에만 출강하고 있는 겁니까?"

진휘의 물음에 이 부장이 고개를 끄덕이며 대답했다.

"그렇습니다. 본인은 이야기를 하지 않지만 다른 경로로 들어온 말에 의하면 경쟁 백화점에서도 몇 번이나 접촉이 있었지만 모두 거절했다고 합니다."

"이 부장님."

회의가 끝나고 브리핑 자료를 정리하고 있는 이 부장에게 진휘가 다가갔다. 하던 일을 멈춘 이 부장이 깍듯하게 대답했다.

"예, 이사님."

직급으로 따지자면 진휘가 상사이지만 나이로 보면 삼촌과 조카 정도의 차이가 난다. 그렇지만 백화점의 다른 직원들이 그러하듯 진휘를 대하는 이 부장의 태도도 유독 깍듯하고 정중했다.

"아까 말씀하신 허브 숍의 위치를 알고 싶은데요."

어머니가 적극 추천했다는 말을 듣자 호기심이 일었다. 사람 보는 눈이 인색하다는 평가를 듣고 있는 어머니의 눈에 든 사람이 어떤 사람인지 궁금했다.

"저도 직접 가 보질 않아서 자세한 위치는 잘 모릅니다만. 아, 사무실에 연락처가 있을 겁니다."

당장 하던 일을 놓고 나가려는 이 부장을 손을 들어 말렸다.

"급한 건 아니니 나중에 제 사무실로 연락 주십시오. 어머니한테 뭔가를 선물하고 싶어서요."

군이 하지 않아도 될 말까지 변명처럼 덧붙여가며 당부를 한 후 진휘는 회의실을 나섰다.

"진휘야!"

사무실로 가기 위해 복도를 지나는 진휘를 누군가 우렁찬 목소리로 불렀다. 군이 눈으로 확인하지 않아도 목소리의 임자를 알아차리기란 어렵지 않았다. 백화점 내에서 아무렇지도 않게 그의 이름을 불러댈 사람은 딱 한 사람뿐이니 말이다. 돌아서는 진휘의 눈이 날카로운 선을 그렸다.

"회의 끝나고 가는 거냐?"

어느새 가까이 다가와 나란히 서서 빙글빙글 웃고 있는 외삼촌 규보를 보는 진휘의 얼굴은 지나치다 싶게 냉담했다. 어머니의 동생이라고는 하지만 실제로 두 사람의 나이 차는 얼마 나지 않았다. 물론 업무 처리 능력은 서로 비교가 되지 않지만 말이다.

외삼촌 규보는 한마디로 집안의 말썽꾼이었다. 늦둥이라고 어릴 적부터 너무 오냐오냐 길러진 때문일까, 하고 싶은 일은 꼭 해야 하고 하기 싫은 일에는 손도 내지 않으려 했다. 그런데 문제는 하기 싫은 일의 리스트가 너무 길다는 것이었다.

동급생 폭행과 절도, 음주, 패싸움, 그리고 반복되는 유급과 퇴학까지. 화려한 이력을 자랑하는 고등학교 시절을 어렵게 마감하자 곧장 유학을 빙자해 외국 유람을 떠났다. 말이 유학이지 한국에서도 대학 입학이 힘든 그를 받아주는 곳이 있을 리 만무했다. 결국 요즘은 초등학생들이 주로 간다는 어학연수를 스무 살이 넘어 떠난 것이다. 미국에 있는 동안 외조부는 학비와 집세 이외에는 일절 지원해주지 않았다. 열두 폭 치마에 감싸인 채 곱게만 자란 아들에게 세상살이의 고달픔과 인생의 쓴 맛을 알게 하겠다는 나름의 결단이었지만, 대신 외조모의 통장에서는 뭉칫돈이 수월찮게 빠져나갔다. '어머니 편안하시죠?' 라는 속이 훤히 들여다보이는 안부 전화 한 통화에 눈물바람을 하며 당장 은행 담당자에게 전화를 넣었다. 뒤늦게 얻어 금이야 옥이야 애지중지 기른 아들이 고생하는 걸 그냥 두고 볼 외조모가 아니었던 것이다. 누구의 눈치도 볼 필요 없는 곳에서 돈까지 넘치게 쥐고 있으니 그다음은 안 봐도 뻔했다. 도박과 술, 여자 마침내 마약까지 손을 대는 지경에 이르러서야 외조부에게 보고가 들어갔다.

노발대발한 외조부에 의해 외조모의 계좌가 동결되고 나서야 하는 수 없이 귀국을 했다. 뒤늦은 나이에 공익 요원으로 군 복무를 마치자 이번에는 사업을 하겠다고 나섰다. 태어나서 처음으로 무언가를 해보겠다고 나서는 아들이 대견했던지 외조부는 아낌없이 뒷받침을 해주었다. 하지만 하는 일마다 실패로 돌아가기 일쑤였다. 경영 전반에 대한 기초 지식은 물론 사업가로서의 기본적인 마인드가 없으니 당연한 결과였다. 외조부에게 손을 벌려 받아낸 족족 엉뚱한 곳으로 털어 넣었던 재산만 해도 수월찮았다. 결국 꼭 된다며 장담을 하던 외식 프랜차이즈 사업까지 실패로 돌아간 후에야 외조부는 손을 떼었다.

그러나 한 번 커진 씀씀이가 줄어들 리는 만무했고 급기야 사채까지 끌어다 쓰는 지경이 되었다. 사실이 들통 나 집안에서 빈손으로 쫓겨날 지경에 이르러서야 큰누나인 진휘의 어머니에게 필사적으로 매달렸다. 나이 차가 한참이나 지는 막내 동생도 그렇지만 연로한 어머니의 하소연에 가까운 부탁을 차마 거절할 수 없었던 진휘의 어머니는, 백화점 문화 센터에 임시로 자리를 만들어서 동생을 데려다 놓았다. 하지만 예전 버릇을 버리지 못하고 근무시간에도 노상 자리를 비우기 일쑤라는 말이 귀에 들어올 때마다 한숨만 내쉴 뿐이었다.

"지금은 근무시간입니다."

정중하기 그지없는 말투의 숨은 의미까지 읽어낼 리 없는 규보가 대뜸 용건부터 내놓았다.

"이 외삼촌이 기가 막힌 아이디어가 있는데 말이야, 너 투자 좀 해라. 일단 투자만 하면 내가 곧 열 배로 불려줄게. 까짓 5억, 너한테는 푼돈밖에 더 되냐? 이게 최소한 열 배라는 거지. 일이 잘만 되면 열 배가 다 뭐냐. 스무 배, 서른 배도 문제없어."

"실장님."

장황하게 이어지는 규보의 말을 끊으며 진휘가 고개를 저었다.

"지금은 근무시간입니다. 업무 시간에는 업무에만 충실해주십시오. 그리고 투자 건은 사업계획서를 만들어 정식으로 브리핑을 하시면 그때 듣고 생각해보기로 하지요."

"어!"

어이가 없다는 듯 허리에 손을 얹고 따지려드는 외삼촌의 곁을 그대로 지나오는데 맞은편에서 오는 사람의 얼굴이 눈에 들어왔다.

크지 않은 키에 하얗고 귀염성 있는 얼굴. 그리고 무엇보다 그녀가 가까이 다가올수록 뭐라 형언할 수 없는 은은한 향기가 났다. 얼마 전 경찰서 안에서 거친 쇠 냄새를 밀치고 다가들던 바로 그 향이었다. 향수처럼 달콤하거나 진하지는 않았지만 잠깐 잠깐씩 떠올라 머릿속을 어지럽히던 향.

눈이라도 마주치면 어떨까.

하지만 은근한 기대와 달리 다른 곳에는 눈길 한 번 주지 않고 손에 들고 있는 노트만 보며 옆을 스쳐갔다. 조금도 흐트러짐 없이 열심히 앞만 향해 걷는 게 학교 다닐 때에도 귀밑 3센티의 단정한 단발머리에 교복도 절대 고쳐 입지 않은 모범생이었을 것이다. 저만치 사라지는 뒷모습을 아쉬움을 담은 눈이 뒤따랐다.

다시 봐도 아기 엄마라는 사실에 대한 아쉬움만큼이나 호감을 갖게 하는 여자였다.

"관심 있나?"

조금 전 무안당했던 사실은 어느새 까맣게 잊은 채 규보가 물었다.

"관심은 무슨."

부러 시큰둥하게 내놓은 대답을 뜻밖에도 규보는 더할 나위 없이 반겼다.

"그럼 그렇지. 네 눈이 얼마나 높은지는 내가 더 잘 아는데. 그리고 저런 여자 알아서 좋을 거 하나 없다."

"누군데?"

은근히 무시하는 듯한 삼촌의 말투가 진휘는 마음에 걸렸다. 차림으로 봐서는 백화점 직원일 리는 없고 그렇다면 협력업체 직원일 텐데. 하지만 외삼촌에게서 나오는 말은 전혀 다른 것이었다.

"한마디로, 애까지 있는 주제에 처녀인 척하고 꼬리 치고 다니는 웃기지도 않은 계집애."

진휘의 얼굴이 순간 일그러졌다.

여자를 보는 눈이 꽤 정확한 편이라고 자부하는 자신의 안목이 처음으로 틀렸다는 사실보다 이름도 모르는 그녀에 대한 실망감이 잠시 동안 할 말을 잃게 했다.

"나한테도 틈만 나면 얼마나 치근거리면서 안겨들었는지. 다행히 내가 사실을 일찍 알아서 그렇지 하마터면 넘어갈 뻔했다는 거 아니냐. 으으, 재수 없는 년!"

금방이라도 침을 뱉을 것처럼 가래를 끌어 올리며 대뜸 내뱉는 욕설에 진휘의 미간이 다시금 날카로운 줄을 세웠다. 상대가 무슨 짓을 했던 간에 여자에게 욕설을 지껄이거나 폭력을 휘두르는 인간을 최하라고 생각하는 그였다. 외삼촌의 이런 태도가 어제오늘 일은 아니지만 그 어느 때보다 눈에 거슬리고 기분이 상했다.

"너니까 하는 말이다만……."

잠시 주위를 휙 둘러본 규보가 낮게 속닥였다.

"애만 없으면 한번 후려보고는 싶더라. 너도 놀 만큼 놀아본 놈이니 잘 알겠지만 저렇게 생긴 애들이 남자 제대로 잡는 것들이거든. 좀 전에도 봤지만 화장을 안 해도 발갛게 윤이 나는 입술 하며 눈가가 촉촉하니 젖어 있는 게 아주 색기가 풀풀 흐르지. 멋모르는 애들이야 착 달라붙은 옷 입고 나와 가슴 내놓고 엉덩이 흔들면서 설쳐대면 섹시한 건 줄 알지만, 사실 그것들이야 잠깐 눈요깃감밖에 더 되냐. 진짜 제대로 된 건 바로 저런 애들이지. 모르긴 몰라도 애 아빠 되는 놈 밤마다 코피깨나 쏟았을 거다."

말끝에 킬킬 웃음이 묻어났다. 평소에 늘어놓곤 하는 음담패설과 비교한다면 유치원생 수준도 안 됐지만 진휘는 어느 때보다 불쾌했다. 하지만 모처럼 자신의 말에 귀를 기울이는 듯 보이는 조카의 모습에 제대로 탄력을 받은 규보의 말은 계속 이어졌다.

"외부 강사 관리하는 직원한테 슬쩍 물어보니까 호적은 깨끗한 모양이더라고. 쟤네들 학기 갱신할 때마다 서류 떼어 넣잖아. 그럼 결혼도 안 하고 애를 낳았다는 소린데 대체 세상이 어떻게 되려고. 하여튼요즘 계집애들은 겁대가리들이 없어서 큰일이란 말이지."

다른 말은 차치하고 결혼을 하지 않았다는 소리에 진휘는 귀가 솔깃했다. 서류상 유부녀가 아니면 싱글맘이라는 가능성도 배제할 수 없었다. 그리고 가슴속의 추는 단박에 싱글맘 쪽을 향해 기울었다.

"그럼 혹시 싱글맘 아니야?"

"그거야 모르는 일이지만 아무튼 꽤나 사정이 복잡한 여자임에는 틀림없다고."

뭔가 너스레를 떨려던 규보의 눈이 때마침 사무실 문을 열고 나온 여직원에게 가서 멈췄다.

"이사장님께서 찾으세요."

규보를 발견한 그녀는 내키지 않는 걸음걸이로 다가와 전갈을 전했다.

"어? 누님이? 그래그래, 알았어."

그러더니 금세 얼굴을 여직원 앞에 바짝 들이대며 물었다.

"근데 영란 씨는 날이 갈수록 피부가 뽀야니 이뻐지네. 무슨 비결이라도 있어? 좋은 거 있으면 같이 먹자고."

"먼저 가보겠습니다."

주먹 하나도 안 되는 정도의 간격을 두고 능글맞은 웃음을 보는 것이 기분이 나쁠 만도 하련만 여직원은 어지간히 면역이 되었는지 대꾸도 하지 않고 새침하게 사무실 안으로 도로 쏙 들어가버렸다.

"하아, 고거. 솜털이 보송보송한 게 아주 귀여워 죽겠단 말이야."

과장되게 쩝쩝거리며 입맛을 다시는 외삼촌을 뒤로 하고 진휘는 복도를 지나 자신의 방으로 향했다. 머릿속에 품은 많은 생각만큼이나 느린 걸음으로.

"그건 곤란해요. 전에도 말씀드렸잖아요, 제 사정."

"물론 김 선생님 사정이야 저희도 잘 알지요. 그렇지만 저희 사정도 좀 봐주십시오. 칼자루 쥐고 계신 분이 봐주셔야지 어떡합니까. 가뜩이나 백화점 매출도 바닥인데 문화 센터 강좌로라도 사람들을 좀 끌어모아야 하지 않겠습니까."

거듭되는 청에 자꾸만 약해지는 마음을 다잡으며 시정은 연신 고개를 저었다.

40대 중반을 훌쩍 넘긴 아저씨가 벗겨진 이마 위에 땀방울까지 맺혀가며 사정하는 것을 듣고 있자니 마음이 다소 약해지긴 했지만 그래도 안 되는 건 안 되는 거다. 지금보다 일을 더 늘렸다가는 다음 학기를 시작하기도 전에 병원에 실려 가게 될지도 모른다.

급기야 시정은 전날 밤부터 미리 연습해두었던 대사를 읊기 시작했다.

"며칠 전에 신문 보니까 은성백화점 상반기 매출이 전년 대비 60%가 넘게 상승했던데, 웬 엄살이세요. 60% 상승하고도 힘들다고 하시면 저처럼 영세한 소매업자들은 어떻게 먹고 살라고요."

그 말에 이 부장은 대뜸 짧은 두 팔을 들어 홰홰 내저었다.

"제가 듣기로 'about 허브' 야말로 장안 상류층 마나님들 지갑 속에 든 돈은 모조리 다 쓸어 모은다던데 웬 엄살이십니까."

정확한 상호는 'all about 허브' 이지만 여기서는 강좌 이름을 따서 다들 'about 허브' 라고 불렀다.

"그거 다 헛소문이에요."

도리어 변명을 해야 하는 입장이 되어버린 시정이 고개를 설레설레 저었다.

몇 년 전 허브라는 개념조차 생소할 때 처음 문을 연 'all about 허브' 는 동종 업종에서도 우선순위로 꼽을 정도로 운영이 잘되는 편이 었다. 처음에는 허브가 가지고 있는 희소성 때문이었고 그다음에는 고맙기 그지없는 웰빙 열풍 덕택이었다.

막 개업했을 때만 해도 허브라는 것에 대한 개념 자체가 생소했던 지라 샵을 찾아든 손님들은 지나는 길에 가게의 인테리어가 예뻐서 호기심에 들어온 사람들이 대부분이었다. 일단 들어왔으니 그냥 나가기는 뭣하고 해서 개중 가격도 저렴하고 사용하기 편리한 비누나 포푸리를 집어든 사람들은 십중팔구 다시 찾아오고 이내 단골이 되었다. 꼬리에 꼬리를 문다는 말처럼 단골손님들이 입소문으로 다른 손님들을 연결해주었다. 그리고 허브의 희소성이 슬슬 시들해질 무렵 불기 시작한 웰빙, 로하스로 이어진 새로운 개념의 트렌드는 매출의 급격한 신장을 가져왔다.

그 덕에 매달 들어가는 비용을 제하고라도 어지간한 기업의 간부급

연봉 이상은 벌어들이는 수준이었다. 하지만 이것도 잠깐이지, 유행 따라 취향은 물론이고 체질까지 통째로 바뀌는 실로 신비롭기 그지없는 '사모님'들의 눈에 들기 위해서는 지속적인 투자는 물론이고 새로운 아이템을 개발하는 데 전력을 기울여야 했다. 지금보다 조금만 더 눈길을 끄는 뭔가가 나타난다면 곧장 그쪽으로 발걸음을 돌릴 것이 분명할 테니 말이다. 일시적인 트렌드가 아닌 꾸준한 마니아를 만들기 위해서는 한시도 소홀해서는 안 되었다.

바로 이 점이 그녀가 일주일에 세 번 이상은 강의를 하려들지 않는 이유이기도 했다. 그런데 어쩌다 돈을 쓸어 모은다는 말까지 돌게 되었는지. 아마 정중히 거절했던 다른 곳의 강좌 제안 때문일 것이다.

"정말 한 강좌만 더 맡을 생각이 없으십니까?"

미련을 버리지 못하고 다시금 떠보는 말에 시정은 단호하게 고개를 저었다.

"끝까지 해낼 자신이 없는 일은 애초에 시작을 안 하는 게 좋아요. 지금도 벅차서 동동거리고 사는데 여기서 더 맡았다가는 과부하가 걸리고 말 거예요."

아닌 게 아니라 시정은 상당히 지쳐 있는 상태였다.

요즘 그녀의 몸은 피로가 쌓이다 못해 가는 곳마다 줄줄 흘리는 중이었다. 그도 그럴 것이 낮에는 소장용에 푹 빠져서 사나흘에 한 번 얼굴 보기도 힘든 김미옥 여사를 대신해 샵을 운영해야 하고, 집에 가면 밤과 낮을 바꿔서 살고 있는 정원이가 줄기차게 울어대는 통에 한 시간도 제대로 잠을 잘 수가 없었다. 한 달 정도를 그렇게 살았더니 요즘 그녀의 컨디션은 바닥이었다.

사실 강의가 없는 날임에도 바쁜 시간 쪼개 부러 여기까지 찾아온 것도 강의를 그만두겠다는 말을 하기 위해서인데 더 맡아 달라니. 자칫하다가는 혹 떼러 왔다가 혹 붙이고 가게 되는 셈이 되어버릴지도 모르니 정신을 바짝 차려야 했다.

아니나 다를까 조심스레 눈치를 살피다가 찾아온 용건을 꺼내놓자 사람 좋지만 소심한 이 부장은 그 자리에서 펄쩍펄쩍 뛰었다.

"안 돼요. 안 됩니다. 절대로 안 됩니다."

고개를 젓는 것과 동시에 두 팔을 겹쳐 X자를 만들어 보이고, 거기에 절대 안 된다는 말까지. 이건 누가 봐도 세 배 이상의 완강한 거절이었다.

강한 부정은 강한 긍정이라는 말로 이참에 그냥 확 밀어붙여버려? 가느다랗게 눈을 뜨고 가늠을 해보던 시정은 곧 속으로 고개를 저었다. 아서라, 이대로 강의 그만둔다고 뻗대고 우기다가 자칫 소심한 저 아저씨 심장마비로 쓰러뜨리게 될지도 모른다.

이미 속으로는 절반쯤 포기한 상태였지만 침묵을 완곡한 거절로 착각한 이 부장은 급기야 매달리기 작전에 돌입했다.

"안 그래도 다음 학기 수강 신청이 30%가 다 되게 줄어서 오전부터 이사님까지 모시고 긴급 대책 회의를 했는데 여기서 김 선생님마저 그만둔다고 하면 정말 우리 센터는 문을 닫아야 할 형편입니다. 내가 정말 얼마나 애가 타는지 요새 머리 빗을 때마다 빠지는 머리카락이 한 움큼이에요."

그러면서 여봐란 듯이 간장 종지를 뒤집어쓴 것처럼 벗겨진 정수리를 쓰다듬는데, 그 모습에 시정은 쿡! 웃음을 터뜨릴 뻔했다. 하지만 머리카락 쪽으로 이야기가 옮겨 가니 의외로 심각해진다.

"이거 정말 웃을 일이 아니라니까요. 누구처럼 돈 잘 버는 아들을 두어서 모근을 심으면 좋겠지만 그거야 말 그대로 꿈같은 일이고. 하는 수 없이 임시방편으로 우리 마누라가 밤마다 나무 빗으로 톡톡 두들겨주고는 있는데 아주 죽겠습니다."

그러는 동안에도 연신 손가락 끝으로 정수리를 톡톡 두들기고 있었다.

"오늘 회의 때도 그나마 'about 허브' 덕분에 이사님 앞에서 간신히 체면치레를 했는데 이것마저 폐강이 되면 전 정말 사표 써야 합니다. 돈 먹는 기계나 다름없는 한창 때 애들이 셋이나 있는 거 김 선생님도 알잖아요."

"부장님."

"자자, 이 얘기는 우리 더 이상 하지 말기로 합시다. 어쩌겠어요, 이게 다 김 선생님 능력이 좋아서 이렇게 된 건데."

손사래를 치며 말을 막는 바람에 더 이상의 대화는 이루어지지 못했고 시정은 속으로 깊은 한숨을 내쉬었다.

"참, 우리 이사님이 회의 시간에 김 선생님 가게 얘기 듣고는 궁금해하시던데 상호가 정확히게 어떻게 되지요?"

올 때보다 더 많은 무게가 지워진 어깨를 추스르며 일어나는 그녀에게 이 부장이 물어왔다.

"all about 허브예요. 백화점 정문에서 시청 쪽으로 두 블록쯤 아래요."

새로 건넨 명함을 들여다보던 이 부장이 이제야 알겠다는 듯 고개를 끄덕였다.

"맞다. 가까워서 곧잘 운동 삼아 걸어오신다는 말 들은 적이 있어요. 내가 요즘 이래요. 뭘 들으면 돌아서기도 전에 바로 까먹으니, 원. 적어도 돌아서서 숨 한 번 쉴 동안은 머릿속에 담아 두어야 하는데 그게 영 안 된다니까요. 애들 생각해서라도 건강하게 살아야 하는데. 요즘은요, 자식들이 부모가 치매나 중풍에 걸리는 걸 제일 무서워한대요. 그게 좀 골치가 아픈 병이 아니잖아요."

평소에는 그다지 말 많은 사람이 아닌데 강의를 연장하기로 한 것에 어지간히 안심을 했는지 주절주절 이야기들을 풀어놓았다. 듣다 보니 이 아저씨 보기보다 꽤 재미있네.

"근데 이사님 연세가……."

중년 이상의 남자에게 권해주면 좋을 허브 제품들을 머릿속으로 떠올리는데 책상 위의 전화가 울렸다.

"네, 부장 이현범입니다."

수화기를 들 때의 웃는 얼굴은 오래가지 않았다. 서편에서 들려오는 말을 들은 그가 화들짝 놀라 부러져라 수화기를 움켜쥐는 것이 보였다.

"뭐라고? 대체 어쩌다가. 아무튼 알았어, 지금 가지."

수화기를 내려놓는 그의 얼굴은 난처한 기색이 역력했다. 잠깐 고개를 푹 숙이고 숨을 고르더니 고개를 들었다.

"김 선생님도 지금 나가실 거지요?"

물론 나가려고 가방까지 들고 일어나긴 했지만 이렇게 물어오면 꼭 불청객 대접을 받는 것 같아 조금 곤란하다. 그렇지만 이만 방을 비워

달라는데 계속 눈치를 보고 바늘방석 위에 버티고 있을 성격 또한 아니니.

"그럼요."

일단 사무실을 나서자 작은 키의 이 부장은 조금 전 사무실에서 잠깐 망설였던 것을 만회라도 하려는 듯 재게 다리를 놀렸다. 땅딸막한 키와 짧은 다리로 빠르게 걷는 그를 따라 덩달아 시정도 걸음을 재촉했다.

"대체 무슨 일이지요?"

그를 따라 아래층과 연결되어 있는 계단 쪽으로 향해 가자 아래쪽에서 요란한 소리가 들렸다. 얼핏 들은 바로도 싸우고 있는 것이 분명했는데, 주로 여자 쪽에서 악다구니에 가깝게 소리를 지르고 그 사이사이 웅얼웅얼 투덜대는 남자의 목소리가 들려왔다.

그러니까 지금 어중간한 연애보다 훨씬 더 재미나다는 싸움 구경을 눈앞에 두고 있는 것이다. 하지만 이미지 관리 차원에서 싸움 구경에 흥미를 보인다는 인상을 주어서는 곤란하다. 어디까지나 침착하게, 호기심에 반짝거릴 눈빛은 최대한 숨기고 얼굴 가득 굉장히 걱정스럽다는 표정을 지으며 시정은 계단을 따라 내려갔다.

한 층을 더 내려가자 이벤트 홀과 맞붙어 있는 계단 주위에 사람들이 모여 있었다. 아무리 사람 많은 백화점이라고는 하지만 거의 뭉게구름처럼 한곳을 둘러싸고 있는 걸 보니 그곳이 악다구니의 진원지인 듯했다.

"손님! 무슨 일이십니까?"

한쪽에서 싸움을 말리는 동안 구경꾼들을 최대한 막고 서 있는 직원들 사이를 끼어 들어가는 이 부장의 쌕쌕한 목소리에는 '손님께 무슨 일이 생겼다면 제가 기꺼이 나서서 해결해 드리겠습니다!'라는 결연한 의지가 함께 담겨 있었다.

"당신은 뭐야!"

진홍빛 실크 블라우스의 소매를 둘둘 말아 올린 여자가 대뜸 삿대질을 하며 반말로 물었다. 후하게 보았을 때 20대 후반 쯤 되었을까. 실크 블라우스에 와이드 팬츠 차림은 제법 세련되었고, 균형 잡힌 몸매와 잘 가꿔진 피부로 보아 스파와 피트니스클럽을 왕복하며 하루를 보내는 젊은 귀부인인 듯했다. 겉모습을 봐서는 절대, 스타일 구겨가며 와락와락 쌈박질을 할 사람처럼 보이지 않았다. 그런데 무척이나 화가 났는지 부릅뜬 눈과 거센 기세가, 신호 대기 중에 난데없이 차를 박고 달아나려드는 뒤차의 운전자에게 덤벼드는 것처럼 거침없었다.

직업이 직업인지라 상황 대처 능력이 어지간할 이 부장도 그녀의 기세에 눌렸는지 움찔하며 그 자리에 멈춰 섰다. 하지만 곧 자세를 정중하게 가다듬고는 고개를 숙였다.

"죄송합니다. 뭔가 불쾌한 일을 당하신 것 같은데 말씀해주시면 곧 시정하겠습니다."

"멀쩡한 사람을 도둑으로 모는 주제에 대체 무슨 처리를 하겠다는 거야! 이제 아주 경찰을 불러서 본격적으로 하려고?"

자동적으로 삿대질을 하는 곳으로 눈을 돌리자, 쯔!

그녀, 김시정을 남자에 환장한 나머지 갓난 자식의 존재도 숨기려 한, 피도 눈물도 없는 천하의 비정한 인간으로 만든 장본인이 버티고 서 있었다. 보아하니 이 소란의 진원지인 것 같은데 수습은커녕 뒷짐을 지고 강 건너 불구경하는 모양새였다. 유감을 잔뜩 담은 시정의 두 눈이 그를 향해 맹공격을 퍼부었다.

"손님 잠깐만 진정하시고."

대강의 상황 파악을 끝낸 이 부장이 서둘러 진화에 나섰다. 역시 백화점에서 보낸 지난 세월이 헛것만은 아니었던 듯 여자를 진정시키는 한편 상황을 묻는 대처는 노련했다. 하지만 정작 사건을 일으킨 당사자는 상황 파악은 물론이고 주제 파악도 안 된 상태였으니.

"내가 보니까 저쪽 매장에서 옷을 쇼핑백에 담더니 바로 계단으로 올라가려고 해서 가방 좀 보자고 그랬지. 그랬더니 대뜸 화를 내면서 이 야단이니. 내 참, 어이가 없어서."

아아, 너무도 무신경하고 심하게 무책임한 대답. 어이가 없는지 이 부장이 한숨을 푹 몰아쉬며 고개를 숙였다. 그 모습이 안되어서 시정은 속으로 혀를 끌끌 찼다. 저 사람 지금 분명히 속으로 참을 인忍 자를 적어도 서른 번 쯤은 쓰고 있을 거다. 어쩌면 자식을 셋씩이나 낳은 걸 후회하고 있을지도.

"여기선 에스컬레이터도 멀고 어차피 바로 위층의 문화 센터 가는 길이니까 좀 걷자 싶어서 옆에 있는 계단으로 간 건데. 이 백화점은 계단 오르내리는 사람들은 전부 도둑으로 모나보지? 그럴 거면 차라리 계단을 막든가 아예 계단 앞에 검색대라도 만들어야지."

주위를 둘러싼 사람들의 분위기가 그녀에게 동조하는 쪽으로 흘러가기 시작했다. 잘잘못을 떠나서 고객을 도둑으로 몰았다는 사실 자체가 그들 입장에서는 이미 용서할 수 없는 일이었다. 상대가 무슨 잘못을 했어도 고객이라는 위치에 있는 사람에게는 무조건 고개를 숙이는 것이 목에 칼이 들어와도 지켜야 할 이 바닥의 불문율이건만. 저 인간은 어쩌자고 나서서 가만히 있는 사람을 들쑤셔놨을까. 웅성거리는 사람들의 목소리를 뚫고 무신경 싸가지의 말이 다시 들려왔다.

"불룩한 가방 쓰다듬으면서 계단 쪽으로 가는 걸 보고 의심하는 게 당연하지."

한창 신나게 도는 세탁기에 가루비누 한 통을 통째로 들이부은 꼴이었다. 에구, 인간아.

어지간히 기가 막히는지 잠시 아무 말도 못하고 있던 여자가 크게 한 번 숨을 들이쉬고 규보를 향해 쏘아붙였다.

"안 되겠어. 멀쩡한 사람 도둑으로 모는 게 분명 무고라는 건 잘 알고 있겠지? 내가 이런 수모를 겪고도 가만있을 줄 알아? 당신, 내 남편이 뭐 하는 사람인 줄 알기나 해? 우리 아버지가 이 사실 알면 당신은 지금 서 있는 그 자리에서 바로 모가지야!"

드디어 참을성이 한계에 다다랐는지 여자는 급기야 들고 있던 가방에서 커다란 액정이 반짝거리는 최신형 핸드폰을 꺼냈다. 하고 있는 걸 봐서는 남편이나 친정아버지가 뭐 하는 사람인지는 몰라도 얼마나 돈이 많은지는 대충 알 것 같은데.

"손님, 손님."

이 부장이 그녀의 손을 재빠르게 막아서더니 천지분간 못 하고 날뛰는 규보를 다시 나무랐다.

"박규보 씨, 지금 뭐 하는 겁니까. 어서 손님께 사과드리지 못하겠습니까?"

그렇지만 이런 엄청난 일을 저지르고도 되레 대단히 억울한 일을 당했다고 생각하는지 여전히 잔뜩 독이 오른 얼굴로 입술만 깨물고 있을 뿐이었다. 필살의 의지가 담긴 이 부장의 얼굴에 그나마 잠깐 틈을 주었던 여자는 다시 고개를 저었다.

"사과고 뭐고 다 필요 없어. 이렇게까지 구경거리가 되고 망신을 당했는데 가만있으면 바보지."

"무슨 일입니까?"

왠지 낯설지 않은 목소리. 사람들 사이를 뚫고 들려오는 목소리가 어쩐지 귀에 익어 발돋움을 하려는 찰나, 기다리기라도 했다는 듯 가방 속에 넣어 두었던 핸드폰이 울기 시작했다. 통화 버튼을 눌렀지만 주위의 웅성거림 때문에 소리가 잘 들리지 않아 사람들 사이를 빠져나와야 했다.

—지금 어디 계세요?

발신 번호를 보고 예상했던 대로 전화를 걸어온 것은 지윤이었다.

"아직 백화점인데 무슨 일이라도 있는 거야?"

통화를 하면서도 목을 길게 늘였지만 그녀의 키로 사람들에게 둘러싸인 누군가를 본다는 건 불가능한 일.

—사장님이 오셔서 부장님을 찾으세요.

"나 백화점 샀다고 그려지."

—그렇게 말씀드리긴 했는데요, 급하게 찾으시는 걸로 봐서는 뭔가 긴하게 하실 말씀이 있어서 오신 것 같아요.

"무슨 일인가 하는 말씀은 없으시고?"

—네.

곧 가겠다는 말과 함께 전화를 끊고도 대체 무슨 일인가 싶어 시정은 한참이나 고개를 갸웃했다. 김미옥 여사의 '급하게' 가 보통 사람들의 '급하게' 와 같다고 생각하면 오산이다. 다른 건 몰라도 일에 관련한 김미옥 여사의 '급하게' 는 거의 광속과 맞먹는다고 봐야 한다.

김미옥 여사에게는 다른 사람과 다른 세 가지 큰 특징이 있었다.

우선 첫 번째, 보통 사람으로서는 어지간해서 따라가기 힘든 추진력과 에너지이다. 일단 필이 꽂히면 앞뒤 좌우 살피지 않고 무작정 달려가는 무한 충전의 에너지는 가끔 젊은 시정도 따라가기 어려울 정도였다. 이 점이야말로 오늘 날의 'all about 허브' 를 만드는데 가장 큰 공헌을 했다고 해도 과언이 아니다. 물론 그 에너지가 다른 분야에까지 너무 왕성한 게 가끔은 골칫거리가 되기도 하지만 말이다.

두 번째는 나이 들어서도 변하지 않는 미모. 특히 이 부분에서는 엄지손가락을 번쩍 들어 보이는 바, 엄지손가락이 두 개뿐이라는 사실이 유감일 따름이다. 기본적으로 워낙 출중하게 타고나기도 했지만 미모를 유지하기 위한 김미옥 여사의 노력 또한 실로 눈물겨웠다. 지금까지 단 하루도 운동을 빼먹은 적이 없을 정도로 끊임없는 노력과 갖은 방법을 동원한 관리를 아끼지 않았다. 덕분에 안방의 화장대 위를 꽉 채우고 있는 각종 기능성 제품들은 차치하고라도 서너 달에 한 번씩은 끙끙 앓는 소리를 내며 집에 들어오곤 했다. 모르긴 몰라도 아마 엄청난 돈을 성형외과며 에스테틱 등에 쏟아 붓고 있을 터였다.

그리고 마지막으로, 엄청나게 급한 성격이다. 보통 때는 그렇지 않은데 일단 뭔가를 해야겠다고 마음을 정한 후에는 그 일이 일사천리로 진행되지 않으면 잠을 이루지 못한다. 이 성격은 사안에 따라 크나큰 장점이 되기도 하지만 반대의 경우에는 엄청난 파장을 일으키는 게 보통이다. 더구나 급한 성격이 첫 번째 장점과 만났을 때에는…… 으으 상상하는 것만으로도 두려웠다.

접때 봤던 소장용하고 잘되어가나 했더니 대체 무슨 일로 찾는 걸까.

그런데 그사이에 주위가 조용해져 있었다. 잠깐 동안 통화하는 사이에 싸움 구경하러 모여들었던 사람들이 어느새 절반으로 줄어 있었다. 그나마 남아 있는 절반의 사람들도 흩어지고 있는 중이었다. 재미난 싸움 구경의 클라이맥스를 놓쳐버리다니. 서둘러 조금 전의 난장으로 눈을 돌렸지만 주인공이 없는 걸로 봐서는 이미 파장이 된 지 한참이나 지난 것 같았다.

"뭐야 시시하게."

간만에 선과 악이 확실하고 가해자와 피해자가 명확한 싸움 구경을 하나 싶어 내심 기대를 했었는데. 그사이 어디로 갔는지 이 부장도 보이지 않는다.

귀부인을 가장한 드센 여자의 기세로 봐서는 절대 가만히 넘어갈 것 같지 않았는데. 모르긴 몰라도 조금 전 목소리의 주인공이 달래서 해결한 것이 분명했다. 이 부장으로는 어림도 없었을 테니까. 그나저나 그 목소리, 분명히 낯이 익은데.

3

"대체 그게 무슨 짓입니까!"

잔뜩 달궈진 목소리가 가뜩이나 냉기로 가득 차 있는 사무실 안을 단숨에 휘저었다. 연한 푸른색 셔츠의 소매를 반쯤 걷어 올린 채 단단한 허리에 손을 얹고 있는 남자에게서 풍기는 위입감으로 인해 사무실 안은 바야흐로 급속 냉동 상태로 접어들고 있었다.

"죄송합니다."

연신 굽실거리는 이 부장 옆에서 정작 사과를 해야 할 당사자는 나 몰라라 뒷짐을 진 채 딴청을 피우고 있었다. 그런 규보를 향해 날카로운 일별을 던진 진휘가 이 부장을 향해 고개를 돌렸다.

"이 부장님은 그만 나가서 일 보십시오."

"네, 네?"

뭔가 물으려던 이 부장은 규보에게 못 박혀 있는 진휘의 냉랭한 눈길을 확인하자 그대로 입을 다물더니 조심스레 밖으로 나갔다. 하지만 문이 닫히는 순간 불끈 쥔 두 주먹을 허공에 날리며 소리 없이 연달아 파이팅을 외쳤다. 예쁘장한 비서가 눈을 동그랗게 뜨고 쳐다보는 것쯤은 전혀 신경 쓰이지 않았다.

머리끝까지 열이 오를 대로 오른 여자 손님을 상대한 것만으로도 몇 달 간의 액땜을 한꺼번에 다 치렀다고 생각했는데, 저지르지도 않은 일로 애먼 추궁까지 받겠구나 싶어 절로 신세 한탄이 나오던 참이었다. 자신과 달리 걱정은커녕 뱃가죽을 득득 긁으며 심드렁하게 서 있는 규보를 보고, 배경 든든한 놈은 이런 대형 사고를 치고도 당당하구나 하는 생각에 오늘따라 자신의 처지가 서글프기까지 했다. 그런데 모든 예상을 뒤엎고 별다른 말이 없이 그냥 나가보라는 말을 듣자 이게 웬일이냐 싶은 것이다.

"대체 왜 그런 겁니까?"

문이 닫히자마자 진휘는 곧장 규보에게 따져 물었다. 하지만 규보는 여전히 태연했다.

"의심이 갈 만한 짓을 하니까 그랬던 거지. 괜히 그랬나."

여전히 자신의 실수를 인정하려들지 않는 규보에게 이게 진휘는 답답함을 넘어서 짜증마저 일었다. 어머니를 생각해서라도 조용히 넘어가려 했던 건 역시 어리석은 생각이었나.

"그 손님이 물건을 훔쳤다는 증거도 없었잖습니까. 보안 카메라는 괜히 있는 줄 아세요? 의심이 가는 사람은 보안 요원들이 지켜보고 있다가 다른 손님들이 눈치 채지 못하게 조용히 처리한다는 거 잘 알고 있잖아요. 그런데 단지 의심만 간다는 이유로 무턱대고 손님을 도둑으로 몰아서야 되겠어요? 만일 거기 있던 누군가가 그 장면을 핸드폰으로 찍어서 동영상이 인터넷에 돌아다니기라도 하면 얼마나 엄청난 일이 벌어질지 생각해봤어요? 백화점 직원이 손님을 도둑으로 몰아서 한바탕 소란이 벌어졌다는 소문이라도 돌면 대체 어떻게 감당하려고 그런 겁니까?"

"아니라는 거 알고 나중에 사과했잖아. 그럼 되는 거지. 하여간 너도 차암, 젊은 애가 너무 깐깐해서 탈이야."

"이게 사과로 해결되는 간단한 문제인 줄 알아요?"

태평한 규보의 말에 잔뜩 화가 난 진휘의 목소리는 이제 닫힌 문을 뚫고 나갈 기세였다.

"백화점은 물건이 아니라 이미지를 파는 곳이에요. 똑같은 물건은 어딜 가나 널렸다고요. 대체 오늘 일이 우리 백화점에 얼마나 큰 타격을 줄지 몰라서 이렇게 태평한 겁니까?"

뭐 뀐 놈이 성낸다고, 모르쇠로 일관하며 은근슬쩍 모면하려던 시도가 먹히지 않자 규보는 되레 목소리를 높였다.

"너 정말 너무하는 거 아니냐? 그래, 네 말대로 내가 실수를 좀 했다고 치자. 그렇다고 세 살짜리 애 나무라듯 해도 되는 거냐고!"

"지금은 조카가 아니라 박 실장님의 상사로서 말하는 겁니다."

"아아 네, 그러십니까, 이사님."

이죽거리며 고개를 숙여 보이던 규보가 이내 몸을 바로 세우며 내씹듯 욕을 뱉었다.

"이런 썅! 야, 니가 나한테 이렇게 나오면 안 되지. 부모 잘 만나서 새파란 나이에 높은 자리 올라 앉아 있으니까 눈에 뵈는 게 없냐?"

"대체 지금……."

너무 답답한 나머지 제대로 말이 나오지 않았다. 한심한 인간이라는 것은 이미 알고 있었지만 이렇게까지 구제불능일 줄은 미처 몰랐었다.

"사람을 무시해도 분수가 있지. 인마! 나 네 삼촌이야. 그런데 감히 일개 부하 직원 다루듯이 함부로 굴어? 누님을 봐서라도 이러면 안 되는 거라고!"

"어머니 얼굴을 봐서 이나마 하는 거라고 생각하세요. 안 그랬으면 아까 그 자리에서 바로 해고였습니다."

냉정한 진휘의 대답에 그렇지 않아도 커다란 콧구멍을 벌렁거리며 규보는 씨근덕댔다.

"자르든지 말든지 네 맘대로 해! 나도 이런 말까지 들으면서 있고 싶지는 않으니까. 이깟 자리에서 더 이상 무슨 영화를 보겠다고. 내 참, 더러워서."

쾅 하는 요란한 소리를 남기고 규보가 밖으로 나간 뒤 진휘는 창가를 향해 섰다. 모양 좋은 입술이 씁쓸함을 담은 채로 약간 일그러졌다. 부모 잘 만난 덕에 과분한 지리에 있다는 말을 들은 것이 처음은 아니었고 또한 마지막도 아닐 것이다. 그렇지만 오늘따라 유난히 입맛이 썼다.

남들은 그저 하기 쉬운 말로 그더러 행운을 타고 났다고들 했다. 그렇지만 그가 가지고 나온 행운은 능력 있고 훌륭한 부모 밑에서 태어난 것까지였다. 그 외의 것들은 모두 스스로 일구어냈다. 그의 아버지서 회장은 단순히 아들이라는 이유로 모든 것을 손에 쥐여 줄 만큼 호락호락한 사람이 결코 아니었다. 필요한 것이 있으면 싸워서라도 손에 넣어야 하는 법이라고 어려서부터 가르침을 받고 자랐다. 그런 만큼 지금의 자리도 결코 쉽게 얻어낸 것이 아니었다. 끊임없는 경계와 부단한 노력이 없었다면 제아무리 아들이라고 해도 공채 시험을 볼 기회조차 주지 않을 분이 바로 아버지였다.

저간의 사정을 모르는 사람들의 말이야 이미 철들기 전부터 그러려니 하고 넘어갔지만 어려서부터 함께 자라다시피 한 외삼촌에게까지 같은 말을 들으니 기분이 참으로 묘했다. 분노나 불만이 뒤섞여 딱히 한마디로 정의할 수 없는 감정이 가슴 깊은 곳에서부터 부글부글 괴어올랐다.

"어이구, 안녕하세요."

제법 오래된 하얀 중형차의 운전석 문을 열고 내린 중년의 남자가 샵으로 향하는 바쁜 걸음을 막아섰다. 객관적인 눈으로 봐도 퍽이나 넓고 번들거리는 이마에 좋게 말해 듬직한 체구. 요즘 대세인 미중년과는 은하 광년으로 백만 년쯤 떨어져 있는 말 그대로 딱 중늙은이였다.

워낙 많은 사람들을 상대하다 보니 이름과 얼굴을 꽤 잘 외우는 축에 속하는 시정이었다. 하지만 눈앞의 중늙은이는 언제 봤는지 도통 기억이 나질 않았다. 잠시 갸웃거리는 사이 다시 한 번 인사가 건너왔다.

"이거 반갑습니다."

얼결에 난데없는 인사를 받으면서도 시정은 여전히 상대의 정체를 생각해내려 애를 쓰고 있는 중이었다. 샵을 방문하는 중년의 남자 손님은 극히 적어 한 손에 꼽을 정도이니 기억하지 못할 리가 없었다. 그렇다면 다른 일로 만났던 사람이라는 얘긴데. 하지만 어쨌든 명색이 샵을 운영하는 입장에서 먼저 아는 척을 해오는 사람에게 전혀 기억하지 못한다는 인상을 주어서는 곤란하다.

"네, 안녕하세요."

어쨌든 꽤 반가운 척 살갑게 인사를 했다. 본디 낯을 많이 가리는 성격이지만 샵에서만은 곧잘 싹싹하다는 평을 듣곤 하는 그녀였다.

"미옥 씨가 따님 만난다고 들어간 지가 꽤 됐는데……."

흠, 미옥 씨라, 잠깐…… 미옥 씨? 김미옥 여사?

쑥스럽게 웃는 번들번들한 얼굴을 보며 시정은 경악을 금치 못했다. 그리고 그제야 기억이 났다. 얼마 전에 김미옥 여사가 왔을 때 도대체 어울리지 않는 형광 핑크색 넥타이를 매고서 밖에서 좋아라고 손흔들던 촌스럽기 그지없었던 그 중늙은이였다.

"혹시 나 기억해요?"

먼발치에서 본 것이 전부인 자신을 기억한다는 것만으로도 굉장히 반가운 얼굴을 하고 있는 사람에게 고개를 젓는 짓은 차마 못할 짓이다 싶어 시정은 그만 어색한 미소로 대답을 대신했다. 으으으…… 난 정말 너무 착해서 탈이라니까.

"네, 접때 먼발치에서 잠깐 뵈었죠."

웃는 것도 아니고 찡그리는 것도 아닌 얼굴로 마지못해 하는 대답에도 중늙은이의 얼굴은 확 피었다.

"설마 했는데 이렇게 기억까지 해주고. 정말 영광입니다."

영광은 무슨 개뿔.

원래 김미옥 여사와 그렇고 그런 관계에 있는 남자들과는 절대 아는 척을 하지 않는 걸 철칙으로 삼고 있는 시정이었다. 그저 봐도 못 본 척, 알아도 모른 척. 지금까지의 경험으로 봤을 때 가장 속 편한 방법이었다. 그래도 어렸을 때는 한두 번 씩 마주친 사람에게는 꾸벅꾸벅 인사도 잘하고 제법 아는 척도 하며 지냈었다.

그런데 그녀가 중학교에 다니던 무렵―돌이켜 보건대 그때가 김미옥 여사의 연애 인생 중 가히 최고 절정기였다― 볼 때마다 줄줄이 바뀌는 그 남자들을 시정은 도무지 분간해낼 수가 없었다. 분명 일주일 전에는 머리가 어깨를 덮는 섬세하게 생긴 남자였는데 그다음에는 2센티도 안 되게 짧게 깎았다든지. 손가락이 가느다랗고 하얀 사람이 사흘 후에 굵은 목에 역시 굵디굵은 금줄을 걸고 있는 모습으로 바뀌어 있는. 뭐, 대충 그런 식이었다.

때마침 시작된 사춘기는 끝날 줄 모르고 이어지는 김미옥 여사의 연애 행렬에 짜증을 일게 하기 충분했다. 결국 가장 최근 애인과 함께 저녁 식사를 하자며 불러내는 김미옥 여사에게, 앞으로 엄마가 사귀는 남자들과는 얼굴을 마주하지 않겠다는 나름대로는 폭탄선언을 했다. 하지만 성격에서 쿨한 거 빼면 아무것도 남지 않는 김미옥 여사는 갑작스러운 말을 듣고도 전혀 동요하는 기색 없이 한마디로 오케이를 했다. 그리고 그 뒤로는 한 번도 그때의 약속을 어긴 적이 없었다.

그런데 난데없이 나타난 우중충한 중늙은이가 좋다고 실실대니, 시정으로서는 딱 기가 막힐 노릇인 것이다. 게다가 아기 엄마라는 말까지 듣고 있는 판국에 비 맞은 장닭 같은 중년의 아저씨와 함께 있는 모습을 들키면 무슨 말이 나돌지 모를 일이었다.

"엄마가 기다리고 있는 지 오래됐어요."

그래서 대체 뭘 어쩌라고. 다소 삐딱한 심정이 된 시정이 속으로 그의 말을 받았다.

"그럼 이만."

고개를 까딱해 보이고는 뒤돌아서 두어 걸음 가는데 뒤에서 외치는 소리가 들렸다.

"만나서 정말 반가웠어요."

허걱! 난 정말 아니거든요.

있는 힘껏 팔을 흔들어대는 남자와 멀어지기 위해 시정은 걸음을 재촉했다.

다급하게 찾는다는 지윤의 전갈과 달리 김미옥 여사는 서둘러 들어오는 시정을 보고도 꽤 느긋하게 굴었다. 허튼 소리나 과장을 하지 않는 지윤의 성격을 몰랐다면 아무것도 아닌 일로 사람 재촉했다며 타박하기 딱 좋을 정도였다. 샵 안으로 들어온 시정을 보고도 손을 들어 인사를 하는 게 진부였다. 조금 전의 기색과 다른 것이 이상했는지 저쪽에서 지윤이 고개를 갸웃하는 것이 보였다.

"소장용이 요 앞에서 기다리던데?"

가방을 털썩 내려놓으며 자리에 앉자마자 시정이 먼저 입을 열었다. 기껏 뛰어오게 만들어놓은 장본인이 정작 느긋하게 구니 나오는 말은 퉁명스러울밖에.

"만났니?"

엊그제 만든 비누 몇 개를 앞에 두고 하나씩 들어 각각의 향을 맡아 보며 대수롭지 않은 투로 물었다.

"만나긴 뭘. 그때 잠깐 문 사이로 봤는데도 용케 기억을 했나보더라고. 오는데 차에서 내려서 아는 체를 하지 뭐야."

"생긴 것하고는 다르게 섬세한 사람이긴 하지."

무슨 생각을 하는지 반쯤 눈을 감고 슬며시 미소를 짓고 있는 김미옥 여사를 시정은 애써 못 본 척했다. 쉰이 넘은 나이에도 지치지 않고 열애에 빠지곤 하는 엄마를 두어보지 않은 사람은 결코 알지 못할 것이다. 심심찮게 벌어지곤 하는 이런 미묘한 상황들이 얼마나 난처하고 곤란한지를.

"근데 넌 샵을 이렇게 오래 비워두면 어떡하니."

확인을 마친 비누들을 차곡차곡 옆의 선반에 올려놓으며 말했다. 제품들에 대해 별말이 없다는 건 곧 비누의 향과 질이 마음에 든다는 뜻이다. 그렇다면 이제 랩으로 곱게 감아 제품에 대해 간단한 설명이 되어 있는 스티커만 붙이면 상품으로 내놓을 수 있다. 새로 만들어본 쌀겨 비누가 그 안에 들어 있는 것을 보자 왠지 모르게 뿌듯했다.

"강좌 문제로 잠깐 백화점 간 거야. 지윤 씨가 말 안 해?"

거절은 했지만 어쨌든 강좌를 추가로 개설하자는 제의를 들었으니 내심 뿌듯한 것은 당연지사.

"그 얘긴 들었는데 그래도 용건이 끝났으면 빨리빨리 와야 할 것 아냐. 아무리 잘되는 사업도 주인의 손이 직접 닿지 않으면 금방 티가 나는 법이야. 엄마 손 안 탄 애들이 덕지덕지 때 끼어갖고 다니는 거하고 같다고."

부웅 떴던 기분은 곧장 바람 빠진 풍선이 되어 땅 위로 곤두박질 쳤다.

나 참! 조금만 생각해보면 절대로 이런 말 못할 텐데. 어쩌다 나왔다 가도 저번처럼 가게 안을 휙 돌아보고는 훌쩍 나가기 일쑤였으면서. 김미옥 여사가 지금처럼 차분히 앉아서 가게 안을 둘러본 게 얼마 만 인지 생각이 나지 않을 정도. 이럴 게 아니라 저쪽 테이블에 있는 탁 상 달력을 들고 샵에 나온 날짜를 일일이 꼽아볼까 하는 생각까지 들 정도로 시정은 순간 열이 치받았다.

아무리 김미옥 여사라고 해도 이건 정말이지 너무하는 거란 말 이지.

"그건 엄마도 마찬가지잖아. 난 최소한 빼먹지 않고 날마다 나오기 는 한다고."

대답하는 목소리에는 날이 섰고 김미옥 여사는 곧장 경계 태세로 돌입해 큰딸의 눈치를 살폈다.

평소에는 얌전하기 그지없는 아이였다. 어지간한 일로는 화도 내지 않고 그저 그러려니 하고 속 좋게 웃으며 넘어가는 경우가 대부분이었 다. 하시민 그렇디고 해서 모든 것을 싹 잊었다고 생각해서는 곤란했 다. 화를 내지 않는 대신 절대 잊지도 않았다. 사소한 일들까지도 가슴 속에 차곡차곡 저장했다가, 그것들이 쌓이고 쌓여 더 이상 공간이 없 을 때 핵폭탄과 맞먹는 파괴력으로 대폭발을 일으킨다는 사실을 두어 번에 걸친 경험으로 잘 알고 있었다.

"누가 그걸 모르니? 요즘 나 대신해서 네가 샵 운영하느라 고생하는 거 내가 제일 잘 알지. 내 말은 나도 자리를 거의 매일 비우는데 너까지 없으면 곤란하다는 거지."

김미옥 여사는 서둘러 눈까지 찡긋거려가며 시정을 달랬다. 급조된 애교에 그만 어이가 없어진 시정은 화가 났던 것도 저만큼 미뤄뒀다.

"대체 무슨 일로 급하게 찾은 건데?"

"별일은 아니고. 너하고 밥이나 먹을까 해서."

"밖에서 기다리잖아."

"그 사람이야 더 기다려도 되고."

그리고 눈치를 슬쩍 살피면서 한마디 덧붙이는데 어이구 머리야. 정말 환장하겠다. 그제야 사태 파악을 한 시정이 빽! 소리를 질렀다.

"엄마!"

"하여튼 눈치는 빨라가지고. 그냥 같이 가기 싫다고 하면 그만이지 왜 소리는 지르고 그러니. 애도 참."

바로 어제 케어를 받은 손톱을 살피는 것으로 김미옥 여사는 거절당한 무안함을 감추었다.

"식사든 뭐든 오매불망 기다리는 소장용하고 단둘이 같이 하셔. 나는 일이 있어."

"무슨 일?"

"조금 있다가 농장에서 사람들이 오기로 했어. 백화점에서도 손님이 올지 모르고."

이사님이 샵의 위치를 묻더란 이 부장의 말이 때마침 좋은 핑계가 되어주었다.

"그나저나 너 백화점 일 언제 그만둘 거야?"

이래저래 공연히 시간만 뺏기고 정작 남는 건 없다는 이유로 김미옥 여사는 처음부터 문화 센터 강의를 탐탁찮아 했었다. 물론 그러면서도 문화 센터의 직원들과는 시정보다 더욱 돈독한 친분을 쌓는 것도 잊지 않지만 말이다.

이럴 때마다 시정의 대답은 항상 똑같았다.

"이번 학기까지만 할 거야. 오늘은 집에 들어올 거지?"

생전 가야 엄마 없어서 아쉽다는 말 한마디를 않는 딸의 난데없는 물음에 김미옥 여사의 귀가 쫑긋해졌다.

"왜?"

"정원이가 밤낮을 바꿔 살아서 나랑 이진이가 요즘 좀 힘들어."

제아무리 자기 인생 찾아 젊게 산다고 자부하는 김미옥 여사도 어쩔 수 없는 할머니인지라 손자 이야기가 나오니 금세 귀를 기울이며 걱정을 한다.

"아직도 그래? 그 정도 크면 이제 밤낮은 가려야 하는데."

"안 그랬는데 이상하게 요즘 들어 밤만 되면 울고 칭얼대고 그래."

"병원에 데리고 가보지 그랬어."

"얼마 전에 예방접종 하러 가서 보였는데, 어디가 이상이 있어서 그런 건 아니라고. 아니라고."

아기 울음소리 없이 딱 세 시간만 제대로 푹 자는 게 소원일 정도로 요즘 시정에게는 절실하게 잠이 필요했다.

"어쩐지 조금 전에 너 들어오는 거 보니까 눈 밑이 퀭하더라니. 이진이 고건 너한테만 맡겨놓고 딴 방 가서 자겠구나."

매일 밤 반복되는 상황을 보지 않고도 척 집어내는 것이 역시 김미옥 여사다웠다. 브라보!

"그러게 진작 시집가서 니 애 낳아서 키웠으면 오죽 좋니. 그 나이에 밤마다 품에 조카 안고 어르니 좋아? 데리고 나가면 다들 너더러 애 엄마라고 하잖아. 지금이야 정원이가 말을 못하니까 그렇지 좀 있어서 말 시작하면 곧잘 엄마, 엄마 할 텐데. 그럼 진짜 어떡할 거야?"

느닷없이 자신의 결혼으로 말이 튀자 시정은 잠시 어안이 벙벙해졌다. 그렇지만 곧 콧잔등에 보일 듯 말 듯 가느다란 주름이 섰다.

"그 얘기가 아니었잖아. 왜 자꾸 다른 쪽으로 화제를 돌리는 건데?"

대답하는 시정의 목소리에 짜증이 잔뜩 묻어났다. 가뜩이나 까칠한 성격, 수면 부족에 과로까지 겹쳐 기회가 닿을 때마다 요즘 아주 제대로 보여주고 있는 참이었다. 그런데 한 가지라도 덜어주기는커녕 외려 덤을 얹는 건 뭐란 말인가.

그런데 보통 때 같으면 이쯤해서 손들고 물러났을 김미옥 여사가 이번에는 무슨 마음을 먹었는지 호락호락하지 않았다.

"길을 막고 물어봐. 혼기가 꽉 찬 딸 두고 맘 편한 부모 있나."

"맘이 안 편할 건 또 뭐야?"

"아는 사람들이 자꾸 물어본단 말이야. '그 집 딸은 만나는 사람 없어? 그러고 있다가 서른 금방이야.' 은근히 속 긁는 말 들을 때마다 얼마나 자존심 상하는지 아니?"

결국은 과년한 딸에 대한 걱정이 아니라 김미옥 여사의 자존심에 관한 문제였다는 거지. 정작 자기는 프리하게 만나고 싶은 남자 다 만나며 원 없이 연애하고 살면서, 잊을 만하면 한 번씩 결혼하라며 닦달하는 건 대체 무슨 심보인지 모르겠다. 지나치다 싶을 만큼 자유분방

하다가도 자식에 관한 문제에서만은 유독 다른 사람들의 시선을 의식하고 혹여 마음이 상하는 일이 있으면 두 눈에 불을 켜고 덤비는 성격이라 은근히 곤란할 때가 많았다. 바로 지금처럼 말이다.

"멀쩡하게 잘 있다가 엄마 자존심 세워주자고 길 가는 남자 아무나 붙잡고 결혼해? 바랄 걸 바라. 엄마는 내가 그럴 수 있을 것 같아? 혹시 이진이라면 모르겠다."

"가만히 있는 애는 왜 끌어다 붙이고 야단이야? 그리고 이진이 고건 혼자 살 수 있을 테지만 넌 절대 안 돼."

"나는 왜 안 된다는 건데? 결혼 안 하고 평생 진한 연애만 하고 살 건데."

말이 끝나기가 무섭게 베이지밀크의 글로스가 곱게 발린 입술 사이로 까르르 웃음이 터져 나왔다.

"행여나, 연애할 주제는 되시고."

무안함과 서운함 그리고 다소의 원망이 담긴 시선이 곧장 김미옥 여사에게로 꽂혔다. 물론 현재 상황, 무전 무승 무패인 것은 사실이다. 그렇지만 이렇게 대놓고 비웃음을 당하면 무척 심정이 상한단 말이지.

연애에 대한 그녀의 소망을 한마디로 가볍게 묵살해버린 김미옥 여사가 손가락 끝으로 테이블을 톡톡 두드렸다.

"그러지 말고 말 나온 김에 선 한번 안 볼래?"

그 말이 채 끝나기도 전에 시정은 있는 대로 인상을 찡그리며 고개를 돌려버렸다.

"내가 그거 제일 싫어하는 거 알면서."

"그래서 지금까지 한 번이라도 강요한 적 있어? 없잖아. 그러지 말고 딱 한 번만 봐. 정말 놓치기 아까운 자리라서 그래."

시정은 대체 얼마나 대단한 조건이기에 김미옥 여사의 혼을 쏙 빼
놓았을까 궁금했다.

딸의 침묵을 관심으로 지레짐작한 김미옥 여사는 곧장 이름도 모르
고 얼굴도 모르는 남자의 조건을 줄줄이 꿰기 시작했다.

"아버지는 중소기업 운영하고 어머니는 고등학교 교감이야. 그 아
버지 회사가 단추 만드는데 큰 회사 여러 군데 거래하고 그러나 봐. 괜
찮다 싶은 브랜드 옷을 보면 단추들이 얼마나 섬세하고 예쁘니. 요즘
그렇게 눈에 좀 띈다 싶은 단추들은 거의 그 아버지 회사에서 나오는
거래."

그것만으로도 벌써 훌륭하지 않느냐는 듯 목에 빳빳하게 힘이 들어
가는 게 보였다.

일단은 단추 공장 아들.

"신랑 자리는 안과 의사인데 지금까지 대학병원에 있다가 이제 개
원 준비한다는데 인물이 그렇게 좋을 수가 없다잖니. 키도 크고 성격
도 남자답게 서글서글하니 좋대."

그리고 의사.

"그런 사람이 왜 아직 결혼을 안 했대?"

슬쩍 떠보는 말을 관심으로 여긴 김미옥 여사는 더욱 눈을 빛내며
장황한 설명을 이어갔다.

"안 그래도 여기저기서 선도 많이 들어오고 아직 대학 다니는 새파
란 애들까지 결혼하겠다고 아주 줄을 섰단다. 수입 차는 기본에 병원
차려준다는 여자도 있었고 대형 아파트도 모자라서 그 안을 최고급 살

림살이로 다 채워가지고 오겠다는 애들도 있었대. 근데 그때마다 당사자가 싫다고 그랬다나봐. 너무 어리면 대화도 안 통하고 철없어서 안 된다고. 일일이 가르쳐서 데리고 살려면 피곤하다고 마다했다잖니."

침을 튀기며 시작한 말은 호호호 웃음으로 마무리가 되었다.

그러니까 결론은 저 잘난 맛에 사는 재수 없는 인종이란 소리다.

이야기를 듣고 나자 시정은 더욱 심드렁했다. 장황하게 이어진 소개를 들으며 얼굴도 모르는 그 남자의 이마에 '젠체하는 속물'이라는 딱지를 붙인 후였으니. 그래도 아직까지는 맞선 시장에서 의사가 꽤 먹어주는 직업이라지만 제대로 된 약발 떨어진 게 언젠데. 게다가 이제 겨우 스무 살 남짓한 애들이 그렇게까지 결혼에 목을 맨다는 것 자체가 얼토당토않은 데다, 여자가 비정상적으로 혼수를 준비하는 것이 싫은 게 아니라 가르쳐 데리고 살아야 해서 피곤하다니.

뾰로통해서 속으로 구시렁대는 시정과는 상관없이 김미옥 여사의 칭찬은 계속되었다.

"그 부모 인품은 또 어찌나 좋은지. 사는 동네 근처 아무 가게나 들어가서 그 집에 대해 물어보면 열이면 열 집 모두 입술에 침이 마른대."

예전에 시정이 살던 동네 입구의 가게 아줌마는 김미옥 여사를 무지 싫어했었다. 애 둘을 낳고도 여전히 예쁘고 날씬한 것도 싫어했고 똑 부러지게 멋 내고 다니는 것도 싫어했다. 가게 앞 평상에 동네 여자들과 둘러앉아 소위 여자의 올바른 행실 운운하며 김미옥 여사를 씹는 걸로 하루를 보내는 것이 큰 일과였다. 그렇다고 그들 모녀가 도덕적으로 흠 잡힐 정도로 잘못 살았던 것은 아닌데 말이다.

갑작스레 떠오른 기억에 시정은 입맛이 썼다.

"날짜는 언제로 할까? 물론 그 남자 좋은 시간으로 맞추자고 해야겠지? 넌 매인 데 없으니까 아무 때나 마음만 먹으면 나갈 수 있잖아."

기대에 부풀어 묻는 말이 채 끝나기도 전에 시정은 단박에 고개를 저었다.

"날짜는 무슨. 됐어."

긴 설명이 무색하게 짧게 끊는 대답에 김미옥 여사의 안색이 붉으락푸르락 변했다.

"왜 싫은 건데?"

"그냥 싫어. 좋은 부모 밑에서 태어나 남보다 많이 배우고 근사한 직업 가지고 있는 것도 싫고, 성격 좋으면서 잘생기기까지 했다는 것도 마음에 안 들고. 그리고 지가 뭐나 되는 것처럼 손가락 끝으로 이 여자 저 여자 가리키면서 고르고 있는 것도 가소롭고 재수 없어."

"이게 세상 돌아가는 물정도 모르고 그저 아직까지 복에 겨워서. 그나마 나이 앞에 2자 붙어 있으니까 요렇으로리도 이런 자리가 늘어오는 거야. 맞선 시장에서 네 나이 정도면 벌써 조건 좋은 재취 말까지 나온단 말이야. 네가 몰라서 그렇지 조건 좋은 남자하고 결혼하려고 피나게 노력하는 젊은 애들이 얼마나 많은데. 내가 진짜, 콧구멍이 두 개라서 숨을 쉬지."

"그럼 그런 애들 보고 가지라고 해. 난 싫으니까."

자리에서 벌떡 일어나 샵 입구에 놓인 벤자민 화분의 잎을 살펴보았다. 며칠 동안 안에만 두었더니 햇빛을 못 봐서 그런지 잎들이 시들시들하니 상태가 별로 좋지 않았다.

"그러지 말고 딱 한 번만 보자, 응?"

보통은 싫다는 한마디에 니가 그럼 그렇지 하고 더 이상 아무 말 없이 물러났을 텐데 끝까지 붙들고 늘어지는 것이 어째 수상쩍었다. 시정의 눈동자는 금세 의심으로 가득 찼다.

"꼭 선을 봐야 하는 이유가 있는 거지?"

"응? 아, 아니."

평소답지 않게 어색한 미소까지 띠며 고개를 젓는 모습에 의혹은 점점 더 짙어졌다. 이거 분명 뭔가 있는 거다.

"싫다면 그만이고 이렇게까지 긴 얘기는 한 적이 없잖아. 좀 이상해."

부러 미심쩍은 표정을 좀 더 강하게 지어 보이자 김미옥 여사는 금세 딴청을 하며 가방을 들고 일어날 채비를 했다.

"아까도 말했지만 놓치기에는 너무 아까운 자리라서 그런 것뿐이야. 나도 이젠 늙어가잖니."

말이 끝나기도 전에 시정의 동작은 그대로 얼어붙었다. 다른 사람도 아니고 김미옥 여사의 입에서 늙었단 말이 나왔다는 건 거의 천지개벽과 맞먹는 충격이었다. 진시황이 서러워 울고 갈 정도로 나이 듦을 두려워하는 김미옥 여사와는 도무지 어울리지 않는 말이었으니 말이다. 대체 무슨 꿍꿍인 걸까.

속사정을 캐내기도 전에 김미옥 여사는 짧은 인사 몇 마디 던지고 나가버렸다. 뒤에 혼자 남은 시정만 여전히 어안이 벙벙한 상태였다.

"선본다고 하지 그러셨어요. 사장님이 굉장히 아까워하시는 눈치던데."

어느새 다가온 지윤이 슬쩍 물었다.

"그럼 지윤 씨가 볼래? 혹시 알아? 엄마 말대로 정말 좋은 사람일지."

"저 보라는 말씀 아니었잖아요. 부장님 상대로 점찍고 계신데 제가 대신했다가 사장님한테 뼈도 못 추리게요."

정말 무섭다는 듯 어깨를 움츠리고 부르르 떠는 양에 시정은 피식 웃었다. 그렇지만 머릿속은 여전히 복잡했다.

"정원아."

현관문을 열고 들어서며 시정은 언제나처럼 꼬맹이 조카의 이름부터 불렀다. 신발을 벗고 아기 방 쪽으로 가는데 이진이 거실로 나왔다. 부스스한 머리와 살짝 부은 눈꺼풀을 보니 막 잠에서 깬 모양이었다.

"일찍 오네."

하품을 하며 거실 벽에 걸린 시계를 한 번 보더니 묻듯이 말했다. 밤과 낮을 바꿔 사는 아들 덕에 피곤이 온 얼굴에 덕지덕지 걸려 있다.

"피곤해서 좀 일찍 들어왔어. 정원이는?"

"낮에 이모가 와서 데리고 갔어."

"이모가? 왜?"

욕실로 향하던 걸음을 멈추고 시정이 물었다.

"이모부가 제주도로 낚시 갔대. 며칠 집이 비니까 딱히 할 일도 없고 심심하다고."

어쩐지. 이 시간에 늘어지게 자다가 나온 데는 이유가 있었던 거다.

"언니도 그동안 너무 피곤했지? 얼른 씻고 자. 나도 아까 정원이 보내놓고 계속 잤어."

아기한테는 미안한 말이지만 푹 잘 수 있다고 생각하니 너무 기뻤다.

일단 욕조에다 향이 나는 거품을 풀고 몸부터 푹 담가야겠다. 얼마만의 느긋한 목욕인가.

"따뜻한 차 한 잔 줄까?"

라벤더 오일을 떨어뜨린 욕조 안에 들어 앉아 욕실 안에 가득 찬 김을 보며 눈을 스윽 감는데 노크 소리와 함께 이진이 고개를 들이밀었다.

"좋지."

"오케이! 잠깐만 기다려."

시정은 눈을 감은 채로 주방으로 향하는 발소리, 주전자에 물 떨어지는 소리, 탁탁하며 가스 불이 켜지는 소리를 들었다. 오래전부터 귀에 익은 소리는 이진이 집을 나가기 전 그들이 함께했던 시간들을 자연스레 떠올리게 했다.

항상 바쁜 엄마를 대신해서 친구처럼 지내던 자매였다. 그런데 어느 때부터인가 이진은 집을 멀리하기 시작했다. 집에서 채우지 못한 결핍을 시정이 일로 채웠다면 이진은 가족이 아닌 다른 사람을 통해 채우려고 했다. 그 결과가 좋았다면 물론 더할 나위가 없었겠지만 아쉽게도 최악이라고 불릴 만한 선택을 한지라 안타까울 뿐이었다.

"들어간다."

그사이 물이 끓었는지 이진이 조심스럽게 문을 열고 들어와 뜨거운 김이 오르는 유리잔을 내밀었다. 코끝으로 가져가 향을 맡으니 캐모마일이다.

"좋다."

"피곤한 거 같아서. 목소리 들으니까 감기 기운도 좀 있는 것 같고. 요새 정원이 때문에 통 못 잤잖아."

어느새 다가온 손이 물 위로 드러나 있는 어깨를 찬찬히 주무르기 시작했다.

"으으……."

긴장했던 몸이 좌악 풀리는 느낌에 물속에서 발가락을 쭉 뻗었다.

"미안해."

난데없는 말에 시정이 반짝 눈을 떴다.

"응?"

"언니, 나는……."

동생의 입에서 무슨 말이 나올지 알 수 있을 것 같아 시정은 고개를 저었다. 덕분에 커다란 핀으로 얼기설기 올려놓은 머리가 어깨로 흘러내렸지만 상관없었다.

"세상 일이 마음대로 되는 건 아니잖아."

"그 자식이 그렇게 형편없는 놈인 줄 정말 꿈에도 몰랐단 말이야."

워낙 주기가 불규칙적인지라 정원이가 들어선 후에도 한참 동안은 임신인 줄도 몰랐다고 했다. 감기인 줄 알고 찾았던 내과에서 의사의 충고를 듣고 부랴부랴 부인과를 찾았을 때에는 이미 석 달도 지나 넉 달이 다 되어가는 시기였다. 애초에 이진 하나도 책임질 생각이 없었던 녀석은 내과의 진단만 듣고도 좌불안석, 불안한 기색이 역력하더니 급기야 부인과에서 임신을 확인하고 돌아온 날 밤 똥 마려운 강아지처럼 온 방 안을 쏘대다가 담배 사러 나간 것을 마지막으로 눈썹 끝자락 한 번도 본 일이 없다고 했다.

하여튼 뒷일은 책임지지도 않을 거면서 아랫도리만 가볍게 놀리는 것들에게는 범국가적인 차원에서 뭔가 대책이 필요하다. 예컨대 중세시대에 여자들에게 채웠던 정조대처럼 그걸 콱! 묶어서 못하도록 했다가 결혼해서 자식이 필요하다고 인정이 되는 경우에만 풀어주도록 한다든가.

난데없이 떠오른 엉뚱한 생각에 욕조 턱에 걸쳐놓은 시정의 작은 주먹이 불끈 쥐어졌다.

"우리 모녀는 김미옥 여사 빼면 남자 운이 꽝인가봐."

동감이라는 듯 이진이 크게 고개를 끄덕였다.

"엄마야 원래 수완이 좋잖아. 보통 아줌마들이 풍기는 설거지 냄새도 안 나고."

일상에 찌들어 사는 여자들은 모른다. 자신들에게서 얼마나 진하게 살림의 냄새가 배어 나오는지. 그런데 다행인지 불행인지 모르지만 김미옥 여사에게서는 생활의 냄새가 전혀 나지 않았다.

"낮에 그 징용 하나가 가게 앞에서 아는 체를 하더라. 얘기 들으니까 접때 너도 한 번 봤다면서?"

"형광색 타이 말하는 거야?"

"응."

미리 인사를 나눴다더니 역시나 이진에게도 그 타이가 가장 인상에 남았었나보다. 누가 먼저랄 것도 없이 자매는 마주 보고 키득거리기 시작했다.

"그 넥타이 명도만 다른 걸로 또 있는 거 아니?"

"정말?"

"오늘 보고 아주 기겁을 했잖아. 차라리 촌스러운 셔츠에 색깔 안 맞는 면바지를 입었으면 더 나았을 거야. 근데 형광색 넥타이를 떡하니 매고서 대로 한복판에서 아는 척을 하는데 창피해서 아주 미치겠더라."

키득거림은 곧 깔깔거림으로 바뀌었고 자매는 정말이지 오랜만에 배꼽을 잡고 웃었다. 간신히 진정을 하고 속눈썹 끝에 매달린 눈물을 손가락으로 닦았다.

"스타일은 그때 그 남자가 죽였는데."

"누구?"

무엇인가를 생각하듯 입술을 동그랗게 오므리고 눈을 반쯤 감는 것이 꽤 눈에 들었던 눈치였다.

"접때 경찰서에서 봤던."

"설마 마주 앉아서 서로 욕질하던 그 성질 더러운 놈들 중에 하나는 아니겠지?"

"눈이 삐었니?"

혹시나 했지만 학을 떼며 몸을 부르르 떠는 모습에 조금 안심이 되었다. 살면서 못된 놈한테 끌린 건 한 번으로 충분하다.

"있잖아. 나중에 와서 합의금 낸 모델 같은 남자. 내가 그동안 남자를 꽤 많이 봤는데도 눈이 딱 마주친 순간 그냥 그대로 나사가 풀어져서 턱이 발밑으로 떨어지겠더라."

반짝이며 눈을 빛내는 동생 옆에서 시정도 덩달아 침을 꼴깍 삼켰다.

그래, 그 남자. 요새도 전략적으로 기획하면서 조폭질 잘하고 있나 모르겠네. 커다란 눈에 긴 속눈썹 파닥거리는 순정 만화의 파릇파릇한 여주인공만 같으면 때와 장소 안 가리고 답삭 달라붙어 개과천선 시키려고 애 좀 써볼 텐데 말이다.

왜 있지 않나. 드라마에서 심심찮게 볼 수 있고 드물게는 휴먼다큐멘터리 같은 데서도 볼 수 있는. 조폭과 사랑에 빠진 어리고 가녀린 소녀가 생긴 것 같지 않게 깡을 발휘해 천상 조폭을 개과천선하게 만든다는, 어정쩡하고 진부하지만 환상 순도 100%의 러브스토리. 다른 건 몰라도 생긴 것 하나는 죽여주는 남자가 반항적이고 나쁜 놈이기까지 하다는데, 눈에 보이는 것이 세상의 전부라고 믿는 십대에게 그보다 더한 로망이 어디 있겠어.

하지만 아쉽게도 시정은 허브 전문 샵 운영하며 먹고사는 데 열중하는 20대 후반으로 달리고 있는 처자인지라 잘생긴 얼굴은 잊을 만하면 가끔 떠올려주는 걸로 끝이었다.

진짜 얼굴 하나는 끝내주게 생겼었는데. 그 얼굴로 차라리 모델이니 배우글 하시. 어쩌다 그런 쪽으로 빠져들게 되었을까. 손가락 끝에 단단하게 감기던 팔 근육의 감촉을 떠올리는 것만으로도 벌써부터 입 안에 침이 고였다. 예전부터 굳게 맘먹고 있는 연애를 하려면 그런 남자가 딱인데.

언젠가부터 시정은 서른이 되기 전에 뜨거운 연애를 딱 한 번만 해야겠다고 계획했었다.

김미옥 여사처럼 한 달이 멀다 하고 남자를 갈아치우고, 그럴 때마다 사랑이라고 우길 게 아니라 절절하고 뜨거운 연애를 딱 한 번만 하자. 그렇지만 무모하게 앞뒤 안 가리고 뛰어드는 건 좀 곤란하고 너무 나이가 많아도 안 되니 스물다섯에서 서른 사이가 좋겠다.

하지만 어찌된 일인지 원대한 계획을 세운 지 십 년이 다 되어가고 서른이라는 나이가 저만치 보이는데도 도무지 실행에 옮길 기회가 오지 않아 슬슬 불안해지는 참이었다. 벌써 훨씬 전부터 연애를 할 때 지켜야 할 규칙까지 만들어가며 호시탐탐 때가 오기를 기다리고 있는데 말이다. 김미옥 여사처럼 관상용, 소장용 따지자는 것도 아니고 그저 한눈에 괜찮다 싶은 녀석이면 될 것 같은데 어찌된 일인지 좀처럼 기회가 오지 않았다.

"무슨 생각을 그렇게 해?"

"응?"

이진의 부름에 정신을 차리고 보니 욕조 안에 앉아 찻잔을 비스듬하게 든 채 멍하니 넋을 놓고 있었다.

"연애나 한번 해볼까?"

혼잣말처럼 중얼거리는 소리에 이진의 눈이 동그래졌다.

"드디어?"

"서른 전에는 꼭 할 거라고 했잖아."

"스물다섯, 여섯이 넘어도 잠잠해서 마음이 바뀐 줄 알았는데."

"바뀌긴, 기회가 없었던 거지."

"어쨌든 난 적극 찬성."

"왜?"

두 손까지 들어 박수 치는 시늉까지 해 보이며 반기는 동생에게 시정이 이유를 물었다.

"사람이 살면서 죽기 전에 꼭 해봐야 하는 것들이 있잖아. 난 연애가 그중에서도 가장 우선이라고 생각하거든. 물론 김미옥 여사처럼 지나칠 정도로 절대적이거나 나처럼 상대를 잘못 고르면 곤란하지만 말이야."

마지막 대목에서는 쑥스러운지 어깨를 으쓱했다. 하지만 그러면서도 말을 끝맺는 건 잊지 않았다.

"어쨌든 인생에서 필수적인 거라고 생각해, 연애는."

"글쎄."

시큰둥한 투로 길게 말꼬리를 늘이는 품이 연애하겠다는 사람치고는 퍽 재미없는 반응이었다.

"이 뜨뜻미지근한 반응은 또 뭐래?"

"난 왜 모두들 연애에 죽자 사자 목을 매는지 항상 궁금했거든. 정말 불가사의지 않니? 또 모두들 그렇게 환장하는 거라면 사는 동안 적어도 한 번은 해봐야 할 것 같기도 하고."

"아무튼 난 찬성이야! 앞뒤 돌아볼 겨를이 없을 정도로 뜨겁고 화끈한 연애를 해. 밥 먹는 것도 잠자는 것도 모조리 잊고 오로지 미친 듯이 전력 질주하는 거야. 그 사람 생각만 해도 입술이 화끈대면서 저릿하고 발끝은 저절로 오그라들고. 으으, 그 순간만큼은 정말 끝내주는 기분이라니까."

잔뜩 흥분한 이진의 목소리는 계속해서 올라갔다. 머릿속에 무슨 생각이 오가는지 야릇한 미소와 함께 아랫입술 한쪽을 슬쩍 베어 물기까지 했다.

"그게 어디 연애니? 헛것 봐서 미친 거지."

시정의 냉소에 이진은 코웃음으로 대답했다.

"이러니까 언니는 연애가 안 되지. 연애가 바로 미치는 거야. 맨 정신으로는 연애를 못한다니까. 시작하는 순간 곧장 빙그르르 돌아버려야 해. 그 자리에서 지구인이기를 포기하고 별나라에서 온 외계인이 돼버려야 한다고. 케로로 같은 애들처럼 말이야."

애 핑계대고 만화 채널만 줄기차게 틀어대더니 그게 다 퍼런 개구리 때문이었나보다.

"어쨌든."

한 손을 드는 것으로 폭주하는 이진의 입을 막으며 시정이 말했다.

"상대가 누구든 또 얼마나 뜨겁든 연애는 그저 연애일 뿐이야. 여자 남자 만나서 한동안 화르륵 타다가 결국 시들해지고 마는 거지. 본질만 제대로 알면 네 말대로 미쳐 날뛰지 않아도 사분하고 쿨하게 얼마든지 즐길 수 있어. 내가 실전에는 좀 약할지 몰라도 이론은 끝내주게 꿰고 있잖아. 고맙고 고마우신 김미옥 여사 덕분에 말이지."

"그럼 언니는 상대가 누구든지 절대로 언니 감정은 손해 안 보고 연애에 대한 호기심 충족만 하고 끝내겠다는 거야?"

"그렇게 말하면 너무 매정한 여자처럼 들리긴 한데, 뭐 대강 얘기하자면 그렇지. 너도 알잖아. 내가 사람들한테 휘둘려서 우왕좌왕하는 거 얼마나 끔찍해하는지. 그러니까 말 그대로 즐겁고 유쾌하게 만나다가 웃으며 끝내면 되는 거지."

살다가 한 번쯤은 자신의 편의대로 남자를 이용하는 것도 썩 나쁘지 않겠다는 생각을 하며 시정은 고개를 끄덕였다. 하지만 오늘은 웬일인지 이진이 쉽사리 그녀의 편이 되어주지 않는다.

"글쎄……."

그렇지 않아도 올라가 있는 입 꼬리를 더욱 길게 늘이며 가늘게 눈을 뜨는 품이 어쩐지 수상했다.

"지금 그 표정 무슨 뜻이야?"

쪼그만 게 남자 얘기만 나오면 나를 무시한다니까.

"과연 그럴 수 있을까 해서 말이야."

"불가능하다는 말이야?"

"그거야 때가 되면 알 거고."

대체 무슨 말인가 싶어 가만히 쳐다봤지만 그걸로 끝이었다. 딴청을 피우며 자리에서 일어나더니 약이라도 올리려는 듯 가느다랗게 콧노래를 부르며 욕실 밖으로 사라졌다.

못된 계집애.

4

"대체 그놈은 왜 그러고 다니는 게야. 그 나이가 되도록 일에 재미를 못 붙이면 어떻게 하겠다고!"

진휘는 고개를 숙인 채 묵묵히 아버지의 걱정을 듣고 있었다.

그의 아버지가 '그놈'이라고 부르는 사람은 이 세상에서 누 사람밖에 없었다. 동생 은휘와 외삼촌 규보. 규보는 처남인데도 나이 차가 워낙 많이 나서인지 진휘나 은휘를 다룰 때와 별반 다를 것이 없이 대하곤 했다.

"그래, 일은 말썽 없이 처리했고?"

"아직까지 별다른 얘기는 나오지 않고 있습니다. 그렇지만 앞으로 한동안은 신경 써서 모니터를 할 생각입니다."

그 소란 속에서 혹 누군가 핸드폰을 이용해 사진이나 동영상을 찍어두지는 않았을까 속을 끓였던 것이 기우였다 싶을 정도로 이번 사건은 조용히 넘어가는 듯 보였다. 하지만 지나치게 잠잠한 것이 오히려 걱정스럽기도 했다.

"그 녀석은 어때? 출근은 하고 있는 거냐?"

"죄송합니다, 제가 경솔하게 해고라는 말을 꺼내서. 주의를 주려고 했던 말인데 의사 전달이 잘 되지 않았던 것 같습니다."

"됐다."

아들과 처남의 성격을 모두 알고 있는 서 회장은 그 자리에서 진휘의 말을 딱 자르며 손을 저었다.

일에 관한 한 두말할 것도 없이 철저한 녀석이니 따로 변명을 듣거나 할 필요도 없을 터였다. 은휘 녀석이 제 형을 반의반만 닮았어도. 두 아들을 나란히 떠올릴 때마다 느끼곤 하는 아쉬움이 다시금 고개를 들었다. 진휘가 제 몫의 서너 배 이상을 거뜬히 해내는 것에 비해 은휘는 제 몫으로 떨어진 일이 있는지도 알아차리지 못하는 녀석이었다.

"네 어머니가 이번 주말에는 일 약속 잡지 말라고 하더구나."

"예."

대답을 끝으로 회장실 밖으로 나오자 비서실의 직원들이 일제히 자리에서 일어났다. 그들의 인사에 짧은 목례로 답을 하던 진휘의 시선이 비서실장에게 잠깐 멈추었다. 의미심장한 그의 시선에도 정 실장은 여전히 무표정한 얼굴로 일관하고 있었다. 자신의 일거수일투족을 꿰뚫으려 한 것이 괘씸하기 짝이 없지만 어차피 그녀 혼자서 작정하고 한 일도 아닐 터였다.

"정 실장님."

"예, 이사님."

그의 부름에 정 실장이 대답과 함께 살짝 고개를 숙였다.

그녀가 처음 아버지의 비서가 되었을 때부터, 그러니까 진휘가 회사에 들어오기 훨씬 전부터 안면이 있는 사이였지만 지금까지 허물없는 인사 한마디도 편하게 주고받지 않았을 만큼 두 사람 사이에는 분명한 거리감이 있었다. 물론 거기에는 지나치게 뻣뻣하고 비서라는 직분에 충실하려는 그녀의 성격이 큰 몫을 했지만 말이다.

"이지선 씨가 실장님에 비하면 아직 부족한 점이 많습니다. 시간 나는 대로 가끔씩이라도 이끌어주셨으면 합니다."

어머니의 말대로라면 치마 속에 꼬리를 열 개도 넘게 숨기고 있는 그녀가 말 속에 담긴 뼈를 알아차리지 못했을 리가 없었다. 하지만 겉으로는 아무런 내색도 하지 않은 채 고개를 끄덕였다.

"알겠습니다."

"그럼 부탁 좀 드리겠습니다."

정중하게 인사를 마치고 밖으로 나온 진휘의 입가에 씨익 미소가 걸렸다.

회장실의 눈길을 받지 않고 지낼 수 있으면 더할 나위 없겠지만 안타깝게도 그건 불가능했다. 업무적인 면은 물론이고 사생활도 마찬가지였다. 모르긴 몰라도 정 실장은 그간 그가 벌였던 모든 연애의 자질구레한 사실들까지도 모조리 파악하고 있을 것이다.

그나저나 이번에는 뭐하는 집안의 딸일까.

굳이 아버지를 통하면서까지 어머니가 주말 약속을 주지하는 건 단한 가지 이유 때문이었다. 결혼을 목적으로 끊임없이 여자들을 디밀기 위해서.

아름답게 치장한 여자와 마주 앉아 대화를 나누는 건 물론 언제나 즐거운 일이었다. 단, 결혼을 전제로 한 만남이 아니라면 말이다. 하지만 안타깝게도 한껏 멋을 부린 그녀들이 그를 만나러 나오는 목적은 오로지 하나. 최대한 빠른 시일 내에 웨딩드레스를 걸쳐 입고 턱시도를 차려입은 그의 팔에 매달려 결혼식장에 서기 위해서였다.

앞으로 다가올 모든 연애에 대한 기대를 가능한 한 재빠르게 던져버리고 결혼이라는 고리타분한 제도에 몸을 맡기려 안간힘을 쓰는 여자들이 얼마나 많은지. 실로 안타깝고 슬프기 그지없는 현실이었다. 그동안의 경험에 의하면 그녀들은 모두 약속이나 한 듯 어떤 식으로 꼬드겨도 절대 연애는 하려들지 않았다. 그저 조금이라도 빨리 결혼이라는 족쇄를 차기 위해 최선을 다할 뿐. 이번에 나올 여자도 그들 중의 한 명일 건 불 보듯 빤한 일이다. 부디 이번만은 이즈음 시들해진 연애 생활에 활력을 불어넣어줄 용의를 가진 여자가 나와주길. 헛된 것인 줄 알면서도 진휘는 잠깐 동안 그런 바람을 가졌다.

"안녕하십니까, 이사님."

생각에 잠긴 채로 걸음을 옮기다보니 어느새 11층이었다. 언제나처럼 쌕쌕한 목소리로 인사를 하는 이현범 부장을 향해 진휘도 의례적인 미소와 함께 짧게 목례를 건넸다.

"네, 안녕하세요."

고개를 살짝 드는 순간, 진휘의 후각이 예리하게 움직이며 무언가 신호를 보내왔다. 신호의 의미를 미처 파악하기 전에 이 부장이 옆에 서 있는 사람을 소개했다.

"이쪽은 우리 문화 센터에서 강의를 맡고 계신 김시정 씨입니다."

시선을 돌리자 눈을 휘둥그렇게 뜬 그녀가 빤히 쳐다보고 있었다. 얼굴과 목소리, 그리고 무엇보다 코끝을 들썩이게 하는 향기 때문에라도 너무나도 선명히 기억하고 있는 사람이었다.

저절로 입가에 그려지는 미소를 지그시 깨문 채 마치 처음 만나는 양 진휘는 정중하게 인사를 건넸다.

"반갑습니다. 서진휘입니다."

"아, 네."

뜻밖의 부딪힘에 잠시 얼떨떨해하던 것도 잠시, 재빠르게 표정을 수습한 그녀도 인사를 해왔다.

"안녕하세요."

"저번 회의에서 말씀드렸던 'about 허브' 강의를 맡고 계신 분입니다."

이어진 이 부장의 소개에 진휘의 눈은 다시 한 번 그녀에게 향했다. 다물릴 듯 말 듯 약간의 틈을 두고 벌어진 그의 입술은 이세 유쾌한 힌량의 호감 대신 호기심을 담고 있었다. 허브에 대한 풍부한 지식과 뛰어난 수완으로 샵을 운영한다는 말에 다소 풍만한 몸집의 쾌활하고 수다스러운 중년 여자를 떠올렸던 것과는 딴판이었으니 말이다. 그러고 보니 단지 스치는 것에 불과했던 것까지 합치면 벌써 세 번째 만남인데 늘 이 여자에게 놀라게 된다.

"새 학기 첫 강의를 무사히 마친 기념으로 제가 점심 초대를 했습니다."

"함께 가시지요."

업무적인 일을 제외하고는 한 번도 진휘 쪽에서 먼저 식사를 권하거나 했던 적이 없었기 때문인지 이 부장은 의외라는 얼굴이었다. 가끔 있는 회식 때도 첫 잔을 비우고 나면 분위기 봐서 금세 자리를 뜨는 것이 보통이었으니 말이다.

하지만 정작 말을 꺼낸 당사자인 진휘도 내심 당황스럽기는 마찬가지였다. 미처 머릿속에서 결정을 내리기 전에 입술이 움직여 만들어낸 말이었으니 말이다. 그렇지만 그의 제안이 마음에 들지 않는지 발그스레한 볼로 보일 듯 말 듯 미간을 찡그리고 있는 그녀의 모습을 보자 충동적인 결정이 꽤 만족스러웠다.

김시정이라는 인간을 좀 알고 있다고 나름대로 자부하는 사람들은 그녀에 대해 한결같이 까다롭다는 평가를 내리곤 한다. 그들의 기대에 부응이라도 하려는 듯 그녀가 싫어하는 것들의 리스트는 꽤 긴 편이다. 무례하게 구는 것, 정직하지 못한 것, 게으른 것, 상대방의 입장은 생각 안 하고 무작정 엉기려드는 것, 되지도 않은 말로 바득바득 우겨대는 것, 앉을 자리 설 자리 구분 못하고 천방지축 나대고 까부는 것 등등.

그중에는 전혀 예상치 못했던 의외의 상황에 놀라는 것과, 자신의 힘으로는 통제할 수 없는 일이 벌어지는 것도 포함되어 있었다. 그런데 지금 눈앞에서 이 두 가지 상황이 동시에 일어나고 있었다. 호기롭게 돈 뿌리기 좋아하는 꽤나 흐뭇한 생김새의 조폭쯤으로 알았던 남자가 백화점에서 근무하는 제법 바람직한 월급쟁이였다는 사실을 알게 된 것만으로도 놀라 자빠지겠는데 그것도 모자라 중역이란다. 조금 전이 부장이 그러러 '이사님'이라고 부르는 걸 두 귀로 직접 똑똑히 들었기에 망정이지, 누군가에게 전해 들었다면 분명히 거짓말이라고 했을 거다.

'멋진' 란에 분류했던 남자가 주먹 써서 먹고사는 사람이 아니라는 것을 알고 나자 시정의 호감도는 단박에 50% 상승했다. 여전히 하강 곡선을 그리고 있는 나머지 50%는 아직도 이진의 합의금을 갚지 못했기 때문이다. 전화를 할 때마다 제법 건방지게 구는 여자-이제 보니 정말 비서가 분명한-를 상대하는 데도 짜증이 나기도 했고. 그런데 이렇게 기막히게 마주칠 줄이야. 오늘 당장은 아니더라도 언제든 묵은 빚을 청산할 수 있다고 생각하자 호감도는 10% 더 올랐다.

백화점에서 가끔 점심 식사를 할 때마다 단골로 들르는 비빔밥 전문점의 주인이 시정을 알아보고 반갑게 인사를 건네다가 뒤따라 들어오는 진휘를 발견하고는 이내 깜짝 놀랐다. 서둘러 카운터를 돌아 나와 종업원 대신 손수 자리를 안내했다. 본격적인 점심 식사 시간이 되기에는 약간 이른 시간이지만 벌써 테이블은 삼분의 이 정도가 차 있었다.

주문을 마친 후에야 문득 생각났다는 듯 진휘가 물어왔다.

"비빔밥 갖고 되겠습니까? 듣자니 우리 백화점 문화 센터에서 가장 인기가 많은 분이라던데."

"아닙니다."

사람을 바로 앞에 두고 저런 낯간지러운 말을 아무렇지도 않게 하다니. 하지만 오지랖 넓은 왕수다에 살짝 푼수기까지 있는 이 부장이 재빠르게 한술 더 보탰다.

"김 선생님이 워낙 겸손하셔서 그렇지 다른 사람 같았으면 유세가 보통이 아니었을 겁니다. 우리 센터에서 가장 팬을 많이 갖고 계신 분 아닙니까."

"오늘은 갑자기 마련된 자리라 하는 수 없지만 다음번에는 제대로 대접을 하겠습니다."

"잠깐 실례하겠습니다."

몸을 움찔하던 이 부장이 주머니에서 부르르 떨고 있는 핸드폰을 꺼내 보이며 양해를 구하고 밖으로 나갔다.

"놀랐나봐요?"

"아, 조금요."

스스럼없이 던져오는 말에 살짝 놀란 시정은 짧게 고개를 끄덕였다.

테이블 아래로 긴 다리를 꼬고 옆의 의자 등받이에 한 팔을 올린 채로 느긋하게 앉아 있는 모양새가, 밥집이 아니라 분위기 좋은 술집에 앉아 있는 품이다. 딱 저 자세 그대로 어둑한 조명 아래 옮겨놓은 다음 기다란 손가락 사이에는 담배 한 개비 끼우고 빈손에 술잔 들려주면 잡지 화보 따위가 무슨 필요가 있겠어. 역시 기억대로 비주얼 하나는 끝내주는 남자로구나.

보고 있자니 절로 한숨이 나왔다.

"그럴 거라고 생각은 했지만 눈치가 빨라서 다행이에요. 잠깐 너무 놀란 얼굴이라서 이 부장한테 우리가 구면이라는 거 지레 알려주게 되는 거 아닌가 싶었는데."

김미옥 여사의 딸로 살아오는 동안 쌓은 내공이 얼만데. 한편으로는 시큰둥하면서도 '우리' 라는 뜬금없는 단어 선택에 가슴이 주책없이 달떴다.

"바보는 아니니까요."

다행히 스스로도 만족스러울 정도의 명료한 대답이 나와주자 시정은 속으로 회심의 미소를 지었다. 사실 바보가 아닌 다음에야 아까 마주친 자리에서 '사실은 초면이 아니거든요' 라는 티를 낼 리가 없었다. 그렇다면 당연히 어떻게 알게 된 사이인지 간단하게나마 설명을 했어야 했을 터.

김시정 자존심이 있지. 차마 미성년자 동생이 음주와 폭행에 연루되어 갓난 조카 들쳐 업고 경찰서에 달려갔다가 얼굴을 익힌 사이라고 말할 수는 없었다. 모름지기 자존심이 걸린 문제는 신중에 또 신중을 기해야 하는 것이다.

생각이 그 대목에 이르자 시정의 목소리가 날카로운 곡선을 타고 올랐다.

"근데 이제 내 전화 받을 때도 되지 않았어요?"

자신의 목소리를 확인하자마자 귀찮은 내색을 숨기지 않는 비서와 통화를 할 때마다, 혹시 길 가다 우연히 마주치기라도 해봐라 이 인간 아주 작살을 내버릴 테다라며 이를 갈았던 것을 생각하면 지금 이렇게 한가하게 앉아 비빔밥 따위를 기다리고 있을 때가 아닌 것이다.

"무슨 전화?"

금시초문이라는 듯 고개를 갸웃하는 모습에 시정은 절로 실소가 터져 나왔다. 기막히고 어이없어하는 그녀를 향해 진휘가 물었다.

"설마 그 뒤로 계속 전화했던 거예요?"

"관두죠. 어쨌든 이제 해결할 수 있게 됐으니까."

나중에 지나는 말처럼 이 부장에게 이 남자 사무실의 위치 물은 다음 찾아가서 봉투만 전해주면 끝나는 것이다. 신발 속에 든 모래알처럼 내내 귀찮고 신경 쓰였는데 해결할 수 있게 되어서 다행이었다.

"혹시 계속 전화했던 게 나한테 반해서 작업 들어온 건……."

장난처럼 슬쩍 던진 말에 가뜩이나 큰 눈은 아예 화등잔이 되었다. 이 남자가 대체 무슨 말을 하는 거야라고 묻는 듯 눈이 휘둥그레진 그녀를 향해 진휘는 예의 그 미소를 날렸다.

"물론 아니었을 거라고. 너무 심각한 얼굴이라 농담 한마디 한 거 갖고 놀라기는."

하아, 콧구멍이 두 개라서 숨을 쉰다.

단둘이 있을 때는 웃기지도 않는 말을 농담이랍시고 던져 사람 기막히게 하던 남자가 통화를 마친 이 부장이 자리로 돌아온 뒤로는 말문을 닫았다.

조용하다 못해 어색하기까지 한 분위기를 바꾸기 위함인지 이 부장이 먼저 입을 열었다.

"그때 주신 인형 말입니다. 우리 딸이 참 좋아하던데요."

뿌듯함에 기분이 좋아진 시정이 물었다.

"잠은 좀 잔대요?"

"확실히 전보다 나아졌다고 하대요. 근데 역시 사춘기 애라 그런지 효과보다는 향기하고 모양에 아주 호들갑이에요. 글쎄 요번 날에는 학교까지 갖고 가서 자랑을 했다지 뭡니까. 같은 반 애들이 보더니 앞 다

뭐서 향기 맡아보고 부러워했다고 어찌나 좋아하던지. 그러니까 얘가
또 김 선생님 샵 이야기를 했다나봐요."

몇 달 전에 수험생인 이 부장의 딸이 불면증으로 고생한다는 말을
얼핏 듣고는 라벤더로 속을 채운 헝겊 인형을 만들어 선물한 적이 있
었다. 처음에는 샵에서 파는 쿠션이나 베개를 줄까 했는데 여학생임을
감안해서 쿠션이나 베개로도 쓸 수 있는 둥글둥글한 모양의 인형을 만
들었다. 그런데 그걸 학교까지 갖고 가다니. 이 부장의 말대로 역시 사
춘기 애들은 어쩔 수 없나보다.

"홍보 매니저로 아르바이트 시켜도 되겠는데요."

농담으로 거든 진휘의 말에 이 부장이 고개를 끄덕였다.

"김 선생님이 필요하다고만 하시면 언제든지 공짜로 빌려드릴게요.
애가 밥을 좀 많이 먹는 게 흠이지 일은 잘할 겁니다."

어색한 분위기는 금세 사라졌다. 세 사람 사이에 번진 웃음소리는
제법 커서 그렇지 않아도 틈나는 대로 힐긋거리고 있던 종업원들의 시
선을 끌 정도였다.

"혹시 요 며칠 사이에 김시정 씨에게서 전화 온 적 있습니까?"

바로 위층의 회장실을 열댓 번은 족히 갔다 왔을 시간 동안 어디서
뭘 했는지 참기름 냄새 폴폴 풍기고 들어와 묻는 말이라기엔 뜬금없었
다. 무슨 말인가 싶어 잠깐 멀거니 진휘를 보고 있던 지선은 대답을 기
다리는 눈길을 알아차리자 침을 꿀꺽 삼키고는 서둘러 대답했다.

"어제도 전화가 왔었습니다."

한동안 잠잠하다가도 일단 시동이 걸리면 하루가 멀다 하고 전화를

걸어대는 그 여자는 요즘 지선의 요주의 인물 리스트 0순위였다. 땡글땡글한 목소리로 서진휘 씨 바꿔달라, 언제쯤 통화할 수 있느냐, 거기 위치가 어떻게 되느냐 등등. 전화를 걸어올 때마다 지치지도 않고 반복하는 물음들에 녹음이라도 해놓은 것처럼 똑같은 대답을 하고 있노라면 머리가 다 아플 지경이었다.

분위기를 보아하니 진휘도 귀찮아하는 기색이 다분해서 요새는 그냥 대놓고 무시를 해주고 있는 중이었다. 비서의 직분으로 그래서 안 된다는 것은 알고 있지만 왠지 진휘를 찾는 그녀의 목소리를 들으면 짜증부터 솟았다.

"앞으로 김시정 씨 전화는 끊지 말고 연결하세요."

뜻밖의 지시에 지선의 얼굴이 순간 굳어졌다. 그동안 무례하게 굴었던 걸 생각하니 슬슬 걱정이 되기 시작했다.

"알겠습니다."

숨죽인 대답에 고개를 끄덕인 진휘는 안으로 들어가버렸다. 한숨을 길게 내쉰 지선은 닫힌 문을 연신 힐긋거렸다.

진휘를 찾는 여자들의 전화가 이번이 물론 처음은 아니었다. 얼마든지 직접 연락을 할 수 있는데도 그녀들은 굳이 비서실을 통하려들었다. 거만함과 코맹맹이 소리가 부조화를 이룬 듣기 거북한 목소리에 잔뜩 힘을 실어 '이사님'이라는 직함을 거론하는 그녀들에게서는 한결같이 묘한 자부심 같은 것이 느껴졌다. 그러니까 자신이 만나고 있는 남자가 얼마나 대단한 위치에 있는지를 비서인 지선과의 통화를 통해 확인하려는 쓸데없는 수고를 하는 셈이었다.

하지만 안타깝게도―물론 지선의 입장에서는 통쾌하기 그지없지만 말이다- 그녀들 중 누구도 진휘를 오래 붙들고 있지는 못했다. 목에 잔뜩 힘을 주던 그녀들이 짧으면 한 달이 채 못 되어, 길어야 두세 달이 지나면 자존심도 모조리 팽개친 채 '진휘 씨'와 통화를 하게 해달라고 사정하며 매달리다시피 했다. 그럴 때마다 관계에 마침표를 찍은 사람이 진휘라는 것은 거의 100% 확실했다.

그러니까 그녀의 상사는 그동안 여타의 소설은 물론 드라마와 영화에서 지치지도 않고 오래오래 우려먹었고 지금도 어디에선가 우려먹고 있으며 앞으로도 끊임없이 우려먹을 것이 분명한 바람둥이인 것이다.

지선은 가끔 다소 삐딱하게 진휘의 연애 습관과 패턴을 분석하곤 했다. 어릴 때부터 갖고 싶은 장난감은 뭐든지 손에 넣으며 자랐을 그녀의 상사는 여자와의 연애도 그것과 비슷하다고 생각하는 듯했다. 그의 연애 방식은 막 손에 넣은 장난감에 열광하다가도 금방 싫증을 내고 한쪽 구석에 처박아버리는 아이의 변덕스러움과 별반 다르지 않았다. 그래서 한두 달, 길게는 넉 달 정도의 기간이 지나면 그녀들은 미련 없이 그의 눈앞에서 치워지고 곧장 새로운 그녀들이 줄을 섰다.

그런데 김시정이라는 여자는 약간 다른 듯 보이기는 했다. 직책명은 제쳐두고 언제나 서진휘라는 이름만으로 그를 찾는 거나, 질질 끄는 말투로 전화를 걸어달라는 따위의 메시지를 전혀 남기지 않는 것으로 봐도 그랬다. 그렇지만 역시…….

"점심 먹으러 안 갈 거야?"

전무실에서 근무하는 입사 동기의 재촉에 지선은 재빨리 머릿속을 털며 지갑을 들고 사무실을 나섰다.

또르르.

투명한 포트에서 떨어지는 낙엽 빛깔의 커피가 커다란 머그를 금방 채웠다. 지선이 만든 커피는 연하고 부드러운 향을 즐기는 진휘의 취향에는 지나치게 진하고 탁했다. 그래서 손님을 접대하는 경우를 제외하고는 거의 직접 커피를 만들어 마시곤 했다.

머그를 든 채로 의자에 깊숙이 몸을 묻고 진휘는 눈을 감았다. 조금 전 있었던 일을 떠올리는 그의 입가에 도둑고양이 같은 미소가 찾아들었다.

가까이서 본 그녀는 기억하고 있는 그대로였다. 귀염성 있는 얼굴에 끝이 살짝 들려 은근한 고집을 말해주는 코, 명민함을 보여주는 동그스름한 이마, 그리고 맑지만 강한 고집을 그대로 드러내주고 있는 두 눈. 게다가 한 번쯤 뒤돌아보게 만드는 특유의 체향까지. 기억하고 있는 것과 조금도 다름이 없던 그녀의 모습을 떠올리자 가슴이 설레었다.

한동안 심장의 일부분이 제대로 기능을 하지 않았다. 눈에 든 상대를 발견할 때면 어김없이 두근거리며 신호를 보내오던 심장이 어느 순간부터 본래의 기능에만 충실한 탓이었다. 덕분에 마음에 든 여자를 점찍고 어떻게 하면 연애 상대로 만들 수 있을까 고민한 게 언제였는지 기억나지도 않을 지경이었다. 덩달아 여자라는 종족 자체에 대한 관심까지 차츰 시들해지는 것 같아서 이대로 연애 인생의 막을 내리는 게 되는 건 아닌가 슬슬 고민까지 되려던 찰나였다. 연애를 하지 못하게 된 서진휘와 술을 못 마시게 된 임경헌, 두 사람 중 누가 더 불행할까, 언젠가 주당인 친구 경헌이 우스개로 내기를 걸어올 정도로 진휘와 연애는 불가분의 관계였다. 그래서 바람둥이라는, 그의 입장에서 보자면 굉장히 억울한 꼬리표까지 붙었지만 진휘는 여자라는 존재 자체가 좋았다.

영리함으로 눈이 빛나는 여자, 빛나는 보석을 보고서 비로소 눈을 빛내는 여자, 가슴 가득 야망이 넘치는 여자, 품으로 파고들며 무조건 의지하려드는 여자, 헤어지자는 한마디에 눈물부터 흘리는 여자, 그냥 아무 말 없이 돌아서던 여자. 얼굴이 예쁘거나 가슴이 예술이거나 각선미가 끝내주거나 입술이 뜨겁거나 침대에서 능숙하거나 혹은 그 모든 것이거나.

그런데 그토록 열렬했던 모든 관심이 미처 알아차리지 못한 사이 흔적도 없이 사라져버린 것이다. 어떤 여자를 보아도 심장은 전혀 신호를 보내오지 않았다. 남자가 되었다는 것을 몸으로 직접 확인했던 소년 시절 이후 처음이었다.

한동안 무뎌진 심장을 새롭게 떨게 한 여자가 어처구니없게도 김시정이었다. 그것도 쇳물 냄새 가득한 경찰서에서 말이다. 이제나저제나 기다리던 반응이었지만 아이를 들쳐 업고 있는 여자에게 꽂힌 게 반가울 리가 없었다. 하지만 서류를 보았다던 삼촌의 말과 조금 전 그녀를 대면하고 이미 마음에 드는 답을 얻어낸 상태였다.

적어도 지금 김시정 곁에는 사내 냄새를 풍기는 녀석이 없다.

굳이 논리적인 설명을 동원하지 않아도 직감으로 알아차릴 수 있었다. 그동안 갈고닦은 내공을 걸고 단언컨대, 남편이나 남자 친구를 옆에 두고서 다른 남자를 힐긋거릴 만큼 헤픈 타입은 절대 아니었다. 여자에 관한 한 그의 본능은 지금까지 단 한 번도 틀린 답을 보여준 적이 없었다. 비록 지난 몇 달 동안 난데없는 의욕 상실로 연애와 담 쌓고 살긴 했지만 여자를 파악해내는 탁월한 본능까지 사라진 것은 아니었다.

연애할 때만큼은 언제나 직감이 먼저, 논리는 그다음이다. 사회적으로 지탄받을 정도로 비윤리적이거나 부도덕한 짓이 아니라면 연애에 논리라는 녀석이 끼어드는 것부터 말이 안 되지만 말이다.

굳이 논리적인 설명을 하라면 못 할 것도 없었다. 혼인신고를 하지 않고 지내던 부부들도 아이가 생기면 서류 정리부터 하는 것이 일반적인 순서였다. 그런데 이번 학기에 들어온 서류도 미혼이라면 현재 남자가 있을 가능성은 거의 제로인 것이다.

거기까지 생각이 닿자 진휘의 입가에 피식 미소가 걸렸다. 어쩌면 지금까지와는 전혀 다른 색다른 경험을 하게 될지도 모르겠군.

아이가 있으면 어때. 심장이 뛰는데.

대체 언제쯤이나 이거다 싶은 남자를 만나서 제대로 된 연애를 해보나.

약속이나 한 듯 한꺼번에 밀려든 손님들이 썰물처럼 빠져나간 뒤 잠시 한가해지자 시정은 다시 고민에 빠졌다. 연애를 하겠다고 이진에게 호언장담을 한 지가 벌써 한참 전인데 도무지 마음에 드는 상대를 찾을 수가 없었다. 눈 딱 감고 뒤지면 적당한 상대를 만나는 것은 손 안 대고 코 풀기지만 안타깝게도 남자에 대한 그녀의 취향과 안목은 김미옥 여사를 꼭 닮아 있었다.

'난 생긴 건 안 봐. 남자 성격만 좋으면 그걸로 오케이야.' 라는 여자들의 말에 시정은 코웃음을 치곤 했다. 보기 좋은 떡이 먹기도 좋다는 말은 만고불변의 진리이다. 때문에 내용물 못지않게 포장도 중요하다고 생각하는 그녀였다.

지금 샵에 있는 물건 아무 거나─예를 들어 저기 있는 보랏빛의 커다란 아로마 향초 같은 거 말이다─ 하나를 집어 들어 빛깔 고운 포장지 대신 신문지로 둘둘 말아놓는다고 가정해보자. 과연 그 물건의 진가를 제대로 알아보고 사 갈 사람이 과연 얼마나 있을지.

그런데 이 시점에서 진짜 문제는 보기에 괜찮은 남자 옆에는 여자든 남자든 이미 누군가가 있다는 점이었다. 마음에 드는 상대를 찾으면 뭐하나. 내 차지가 안 되는 걸.

시작 전부터 난관에 봉착한 우울한 연애 시도를 떠올리며 시정은 다시 한 번 긴 한숨을 내쉬었다.

"어서 오세요."

지윤의 목소리에 그녀는 잠깐 동안의 몽상에서 빠져나와 현실로 돌아왔다. 입구 쪽으로 고개를 돌리니 이제 막 들어온 손님을 맞는 지윤의 뒷모습이 눈에 들어왔다. 그런데 가만⋯⋯.

손님의 정체를 파악한 그녀의 두 눈이 휘둥그레졌다.

"부장님, 손님이 찾아오셨는데요."

생긋한 목소리가 남자에 대한 호감도를 알려주고 있었다.

가벼운 목례로 지윤에게 고마움을 표시한 진휘가 다가오며 미소를 지었다. 미소 띤 인사 한마디에 지윤의 얼굴은 금세 화색이 돈다. 실로 대단한 능력이랄 밖에. 하긴 까다롭고 말 많은 아줌마들만 상대하다가 눈이 호사를 하는데 기분이 좋기도 하겠지.

"오랜만이에요."

"여긴 웬일이세요?"

입 밖으로 내놓고도 참 멋없는 인사라는 생각에 시정은 잠깐 머쓱해졌다.

"어머니한테 선물을 할까 해서요."

"아, 네."

의외의 대답이었다. 그리고 시정을 은근히 설레게 만드는 대답이기도 했다.

이 남자처럼 관상과 소장, 두 가지 용도를 제대로 겸비한 남자를 만나기란 김미옥 여사가 연애라는 강호를 떠나 초야에 묻혀 조용히 살아갈 확률과 엇비슷할 것이다. 그런데 여자 친구나 아내가 아닌 어머니의 선물을 찾는 모습은 어쩌면 현재 싱글일지도 모른다는 가슴 떨리는 짐작을 하게 만들기 충분했다. 뭐, 아내 몰래 숨겨놓은 여자에게 줄 수도 있겠지만 그 정도로 바닥인 남자로는 보이지 않으니.

섣부른 기대로 시정의 자그마한 심장은 슬슬 부풀어 오르기 시작했다. 덩달아 음역을 벗어나려드는 목소리를 통제하려 애쓰며 물었다.

"어떤 걸 찾으시는데요?"

"글쎄요, 난 잘……."

말끝을 흐리면서 간혹 선물을 구입하기 위해 들르는 남자 손님의 99%가 보이는 반응—가게 안을 둘러보며 머쓱하게 웃는—에 시정의 친절은 빛을 발했다.

"선물용이라면 샤워젤하고 모이스처라이저 세트가 가장 무난해요. 평소 좋아하는 향이나 피부 타입을 말씀해주시면 적합한 제품을 저희가 골라드릴 수 있구요. 가습기로도 쓸 수 있는 아로마 램프도 꽤 인기가 좋은데 이건 주로 체질에 맞는 오일을 권해드리는 편이에요."

"인형은요?"

"네?"

난데없는 물음에 고개를 들었다가 곧 장난스레 웃고 있는 눈과 마주쳤다. 아우, 가슴이야. 곧장 손바닥으로 심장 부근을 꾹 누르고 싶었다. 병원에 가봐야 하는 건 아닌가 싶을 정도로 순식간에 파드득거리며 날뛰었다.

"그때 듣자니 인형도 있다면서요."

식사하면서 이 부장과 했던 말을 기억하고 있었나보다.

"그건 파는 상품이 아니라 제가 따로 만든 거라서요."

"그런 것도 만들 줄 알아요?"

은근히 무시하는 듯 들려 살짝 기분이 상하려던 찰나 머리를 스치는 생각 하나.

"잠깐만요."

검지를 들어 보이는 걸로 기다리라는 신호를 하고는 서둘러 카운터로 가서 금고를 열었다.

띠링! 하는 경쾌한 소리와 함께 금고가 열리자 시정은 각각의 칸에 나란히 누운 지폐들 중 서둘러 만 원짜리들을 집어 세기 시작했다. 다년간의 경험으로 대충 집어도 원하는 액수를 얼추 비슷하게 맞출 수 있었다. 다시 한 번 금액을 확인하고 샵의 상호와 전화번호가 찍힌 민

트색의 봉투에 담았다.

"여기요."

혹여 기회를 놓칠세라 시정은 뛰다시피 잽싸게 몸을 움직였다.

"꼭 이래야겠어요?"

내키지 않은 듯 과장되게 미간을 찡그리며 한숨을 푹 내쉬는 얼굴에는 언짢은 기색이 역력했다. 하지만 시정은 손을 거두지 않았다. 어떻게 온 기횐데 그냥 넘겨. 말도 안 되지.

"이러지 않으면 제 마음이 불편해서 안 돼요. 이거 떠오를 때마다 답답해서 잠도 안 오거든요."

신경질적이며 쓸데없이 예민하고 다소는 히스테리컬한, 한마디로 전형적인 노처녀의 발언으로 들렸을 거라는 생각이 뒤늦게 들긴 했지만 이미 엎질러진 물이었다.

"정 그러면 하는 수 없죠."

그동안 갚으려 애썼던 것이 무색하게 그는 순순히 봉투를 받아 쥐었다.

"이제 됐나요?"

"아주 후련한데요."

묻는 사람이나 대답하는 사람 모두 목소리에 웃음기가 묻어 있었다.

"그럼 이제 나가죠."

순식간에 그녀의 손이 따스한 무언가에 싸였다. 고개를 내리자 자그맣고 흰 손이 구릿빛의 커다란 손에 둘러싸여 손목만 겨우 내놓고 있었다.

"어디를요?"

어찌된 영문인지 몰라 눈만 말똥말똥 뜨고 있는 시정에게 진휘는 아주 성의껏 대답을 해주었다.

"생각지도 않았던 공돈이 생겼으니 써버려야지요. 당신이 제공자니까 물론 함께 써야 하고."

그녀의 손을 쥐고 있지 않은 다른 손이 얼굴을 향해 다가오는 걸 보고 시정은 기겁을 했다. 그럴 줄 짐작했다는 듯 여전히 여유로운 미소를 띤 진휘의 손등이 스윽, 드러난 이마를 닿을 듯 말 듯 스치고 지나갔다. 갑작스러운 접촉에 놀라서 진저리를 치는 시정이 재미있는지 하하 웃는다. 그 순간만큼은 관상용이고 소장용이고를 떠나서 장난꾸러기 소년의 모습 그대로였다.

"어서 가죠."

아직도 입술 끝에 웃음 자락을 매단 채로 그가 성큼성큼 밖으로 나갔다. 손목이 잡혀 있던 그녀도 어쩔 수 없이 종종걸음을 연출해야 했다.

"자, 잠깐만요."

"생각은 나중에. 후회든 반성이든 집에 가서 해요."

"저기요!"

밖으로 끌려 나가지 않으려 최대한 몸을 바닥에 실어 힘을 잔뜩 주었다. 주의를 끄는 데 성공했는지 진휘는 잠깐 걸음을 멈추고 그녀를 돌아보았다.

"걱정할 거 없다니까요. 덮치거나 하지 않고 최대한 점잖게 행동하겠다고 약속할게요."

덮친다고? 이 남자가 지금 덮친다는 말 한 거 맞지? 세상에, 어쩜 좋아.

"다녀오세요."

웃음이 담뿍 담긴 지윤의 말은 꼬리가 잘린 채 등 뒤로 샵의 문이 닫히는 소리가 났다. 그리고 잠시 후 시정은 어느새 푹신한 자동차의 좌석에 앉아 있는 자신을 발견했다.

"갑시다."

"자, 잠깐만요."

어떻게 된 영문인지 파악하기도 전에 곧 부드러운 소리와 함께 시동이 걸리고 차는 출발했다. 그사이 시정은 멍하니 앉은 채로 낯익은 거리의 풍경이 빠르게 뒤로 사라지는 것을 보고 있었다.

어쩌면, 그래 어쩌면 꽤 로맨틱한 시작이 될 수 있을지도.

5

　지금의 상황이 마음에 들지 않는다는 듯 팔짱을 끼고 발그레한 입술을 모아 이쪽저쪽으로 오물거리며 있는 모습에 진휘는 입술 새를 비집고 나오려는 웃음을 밀어 넣었다. 처음부터 이럴 작정으로 찾아갔던 선 물론 아니었다.

　지난 주말에 어머니 등쌀에 떠밀려 나갔던 자리에서 성장을 하고 앉아 있던 여자가 지극히 사무적인 투로 결혼 운운하지 않았다면 시정에 대한 막연한 호기심을 한동안 비밀스럽게 즐겼을 것이다. 무릇 연애란 상대에 대한 호기심과 상상을 키우는 것에서 시작되는 법이니. 많이 웃는지, 드라마만 보고도 우는지, 잠들기 전에 침대에 누워 무슨 생각을 하는지, 체취는 어떨지, 입술의 감촉은 어떨지 등등.

　하지만 저녁 메뉴를 결정하는 것보다 더 심상한 투로 은성백화점과 대신무역의 합병과, 자신의 결혼을 동일선상에 놓고 이야기하는 걸 들고 있노라니 갑자기 시정이 보고 싶어졌다. 오랜만에 눈에 든 여자라는 이유 때문일 수도 있고 이미 다음 연애 상대로 점찍어서일 수도, 혹은 앞에 앉은 여자가 지나치게 지루해서였을 수도 있지만 이유는 중요하지 않았다.

일단 보고 싶다는 생각이 들자 그녀의 얼굴을 머릿속으로 떠올려보았지만 어찌된 일인지 생김새가 기억나지 않았다. 이목구비 하나하나의 모양새는 떠오르는데 전체적인 모습이 도통 생각나질 않았다. 모욕감에 입술을 깨무는 맞선 상대와 헤어지고 난 후 나중에는 거의 절박한 심정으로 머릿속에 저장된 자료들을 미친 듯이 뒤졌지만 결과는 마찬가지였다. 결국 어제 문화 센터 강의실로 향하는 그녀를 우연인 척 복도 모퉁이에서 확인한 후에야 긴 숨을 쉴 수 있었다.

진휘는 슬쩍 고개를 돌려 옆자리의 시정을 보았다.

"화났어요?"

묵묵부답. 하지만 가슴을 뛰게 하던 향내의 정체가 가까이 있다는 것만으로 심장은 두근거렸다. 교차로에서 신호등에 걸려 차가 멈춘 사이 답답할 정도로 내내 다물고 있던 입이 드디어 열리고 한마디 내던졌다.

"무슨 생각으로 이러는 건데요?"

"무슨 뜻이에요?"

"아무 생각 없이 심심풀이로 이런 짓 하기에는 나이가 좀 많지 않나요?"

가느다랗게 뜬 눈과 아랫입술을 살짝 깨문 모습은 도무지 그를 믿을 수 없다는 신호를 강하게 보내오고 있었다.

"에이, 농담도. 마음에 든 여자하고 데이트하는 데 나이가 무슨 상관이에요. 여든 넘은 할아버지도 연애편지 써서 마음 전할 수 있는 건데."

조금은 진지한 대답을 해야 하는 게 아닐까 생각하면서도 정작 입 밖으로 튀어나온 건 전혀 다른 말이었다. 아니나 다를까 짧은 신음과 함께 옆으로 몸을 튼 것은 필시 구제불능이라는 의사를 나름의 방법으로 전달한 것이리라. 하긴 두어 번 스치고 딱 한 번, 단둘도 아니고 일행과 함께 밥 같이 먹은 것이 전부인 남자가 다짜고짜 차에 태웠으니 어이없어할 만도 했다.

"일단 밥부터 먹고 봅시다."

"좋으실 대로."

마음대로 하라는 식의 대답을 기다리기라도 했다는 듯 눈앞의 신호등이 곧장 푸른색으로 바뀌었다. 진휘는 휘파람까지 불며 신나게 가속 페달을 밟아 확 트여 있는 도로로 나섰다.

손님 접대 때문에 간간이 들르곤 하는 한정식 집의 사장은 낮 시간에 여자와 함께 온 진휘를 보고 꽤 놀라는 눈치였다. 직접 메뉴판을 들고 등장한 사장을 보고서야 아버지 또한 이곳을 애용한다는 사실을 떠올린 진휘는 그제야 아차 싶었다. 북적거리지 않는 조용하고 아늑한 곳을 찾다가 한적한 방이 있다는 단순한 이유로 선택한 것이 적잖이 후회가 되는 순간이었다. 눈치 빠른 사장은 별다른 기색을 보이지 않은 채 공손하게 주문을 받고 자리를 비켜주었지만 금세 정 비서에게 연락이 닿을 건 분명했다. 나란히 들어서던 두 사람의 모양새만으로도 일로 만난 사이가 아니라는 사실을 알아차리는 건 어렵지 않을 것이니 말이다.

그렇지만 어차피 내 선에서 해결 못할 일이면 머리 싸매고 고생할 필요도 없는 법. 잠깐 동안의 놀람과 혼란에서 재빠르게 벗어난 진휘는 눈앞의 여자에게 다시 주의를 기울였다.

잠깐 기다린 후 음식이 나오고 침묵 속에서 식사가 진행되었다. 하지만 낯설거나 불편하지 않고 꽤 오랜 시간 동안 하루도 빠짐없이 날마다 함께 음식을 먹어온 사람들처럼 친근하고 편안했다.

게다가 두 사람의 식사 속도는 신기하다 싶을 정도로 비슷했다. 접시에서 음식을 가져가는 것과 씹어 삼키는 속도, 느긋하게 즐기듯 먹는 것. 심지어 식사 중에 물을 마시지 않는 것도 같았다.

한참을 아무 말 없이 식사에 열중한 듯 보이던 시정이 드디어 입을 열었다.

"돈이 그렇게 많아요?"

"네?"

난데없는 물음에 고개를 든 진휘를 향해 시정이 어깨를 으쓱해 보였다.

"오십만 원이 적선하듯 던져 줄 정도로 적은 돈은 아니잖아요. 그런데도 단박에 거절한 이유가 궁금해서요."

가시가 돋친 질문은 아니었다. 이유가 정말 궁금하다는 듯 얼굴에 호기심이 가득이었다. 조금 전 끊임없이 들어오던 접시들을 향해 열려 있던 눈길과 비슷하다는 생각에 웃음이 나오려 했지만 일단은 우호적인 대화의 막이 열렸다는 사실에 집중하려 애를 썼다.

"돈이 많고 적고를 떠나서 동생이 사고를 쳤으니 수습하는 건 당연하잖아요."

지나는 말처럼 그냥 듣고 넘어가려니 했는데 뜻밖의 답이 돌아왔다.

"한 손으로 박수 치는 거 봤어요? 손바닥도 마주쳐야 소리가 나지. 그쪽도 그렇고 또 내 동생 쪽도 서로 잘못이 있으니까 일이 그렇게 된 거잖아요."

그동안 숱하게 은휘 녀석의 치다꺼리를 하고 다녔지만 이렇게까지 정확하게 계산을 하려 애를 쓰는 사람을 본 건 처음이었다. 돌려준 것도 모자라서 받지 않으려는 이유를 캐묻는 걸 보니 조금 있으면 '왜 합의금을 냈느냐?' 고까지 물어오게 생겼다.

"은휘, 그러니까 그때 같이 사고 친 동생 말이에요. 이 녀석이 중학교 다닐 때부터 사고를 꽤 치고 다녔거든요. 처음 한두 번 치다꺼리를 해주기 시작한 게 지금까지 왔어요. 그래서 이젠 연락을 받고 경찰서에 가면 자동적으로 합의금 내고 처리하는 게 습관이 되었거든요."

사람에 따라서는 집안의 치부로 여길 수도 있지만 어차피 같은 이유로 처음 만난 사이니 점잖 떨며 숨길 일도 아니었다.

"그렇게 자주 사고를, 아니 일을 만들어요?"

아차, 싶었는지 서둘러 말을 정정하며 시정이 물었다. 역시 짐작했던 대로 이해와 공감이 뒤섞인 질문이었다. 동병상련이라는 말이 괜히 생긴 건 아닐 것이다. 그때 목격한 바로 짐작하건대 그녀의 동생도 은휘 못지않은 말썽꾼일 테니 말이다.

"경찰서에는 거의 한 달에 두 번쯤 정기적으로 드나들었고, 심할 때는 주중에 두 번, 주말에 한 번씩 갔던 시기가 있다고 하면 믿겠어요?"

"대체 언제 어떻게 시작된 건데요?"

정말 흥미롭다는 표정을 짓고 있는 시정을 보고 진휘는 침을 꿀꺽 삼켰다. 이 정도까지 관심을 보이는데 없는 이야기라도 만들어내야 할 판국이었다.

"그러니까 그게 말이죠……."

어깨를 으쓱하며 진휘는 이제는 잘 기억도 나지 않는 이야기를 시작했다.

예상했던 대로 그녀는 확실히 좋은 대화 상대였다. 상대의 말을 집중해서 듣고 적당한 대목에서는 맞장구를 치거나 자신의 의견과 다르다 싶은 부분에서는 단호하게 고개를 저을 줄도 알았다. 특히 후자에 진휘는 후한 점수를 주었다. 다른 사람의 말을 경청할 줄 모르고 무조건 옳다며 고개 끄덕이기 바쁜 인간들에게 적잖이 싫증이 나 있던 터였다.

"이제 시정 씨 차례에요."

자신의 이야기가 얼추 마무리되었다 싶자, 진휘는 재빠르게 그녀에게 차례를 넘겼다. 분위기도 어느 정도 부드러워졌고 이제 슬슬 그녀의 입을 열게 할 때가 된 것이다.

"나 뭐요?"

"내 얘기 들었으니까 시정 씨 얘기도 들어야죠. 그래야 공평하잖아요."

다시 한 번 부드러운 재촉이 이어지자 그녀가 어깨를 으쓱했다.

"그때 경찰서에서 본 게 다예요. 이진이 아, 동생 이름이 이진이거든요. 김이진."

무슨 까닭인지 그녀가 잠깐 말을 끊었다. 그리고 잠시 망설이는 듯하더니 살짝 고개를 젓고 다시 말을 이었다.

"공부 대신에 노는 걸 너무 좋아한다는 것만 빼면 평범한 아이였는데. 뭐, 다 이야기하려면 복잡하고 길어지니까 여기까지만 하죠."

지나치게 서둘러 이야기를 끝낸 것이 아쉬운 척 진휘는 다시 재촉을 했다. 어차피 듣고 싶은 이야기는 따로 있었으니.

"그럼 시정 씨 이야기를 해봐요."

잠깐 숨 돌릴 틈도 없이 밀어 붙이자 시정은 난처한 기색을 보였다.

"나요? 난 별로 할 얘기 없는데."

"아무 거라도 괜찮으니까. 어쨌든 공평해야 한다니까요. 좋아하는 게 뭐예요?"

"좋아하는 거요? 글쎄……."

망설이던 그녀의 눈에 이내 장난기가 번지기 시작했다.

"잘생긴 사람 좋아해요. 여자는 예쁜 사람, 남자는 잘생긴 사람."

"이성은 그럴 수 있다지만 동성이 자기보다 예쁘면 질투 나지 않아요?"

진휘의 물음을 들은 시정은 고개를 저었다.

"성별을 떠나서 예쁜 사람들 보면 기분이 좋아지잖아요. 신이 저 사람을 만들 때 굉장히 열심이셨구나. 뭐 이런 생각도 들고. 처음에 그쪽 봤을 때도 모델로 착각한 거 알아요?"

잠깐 사이 대화의 주도권은 시정에게로 넘어갔고 밥 먹다 말고 불쑥 잘생겼다고 칭찬하는 엉뚱함을 어느 쪽으로 해석해야 할지. 진휘는 잠시 판단이 서지 않았다.

말문이 막힌 그에게 도리어 한술 더 떠 물었다.

"아침에 일어나서 세수할 때 거울 안 봐요?"

민망해하는 것에는 아랑곳없이 때 아닌 칭찬은 계속해서 이어졌다.

"기본적으로 키가 큰 데다 어떤 운동을 하는지는 모르겠지만 몸매도 그만하면 미끈하게 잘 빠진 편이고 무엇보다 얼굴이 잘생겼잖아요."

준수하다는 말을 듣는 편이기는 했지만 이렇게 면전에서 직설적으로 말하는 사람은 처음이었다. 데이트를 즐기던 여자가 팔에 매달리며 '자기 정말 멋져.'라며 아양을 떤 적은 여러 차례 있었지만 말이다.

"내가 남자들 미모에 대해서는 일가견이 있는데 그쪽 정도면 모델이나 배우를 해도 성공했을 거예요. 물론 연기력이 뒷받침된다는 전제하에서 말이에요."

"고맙군요."

자칫 사레라도 들릴 것 같아 진휘는 젓가락을 내려놓으며 대신 물 잔을 집어 들었다.

생각에 잠겨 있는 그를 향해 시정이 은근히 몸을 앞으로 숙였다. 탐색하는 눈빛으로 한참을 보고 있더니 이내 결정적인 한마디가 튀어나왔다.

"그래서 말인데, 나랑 사귀는 거 어때요?"

순간, 막 상 위에 내려앉으려던 물 잔이 마구 흔들리기 시작했다.

물론 뜻밖의 말이라는 건 잘 알고 있다. 하지만 그렇다고 사레가 든 것도 모자라 물 잔까지 엎지를 건 뭐란 말인가. 돌아앉은 채 쿨럭이는 넓은 등을 향해 시정은 길게 한숨을 내쉬었다.

죄송합니다. 이게 다 생긴 주제도 모르고 잘난 남자에게 엉기려 든 쉰네의 잘못입지요.

터져 나오는 웃음을 참기라도 하는 듯 고개를 돌리고 있는 모습에 속이 비틀린 시정이 속으로 빈정거렸다. 춘향이 몰래 몽룡 도령에게 추파를 던지다가 무시에 가까운 거절을 당한 향단이의 심정이 딱 이럴까. 기침도 대충 멎은 것 같은데 똑 떨어진 답을 안 하고 있는 걸 보면 싫은 건 분명한데 어떻게 거절해야 할지 몰라 난처해하고 있다는 거겠지.

연애의 시작에 대해 이런저런 상상을 해본 것들 중 최고는 첫눈에 반한 남자가 먼저 손을 내미는 상황이었다. 지금 건너편에서 기침으로 대충 상황을 얼버무리려드는 남자가 불과 두어 시간 전 박력 있게 손을 붙들고 샵의 문을 박차고 나왔던 것처럼 말이다. 되새김질만으로도 온몸의 솜털들이 사르르 일어날 정도로 짜릿한 순간이었다. 안타깝게도 실현 가능성은 거의 0에 가깝지만 상상만으로도 가슴은 저릿저릿하다.

두 번째는 사귀자는 제의에 흔쾌히……까지는 아니더라도 약간의 망설임 끝에 고개를 끄덕여주는 것. 요 상황도 가슴을 제법 훈훈하게 한다. 그리고 나머지는 거절뿐이지만 그래도 이런 식은 곤란한데 말이지.

호기롭게 손목을 끌고 나오던 모습이 떠오른 순간 갑작스레 터져 나온 말이었다. 못생긴 아이도 예쁘다는 말을 자꾸 반복하다 보면 정말 예뻐 보인다지 않는가. 하물며 잘생긴 남자를 앞에 두고 계속해서 잘생겼다는 말을 반복하고 있으려니 내 남자라고 침 바르고 싶어지는 건 당연한 이치. 더욱이 처음 봤을 때부터 생긴 거에 혹해서 군침을 흘렸으니.

맞은편에 앉은 그를 보고 있기만 해도 입 안에 절로 침이 괴며 친구 집에 모여 19금 딱지가 붙은 비디오를 보던 단발머리 여중생으로 다시 돌아간 느낌이었다. 아무것도 모르면서도 얇은 시트 속에서 격정적으로 움직이던 남자 주인공의 허리 놀림에 막연하게 몸이 들뜨고 자꾸만 손바닥이 젖어오던 그 시절.

사실대로 말하면 시정이 연애를 시작하겠다고 큰소리를 친 배경에 이 남자가 아주 없다고도 말 못한다. 그저 막연히 '언젠가는'이라고 생각하고 있던 일이 '이제부터'로 바뀐 것은 진휘를 만난 후부터였다. 난생처음 진지하게 사귀면 어떨까 하는 마음을 먹게 한 남자를 만난 것이다. 아마 평생에 딱 한 번 진하게 할 연애 상대로 이만한 사람을 만나기도 쉽지 않을 것이다.

심각한 얼굴로 생각에 잠긴 시정을 향한 진휘의 눈가에 설핏 웃음이 어렸다. 눈가의 웃음기는 점점 커져 금세 온 얼굴로 번졌다. 무안하기 짝이 없는 이 상황에서도 최상급 초콜릿을 발라놓은 듯한 미소 한 방에 시정의 심장은 갑자기 속도를 올려 마구 폭주를 했다. 스물다섯이 넘으면서부터 서서히 시작된다는 노화가 벌써 심장까지 침투한 게 분명하다. 연애도 못하는 주제에 노화까지 빠르다니. 이런 억울할 데가.

"엉뚱하다는 말 자주 듣지 않아요?"

처음으로 꼬드겨 작업을 해보면 어떨까 싶은 남자를 발견하고 미끼를 던졌는데 엉뚱하다는 반응이면 애초에 튼 거다.

"까다롭다는 말은 자주 들어요."

나오는 한숨을 시정은 굳이 숨기려들지도 않았다. 이 복잡하고 어렵고 쪽팔리는 걸 김미옥 여사는 어쩜 그리 매번 능숙하게 잘해내는지, 새삼 존경스럽다.

"내가 보기엔 엉뚱한 쪽인데."

갸웃거리는 모습을 보고 있자니 슬슬 열불이 오르기 시작했다. 가뜩이나 너덜너덜해진 자존심, 앞으로 한동안은 수습을 하기도 어려울 텐데 바보 취급까지 받고 있으려니 속이 부글부글 끓었다.

"다 먹었으면 그만 일어나죠."

끙, 한숨을 삼키며 더부룩해진 속을 부여잡고 몸을 일으켰다. 주방 찬장에 위스키가 남았는지 모르겠네. 시정은 속으로 낮이 화끈화끈할 정도의 쪽팔림과 그보다 약간 더 큰 자리를 차지하고 있는 실망을 가장 빨리 잊기 위한 처방을 내렸다. 혹시 모르니 집에 갈 때 한 병 사 들고 가는 게 낫겠지.

"안 가요?"

하지만 정작 진휘는 자리에서 일어나기는커녕 상 위의 젓가락을 다시 집어 들고 있었다. 그러더니 태연한 얼굴을 하고 상을 가리킨다.

"음식이 거의 그대로잖아요. 시정 씨도 어서 앉아요."

사귀자는 제안을 일언지하에 거절당한 지금, 한 상에서 음식을 나눠 먹을 수 있을 거라고 생각하는 저 무심함이라니.

"난 다 먹었거든요."

대답하는 시정의 목소리에 잔뜩 힘이 묻어 나왔다. 그러면 상한 자존심이 회복이라도 될 것처럼 목과 허리도 최대한 뻣뻣하게 곧추 세웠다.

"앞으로 자주 같이 밥 먹게 될 텐데 그때마다 다 먹었다고 먼저 일어나면 곤란하잖아요."

이건 또 무슨 말인가 싶으면서도 자그마한 심장 한구석이 아주 낮게 콩! 소리를 냈다.

"설마 입 안에 든 밥풀 튈까봐 밥도 같이 안 먹고, 같이 있는 동안에는 화장실도 안 갈 정도로 유난 떠는 스타일은 아니죠? 그럼 정말 피곤한데."

여전히 마른침만 삼킬 뿐 아무 말도 못하고 있는 시정을 향해 그가 씩 웃어 보였다.

"사귀자면서요."

"싫다면서요."

바짝 마른 입술을 간신히 열어 대꾸하면서도 세상에 이렇게 멋없는 대화가 또 있을까 싶었다.

"내가 언제요?"

금시초문이라는 듯 묻는 말에 기가 막히고 가슴이 답답해져왔다. 그럼 연애하자는 말이 떨어지기가 무섭게 콜록거리는 게 긍정적인 답이라고? 그 말을 지금 믿으라는 건가? 김시정이 연애를 할 때 꼭 지켜야 할 절대적인 몇 가지의 리스트에 '의사소통이 자유로운 상대여야 함. 연애의 시작점에서 반드시 숙지해야 할 사항'을 반드시 첨가해야겠다.

하지만 그때 들려오는 그의 말에 시정의 가슴은 오뉴월 뙤약볕 아래의 아이스크림처럼 스르르 녹아내렸다.

"우린 벌써 마음이 통하나봐요. 시정 씨에게 하려던 얘기가 바로 그거였는데."

이게 대체 무슨 소린가, 이럴 땐 무슨 말을 해야 하나 아니 그것보다 대체 무슨 생각으로 이런 얘길 하는 걸까, 진짜 사귀자는 건가, 그럼 왜 사람 민망하게 기침 따위를 하고 그랬담.

그녀의 얼굴은 복잡한 생각들로 마구 얼크러진 속내를 미처 숨기지 못하고 거의 실시간으로 생중계하고 있었다.

"대체 내가 왜 여자들만 들락거리게 생긴 알록달록한 샵엘 갔다고 생각해요?"

고개를 들어 묻는 얼굴에 미소가 한가득이다.

"아!"

결정적인 한마디에 시정의 입에서는 작은 탄성이 나왔다.

가끔은 눈앞에 답을 두고도 사방을 살피며 아무것도 찾아내지 못할 때가 있다. 바로 지금처럼 말이다. 이 상황을 드라마로 보고 있다면 고계집애 내숭 제대로 떤다고 벌써 서너 번은 족히 야유를 보냈을 테지만 눈으로 보는 것과 실제로 겪는 것은 하늘과 땅 차이였다.

그사이 종업원을 부른 진휘가 술을 한 병 청했다. 잠시 후 상 위에는 얌전하게 생긴 흰 도기가 올라왔다.

"이쯤해서 축배를 들어야 하지 않겠어요?"

곧장 향기를 뿜내는 맑은 술이 또르르 하는 소리와 함께 희고 작은 잔을 채웠다.

"고생하게 될 것 같아서 은근히 걱정했었는데 우리 둘 다 같은 생각을 하고 있었다니 정말 다행이에요."

그를 따라 단숨에 비운 술맛은 글쎄…… 그 어느 때보다도 달고 향기로웠다.

무안함을 감수하며 적극적으로 나선 것에 비한다면 꽤나 싱거운 결말이지만 어쨌든 결론이 만족스러우니 다른 일은 얼마든지 제쳐둘 수 있다. 저 위대하신 셰익스피어도 말씀하시지 않았던가. 끝이 좋으면 다 좋은 거라고!

차를 마시며 잠깐 이야기 나눈 것 같은데 어느새 해거름이었다.

"진심이에요?"

샵 앞에 차를 세운 후 그녀를 돌아보며 진휘가 다시 한 번 물었다. 여기까지 오는 동안 벌써 열 번도 넘게 들은 물음이다. 하지만 시정의 대답은 변하지 않았다.

"네."

미간에 두어 줄 주름이 서는 걸 보니 곧장 샵으로 돌아가겠다는 말이 마음에 들지 않은 것이 분명했다. 하지만 지금은 혼자 있어야 했다. 충동적으로 내린 결정이 과연 갇힌 깃인지 침대 속으로 뛰어 들어가 이불을 뒤집어쓰고 곰곰이 생각을 해볼 시간이 된 것이다. 어쩌면 고등학교를 졸업하면서 작별을 고한 손톱을 깨무는 고약한 버릇이 슬그머니 다시 나올지도 모를 일이지만 지금은 생각을 다잡을 시간이 필요하다.

"좋아요. 하지만 오늘만이라고 약속해요."

눈앞으로 새끼손가락 하나가 다가들었다.

"이렇게 나 혼자 팽개쳐놓고 가는 거 오늘이 마지막일 거라고 약속."

'어서.'라고 재촉하며 자신의 것으로 시정의 새끼손가락을 감았다. 마주 감긴 손가락의 단단한 느낌에 시정은 자신도 모르는 사이에 손가락 끝에 힘을 주었다.

"착하네."

머리라도 쓰다듬으려는 듯 올라오는 손을 고개를 돌려 스윽 피하자 뺨에 그의 손바닥이 닿았다. 본의 아니게 그의 손 안에 얼굴을 밀어 넣은 셈이 되고 말았다. 얼굴을 붉히면서도 볼에 닿은 매끄러운 감촉에 잠깐 황홀해하고 있는데 잠깐 사이에 단단한 손에 얼굴이 들리고 어느새 그의 눈이 채 5센티도 되지 않을 만큼 가까이 다가와 있었다. 어머나.

"착한 일을 했으니까 선물을 줘야겠죠?"

"무, 슨……."

채 말을 맺을 겨를도 없이 그의 얼굴이 너무 가까이 다가오고 있는 것을 보고 시정은 그대로 숨을 멈추고 눈을 감아버렸다. 그리고 곧 맛있는 음식을 베어 무는 듯 살짝 벌어진 그의 입술이 자신의 것을 감싸안는 것이 느껴졌다.

꼭 다물려 있는 입술에 다가오는 매끄럽고 촉촉한 느낌에 시정은 무릎 위에 놓인 주먹을 불끈 쥐었다. 꽉 다물어진 주먹은 한참 동안 펴질 줄을 몰랐다. 그리고 발견한 확실한 사실 하나.

이 남자, 입맞춤에 있어서는 절대적인 고수다. 비록 비교 내지는 대조해볼 경험이 창피해서 차마 꺼내놓고 말할 수 없을 정도로 빈약하지만 말이다. 어쨌든 개점 이래 가장 수입이 좋았던 지난 달 샵의 전체 매출액을 걸고 장담하건대 모르긴 몰라도 이 방면에서는 이미 선수를 넘어선 고수임이 분명했다.

"무슨 향수 써요?"

아주 기이인, 김시정의 인생에 굉장히 바람직한 기억으로 길이 남을 긴 키스를 마치고 그가 처음 물은 말이었다.

"아무것도."

마음으로야 '따로 쓰는 건 없는데. 왜요? 좋은 향기라도 나요?' 라며 애교라도 떨고 싶었지만 지금의 컨디션으로는 그렇게 긴 대사가 도저히 나와줄 것 같지는 않았다. 자칫 긴 말을 꺼냈다가는 흥분 때문에 할딱이는 낮은 목소리만 나오고 말 것이다.

"처음에 봤을 때도 그렇고 지금도, 당신한테서는 항상 좋은 향이 나."

대부분의 사람들은 인간이 후각에 어느 정도 의존하며 살고 있는지 알지 못한다. 사고와 기억을 비롯한 여러 가지 부분에 고루 영향을 미치는 후각의 기능에 대해 제대로 알게 된다면 놀라 그 자리에서 까무러칠지도 모른다. 그러니 당연히 좋은 향내가 난다는 말에 기분이 좋아질 수밖에.

"길 세요."

미소를 참는 모습을 보이지 않기 위해 시정은 고개를 돌리고는 차문을 열었다.

"잠깐만."

기어이 차에서 내려 배웅을 하는 그를 보자 잠시 진정되었던 심장은 다시금 콩닥거렸다. 태양 아래 서 있는 그의 모습은 지금까지 봤던 어떤 남자보다 화려하고 빛이 났다.

"여기 주정차 금지 구역이에요."

조금 전까지 입술을 맞대고 숨결을 주고받던 남자에게 하기엔 어울리지 않은 말이었다. 그렇지만 연이은 촉각과 시각의 충격에 거품기로 잔뜩 휘저은 달걀흰자처럼 엉망이 된 머리로는 도저히 다른 말을 떠올릴 수가 없었다.

"전화할게요."

목소리에 담긴 미소를 얼굴에서도 확인하기 위해 눈을 드는데 낯익은 따스함이 입가에 잠깐 닿았다 멀어졌다.

"그냥 보내자니 허전해서."

장난꾸러기처럼 웃으며 엄지로 입술 가를 한 번 쓸어주고는 그는 다시 자동차로 돌아갔다. 붉은빛으로 멀어지는 미등을 보며 시정은 혀를 내밀어 입술을 핥았다.

별 느낌이 없었다. 조금 전 그의 것이 와 닿았을 때 느꼈던 설렘이나 두근거림은 전혀 느껴지지 않았다. 그럼 역시 상대에 따라 달라지는 건가.

저절로 올라가려는 입 꼬리를 끌어 내리며 옮기는 발걸음을 낯익은 목소리가 붙잡았다.

"어이 김 부장."

"어, 엄마."

서둘러 돌아서며 시정은 마지막으로 그의 차가 사라진 쪽을 향해 짧게 눈길을 주었다. 가느다랗게 뜬 김미옥 여사의 두 눈에 가슴이 두근거렸다. 이거 심상치 않겠는걸. 이름 대신 김 부장이라고 부른 것부터가 긴히 할 말이 있다는 증거였다.

"누구니?"

빙 돌리거나 에둘러 말하는 법 없이 곧장 핵심을 찌르는 것이 역시 김미옥 여사다웠다. 지윤의 입을 미리 막아뒀어야 하는 건데. 원래 로맨틱한 거라면 물불 못 가리는 그녀이고 보면 멋진 남자가 손목을 잡고 나가는 걸 보고 당연히 영화 속 장면 같다며 팔짝팔짝 뛰었을 테고 그 즉시 수화기를 들어 김미옥 여사에게 보고를 했을 거라는 생각이 왜 이제야 드는 걸까.

이런 이런. 한 발 늦게 상황 파악을 끝낸 시정이 고개를 저었다.

그래도 일단은 한 걸음 물러나 발뺌을 하는 게 최선이다.

"누가?"

누굴 묻는지 모르지 않지만 지금처럼 김미옥 여사가 지나친 호기심을 보일 때에는 철저하게 아무것도 모르는 척 순진한 얼굴을 보이는 것이 최선이었다. 눈치 빠른 김미옥 여사의 딸로 평생을 살다보면 누가 가르쳐주지 않아도 절로 터득하게 되는 노하우다.

"딴청 피우지 말고 얼른 말해. 대체 누구야?"

"아무도 아니야."

설마 손복 틀늘고 나갔다는 말까지는 안 했기를 바라면서 시정은 종종걸음으로 재빠르게 옆을 지나쳤다. 샵 안으로 들어가자 저쪽에서 손님을 상대하고 있던 지윤이 고개를 들었다. 앞서거니 뒤서거니 들어와 나란히 선 모녀의 얼굴을 번갈아 쳐다보고 알겠다는 미소를 띠는 그녀에게 눈을 치뜨는 것으로 시정은 이후에 있을 응징에 대한 경고를 날렸다. 복수를 다짐하는 살벌한 눈빛에 지윤은 어깨를 부르르 떨며 재빨리 손님에게로 시선을 옮겼다.

"샵에 들어오자마자 너부터 찾았다면서. 같이 나갈 때도 손목 꼭 붙들고 멋있게 퇴장했다던데, 어디서 뭐 하는 누구야?"

계속해서 반복되는 누구냐는 물음에 시정은 그만 손을 들고 말았다. 이쯤 되면 사실대로 털어놓는 것이 상책. 시간을 끌어봤자 들볶임만 더해질 것이다.

"백화점에 강의 갔다가 알게 된 사람이야. 어머니 생일이라고 선물 보러 왔다가 마침 점심때라 같이 밥 먹자고 해서 나간 거고."

자고로 제대로 된 거짓말에는 언제나 적당히 진실이 섞여 있는 법이다. 아무 생각 없이 멋모르고 거짓말만 풀어놓다가는 자칫 거짓말의 미로에 빠지기 쉽다. 애초에 있지도 않은 것들을 만들어내려니 머릿속이 얼마나 바쁘겠는가 말이다. 차라리 그냥 있는 그대로의 사실들 중에서 몇 가지를 적당히 추려내고 조합해서 목적에 맞게 다듬는 것이 무릇 참된 거짓말쟁이의 자세인 것이다.

"다른 용건 하나 없이 순전히 선물만 사러 온 녀석이 같이 밥 먹자면서 손 붙들고 나갔다고?"

나름대로 최소한의 사실들을 조합해서 최대한 정직하게 말을 했건만 돌아오는 건 코웃음이었다.

"애가 나를 완전 숙맥으로 아네. 얘, 내가 아는 사람 중에서 순진한 애를 꼽으면 첫 번째가 너야. 그런데 네가 지금 나를 속이려고 그러니?"

가소롭다는 듯 코웃음을 치는 김미옥 여사의 말을 듣고 시정은 아차, 싶었다. 지난 밤 무슨 꿈을 꿨는지 모르지만 걸려도 단단히 걸린 것이다. 방금 전까지 참된 거짓말쟁이 어쩌고 하며 잔뜩 의기양양해 있던 거 모조리 취소. 오늘따라 김미옥 여사의 감지 촉수는 500% 이상 발휘되고 있었다.

"엄마도 참."

김미옥 여사를 도와 본격적으로 샵을 운영하고 사람들을 접하면서 세상사에 닳고 닳았다는 생각에 가끔 씁쓸할 때가 있었다. 하지만 역시 김미옥 여사에 비한다면 새 발의 피였고, 동해 바다 위의 가랑잎이나 다름없었던 것이다.

"엄마 말처럼 내가 그렇게 마냥 순진하기만 하면 샵을 어떻게 운영해? 물론 엄마가 많이 도와주긴 하지만 어쨌든 나도 날마다 사람들을 상대하잖아. 그런데……."

은근슬쩍 넘어가려는 말은 더 들으려 하지 않고 김미옥 여사는 손사래부터 쳤다.

"시끄러, 시끄러. 이유 막론하고 처녀는 무조건 순진한 거야. 너 아직 남자 모르잖아. 그럼 순진한 거지 뭘."

붉은 기운이 삽시간에 시정의 온 얼굴을 뒤덮었다. 이게 엄마가 딸한테 해도 되는 말인지 당장 나가서 길을 막고 물어보고 싶지만, 그래 봤자 집안 망신에 쪽팔리는 건 덤이 될 테니 꾹 참는 수밖에.

"어느 부서에서 일하는 녀석이야?"

"왜?"

"내가 한번 알아보려고 그런다. 지금까지 남자라면 구두 속에 든 모래알 취급을 하던 애가 대체 어떤 녀석한테 넘어갔는지 궁금해서 도저히 가만있을 수가 없어."

"넘어가긴 누가!"

목소리가 너무 컸나보다. 저쪽에서 램프를 고르고 있던 손님이 반짝 고개를 드는 걸 보니.

"얼굴 발그레해진 걸 보니 벌써 삼분의 이는 그놈한테 넘어갔는데 뭘. 어디서 일해? 문화 센터에 있는 녀석이야? 이름은 뭐고?"

적당하다 싶을 만큼의 대답이 나오지 않으면 절대 만족하고 넘어가지 않을 것이다.

"삼분의 이는 무슨. 반의반도 안 넘어갔고, 문화 센터 쪽에서 일하는 사람은 아니야."

"백화점에 있는 녀석이라며."

"백화점에 있는 사람들이 전부 다 문화 센터에서 일하는 건 아니잖아."

어쩔 수 없이 말끝에 묻어나는 짜증을 알아차린 김미옥 여사는 일단 한 걸음 뒤로 물러섰다.

"좋아. 그건 그렇다 치고 이름이 뭐니?"

"나중에. 좀 더 확실해지면 그때 말할게."

"김시정."

서른을 코앞에 두고 있는 나이에 남자한테 손목 붙들려 밥 한 번 먹으러 간 걸 가지고 취조라도 당하듯 들볶임을 당하고 있으려니 슬슬 부아가 치밀어 올랐다.

"엄마, 나 어린애 아니거든? 요새는 꼬맹이들도 남자 친구 사귀면서 부모한테 허락 받고 안 그래."

"니가 꼬맹이 때부터 사내 녀석들하고 어울려 다녔으면 나도 안

절머적인 몇가지   133

이래."

"저번에 봤던 소장용은 요새 뭐 해?"

접때 샵 앞에 서서 혼자 신나서 손 흔들던 자리를 턱으로 가리키며
물었다.

"몰라, 그 인간 얘기는 이제 꺼내지도 마."

이진에게까지 선을 보일 정도면 꽤 진지한 사이가 아닐까 했었는데
그럼 그렇지. 빠직, 이를 가는 양이 역시 아닌 쪽으로 결론을 내린 듯
했다.

"어쨌든 나로서는 반가운 일이야."

"뭐가?"

선언하듯 하는 말이 무슨 뜻인지 몰라 눈만 깜박이고 있으려니 찡
긋 하고 웃어 보였다. 눈언저리에 살짝 금이 가는 걸 보니 그새 주사
맞을 때가 됐나보네.

"내 딸이 혹시 여자한테 관심이 있는 건 아닌가 하고 은근히 걱정했
는데 아니라는 걸 알았으니 얼마나 다행이니. 여자들끼리 그러는 게
나쁘다는 건 아니지만, 그래도 엄마 입장에서는 딸이 동성애자라는 소
식이 결코 반갑지 않거든. 그쪽으로 나를 너무 안 닮아서 무슨 문제가
있는 건 아닌가 하고 속으로 얼마나 걱정했었는데 정말 다행이야."

그러니까 지금까지 다른 사람도 아닌 친엄마에게 동성애자 내지는
석녀로 의심받고 있었던 거다. 못 살아.

밀폐된 어두운 공간은 사람을 공포에 몰아넣기도 하지만 한편으로
는 야릇한 마음을 품게도 만든다. 특히 지금처럼 단단한 남자의 몸에

기대어 앉는 경우엔 더더욱 그렇다. 알 수 없는 음악이 흘러나오는 가운데 여주인공이 처연한 표정으로 빈 강을 바라보고 있는 스크린의 장면 따위는 지금 시정의 눈에 들어오지 않았다. 그녀가 의식하고 있는 건 따뜻한 몸의 느낌과 마주 잡은 손을 타고 알 듯 모를 듯 가늘게 흐르는 전류였다.

잠시 후 마주 잡은 손에 서서히 힘이 들어가더니 길고 단단한 손가락들이 살살 움직이기 시작했다. 손가락 틈새의 여린 피부를 파고드는 보드라운 감촉에 진휘의 팔에 기대고 있던 시정의 어깨가 저도 모르게 움찔하고 말았다. 태연한 척 정면을 향하고 있는 진휘의 입가에 웃음이 번지는 게 어둠 속에서도 희미하게 보인다.

"하지 마요."

눈에 힘을 주어 노려보았지만 어둠 속에서 잘 보일 리 만무했다. 게다가 주위 사람들을 의식해 목소리까지 잔뜩 죽였으니. 깍지 낀 손을 더욱 단단하게 그러쥐는 것으로 그는 대답을 대신했다. 어쩔 수 없다는 듯 그가 끌어안는 대로 못이기는 척 다시 어깨에 기대는 시정의 입가에도 살풋 미소가 떠올랐다. 팔걸이 없는 좌석에 축복 있을지니!

하지만 진휘의 장난은 이제 겨우 시작에 불과했다.

"다시는 같이 영화 보러 안 올 거야."

영화가 끝나고 상영관 문을 나서면서 시정은 들으라는 듯 씨씩댔다. 양 뺨은 엄마 화장품으로 장난을 친 아이의 입술처럼 빨갛게 달아오른 채였다. 평소에는 영화 보는 데 방해된다며 군것질도 하지 않는 그녀였다. 그런데 진휘의 짓궂은 장난 때문에 영화 내용은 물론이고 심지어 주인공의 얼굴도 떠오르지 않으니 억울할 만도 했다. 진휘의 손이 움직일 때마다 미친 듯이 뛰어대던 심장의 박동은 아직도 잦아들지 않고 있었다.

"난 당신하고 또 올 건데."

역시 장난기 가득한 대답에 약이 오른 시정이 투덜댔다.

"이러려고 영화 보자고 했나봐."

"이러는 게 뭔데?"

"그……"

말문이 막혔다. 뭐라고 해야 할까. 두 시간 여 동안 그가 한 짓이라고는 외과의사가 수술할 부분 들여다보는 것처럼 그녀의 손을 지나치다 싶게 세심하게 어루만진 것뿐이니. 부드러운 손가락이 손금을 읽어내듯 손바닥과 손가락 마디를 샅샅이 어루만지고 손가락 사이를 오갈 때마다 진저리를 치며 숨을 참긴 했지만, 엄밀하게 말해 공공장소에서 들키면 큰일 날 짓을 한 것도 아니었다.

왠지 억울한 마음에 그를 노려보던 시정이 순간 떠오른 기억에 빽 소리를 질렀다.

"다리 만졌잖아!"

커다란 손이 난데없이 다리를 감싸 쥐자 얼마나 놀랐는지. 하지만 자타가 공인하는 연애 10단 서진휘가 그 정도 공격에 쉽게 넘어갈 리가 없다.

"겨우 무릎 한 번 쓰다듬은 것 갖고 유난은."

"하!"

겨우 무릎이라니. 기가 막혀 말이 다 안 나온다.

"스커트 속으로 손이 들어간 것도 아니고 영화 보다 재미있어서 무룬 한 번 친 것뿐인데."

어머어머어머. 정말이지…….

천하의 김시정이 할 말을 잃게 만들다니. 이 남자, 처음 생각했던 것보다 훨씬 더 막강하다.

멀거니 있는 사이, 갑자기 사람들 사이에서 소란이 일었다. 저만치서 환호와 함께 여기저기서 웅성임이 일더니 주위 사람들이 모조리 한곳으로 몰리기 시작했다. 곧 카메라 플래시가 곳곳에서 터졌다. 극장 입구에 주연배우들의 무대 인사를 알리는 안내문이 붙어 있더니 사람들이 몰리기 시작한 모양이었다.

인파에 휩쓸리기 전에 두 사람은 엘리베이터 앞으로 옮겼다. 점점 커지는 함성 소리를 들으며 마침 도착한 빈 엘리베이터에 올랐다. 막 문이 닫히려는 찰나, 재빠른 손이 문을 붙들었다.

"죄송합니다."

30대 초반의 남자는 단정한 진회색의 정장이 상당히 잘 어울렸다. 두 사람을 보고 잠시 멈칫하는가 싶더니 일행으로 보이는 여자를 먼저 태웠다. 곧장 닫힘 버튼을 누르는 손길이 꽤나 성마르게 보였다.

"내 말대로 옆문으로 나오길 잘 했지? 선우진이 입구로 나가니까 사람들이 그쪽으로 몰릴 거라고 했잖아."

신경이 곤두선 듯 보이는 남자와 달리 여자의 목소리는 느긋하고 웃음기까지 머금은 채였다.

"차에 가서 말씀하시죠."

엘리베이터에 동승한 사람들 때문인지 남자의 대답은 정중하기 그지없었다. 오가는 대화를 보아 연인 사이는 아닌 것 같고 목소리나 엘리베이터 문에 비치는 모습으로 보아 나이는 외려 여자가 어린 것 같은데.

궁금해하는 시정의 마음을 알아차리기라도 한 듯 반짝 고개를 든 여자가 그녀 쪽을 향해 생긋 미소를 보냈다.

"자기, 오랜만이야."

이건 무슨.

다음 순간 더욱 기절초풍할 일이 한꺼번에 벌어졌다.

차가 주차장을 빠져나온 한참 뒤에도 꾹 다문 시정의 입술은 좀처럼 열리지 않았다. 조금 전 그 여자가 성은혜였다니. 고등학교 재학 중에 탤런트로 데뷔해 10대의 아이콘으로 전성기를 누리다가 몇 년 전 파격적인 애정 묘사로 화제를 모은 영화의 주연을 맡은 뒤 지금껏 남자들의 우상으로 군림하고 있는 여자.

처음 미소와 함께 인사를 걸어왔을 때 어안이 벙벙한 정도였다면, 인사의 대상이 진휘인 것을 알고 난 뒤에는 자신도 모르게 한 발짝 뒤로 물러설 정도였다. 그녀를 더욱 놀라게 했던 건 성은혜를 대하는 진휘의 태도였다. 길 가다 우연히 마주치기도 힘든 유명 배우의 살가운 인사에 너무도 태연히 응하는 모습을 본 시정은 그제야 상황 파악을 할 수 있었다.

성은혜라니. 이 남자의 연애 상대가 성은혜였다니.

"예쁘더라."

불쑥 말이 나가고 말았다.

"놀랐어?"

"조금."

"……."

"꽤 가까웠나봐."

"조금."

질투라니 웃기는 일이다. 이 남자하고 만난 지 얼마나 됐다고. 그렇지만 사람 마음이라는 게 원래 나 먹기는 싫어도 남 주기도 싫은 게 인지상정. 먹으려고 작정하고 침 발라 놓은 떡에 다른 사람, 그것도 나보다 예쁘고 유명한 사람이 먼저 손을 댔다는 걸 알고 나니 맥이 풀리고 기분이 나빠지는 건 당연한 일이었다.

"기분 상한 거 알아."

"응, 약간 상했어."

인정하고 나니 오히려 조금씩 속이 풀리기 시작했다.

그사이 차는 저녁을 먹기 위해 예약해놓은 곳에 거의 다다랐다. 입구 조금 못 미쳐 도로변에 차를 세운 진휘가 그녀를 돌아보았다.

"사과, 해야 하나?"

물음과 달리 미안해하는 얼굴은 아니었다. 그렇지만 무척 조심스러워하고 있다는 것은 알 수 있었다.

"하고 싶어?"

"원한다면."

"웃기잖아. 혹시 나 몰래 바람피웠어?"

"무슨 소리야!"

질겁하는 모습에 그만 웃음이 터지고 말았다. 망했다.

"근데 왜 사과한다고 해?"

"고의는 아니었지만 어쨌든 기분 상하게 했으니까."

"됐어. 약간 놀라기도 했고 속도 조금 상했는데 지금은 괜찮아."

"이런 일이 또 없을 거라고 장담은 못해."

다시 시동을 켜기 전에 확답을 받으려는 듯 그가 말했다.

그래도 계속 갈 수 있겠어? 라는 물음을 담고 있는 그의 눈을 향해 시정은 선선히 고개를 끄덕였다.

"어차피 지나간 일인데, 뭘."

자기 잘못도 아니고.

마지막 말은 입안에 꼭꼭 감춰두었다. 스스로 옹졸하다고 생각하면서도 진휘에게 완전한 면죄부를 주기는 싫었다. 지난 일에 연연하는 것처럼 미련한 짓은 없다는 것쯤은 잘 안다. 그렇지만 그가 자신 때문에 조금이라도 더 안달하고 애태우길 바랐다.

아직 연애에 길들여지지 않은 시정의 마음은 그랬다.

6

오늘은 목요일. 'about 허브' 수업이 있는 날이다. 그 말은 곧 시정이 가까운 곳에 있을 거란 이야기. 아침에 샤워를 마치고 나와 옷을 고를 때부터 입가에 절로 잡히는 미소 때문에 휘파람을 제대로 불 수 없을 정도였다.

이번 연애 상대는 유난히 수줍음이 많았다. 대담하게 연애를 제안하던 처음과는 전혀 딴판이었다. 하지만 웃을 때면 부드럽게 휘감겨 올라가는 눈초리와 여차하면 홍시처럼 붉어지는 양 볼을 볼 때마다 이상하리만큼 두근거리는 가슴을 눌러야 했다.

시정을 떠올릴 때면 아주 오래전 난생처음 연애를 시작했을 때의 떨림과 두근거림이 고스란히 되살아났다. 어떻게 진행되었고 왜 끝냈는지 정확히 기억은 나지 않지만 첫 상대였던 그녀를 처음 만났을 때의 설렘만은 지금도 생생하게 기억하고 있었다. 그리고 머릿속에 시정을 떠올릴 때마다 진휘는 열다섯 풋내기의 심정이 되었다.

진휘가 평소처럼 지나친 자신감에 넘치지만 않았던들 이 대목에서 지금까지의 연애지상주의자로서의 삶에 다가오는 커다란 위협을 알아차렸을지도 몰랐다. 하지만 안타깝게도 아직 일어나지도 않은 일에 몸을 사리기에 서진휘는 지나치게 오만했다.

출근 직후부터 그는 거의 10분 간격으로 시간을 확인하고 있었다. 그러던 것이 8분, 7분, 5분, 4분……. 눈을 들어 시계를 바라보는 간격은 점점 짧아졌다.

시계가 12시 10분을 넘어서자 결국 그는 책상 앞에서 일어나 밖으로 나갔다. 강좌가 끝나려면 아직 조금 더 있어야 하지만 더 이상은 앉아서 기다릴 자신이 없었다.

"나가십니까?"

"점심 식사하고 들어올 겁니다. 아주 급한 일 아니면 연락하지 마세요."

비서의 공손한 인사를 뒤로 하고 복도로 나온 진휘는 엘리베이터 대신 계단으로 걸음을 옮겼다. 잠시 후 한참 동안 계단통에는 기분 좋은 휘파람 소리가 울려 퍼졌다.

"그럼 최음제로 쓰이는 허브도 있다는 말인가요?"

시정은 조금 전 질문을 한 수강생에게 미소를 보냈다. 수업을 시작한 지 한 시간이 다 되어가자 조금씩 지루한 빛을 띠기 시작하던 수강생들의 얼굴은 그 말 한마디에 금세 활기가 돌았다.

"의료 시설이나 치료약이 부족했던 시대에 허브가 효과가 좋은 치료제였다는 건 지난 시간에 이야기했었죠? 특히 산파들은 종기나 두통, 복통처럼 일상적인 질환에 효과가 있는 허브에 대해서도 잘 알고 있는 경우가 많았대요. 그래서 마녀의 누명을 쓰는 경우가 많았다고 하구요. 그런데 그들을 마녀라고 고발하거나 증언한 사람들 중에서 이른바 사랑의 묘약이라는 걸 구입했다는 사람들이 제법 있었던 모양이에요. 이들이 말하는 사랑의 묘약이라는 게 네롤리나 샌들우드 같이 최음 효과가 있는 허브들이 아니었을까 하는 거죠. 물론 실제로 확인할 수는 없지만 말예요."

"아이고, 그럼 나도 한번 써 봐야겠네. 선생님, 조금 전에 말한 허브 이름들 다시 말해주세요. 어떻게 쓰면 제일 효과가 좋은지도요. 집에 가는 길에 당장 샵부터 들러야겠네."

낭랑한 목소리 뒤로 걸쭉한 웃음소리가 강의실 안에 번졌다. 문에 기대 선 채로 듣고 있던 진휘도 웃음을 삼켰다. 그동안 몇 번 엿들은 바로는 허브에 대한 그녀의 지식은 상당한 수준인 듯했다. 그러면서도 전문가임을 내세우지 않고 흥미로운 부분들을 알기 쉽게 풀어서 설명하는 것이 인기를 끄는 요인인 듯했다.

하지만 즐거운 기분도 잠시.

"높으신 분 시찰이냐?"

뒤쪽에서 들려오는 삐딱한 목소리를 듣자 진휘의 얼굴에서 단숨에 미소가 가셨다.

고객을 도둑으로 몰아 물의를 일으킨 후 정말 그만둘 것처럼 무단결근을 하다가 엊그제 느닷없이 출근을 한 규보는 곧 이전 상태로 돌아갔다. 물론 이전 상태란 특별히 하는 일 없이 빈둥거리며 문화 센터 안을 어슬렁거리는 것을 말한다.

"바쁘신 분께서 이 시간에 어인 행차이신지요?"

비꼬는 말에 일일이 대꾸할 가치를 느끼지 못한 진휘의 예리한 두 눈은 그저 규보를 바라보고만 있었다. 해고당하기 전에 먼저 관두겠다며 자리를 박차고 나간 뒤 느닷없이 다시 들어온 까닭을 굳이 짐작 못 하는 바도 아니었다.

"아직 근무시간일 텐데요."

외삼촌의 얼굴에서 어렵지 않게 '재수 없는 놈'이라는 말을 읽어낸 진휘가 속으로 비웃음을 흘렸다.

"그렇잖아도 지금 일하러 가는 일입니다. 이. 사. 님."

부러 호칭을 딱딱하게 끊어서 발음하며 대답하는 규보에게 앞쪽의 복도를 가리켜 보였다.

"사무실은 저쪽입니다."

저번에 여직원을 대하는 행태로 미루어 보아 사무실에 들어가도 성가신 불청객 대접을 받겠지만 어차피 자업자득. 내키지 않은 기색이 역력한 뒷모습에도 안됐다는 생각은 들지 않았다.

잠시 후 수업이 끝났는지 강의실 문이 열리고 한두 사람씩 밖으로 나오기 시작했다. 강의실 밖에서 서 있는 진휘를 발견한 수강생들의 눈이 별안간 활기를 띠었다.

"처음 보는 분인데 직원이세요?"

작고 통통한 체구에 온몸에서 활기를 발산하고 있는 40대 중반의 여자가 물었다. 목소리를 듣자하니 조금 전 허브의 최음 효과에 대해 상당한 관심을 보이던 수강생인 것 같았다.

"어머 세상에, 웬일이야."

질문에 대답할 틈도 주지 않은 여자는 작고 통통한 양손을 들어 박수까지 쳐가며 즐거워했다.

"어쩐지 요새 우리 선생님 얼굴이 활짝 피었다 했더니 다 이유가 있었어. 세상에 저 눈 예쁜 거 봐. 누가 남자 눈이라고 하겠어."

그녀의 호들갑은 주위 사람들의 시선을 끌어들이기 충분했고 곧 진휘는 시끄럽고 호기심 많은 한 무리의 중년 여자들에게 둘러싸였다.

"문화 센터에서는 한 번도 못 뵌 분 같은데 여기 직원이에요?"

"백화점 직원이 아니면 이 시간에 여기 있기 힘들지. 백수가 아니고서야."

"백수는 아닌데 뭘."

"그렇지? 저 인물에 체격이 어디로 봐서 백수야. 딱 사업가 타입인데."

다년간의 연애 경험에도 불구하고 와글와글 복작복작, 평균 연령이 40대 중반은 가뿐하게 넘는 중년의 여자들에게 둘러싸여 순식간에 수다의 중심이 되어버린 진휘는 어찌할 바를 몰라 했다. 어찌된 일인지 능구렁이 같은 임원들과 회의를 하면서 그들이 묻어놓은 지뢰를 이리저리 피할 때보다 더 당황스럽고 긴장이 되었다. 물론 복도 끝에서 이 모습을 흥미롭게 지켜보고 있는 규보의 존재를 알아차릴 경황도 없었다.

"아직까지…… 어머!"

마무리를 마치고 밖으로 나오던 시정이 아줌마들 사이에 둘러싸여 있는 진휘를 발견하고는 깜짝 놀라 멈춰 섰다. 그렇지 않아도 수업이 있는 날마다 강의실 근처를 기웃거리는 진휘 때문에 은근히 다른 직원들의 눈치를 보고 있던 중이었다. 그런데 이렇게 걸릴 줄이야.

"이제 보니 우리 선생님 능력 있으셔. 어디서 이런 남자를 구하셨대 그래?"

처음 진휘에게 말을 걸었던 수강생이 시정을 향해 너스레를 떨었다. 한 시간 반 동안 불편한 책상에 갇혀 있던 그녀들에게 진휘의 등장이 제법 활력소가 되었는지 다들 자리를 뜰 줄 모르고 두 사람을 번갈아 바라보고 있었다.

이 상황을 어떻게 빠져나가야 할까, 난감해하던 시정의 고민은 의외로 쉽게 풀렸다. 손을 내밀어 덥석 그녀의 손을 잡은 진휘가 복도 저쪽으로 잡아끌었기 때문이었다.

"그럼 저희는 이만 가보겠습니다."

"벌써 가시면 어떡해요. 이야기라도 좀 더 하다 가시지. 같이 점심 먹어요!"

허리둘레만큼이나 오지랖도 넓어 보이는 수강생 하나가 몇 걸음 종종 따라오며 큰 소리로 불러대기 시작하자 넓지 않은 복도는 곧 까르르 웃음바다가 되었다.

"어떡하지?"

엘리베이터에 올라 지하 주차장으로 향하는 버튼을 누르는 진휘에게 시정이 걱정스러운 듯 물었다.

"뭘?"

"이제 금방 말들이 퍼질 텐데."

"싫어?"

힐끗, 내려다보며 물었다. 눈썹을 살짝 덮는 길이의 앞머리를 가지런히 내려 이마를 가린 모습은 나이보다 훨씬 어려 보였다. 그래서인지 약간 지나치다 싶게 몸을 사리는 시정의 반응이 은근히 재미있었고 그러는 한편 서운한 감도 들었다.

"싫다기보다는 공연히 사람들 입에 오르내려서 좋을 건 없으니까."

그의 여자 편력이야 이미 아는 사람들 사이에서는 알려질 대로 알려진 사실이니 새삼스러울 것도 없을 터였다. 하지만 그녀의 입장에서는 좀 다를지도 모르지. 이미 아기 엄마라는 사실이 알려진 마당에 자신과 어울린다는 말까지 돈다면 절대 고운 시선을 받을 리가 없었다.

그동안의 관찰로 시정이 결코 남자관계가 복잡하다거나 난잡한 사람이 아니라는 결론을 내리기는 했지만 아기에 이르면 문제는 달라진다. 설령 원하지 않았던 아이였어도 고집스럽게 낳아서 기를 여자였다. 당신을 조금만 더 일찍 만났으면 어땠을까. 밤마다 낭신 품에 안겨 잠이 들 그 아이가 내 아이였을 수도 있는데.

순간 진휘는 자신도 모르게 몸을 움찔했다. 어느새 아이까지 생각하고 있다니. 함께 있으면 마음에 들고 즐거운 상대이긴 했지만 아직까지 그에게 결혼이나 아기는 절대적으로 논외였다.

"신경 쓸 거 없어."

마음속에 떠오른 생각을 지워버리려 부러 거칠게 말하는 그를 향해 시정이 시선을 돌렸다. 깊은 생각이 담긴 커다란 눈을 보자 가슴 한쪽 구석이 왠지 모르게 따끔거리기 시작했다. 서둘러 없애버리고 싶은 거북한 느낌마저 들 정도였다.

벽 곳곳에 설치된 스피커를 통해 빠른 비트의 음악이 한여름의 소나기처럼 시원스레 쏟아졌다. 천장의 조명은 연달아 터지는 카메라의 플래시처럼 어지럽게 돌아가며 춤을 추는 사람들을 훑고 지나갔다.

"이게 누구야."

오랜만에 만난 친구들과 신나게 한바탕 몸을 풀고 목을 축이기 위해 바로 돌아와 맥주를 청하는 이진에게 누군가 아는 척을 해왔다.

썩 친한 사람이 아니라면 십 분의 일 초 단위로 바뀌는 현란한 조명 속에서 낯선 사람의 얼굴을 제대로 알아보기란 어려운 법이다. 그래서 푸른색의 컬러렌즈 속의 눈동자를 가늘게 뜨고 퍽이나 친한 척을 해오는 젊은 남자 애를 바라보고 있는 중이었다. 어딘가 모르게 낯이 익긴 했지만 기억에는 없는 얼굴이었다. 한때 출근부에 도장을 찍듯 클럽에 드나들었던지라 처음 부딪힌 얼굴도 한 다리만 건너면 친구의 아는 애 혹은 아는 애의 남자 친구, 이런 식으로 자연스럽게 알게 되곤 했다.

굳이 아는 사이라고 우긴다면 아마 이 녀석도 그런 식으로 연결되는 인맥 중 하나일 것이다. 근데 요즘도 이렇게 진부한 방법으로 수작을 거나.

"나 모르겠어?"

모른 척하고 잔을 집어 드는 그녀에게 녀석은 재차 물어왔다. 손목에 두르고 있는 시계를 보아하니 빈한 애는 아닌데 하는 짓은 왜 이리 촌스러워.

"꼭 알아야 하니?"

"모른 척 쌩 까면 서운하지."

느물거리는 말투. 그러고 보니 예전에 들어본 거 같기도 하고. 에이, 알 게 뭐야. 서로 사돈 맺을 것도 아닌데.

"그때 봤던 무서운 언니는 여전히 잘 계시고?"

언니 얘기가 나오자 순간적으로 이진은 움찔했다.

이제야 떠올랐다. 몇 달 전 술집에서 치근대다가 재수 없게 경찰서까지 가게 만들었던 일행의 리더 격이던 녀석. 그때도 주위의 양아치들에 비해 스타일이 꽤 돋보인다 했는데 오늘도 진한 보라색 셔츠에 가느다랗게 늘어뜨린 연회색 타이가 제법이었다.

그러거나 말거나 길게 한 모금 마신 맥주병을 내려놓으며 피식 비웃음을 던지는 것으로 답을 대신했다.

"오늘은 일행이 없나봐?"

"신경 꺼."

잘 빠진 각선미를 자랑이라도 하듯 스툴 아래로 다리를 길게 뻗었다. 시실은 오랜만에 신은 12센티의 힐 때문에 발목과 부릎이 뻐근하기 때문이지만 내색할 생각은 물론 추호도 없다.

"이렇게 만난 것도 인연인데 어디 조용한 데 가서 한잔 하자. 보아하니 너도 몸은 충분히 푼 것 같은데."

"혼자 마시든지 말든지."

이 멘트를 날린 다음에는 재깍 자리에서 일어나 다시 춤을 추러 나가야 하는데 아픈 발 때문에 도무지 움직일 엄두가 나지 않았다. 젠장, 이러면 스타일이 안 산다고.

"발 아프지 않냐? 차로 편안하게 모실 테니까 나가자고."

역시 선수는 선수를 알아본다고 아픈 발 때문에 꼼짝도 못하고 있는 걸 그새 눈치 챈 모양이다. 하지만 아픈 건 발뿐이니 입으로 하는 대답은 여전히 야무졌다.

"호랑이 굴에 제 발로 기어들어가는 여우 봤니?"

썩 마음에 드는 응수가 아니었는데도 녀석은 신나게 한바탕 웃어 제쳤다.

"어때? 그럭저럭 괜찮지?"

입으로는 그럭저럭이라고 하지만 묻는 얼굴은 웃음이 가득했다. 짜식, 조금만 더 있으면 아예 입이 가로로 쭉 찢어지겠다. 속으로 구시렁거리긴 했지만 듣던 대로 굽이진 언덕을 한참이나 올라와야 하는 길은 드라이브에 제격이었고 스카이라운지에서 보이는 도심의 야경도 꽤 근사했다.

"뭐, 그럭저럭."

자신이 했던 말로 응수를 해오는 말에 은휘는 피식 웃고 말았다. 아까 클럽에 처음 들어섰을 때 화려한 조명 속에서도 용케 이 아이의 모습을 잡아낸 것이 지금 생각해도 희한했다.

기억을 놀이켜보면 및 날 선 서슴 봤을 때노 그냈있나. 유닌히 돈보이는 몸매 때문에 눈에 들어왔던 건 아니었다. 그런 애들이라면 이미 신물이 나도록 겪어봤고 지금도 눈만 돌리면 어렵지 않게 볼 수 있었다. 기다란 팔다리와 잘록한 허리, 차랑한 긴 머리보다 앞서 그의 눈길을 사로잡았던 건 대체 뭘까. 유연한 웨이브를 선보이며 요란하게 가슴을 흔들어대던 애들보다도 먼저 눈 안에 들어온 걸로 봐서는 특별한 뭔가가 있는 건 분명한데 말이다.

"뭐하고 사는지 물어봐도 돼?"

"정중히 사양할게."

짧은 답으로 더 이상의 물음을 막아버린 뒤에도 한참 동안 야경에만 눈을 두고 있더니 앞에 놓인 블랙 러시안을 홀짝이며 대뜸 물어왔다.

"이제 다음 코스는 룸이야?"

"뭐?"

생글생글 웃으며 던지는 물음이 전혀 뜻밖이었던지라 그만 말문이 탁! 막혔다.

"남자 애들 속셈이란 게 빤하잖아. 이런 데 데려와서 술 한잔 사주면서 반쯤 얼을 빼놓고 그다음엔 룸 하나 잡아서 곧장 침대로 풍덩!"

대수롭지 않다는 듯 어깨를 으쓱하며 묻는 말은 직접 눈으로 보기나 한 것처럼 정확한 지적이었지만 듣다보니 공연히 부아가 났다.

"사람을 엇다가 취직시키는 기야!"

"아니라는 거야?"

입술을 모으며 의외라는 듯 묻는 말을 듣자 더욱 화가 치밀었다.

"아냐!"

의도했던 것보다 훨씬 더 퉁명스러운 대답이 나갔다. 완벽하게 순수한 의도로 여기까지 왔다고는 말 못하지만 그래도 남자 새끼 자존심이 있지.

"아니면 됐고."

열통 터져 씩씩거리게 만들어놓고 아니라는 답 한마디에 어깨를 으쓱하고는 그만이라니.

"그걸로 끝이야?"

"뭐가?"

"끝이냐고."

"다른 게 더 있어야 되니?"

"있지, 그런 말은 함부로 하는 게 아니야. 불과 조금 전에 만난 남자한테 호텔 룸 운운하면서 순수한 의도를 비웃는 건 예의가 아니라고."

서은휘 입에서 순수와 예의 운운하는 말이 나올 날이 있을 줄이야. 경식이 놈이 들었다면 당장 배꼽을 쥐고 뒹굴었겠지만 애 앞에서는 절대 그렇고 그런 시시껄렁한 놈으로 보이고 싶지 않았다.

"기분 상했다면 미안. 그렇지만 오늘 처음 만난 것도 아니잖아. 어차피 경찰서 의자에 몇 시간 동안 앉아 있으면서 서로 볼 거 못 볼 거 다 보여준 사인데."

이렇게 말한다면야 이쪽에서도 할 말은 없는 거다.

"그럼 오늘 야경하고 이 술값은 그쪽이 전부 부담하는 거다. 아무 조건 없이."

술잔을 들며 확인이라도 하려는 듯 쐐기를 박는 말에 은휘는 아무 소리 못하고 냉아니 고개글 끄딕이고 밀있다.

스캔들이라니. 김시정 인생에서는 평생 가야 절대 해당 사항이 없는 말인 줄 알았다. 그런데 쥐구멍에도 볕 들 날이 있다고 그녀에게도 스캔들이 일어났다. 소문에 휩싸인 여주인공이라니. 우와아아아아, 정말 대단하지 않은가. 이래서 사람은 오래 살고 볼 일이라는 거다.

152

"정말이에요? 우리 이사님이랑 사귄다는 게?"

시정을 향해 있는 몇 쌍의 눈동자는 무시무시할 정도의 집중력을 발휘하고 있었다. 그런데 '우리'라는 당연한 단어 선택이 왜 이리 심정을 상하게 하는지. 원래 우리말이라는 것이 '내' 남편 대신 '우리' 남편, '내' 마누라가 아니라 '우리' 마누라라고 해도 전혀 무리가 없는데도 말이다. 접때 엘리베이터에서 성은혜가 진휘에게 '자기, 안녕'이라고 인사를 건넸을 때보다 더 기분이 나빴다.

손에 쥐고 있는 백화점 로고가 박힌 종이컵을 우그러뜨리지 않도록 주의하며 어정쩡하게 웃어 보이는 그녀에게 조금 전 질문을 던졌던 희경이 다시금 물어왔다.

"대체 언제부터 그런 거예요? 어쩐지, 얼마 전부터 시정 씨 강의가 있는 날마다 이사님이 내려오시는 게 좀 이상하긴 했어. 회의라도 있어야 이쪽으로 걸음을 하는 분인데 말이야."

대체 이 여자의 뭘 보고, 하는 눈빛에 시정은 속으로 코웃음을 쳤다. 하시만 그 끝에는 어쩔 수 없는 얕은 한숨이 묻어나왔다. 사실 지금처럼 대놓고 묻질 않아서 그렇지 진휘와 함께 있는 모습을 보인 후 너무 여러 번 반복된 절차라서 이젠 새삼스럽지도 않았다.

다만 그때마다 쏘아 오는 눈빛에 적잖이 심정이 상하기는 했다. 그동안 문화 센터 출입하면서 조금씩 주워들은 부스러기의 윗부분만 대강 슬슬 긁어모아도 서진휘라는 남자는 자타가 공인하는 이름난 바람둥이였다. 모두들 쉬쉬해서 그렇지 이름만 대면 알 만한 연예인부터 시작해서 사업가, 음악가, 화가, 무용가 등등. 생긴 값하느라 그랬는지 꽤나 다양한 종류의 여자들과 어울린 듯했다.

그래서인지 직원들은 그가 전혀 특출할 것이 없는 평범한 그녀와 만나고 있는 것에 대한 궁금증을 숨기려들지 않았다. 이 대목에서 성은혜와 마주친 후 앞으로 이런 상황은 얼마든지 벌어질 수 있다던 진휘의 말이 떠오르자 갑자기 입맛이 썼다.

스캔들에 목말라하는 인간들에게 조금이라도 배려를 바라는 건 역시 무리인가. 아니면 이로써 스캔들은 당사자를 제외한 모든 사람들을 즐겁게 한다는 만고불변의 진리를 몸소 체험하게 된 셈인가.

"아직까지 한 번도 백화점하고 관련이 있는 사람과는 말이 없었는데 결국 시정 씨가 기록을 깨게 됐네요."

서운함이 낮게 깔린 한숨과도 같은 말을 피트니스에서 트레이너로 일하는 소영이 끼어들어 이었다.

"다들 몰라서 그렇지 그동안 이사 앞에서 눈웃음 흘린 애가 한둘인 줄 아니? 지금 비서실에 있는 애도 처음에 얼마나 공을 들였었는데. 금방 주제 파악하고 손들긴 했지만 말이야."

그러면서 대체 왜 위아래로 훑어보는지, 쳇!

소영은 뭐랄까, 여느 트레이너들처럼 탄력 넘치는 매력적인 몸매의 소유자였다. 그에 더해 지나치게 직선적인 성격이라서 어떤 식으로든 그다지 친해지고 싶은 사람이 아니었다. 물론 시성에게는 후사노나 신자 때문에 좋은 점수를 얻지 못하고 있지만 말이다.

아무튼 강의가 비어 있는 틈을 이용해 잠깐 쉬려던 계획은 휴게실에서 만난 수다쟁이 자매들로 인해 이래저래 무참히 깨어지고 본의 아니게 취조 아닌 취조를 당하고 있는 중이었다.

"대체 어떻게 만나게 된 사이예요? 원래 이쪽으로 잘 안 오시는 분이라서 문화 센터에서 만났을 리는 없고. 시정 씨 샵에서 만났어요? 참, 사모님이랑 아는 사이라고 했었죠?"

"사모님이요?"

"이사장님 말이에요. 그 분이 소개해주신 거 맞죠?"

대체 왜 이사장님이 진휘를 소개했다고 생각하는 건지 묻기도 전에 전혀 반갑지 않은 소영이 다시 나섰다.

"말도 안 돼. 저 사람들, 겉으로야 개방적인 척하지만 알고 보면 얼마나 폐쇄적인데. 다른 사람도 아니고 부모가 나서서 함부로 아무나 소개할 것 같아? 명색이 로열패밀리인데 며느릿감은 같은 왕족 중에서 찾겠지."

부모? 로열패밀리? 며느릿감은 또 뭐야?

"하긴 것도 그렇긴 해."

세 쌍의 눈동자가 일제히 안됐다는 눈빛으로 자신을 향하자 시정은 당황스러웠다. 남에게 절대 빠지지 않는 머리를 가졌다고 자부하고 있는 그녀이니 조금 전 오고 간 말들이 무엇을 의미하는지 충분히 이해를 하고도 남음이 있었다. 갑작스레 알게 된 사실에 최대한 동요하지 않으려 애를 쓰며 시정은 태연한 척 입을 열었다.

"그럼 이사장님은……."

"어머, 시정 씨 몰랐어요? 우리 이사님, 회장님 아들이잖아요. 우리 백화점 차기 경영자."

말끝을 흐리는 그녀에게 재빠르게 일러주는 희경의 두 눈은 호기심으로 번득이고 있었다. 펄그레이 섀도를 진하게 바른 눈을 빛내는 품이 대단한 특종이라도 잡은 것처럼 보였다. 하긴 사귄다는 거 눈과 귀

있는 사람들은 다 아는데 정작 남들 다 아는 가족 관계를 모르고 있으니 무슨 내막인가 궁금하겠지. 당연한 거다.

이사라는 직급에는 도통 어울리지 않는 젊은 나이와 그의 앞에서는 왠지 모르게 몸을 사리며 조심스러워하던 이 부장을 비롯한 직원들의 모습에서 바로 상황 파악을 했어야 했건만. 좋다는 말에 정신이 팔려서 빤히 보이는 걸 모르고 넘어가다니. 어쩐지, 진휘와 함께 있을 때마다 등과 어깨가 따갑도록 시선이 쏟아지는 데는 다 이유가 있었던 거다.

"사귄다면서 어떻게 기본적인 가족 관계도 모를 수가 있어요?"

삐딱한 물음을 던지는 소영을 향해 시정은 부러 꾸민 티가 역력한 미소를 지어 보였다.

"그런 걸 나서서 굳이 떠벌릴 필요 없잖아요. 나나 진휘 씨가 연예인도 아닌데 별로 궁금해하는 사람도 없을 거고."

그동안 쏟아지던 눈길들을 생각하면 상대의 속내를 빤히 알고 하는 말이라 다소 찔리는 구석이 있는 것도 사실이었다. 진휘에 대한 직원들 특히 여직원들의 관심은 연예인을 초월하는 것 같으니 말이다.

"그리고 사실……"

잠깐 뜸을 들이자 그녀늘의 봄이 자농석으로 시성을 앙해 쏠몄나.

"다른 사람 사생활 캐고 다니면서 이렇더라 저렇더라 하는 거, 너무 천박하기도 하고."

경악으로 벌어진 눈동자를 뒤로 하고 여봐란 듯 새침하게 일어나 휴게실을 나오는데 마지막으로 들려오는 대화가 가슴에 비수를 박는다.

"웃겨, 누구 아들인지도 모르고 있던 주제에. 정말 사귀는 거 맞아?"

"사귀긴 무슨. 이사가 잠깐 데리고 놀다 말겠지 뭐."

내 저것들을 정말!

이 상황이 앞으로 겪게 될 파란만장한 스캔들의 서막에 불과하다는 걸 시정은 물론 꿈에도 생각지 못하고 있었다.

메뉴판이 놓인 지 한참이 지났건만 어찌된 일인지 고개를 들 줄 모른다. 기다림이 지루해지자 약간 지루해진 진휘가 슬쩍 한마디 거들었다.

"버섯 요리 먹고 싶다며."

"응."

대답을 하는 중에도 여전히 메뉴판을 정독 중이었다. 그렇게 열심히 들여다보기라도 하면 메뉴판에 적힌 음식들이 저절로 테이블 위에 나타나기나 할 것처럼 시정은 엄청난 집중력을 보이고 있었다.

"어떤 걸로?"

"아무거나."

지루할 정도로 뜸을 들이던 것에 비한다면 퍽 성의 없는 대답이었다. 살짝 심정이 상하려던 찰나,

"근데 버섯 말고 다른 거 먹어도 돼?"

그게 무슨 큰일이라고 여태 눈치 보고 있었던 건가.

자존심 강하고 대담하게 굴던 여자가 백 번에 한 번쯤 보이는 소심한 모습은 정말이지 환장할 정도로 예쁘다. 바로 지금처럼 말이다. 여느 때 같으면 곧장 테이블 건너의 그녀에게 기억에 남을 만한 입맞춤

을 선사했을 것이다. 바로 조금 전까지 그럴 뻔했다. 무심한 듯 보이는 표정에서 유난히 도드라진 진지한 눈빛을 보지 않았다면 말이다.

"뭐 먹고 싶은데?"

"그냥…… 당신 먹는 거 아무거나."

진휘는 저쪽에서 주문을 기다리며 눈치를 살피는 웨이터를 불러 주문을 마치고 의자에 몸을 기대며 느긋한 자세를 잡았다. 갑자기 대화가 굉장히 길어질 것 같다는 생각이 들었다.

"문제가 뭐야?"

나름대로 허를 찌르는 질문이라고 생각했는데 돌아오는 건 전혀 흔들림 없는 시선이었다. 감정이 복잡하게 얽혀 오히려 아무것도 읽어낼 수 없는.

"왜 문제가 있을 거라고 생각하는데?"

질문에 질문으로 답하는 건 결코 좋은 습관이 아닐 뿐더러 굉장히 방어적인 인상을 준다고 알려줘야 할까.

"내가 바보가 아니라는, 당신도 알고 나도 아는 뻔한 사실을 굳이 말로 해주어야 하나?"

불쑥 튀어나온 시비조의 말에 순간 아차! 싶었지만 어떻게 된 일인지 새침한 시정의 얼굴은 표정 변화 없이 그대로였다. 그러더니 노리어 잠시의 틈을 두고 빙긋 웃는 게 아닌가.

"역시."

이 무슨. 오른쪽 볼과 입술 아래 깊게 파인 보조개를 보자 어이가 없었다. 목숨을 건 결투에서 피 튀기며 싸우다가 너무도 어이없이 허를 찔려 칼을 놓아버린 기분이었다.

"무슨 뜻이야?"

"밥 먹고 얘기하자. 나 배고파."

"지금 얘기해."

어느덧 진휘의 말투는 완강한 명령형으로 바뀌어 있었다. 하지만 시정도 고집을 꺾지 않았다.

"배고프다니까. 기운 없으니까 먹고 얘기한다고."

"난 지금 들어야겠어."

명령에 이어 나온 건 전혀 굽힐 기색을 보이지 않는 고집이었다. 이 것도 차세대 경영자가 갖추어야 할 필수 덕목인 건가.

졌다는 듯 길게 한숨을 쉰 시정이 비스듬히 앉더니 이내 팔짱을 끼었다.

"항상 이런 식이지?"

오늘따라 웬 시비인가. 평소답지 않게 언저리를 돌며 변죽만 울리는데 짜증이 솟은 진휘가 막 입을 열려는 순간.

"인듯인듯 좀, 뭐랄까…… 당신을 볼 때면 자신감이 지나치다 싶게 넘칠 때가 있었어. 어지간해서는 자기 고집 안 꺾으려 들고, 한 번 마음먹으면 자기 뜻대로 해결이 될 때까진 손에서 안 놓으려고 하고. 몰랐을 때는 그저 자기애가 강한 사람인가 보다 그랬지. 젊은 나이에 어울리지 않게 직책이 높은 거 알고는 진짜 능력 있나보다 자신감이 충만할 만하다 그랬고, 백화점에서 직원들이 심하다 싶게 정중한 인사를 하는 걸 보고도 직급이 높으니까 그런가보다 했어."

다음에 무슨 말이 이어질지는 굳이 듣지 않아도 알 것 같았다.

"잠깐."

무슨 말인가를 하기 위해 열렸던 진휘의 입술은 시정의 냉담한 목소리에 그대로 닫혔다.

"적어도 자기가 어떤 사람인지는 미리 말을 해줬어야지. 다른 사람들 앞에서 연애하는 남자가 어떤 사람인지도 모르는 빙충이를 만들어놔서 아주 속이 시원하겠어! 왜, 누구 아들인 줄 알고 나면 앞에 납작 드러누울까 겁나든?"

낮고 묵직하게 시작된 말은 점점 더 열기를 띠어갔다. 테이블의 간격이 여느 곳보다 떨어져 있어 그나마 다행이라고 시정은 생각했다. 여기서 조금만 더 목소리를 끌어 올리면 지배인이 당장 뛰어올지도 모른다. 이렇게까지 무식하게 굴 생각은 전혀 없었는데.

고심 끝에 적당히 기회 봐서 섭섭함을 표시하는 게 가장 낫겠다는 결정을 내린 게 바로 어젯밤이었다. 일단 분노의 시동이 걸리면 행동이 먼저, 생각은 나중인 자신의 성격을 누구보다 잘 알고 있으니까. 그런데 당장 말하라며 종주먹을 들이대는 통에 그만 화를 이기지 못한 것이다.

"당신 정말 짜증 나."

부러 작정하고 던진 말에 진휘의 얼굴빛이 확 변했다. 우아한 자태를 뽐내던 냅킨이 그의 손에 의해 꼴사납게 구겨져 테이블 위에 내닌져졌다.

"일어나."

다음 순간 어깨로 들어온 억센 손이 그녀를 일으켜 세웠다. 한쪽 팔을 잡은 채 끌려가다시피 하는 그녀와 꾹 다문 입만으로도 분노를 제대로 표현하고 있는 진휘. 그들에게 사람들의 시선이 고스란히 쏠렸다. 재판정으로 호송되는 중죄인마냥 팔을 잡힌 채 묵묵히 그가 이끄는 대로 밖으로 나왔다.

엘리베이터에 올라 지하 주차장의 버튼을 누른 뒤에도 진휘는 붙잡고 있는 팔을 놓지 않았다. 황금빛을 자랑하고 있는 엘리베이터의 문에 두 사람의 모습이 비친다. 시선을 비낀 채 냉담한 얼굴로 입을 꾹 다물고 있는 여자와 갈팡질팡 속으로 어쩔 줄 모르면서도 겉으로는 전혀 마음속 동요를 보이지 않기 위해 애쓰는 남자.

대체 어떻게 해결을 해야 하나.

순간적인 감정으로 호기롭게 팔 붙들고 나오기는 했지만 딱 거기까지였다. 워낙 감정이 풍부해서 표정 변화도 다채로운 그녀의 얼굴이 잔뜩 굳은 채 도무지 풀릴 기미가 보이지 않자 진휘는 눈앞이 캄캄해졌다. 막연히 언젠가는 알려야 한다고 생각은 했었다. 하지만 그건 말 그대로 생각뿐이었다. 너무 느긋했던 걸까.

조심스레 시선을 내려 시정을 살폈다. 단 몇 마디 말로 사람들 앞에서 구경거리를 제공했던 모습이 믿기지 않을 정도로 차분한 얼굴이다. 차라리 자신도 시정처럼 화가 난 상태라면 더 나을 텐데. 전혀 예상하지 못한 상황에 갑자기 부딪힌 그는 아직까지 어안이 벙벙한 상태였다.

"타."

함께 가지 않겠다며 뻗댈 줄 알았는데 의외로 순순히 열린 차에 올랐다. 일단은 안심이다.

"화가 났다는 거 알아. 그래 알겠어."

뒤이어 차에 오른 진휘가 긴 한숨과 함께 입을 열었다. 어쨌든 자신의 불찰로 인해 시작된 일이니 일단은 먼저 손을 내밀어야 한다. 솔직히 말해 더 이상 시정을 화나게 해서는 안 된다는 마음이 더 크지만 말이다.

"그렇지만 속이거나 숨길 생각이 있었던 건 아니야. 당신이 이렇게까지 속상해할 줄 알았으면 미리 말을 했을 거야."

적어도 이 말만큼은 눈곱만큼의 거짓도 없는 사실이었다. 다시 한 번 눈치를 살폈지만 얼어붙은 표정은 아직까지 그대로였다. 계속해서 변명이 이어졌다.

"적당한 기회가 없어서 얘기를 못 했던 것뿐이야. 밥 먹다가 말고 갑자기 우리 아버지가 이런 사람이야, 이럴 수는 없잖아."

"병원에 진료 시간 예약하는 거야? 적당한 시간 봐서 스케줄 맞추게? 나하고 대화할 때 오선지처럼 선 그어놓고 오늘은 여기까지, 다음에 만나면 그다음 선까지, 지금까지 그런 식이었어?"

"그렇지 않다는 건 당신이 더 잘 알잖아."

지나치다 싶은 비약에도 진휘는 평소답지 않은 인내심을 발휘하며 시정을 달래려 애를 썼다.

"당신이 알고 나면 좋아하지 않을 거라고 생각했던 것 같아. 아니, 그렇게 생각했어. 그렇지만 절대 숨기려고 했던 거 아니야. 그게 무슨 특별한 비밀이라고."

"내가 화가 난 건 당신이 어떤 집안의 아들이라는 점이 아니라 내게 솔직하지 않았다는 거야. 그 점이 정말 실망스러워."

"당신도 나한테 100%는 아니잖아!"

불쑥 원망이 터져 나왔다.

"뭐?"

"당신 아기에 대해 지금까지 지나가는 말로라도 언질 한 번 준 적 있어? 분명히 존재하는 아이를 부인하고 숨길 만큼 당신도 나 믿지 못하잖아!"

드디어 말해버렸다. 무슨 일이 있어도 시정이 직접 털어놓을 때까지는 아는 척을 하지 말자고 내내 다짐했었는데. 사내자식이 순간을 못 참고 그예 줄줄 쏟아내 버리다니. 이런 자신을 시정은 대체 어떤 놈으로 생각할까. 그보다 시정과 있으면 왜 스스로 정해놓은 선을 자꾸만 넘게 되는지. 그만 머리를 쥐어뜯고 싶은 심정이었다.

"무슨 아기?"

얼음장이던 그녀의 얼굴이 순식간에 얼뜨게 바뀌었다. 상황의 심각성에도 불구하고 갑작스러운 표정 변화에 웃음이 터져 나올 뻔했다.

"당신 아기."

"내 아기?"

말뿐 아니라 눈으로도 계속해서 묻는 그녀에게 진휘는 강한 긍정을 담아 고개를 까딱했다. 아기의 존재를 알고 있었다는 사실에 무척 놀랄 거라는 예상과 달리 영문을 모르겠다는 반응이었다.

"무슨 말이야?"

일단은 발뺌을 하겠다는 건가. 언제 어디서 누구와 무슨 얘길 해도 특유의 당당함은 절대 잃지 않을 거라는 예상이 빗나가자 서서히 실망감이 들기 시작했다. 어쩌면 이 여자만은 다를 거라는 생각은 혼자만의 착각이었을까.

"대체 무슨 근거로 그런 말을 하는 건데?"

정말 모르겠다는 시정의 얼굴에 진휘는 갑자기 한발 물러서고 싶어졌다.

그동안의 관찰 결과에 따르면 스스로의 연기력을 자부하는 것과 달리 오히려 시정은 표정이 잘 읽히는 편이었다. 풍부한 감성이나 연기력의 문제가 아니라 그냥 그녀의 얼굴을 보고 있노라면 무슨 생각을 하고 있는지 저절로 알 수 있었다. 간혹 표정 너머의 감정을 너무도 정확하게 간파해내는 그가 기분 나쁘다며 툴툴댈 정도였으니 말이다.

그런데 지금 혼란으로 가득한 저 눈은 절대 거짓일 수가 없었다. 눈으로 분명히 확인한 사실과 뒤통수를 자극하는 육감 중에서 어느 쪽을 선택해야 할지, 진휘는 갈피를 잡을 수 없었다.

"그 아기, 그때 경찰서에서 봤던."

"경찰서?"

미간에 세로줄을 세운 시정이 기가 막힌 듯 짧은 감탄사를 뱉더니 그를 노려보았다.

"첨 봤을 때 내가 안고 있던 아기 말하는 거야?"

이 남자가 미쳤나 하는 눈총을 한참 맞고 있노라니 목 언저리가 무척 거북해졌다. 역시 육감을 믿었어야 했나.

"미니…… 야?"

"미쳤어?"

거의 소음 수준의 고함에 놀람보다 안도감을 먼저 느꼈다면 말이 안 되지. 그렇지.

"정말 웃기는 사람이야. 대체 사람을 뭐로 보고 그 따위 말도 안 되는 소리를 하는 거야? 그럼 내가 버젓이 남편에 애까지 둔 주제에 다른 남자한테 연애하자고 살랑댔다는 거야? 지금까지 당신은 그런 여자들하고만 시시덕대며 어울렸어? 그래서 내가 그런 여자라도 상관없었나 보지?"

"시정아."

"말이 안 되잖아!"

그러고도 시정의 공격은 한참이나 그칠 줄을 몰랐다. 아기를 안고 있는 모습을 처음 봤으니 아기 엄마라고 여기는 게 당연하다는 변명이나 유부녀가 아닌 싱글맘으로 믿고 있었다는 말을 미처 할 틈도 없었다. 이제나저제나 기회를 엿보던 진휘는 결국 참을성을 잃고 시정의 말을 잘랐다.

"그럼 대체 그 아인 누구야?"

뚝.

갑작스럽게 입을 다물어버린 시정 때문에 조금 전의 소란스러움은 종적도 없이 사라지고 차 안에는 어색한 침묵이 남았다. 이때다 싶어 진휘는 다시 한 번 다그쳤다.

"이웃집 아이를 들쳐 업고 경찰서에 오진 않았을 거 아냐. 분명 가까운 사이……."

"조카야."

진휘가 알기로 시정에겐 말썽꾸러기 여동생 외에 다른 형제는 없었다. 그럼……. 무슨 말인가를 하기 위해 몇 번이나 열렸다가 도로 다물리는 진휘의 입술을 보던 시정이 먼저 용기를 냈다.

"놀라도 괜찮아. 안 그럼 오히려 이상한 거지. 이진이가 고등학교 때 가출한 적이 있는데 그때 생긴 아이야."

"애 아빠는?"

"애 생긴 거 알고는 그대로 사라졌지."

"나쁜 자식. 이진이가 가엾네."

예상 밖의 말을 들은 시정의 눈가가 파르르 떨렸다. 거의 위로라고 해도 좋을 진휘의 말은 약간의 어색함이 섞인 얼버무림이 따를 거라는 그녀의 예상과는 달라도 너무 달랐다.

정말이지, 세상에는 남의 일에 쓸데없는 관심을 쏟는 인간들이 어찌나 많은지. 안쓰러울 정도로 나이 어린 두 모자를 볼 때마다 사람들은 은근한 관심을 보이곤 했다. 그리고 그럴 때마다 보이는 반응은 혀를 차거나 손가락질, 거의 언제나 둘 중의 하나였다. 내색하지는 않지만 그럴 때마다 이진이 받은 상처가 얼마나 클지 상상만으로도 시정은 가슴이 아팠다.

"근데 그런 건 먼저 물어봤어야 하잖아. 아기까지 있는 여자가 사귀자고 덤비는데 얼마나 황당했을까? 그런데도 선뜻 오케이한 당신은 나보다 더 우스운 남자야. 그럼 당신 입장에선 그동안 우리가 불륜이었네."

착 가라앉은 목소리와 말끝에서 어쩔 수 없이 진한 실망이 묻어났다. 당황한 진휘가 고개를 저었다.

"당연히 싱글맘일 거라고 생각했어. 옆에 남자 두고 다른 데 눈 돌릴 사람으로는 안 보였으니까. 빈말 아니야."

곧장 반격할 태세를 갖추는 그녀를 향해 진휘가 황급히 덧붙였다.

"당신이 옳다고 믿는 게 언제나 진실일 수는 없어."

"알아."

"샵까지 바래다줘."

한숨과 함께 좌석 등받이에 머리를 기대고 눈을 감는 그녀의 얼굴을 미안함을 담은 진휘의 눈길이 쓸어 내렸다.

김시정과의 연애는 그에게 확실히 특별한 경험이었다. 여자에게 미친놈처럼 난폭하게 굴며 화내다가 병아리 솜털만큼이나 가볍게 입을 놀리고 또 사력을 다해 사과하고. 조바심 내고 초조해하고 어쩔 줄 몰라 안절부절못하고, 그러다 짧은 말 한마디에 안도하고. 지금까지의 연애와는 많이 다르지만 지금까지의 그 어떤 연애보다 그를 자극한다. 적어도 이것만큼은 확실했다.

7

비가 올지도 모른다는 예보를 듣고 간밤에 속을 끓였던 것이 무색할 정도로 하늘은 빛나는 푸른빛을 자랑하고 있었다. 비행기가 바다 위를 날기 시작하면서부터 시정의 눈은 창밖에서 떠날 줄을 몰랐다. 전망 좋은 창가 쪽 좌석을 예약한 진휘의 비서에게 축복 있을지니!

공항에 도착해 짐을 찾아 나온 후 그녀는 다소 어색한 표정으로 주위를 두리번거리며 낯익은 얼굴을 찾았다. 유니폼을 입은 채로 지나치는 비행기 승무원들을 제외하면 거의 대부분의 사람들이 캐주얼한 차림으로 들뜬 얼굴을 하고 목적지를 향해 움직이고 있었다. 그녀처럼 혼자 온 사람은 거의 없는 듯 남자는 여자의 어깨에 팔을 두르고 여자들의 손은 남자의 허리를 감고 다니는 커플 일색이었다.

"정말 왔네."

두리번거리며 마중 나와 있을 진휘를 찾는데 반가움이 진하게 묻어

나는 목소리가 그녀의 앞을 막아섰다. 보일 듯 말 듯 눈초리에 주름이 잡힌 채로 웃고 있는 진휘를 보자 순식간에 온몸이 노곤하게 녹아내리는 느낌이었다.

"진짜 왔구나."

믿을 수 없다는 듯 조금 전의 말을 다시 한 번 반복하는 진휘의 입술은 한껏 호를 그리고 있었다.

낯선 곳에서 만난 연인에게 첫 인사를 뭐라고 해야 할까.

만나서 반가워? 잘 있었어?

아무리 애를 써도 적당한 말이 떠오르지 않자 시정은 한껏 미소를 지어 보였다. 진한 갈색의 눈동자가 물기를 머금은 채 반짝이고 붉고 도톰한 입술이 초대하듯 열렸다.

"나 왔어."

그 모습을 본 진휘의 표정이 미묘하게 변하더니 한 걸음 더 가까이 다가왔다. 곧 따뜻한 손길이 얼굴을 감싸고 잠시 후 부드럽고 촉촉한 입술이 그녀의 것과 마주했다. 윗입술 그리고 아랫입술. 차례로 감싸고 떨어지길 반복하며 정신을 쏙 빼놓았다.

"잘 왔어."

무수한 사람들이 오가는 곳에서 시작된 갑작스러운 입맞춤에 미처 정신을 차리기도 전에 시정은 자신을 안아드는 온기 넘치는 가슴에 얼굴을 내맡기고 있었다.

어제 저녁, 출장 건으로 제주도에 내려간 진휘에게서 짧은 동행을 청하는 전화가 왔을 때 시정은 망설임 없이 승낙을 했다. 평소 같으면 한참을 고민하고도 답을 구하지 못했을 것이다. 하지만 이번만은 다른 가족들과 한마디 상의도 없이 흔쾌히 승낙을 했고 시원한 그녀의 대답에 수화기 저편에서는 숨길 수 없는 환호가 전해졌다.

가겠다는 대답을 듣자마자 그는 곧장 내일 탈 비행기 편을 알려주었다. 설사 거절을 했더라도 회유와 협박을 적절히 섞어가며 결국엔 제주행 비행기에 태울 작정이었던 게 분명했다. 한 번 작정한 건 무슨 일이 있어도 마음먹은 대로 끌고 가는 사람이니 말이다.

하지만 순순히 제주행을 선택한 건 결코 진휘의 고집을 이길 자신이 없어서가 아니었다. 그와의 사이에 흐르는 감정의 깊이가 어느 정도인지 알고 싶었다. 서로에게 품고 있었던 오해가 풀렸다고는 하지만 지난번 일 후로 그를 대할 때면 어쩔 수 없는 어색함과 거리감을 느꼈다. 지금까지의 연애가 단순히 서로 웃고 즐기는 것이었다면 고래고래 소리까지 질러가며 싸운 이후로는 서진휘라는 사람과의 사이에 감정의 선이 하나 더 그어진 느낌이었다. 새로 만들어진 선이 그와의 사이를 한층 깊게 할지, 아니면 더욱 멀어지게 할지 아직은 알 수 없었다.

처음 시작할 때만 해도 단순히 연애라는 바다에 몸을 던지는 것이 자신이 할 전부일 거라고 생각했었다. 하지만 깊은 바다에 던져진 것은 몸뿐만 아니라 김시정이라는 존재 자체라는 사실을 그녀는 이제야 서서히 깨달아가고 있는 중이었다. 바로 그 깨달음이 무모하다고도 할 수 있는 제주행을 결정하게 했다.

한편, 내일 아침 제주행 비행기를 타겠다는 난데없는 말을 들은 김미옥 여사의 반응은 고작 '흐음'이라는 다소 의미가 불분명한 짧은 감탄사와 함께 고개를 끄덕이는 것이 전부였다. 혹시 대답하기 민망한 질문을 해대면 어떡하나 고민했던 것이 무색할 정도로 뜨뜻미지근한 반응이었다.

예상보다 지나치게 심드렁한 김미옥 여사의 대응은 잠깐이었지만 시정의 소심증을 발동시키기에 충분했다. 어쩌면 특유의 끈질긴 탐문 덕분에 딸이 만나고 있는 남자의 정체를 어느 정도 알아냈을지도 모른다. 그렇지 않아도 저번에 강의실 앞에서 수강생들과 마주친 것이 계속해서 마음에 걸렸는데 말이다. 샵의 단골들 중에서 문화 센터 수강생들도 있는데 그들에게서 인상착의를 들었다면 그가 누군지 알게 되는 건 순식간일 것이다. 백화점처럼 말 많은 동네가 또 있을까.

어쨌든 드디어 해방이다.

자동차의 덮개가 열린 탓에 쏟아져 들어오는 바닷바람에 긴 머리가 마구 휘날렸다. 풀린 머리를 제대로 묶으려고 몇 번이나 시도했지만 오픈카를 타고서 단정한 머리를 기대하기란 불가능한 일이다. 에라 모르겠다 싶어서 고개를 뒤로 살짝 젖히자 짭조름한 바람이 연신 시정의 얼굴을 핥고 지나갔다.

"바쁘지 않아?"

붉은색의 스포츠카로 바다를 낀 일주도로를 달리며 시정이 목소리를 높여 물었다. 시내와 반대 방향으로 자동차가 움직이고 있다는 것을 알아차린 이후였다.

"걱정 안 해도 돼."

운전석에 앉은 그는 늘 봐왔던 정장 대신 진한 푸른색의 셔츠와 그레이의 데님 팬츠 차림이었다. 차림만 봐서는 일하다 온 사람이라고는 도저히 믿을 수 없었다. 사흘쯤 머물 거라는 말에 낮 동안은 거의 혼자 있게 되겠거니 생각했었는데. 평소 그가 얼마나 일에 파묻혀 사는지 잘 알기 때문에 한창 일할 시각에 즐기는 드라이브는 거의 일탈로까지 느껴졌다.

시정은 흐뭇한 눈으로 그를 다시 한 번 살폈다. 뭐라고 하면 좋을까. 한마디로 멋졌다.

다른 미사여구 필요 없이 멋있다는 말이면 충분할 것 같았다. 손으로 빗어 넘긴 듯 자연스러운 머리 모양과 보기 좋은 가슴 근육이 입고 있는 옷과 멋지게 조화를 이루었다. 커다란 선글라스 아래 단단한 턱과 입술 주위를 약간 거뭇하게 둘러싸고 있는 수염도 매력을 더했다.

근사한 남자 옆에 앉아 바람에 긴 머리를 날리며 오픈카를 타며 가고 있자니 아무것도 거리끼지 않는 자유분방한 여자가 된 것 같았다. 휘잉, 귀를 스치고 지나는 바람과 함께 머리가 허공에 날리자 잠깐 동안 영화 속의 주인공이 된 것 같은 착각마저 들었다. 언젠가 봤던 영화에서 오픈카를 타고 가던 남자 주인공의 손이 여주인공의 다리 사이에서 상당히 분주하게 움직이던 장면이 순간 떠올랐다. 그것만으로도 순식간에 얼굴에 열이 오른 시정이 괜스레 몸을 곧추세우고 주위를 살폈다. 입 밖으로 꺼내어 말을 하지 않는 이상 운전에 열중하고 있는 그가 알 리 만무하지만 도둑이 제 발 저리다고 공연히 가슴이 쿵쾅댔다.

"피곤하지 않아?"

진휘의 물음에 퍼뜩 정신이 돌아온 시정은 옆 자리로 시선을 돌렸다.

"아니."

물론 지난밤 다소 잠을 설치기는 했다. 하지만 굳이 거울을 통해 확인하지 않아도 선글라스 속 자신의 눈동자가 잠기 없이 반짝거리고 있을 거라는 데 내기를 걸어도 좋았다.

"난 사실 어제 잠을 좀 설쳤는데."

쑥스러운 듯 씩 웃는 모습이 흡사 소년 같았다. 금방이라도 손을 내밀어 치켜 올라가 있는 한쪽 입가를 만져버릴 것만 같아 시정은 무릎 위에 올린 두 손을 꼭 말아 쥐었다. 운전하고 있는 사람에게 엉뚱한 짓을 해서 놀라게 해서는 안 된다는 생각만 계속해서 떠올리면서.

"당신 만날 생각에, 당신하고 단둘이 있게 된다는 기대에."

아무렇지도 않게 툭 던지는 낯간지러운 말에 시정의 얼굴이 다시금 홍조를 띠었다. 여우하고는 살아도 곰하고는 못 산다고, 물론 엄청나게 로맨틱하지 않은 남자보다는 상황에 맞게 적절한 멘트를 구사할 수 있는 남자가 훨씬 낫다. 하지만 이 남자의 경우 가끔은 로맨틱을 넘어서서 닭살이 돋기까지 하니 그것이 문제였다.

전혀 아무렇지 않게 던져 오는 식용유와 버터가 섞인 어휘의 향연에 때로는 진저리를 칠 때도 있었다. 조금 전처럼 그가 불쑥불쑥 던져 오는 낯간지러운 말을 들을 때마다 느끼함을 떨쳐내기 위해 윗니 아랫니를 딱딱 맞부딪치기도 했다.

"당신은 안 그랬어?"

대답 대신 시정은 어정쩡한 미소만 지었다. 이 분위기에서 차마 나도 그랬다고 대답할 수는 없다. 계속해서 이렇게 느끼한 대사만 주고받다가는 호텔에 도착할 즈음이면 미끄덩거리는 기름에 빠져 허우적대고 있을지도 모른다. 풍덩! 미끄덩미끄덩.

"억울한데."

시정의 머릿속에 오가는 생각을 알 리가 없는 진휘의 얼굴은 불만의 기색이 역력했다. 잠시 후 안쪽으로 굽어 들어간 곳을 발견하자 차를 세웠다. 정면에 바다를 면하고 있어 물빛 하늘과 하늘빛 바다가 한눈에 들어왔다.

"뭐가 억울한데?"

"역시 당신보다 내가 훨씬 빠져 있는 게 틀림없어."

무척 서운한 듯 긴 팔을 운전대에 걸치며 조수석에 앉은 그녀를 향해 돌아앉았다. 그러면서 선글라스를 벗어 드는데 숨어 있던 눈빛이 왠지 상처 입은 것처럼 보여 굉장한 잘못이라도 저지른 듯 미안해졌다. 남자들이 흔히 쓰는 빤한 수가 분명하다고 생각하면서도 그의 눈빛을 외면하기는 힘들었다.

"나는 내 키보다 훨씬 깊은 데서 허우적대는데 정작 내가 빠져 있는 당신은 물가에 앉아 발가락 끝으로 찰랑거리며 물장난만 치고 있잖아."

투정이라고 해도 전혀 무리가 없는 말을 듣고 있자니 무엇보다 귀엽다는 생각이 앞섰다. 그녀보다 키도 훨씬 크고 몸무게도 한참 더 나갈 남자를 귀엽다고 생각하는 것 자체가 현재 상태가 정상은 아니라는 말이다. 그런데도 나름대로 무척 심각한 표정을 보니 입가에 저절로 미소가 그려졌다.

한편으로는 그동안 그에게 깊이 빠지지 않기 위해 노력한 보람이 있는 것 같아 나름대로 뿌듯하기도 했다. 말 한마디, 눈빛과 손짓 한 번에 그대로 끌려들어가지 않기 위해 얼마나 애를 썼던가. 그런데 연애의 달인의 경지에 오른 노련한 눈에도 어느 정도 무심한 듯 보였다면 가히 성공이라고 말할 수 있을 것이다. 하지만 이 대목에서 섣불리 좋아하는 내색을 하며 덥석 엎어져서는 곤란하다.

"처음부터 연애만 하기로 했잖아."

이 정도면 벌써 충분히 연애다. 저 멀리서 다가오는 모습만 봐도 절로 웃음이 나오고, 한밤중에 전화기 너머로 들려오는 목소리에 가슴이 콩닥거려 온 방 안을 서성이고, 함께 있을 때면 이러다 닳지 싶을 정도로 쉴 새 없이 손을 겹치고 쓰다듬으며 입 맞추고.

하지만 그녀의 속마음을 알 리 없는 진휘의 목소리는 불만으로 가득했다.

"연애라는 게 대체 뭐라고 생각해? 서로 흠뻑 빠져 앞뒤 분간 못하고 사리분별 없이 구는 게 바로 연애야. 그렇지만 당신은 나한테 그 정도 아니잖아. 생각해보면 처음부터 그랬던 것 같아. 사귀자는 말은 먼저 해놓고 항상 팔 하나 만큼의 간격을 두고 그 이상은 절대 다가오려 들지 않으니까."

문득 처음 연애를 하는 그녀에게 나름 충고랍시고 던졌던 이진의 말이 떠올랐다.

'언니는 그 사람이 보고 싶다는 이유 하나만으로 하던 일 팽개치고 정신없이 뛰어나간 적 한 번도 없지? 어쩌면 그 사람 자기도 모르고 있는 사이에 언니한테 엄청 서운해하고 있을지도 몰라.'

"언제까지 지금처럼 틈을 둘 거야? 앞으로도 나 혼자 숨이 턱에 닿도록 헤엄쳐야 하는 거야?"

다그치듯 묻는 말에는 이제 절절함마저 배어 있었다. 그의 눈에 담긴 깊은 감정에 시정은 입 안이 바싹 마르고 가슴이 떨렸다. 자신으로 인해서 이 남자가 애달아하고 있다는 것이 도통 실감이 나지 않으면서도 한편으로 여자로서의 자만심은 한껏 부풀어 오르고 있었다.

"그래서 여기 온 거잖아. 그리고 혹시 당신 때문에 지나치게 긴장해서 그럴 거라는 생각은 안 들어?"

감정 조절에 실패한 목소리는 냉동 창고에 들어가 있는 것처럼 덜덜 떨렸다.

"전혀."

섭섭하다는 생각이 들 정도로 진휘는 단숨에, 단호하게 고개를 저었다.

"그런 건 또 아닌데."

이상하게도 그와의 대화가 계속될수록 목소리에서 느껴지는 떨림은 진해졌다. 전력을 다해 100미터 질주를 마친 사람처럼 숨이 턱에 닿도록 가쁘고 심장은 쿵쾅댔다.

"그럼 당신도 나와 같은 마음이라고 생각해도 되나?"

확답을 받으려는 듯 진휘는 앞으로 몸을 바짝 내밀며 다그치듯 물었다. 곧 이어질 대답 한마디에 목숨이라도 걸린 것처럼 거의 필사적으로 보이기까지 했다. 이미 완전무결하게 빠져 있는 남자가 나를 너무 좋다고 하는데 고개를 끄덕이는 것 말고 어떤 대답이 있겠는가.

하지만 시정은 몰랐다. 대답 이전에 흔들리는 눈동자로, 망설이며 깨무는 입술로 이미 사신의 마음을 내보였다는 사실을.

하루의 일과를 마치고 바다 아래로 사라지기 직전의 태양은 하루 중 그 어느 때보다도 선명한 붉은빛을 띠고 있었다. 태양이 반쯤 잠겨 있는 바다는 물결이 일렁일 때마다 각기 다른 종류의 붉은 빛을 자랑했다. 고대 그리스인들이라면 세상이 어둠에 뒤덮이기 전 헬리오스가 마지막 한 가닥의 빛까지 남김없이 쏟아 붓고 있는 중이라는 말로 눈 앞의 장관을 설명했을 테지.

"이쪽도 좀 봐줘."

바다를 향해 난 통유리를 통해 들어오는 낙조에 정신없이 빠져 있는 그녀에게 조심스러운 진휘의 부름이 들렸다. 천천히 고개를 돌리는 그녀의 눈 속에는 아직도 붉은 노을이 가득 차 있었다.

몽롱한 상태를 알아차렸는지 진휘는 아무 말 없이 테이블 위의 접시를 앞으로 밀어주었다.

"후식이야."

호텔로 들어와—시정의 입장에서는 다행스럽게도 혹은 약간 실망스럽게도 침실 두 개가 마주 보고 있는 스위트였다— 샤워를 마치고 나자 긴장이 피로가 한꺼번에 밀려왔다. 그런 사정을 알아차리기라도 한 듯 그가 제안한 룸서비스를 기꺼운 마음으로 승낙한 후 만족스러운 식사를 마치고 느긋하게 후식을 즐길 참이다.

"무슨 생각을 그렇게 하는데?"

"이렇게 편안하게 앉아서 노을을 즐겼던 게 언제였는지 기억이 안 나서. 원래 노을 보는 걸 굉장히 좋아해. 예전에 살았던 집이 방음도 잘 안 되는 데다 위층에 사는 사람들이 밤마다 시끄럽게 떠들어대서 거의 최악이었거든. 그런데 서향이라 매일같이 노을을 볼 수 있었어. 그게 얼마나 좋던지."

"얼마나 좋아했는지 알겠네. 앞에 있는 나도 까맣게 잊고 있잖아."

에이 설마.

"그건 아니고."

목소리에 담긴 서운함을 알아차린 시정은 서둘러 화제를 바꿨다.

김미옥 여사 가라사대, 남자들은 병아리 발톱 끄트머리같이 사소한 일에 삐치고 토라진다고 했었느니.

"모레 몇 시 출국이야?"

"11시 20분."

제주도를 거쳐 일본으로 향하는 출장 일정은 꽤 빠듯할 것이다. 분명 눈코 뜰 새 없이 바쁠 텐데.

"내가 와서 제대로 일 못하는 거 아니?"

"이래 봬도 나 능력 있는 사람이야."

오늘 오후부터 모레 출국 전까지, 시정과 함께할 시간을 내기 위해 연이틀 거의 뜬눈으로 새다시피 했지만 말이다. 혹시라도 마지막 순간에 마음을 바꾸면 어쩌나 싶어 공항에 그녀가 모습을 드러낼 때까지 거의 초긴장 상태였다.

도착 시간 훨씬 전부터 공항에 도착해서 그녀를 기다리는 내내 초조하면서도 한편으로는 기분 좋은 설렘을 느꼈다. 짝사랑하는 여자 아이의 얼굴을 혹시 우연으로라도 볼 수 있을까 싶어 골목 구석을 서성이는 어린 소년이 된 것 같았다. 그동안 겪었던 수많은 연애 중 그 어떤 것도 이번 같지는 않았다. 일정한 계단을 오르듯 정해진 순서대로 밟고 올라가다보면 어느덧 상대를 향한 감정은 바닥을 보였고, 그 사실을 알아차린 순간 아쉬운 마음 한 점 없이 작별을 고했다. 그리고 그럴 때면 항상 서운함이나 미련보다 후련함이 앞섰다. 하지만 이상하게 시정과 눈을 마주하고 있을 때면 그런 단순한 감정을 넘어 서진휘라는 존재 자체가 그녀의 눈 속으로 녹아 흘러들어가는 것 같았다.

여전히 낙조에서 눈을 떼지 못하는 시정의 옆모습을 한참이나 넋 놓고 바라보고 있던 진휘도 그녀와 같은 곳을 향해 고개를 돌렸다.

어느새 바다는 어둠에 휩싸이고 맞닿은 하늘과 한데 뭉뚱그려지며 검푸른 색으로 뒤덮여 있었다. 그렇게 제주도에서의 첫날이 지나고 있었다.

낯선 곳이라 잠을 설칠 거라는 예상과 달리 베개에 머리를 대자마자 곧장 잠이 들었던 모양이다. 침대에 누운 것까지는 기억이 나는데 눈을 뜨니 창을 열고 들어온 햇빛이 방 안을 환히 비추고 있었다.

시간을 확인하기 위해 베개 옆에 둔 핸드폰을 열었다. 새로 도착한 문자 메시지 한 통.

운동 간다

삼십여 분 전에 보냈으니 지금쯤이면 열심히 땀을 흘리고 있을 것이다. 누운 채로 잠깐 망설이던 시정이 이윽고 욕실로 향했다. 그가 돌아오기 전에 잠깐 바닷가를 걷는 것도 좋을 것 같았다.

샤워를 마치고 나온 시정은 짧은 데님 스커트와 티셔츠를 골라 들었다. 스니커즈를 신고 손에는 햇빛을 가리기 위한 캡을 들고 객실을 나서는 걸음은 경쾌하기까지 했다. 산책을 마치고 나면 티 룸에 들를 생각이었다. 여느 때 같으면 샵에서 바쁘게 움직이고 있을 시간에 빈둥거리며 바닷가 산책이라니. 가끔은 스스로에게 휴식을 주는 것도 괜찮겠다는 생각이 처음으로 들었다.

절떠적인 몇 가지   179

엘리베이터에서 내려 로비에 들어서는 그녀를 누군가 불러 세웠다.

"김시정?"

시정의 어깨가 자신도 모르게 움찔했다. 이렇게 갑작스러운 자리에서 누군가 먼저 아는 척하는 건 그다지 반갑지 않은 일이다.

소리가 난 쪽을 향해 고개를 돌리자 또래의 젊은 여자가 서 있었다. 얼굴만 봐서는 누구인지 알 수가 없었다. 슬쩍 시선을 내리니 포착되는 것이 있었다. 아하, 너로구나.

"시정이 맞지⋯⋯요?"

겁 없이 이름부터 불러놓을 땐 언제고 슬쩍 '요' 자를 갖다 붙이는 것에 웃음이 나왔다.

"인희지?"

"그지? 맞지? 어머, 반갑다 얘. 이게 대체 얼마 만이야."

대뜸 자신의 이름을 짚어내는 시정이 신기한지 그녀는 발까지 동동 굴렀다. 얼굴을 보니 딴에는 그럴 만도 했다. 전형적인 북방계 형으로 도도록하니 옆으로 째졌던 눈꺼풀은 두 겹의 천을 동그스름한 모양으로 잘 잇대놓은 듯 커졌고, 기억 속에 다소 낮고 뭉툭하던 코는 끝이 동그스름하고 콧대가 오똑하게 바뀌어 있었다. 그뿐인가. 납작한 자신의 이마를 쓰다듬으며 짝인 시정의 짱구 이마가 부럽다고 노래를 불러대더니, 딱 그녀의 것과 비슷한 이마가 만들어져 있었다. 그렇지만 목에서 쇄골로 내려가는 부분에 새끼손톱 크기의 연한 갈색의 점은 그대로였다. 그 점이 아니었으면 정말 누군지 까맣게 몰랐을 것이다.

"세월이 무섭다고 너도 많이 변했구나. 몇 년 전에 건너 건너 듣기로는 꽤 동안이라 고등학교 때하고 거의 그대로라고 하던데."

"그건 너도 마찬가진데 뭘. 너도 정말 많이 변했다."

바보가 아닌 이상 말 속에 담긴 뜻을 알아차리지 못할 리가 없었다. 금세 눈초리가 새치름하니 변하더니 대뜸 물어오는 말은 공격적이었다.

"결혼은 했니?"

오랜만에 만나 자부심이 잔뜩 담긴 목소리로 저렇게 물어오는 애들은 십중팔구 성공적인 결혼을 했다고 자부하고 있기가 쉬웠다.

"아직."

"세상에, 아직도?"

"넌 결혼했겠구나."

시정의 말이 채 끝나기도 전에 기다리기라도 했다는 듯이 손가락에 낀 결혼반지를 대답 대신 들어 보였다. 결혼한 것보다 반짝거리는 투명한 돌멩이를 자랑하고 싶은 게 아닌가 할 정도였다. 그래, 알맹이 크기를 보니 투자한 보람이 있긴 하나보구나. 그런데 턱 깎는 거 되게 아프다던데. 뼈는 몇 년 있으면 도로 자라기도 한대.

"삼 년 됐어."

삼 년 전이라……. 그러고 보니 코끝이 동그스름하게 살짝 들린 것이 그맘때쯤 유행하던 모양인 것 같기도 하다. 그쪽 방면이라면 고미성형외과의 고정 단골 김미옥 여사의 말은 절대 틀린 적이 없으니까.

"근데 제주도엔 무슨 일이야?"

"여행."

"혼자서?"

말꼬리를 길게 늘이는 것이 안됐다는 투가 역력했다. 예전 같았으면 그냥 흔연하게 웃어주고 말았을 텐데 어찌된 일인지 입 안 가득 돌을 넣고 씹는 것처럼 입맛이 썼다. 이럴 때 진휘가 옆에 있으면 보형물이 거의 절반 이상을 차지하고 있는 저 콧대를 수술 전 상태로 완벽하게 되돌려줄 수 있는 건데.

"넌?"

"우리 그이가 세미나 있어서 여행 삼아 같이 왔어."

길 가던 애가 아저씨라고 부를 나이가 되어서도 엄마 말만 죽자고 듣는 애는 마마보이, 지나던 강아지가 짖기만 해도 핸드폰 꺼내 아빠부터 찾는 애는 파파걸. 그럼 남편 가는 데마다 기를 쓰고 따라다니려고 드는 여자들은 대체 뭐라고 불러야 하나.

"혼자?"

채 대답을 듣기 전에 카랑한 목소리가 두 사람 사이를 갈랐다.

"넌 자동차 키 가지러 간다던 애가 여기서 뭐하고 있니?"

점잖지만 몸 어딘가를 움찔하게 만드는 힘이 담긴 목소리에 인희가 거의 반사적으로 고개를 돌렸다.

"요즘 햇볕이 얼마나 따가운데 밖에서 오 분이 넘도록 기다리게 하는 거야? 자칫 주름이라도 늘면 어떡하라고."

글쎄, 아무리 햇빛이 따갑다고 해도 사람이 많이 오가는 곳에서 큰소리로 나무람을 듣는 기에 비할까. 심부름 시킨 목종 나무라듯 하는 귀부인의 행태에 속으로는 절로 빈정거림이 나왔다.

"갑자기 친구를 만나서요. 죄송해요, 어머니."

아직도 마땅찮은 기색을 거두지 않고 있는 귀부인에게 인희의 변명은 구구절절 계속되었다.

"고등학교 때 친군데 로비에서 우연히 만났어요. 너무 오랜만에 본 친구라 인사를 하느라……."

"처음 뵙겠습니다."

공손히 건네는 인사를 머리끝부터 샅샅이 훑어보는 것으로 받는 모양에 시정의 미간에 주름이 잡혔다. 약간 삐뚜름하게 돌아간 입매며 가느다래진 눈초리에서 '얘는 대체 어디서 뭐 해서 먹고사는지.'를 가늠하는 기색이 역력했기 때문이다. 차라리 궁금한 거 그냥 묻고 말지.

"반가워요."

몇 초 후 품평을 마친 귀부인이 인사를 되돌리는데 악수를 하자며 내민 손을 봐서는 생전 가야 손끝에 물 한 방울 안 묻히고 사는, 말 그대로 귀부인이 분명했다. 말끔하게 네일 케어를 받은 손톱과 옷 색깔과 맞춰 끼고 있는 사파이어 반지만으로도 인희의 시집살이가 어떨지 대충 가늠할 수 있었다. 모르긴 몰라도 시어머니 노릇을 보통으로 하는 게 아닐 테니.

"며늘애랑은 고등학교 동창이라구요?"

"예."

샵에서 까다로운 손님을 대할 때처럼 시정의 대꾸는 온전히 공손함과 나긋나긋 그 자체였다.

"우리 애가 협회 세미나가 있어서 겸사겸사 왔는데 그쪽은……."

"전 여행 왔습니다."

"혼자서?"

고부가 미리 짜기라도 한 건가. 시정은 순간 말문이 꽉 막혔다. 물론 혼자서……라고 자신 있게 말할 수 없지만 그렇다고 오늘 처음 본 어른에게 '연애하는 남자하고 같이 여행 왔어요.'라고 말할 정도로 뻔뻔

하지도 못한 탓이었다.

"친구하고 같이 왔습니다."

부디 얼굴이 붉어지지 않았기를. 간신히 수습하고 고개를 드는데 어째 마주하고 있는 인희 얼굴빛이 그다지 좋지가 않았다. 1등으로 결승선에 들어와서 좋아하다가 간발의 차이로 승리를 놓친 걸 알게 된 육상선수 같은 것. 설마.

"여기 있었어요?"

어깨에 묵직한 것이 툭 내려앉는가 싶더니 곧장 양 어깨를 감싸 안았다. 어느새 익숙해진 체취를 알아차린 시정이 고개를 돌리자 마치 그녀의 눈길을 기다리기라도 했다는 듯 진휘가 한쪽 눈을 찡긋했다. 순간 맞은편에서 내쉬는 가느다란 한숨 소리가 이렇듯 만족스러울 수가. 이 순간만큼은 정말 더할 나위 없군.

"같이 왔다는 친구인가보네."

또다시 나서는 인희의 시어머니. 그럼 그렇지 하는 얼굴이다. 족제비 같은 얼굴에 번져가고 있는 표정은 지극히 마음에 들지 않았지만 그 옆에서 엄지만 한 바퀴벌레를 통째로 삼킨 듯한 표정의 인희를 보는 것만으로도 난감함 따위는 저 멀리 어디론가 던져버릴 수 있었다. 다소 심하게 남치는 그녀의 질긴 척에 때때로 상처받고 했던 고등학교 시절을 떠올리자 옆에 서 있는 진휘가 새삼스레 멋있어 보였다. 절로 불끈! 주먹이 쥐어질 정도로 말이다.

예리한 진휘가 그 모습을 놓칠 리 없었다. 가는 어깨를 감싸고 있는 굵은 팔에 힘이 살짝 가해졌다.

"안녕하십니까."

그런데 진휘에게 다시 눈길을 주는 귀부인의 표정이 어째 심상치 않았다. 인사는 건성으로 받으며 연신 고개만 갸웃거리는 모습에 시정은 서서히 불안해졌다. 어쩌면 그를 알고 있을지도 모른다는 생각이 그제야 들었다. 그녀와는 비교도 되지 않을 정도로 발이 넓은 집안인데 당연히 아는 사람도 많겠지. 만일 그렇다면 큰일인데.

인사를 받고도 한동안 진휘에게서 의혹의 시선을 떼지 않던 귀부인이 혹시 하는 얼굴로 물었다.

"혹시 은성백화점……."

제발 아니기를 바랐건만 바로 눈앞에서 폭탄이 터졌다. 시정의 속마음을 알 리 없는 진휘는 싱그러운 미소를 지어 보였다.

"안녕하셨어요."

"아유, 짓궂긴. 너무 천연덕스럽게 인사를 해서 진짜 모르는 사람인 줄 잠깐 착각했었네. 이게 대체 얼마 만이야. 우리 애 결혼하기 전이니까 한 사 년 됐나?"

"네, 정수 결혼식 때는 제가 나가 있었으니까요. 교수님도 잘 계시지요?"

"우리 박사님이야 늘 그만그만하시지. 근데……."

조금 전까지 친구와 여행을 왔다는 말에 은근슬쩍 빈정거리던 귀부인의 태도가 진휘를 알아보고 나서는 확 바뀌었다. 그리고 정말 가까운 사이임을 묻는 것처럼 다시금 두 사람의 모습을 훑어 내렸다. 마치 제 것인 양 시정의 어깨를 감싸고 있는 모습하며 게다가 이곳은 여행지의 호텔이 아닌가. 이쯤 되면 답은 이미 나와 있는 것이다.

이쯤해서 의혹을 아예 확신으로 바꾸려고 마음먹었는지 진휘는 그녀를 더 가까이 끌어당기며 물었다.

"제 여자 친구예요. 예쁘죠?"

"글쎄 알고 보니 이 아가씨가 우리 며늘애 고등학교 동창이라지 뭐야."

인희의 시집살이가 녹록치 않을 거라는 처음 짐작을 다시 한 번 확인시켜주는 말이었다. 칭찬에 인색한 것만 봐도 다른 건 알 만했다. 예쁘냐고 물었는데 고등학교 동창이라는 말은 왜 하는 건지.

"그래요? 이것 참 대단한 우연이네요."

그나저나 천연덕스럽게 말을 받는 게 어찌나 느물느물한지. 모르는 사람이 보면 새 신부와 신혼여행 왔다가 아는 사람 만난 상황이라고 오해할 정도로 진휘의 얼굴은 태연함 그 자체였다. 아직까지도 고루하기 짝이 없는 20세기 중반의 연애관을 가지고 있는 시정의 얼굴은 벌써 한참 전부터 붉어져 있는데 말이다.

"얼마 전에 모임에서 어머님 뵀을 때 장남 결혼시켜야 한다고 걱정이 한참이던데. 이렇게 멀쩡한 여자 친구가 있는 걸 모르고서."

차라리 너 이 남자하고 끝까지 가려면 고생 좀 하겠다, 이렇게 말하면 될 것을. 결코 반갑지 않은 걱정거리까지 에둘러 덤으로 올려주었다.

"그럼 저희는 이만 그만 가보겠습니다."

시간 맞춰 저녁 식사를 같이 하자는 말에 내일 떠날 예정이라며 완곡하게 거절하는 진휘가 고맙기 이를 데 없었다. 현미경 렌즈 같은 눈초리 아래서 밥을 먹느니 차라리 굶는 게 낫지.

"아직 한참 더 있어야 올 거라고 생각했는데."

아무리 생각해도 득보다는 실이 더 컸던 고부와의 만남을 마치고 걸으며 시정이 물었다. 곤란한 처지에서 구해준 것에 고마워해야 하는 건가 잠깐 생각했지만 그 곤란함도 결국은 이 남자 때문에 생긴 거라는 걸 깨닫자 어느새 깡그리 사라져 버렸다.

"러닝만 조금 뛰고 말았어. 뛰면서 생각해보니 이게 뭐 하는 짓인가 싶어서. 어렵게 당신하고 여행 왔는데 혼자 기계 위에서 땀 뻘뻘 흘리면서 뛰고 있는 게 우습더라고."

그 생각 1, 2분만 더 늦게 하지. 그랬으면 그의 가족을 아는 사람과 호텔 로비에서 갑작스럽게 마주치는 민망함은 피할 수 있었을 거 아닌가. 함께 여행 온 남자가 고등학교 동창의 시어머니와 아는 사이라는 걸 들키는 것보다는 차라리 남자 친구도 없이 여행 온 노처녀 취급을 받는 게 더 낫지.

투명한 티 포트에 담긴 로즈히비스커스는 시간이 지나면서 붉게 우러났다. 석류 알맹이처럼 투명하고 장미 꽃잎처럼 신한 빛을 띤 차를 역시 투명하고 작은 찻잔에 조심스럽게 따랐다.

"친한 사이?"

"누구, 아까 만난 애?"

길게 빼며 되묻는 말투만으로도 충분한 답이 되었는지 진휘가 씩 웃었다.

"잠은 좀 잤어?"

"응. 원래 낯선 데서는 잘 못 자는데 어젯밤에는 신기할 정도로 잘 잤어. 중간에 한 번도 안 깬 거 있지."

"좀 서운하다."

"뭐가?"

"난 잘 못 잤거든."

평소에도 출장을 자주 다니는지라 잠자리를 가릴 거라고는 생각하지 못했다.

"잠자리가 불편했어?"

"당신하고 같이 있고 싶어서."

어어⋯⋯.

거침없이 나오는 대답에 말문이 확 막혔다. 그냥 농담처럼 흘려 넘겨야 하나 아니면 진지하게 응수를 해주어야 하나. 하지만 가벼운 웃음 몇 번으로 넘기기에는 그녀를 향한 눈빛이 지나치게 무거웠다.

"순진하긴."

한참을 부담스러울 정도로 묵직한 눈빛을 던지던 그가 피식 웃었다.

"근데 귀엽다."

"자꾸 장난칠래?"

아닌 척 시치미를 뗐지만 귀엽다는 한마디에 이미 정신을 반쯤 놓아버린 상태였다. 그 후로 한참 이런저런 얘기들을 하다가 시정이 아까부터 마음속에 설렀던 얘기를 꺼냈다.

"아까 그분 집안끼리 잘 아는 거 같던데."

"내가 아니라 부모님하고 잘 아시지. 그분 남편이 내과 전문의인데 아버지 주치의시라서."

우와, 주치의씩이나. 역시 사는 세계가 다르긴 하구나. 대수롭지 않게 얘기하는 진휘와 달리 시정은 속으로 혀를 내둘렀다.

하긴. 단골로 정해놓고 들르는 병원의 의사를 주치의라고 할 수 있다면 김미옥 여사에게도 주치의가 있기는 했다. 시청 사거리 아랫길 바로 오른편에 자리하고 있는 고미 성형외과 원장. 이맹현이라는, 어찌 판단해야 좋을지 다소 난감한 본명 대신 이명현이라는 가명을 버젓이 명패에 새겨놓았다는 40대 후반의 성형외과 전문의.

김미옥 여사를 비롯해 저만치에서 부지런히 앞서 가는 젊음의 바짓가랑이라도 붙들고 싶어하는 중년의 아줌마들에게 태반 주사니 지방 분해 주사니 하는 것들을 놓아주고 소문난 명의 소리를 듣는다. 시정은 평생 가도 출입할 일이 없는 이곳을 김미옥 여사는 가까운 마트에 장 보러 가는 것처럼 쉽게 드나들었다. 명절이면 감사 선물이라며 커다란 한우 갈비 꾸러미나 송이버섯 세트를 보내올 정도니 그곳에서 김미옥 여사의 씀씀이가 어느 정도인지는 안 봐도 눈에 훤했다.

"복잡해지면 어떡하지?"

"그러진 않을 거야."

가볍게 받아넘기는 진휘와 달리 시정의 마음은 더욱 무거워졌다. 귀부인을 가장한 수다쟁이 아줌마가 분명 이사장님에게 쪼르르 일러바칠 텐데. 게다가 인희한테 내 이름까지 알게 되면, 생각만 해도 복잡해진다.

"그동안 겪어봐서 우리 어머니 잘 알잖아. 모르긴 몰라도 아까 그 수다쟁이보다 당신하고 더 가깝게 지내실걸."

그냥 가깝게 알고 지내는 거하고 아들의 여자 친구로 보는 거하고는 하늘과 땅 차이라는 걸 이 남자는 정말 모르는 것일까. 자타가 잘났다고 공인하는 아들을 둔 어머니 중에서 어디 까다롭지 않은 사람이 있을까. 지금까지 단 한 번도 느슨한 구석을 보이지 않던 그의 어머니도 분명 예외는 아닐 테고 말이다.

"설마 아까부터 계속 그 걱정하고 있었던 거야?"

외려 놀랐다는 듯 묻는 말을 들으니 시정은 잠깐 어이가 없어졌다.

"아마 지금쯤 이사장님한테 전화했을 거야. 인희한테 내 이름이랑 듣고 전했을 테니 지금쯤은 우리가……."

아, 뭐라고 말을 해야 하나. 아, 우리가…… 호텔에서 음, 함께…….

갑작스레 말문이 막히자 시정은 커다란 눈을 드르륵 굴릴 뿐 아무 말도 하지 못했다. 그런 그녀를 보던 진휘가 장난 섞인 미소와 함께 한 술 더 떴다.

"같이 여행 왔더라고 그러겠지."

정말 아무렇지도 않다고 생각하는 거라면 이 남자는 김이진보다 훨씬 더 대책 없는 종족임이 분명했다.

"이사장님이 기분 나빠하실 거야."

"당신이 뭐 어때서. 그리고 우리 어머니처럼 사람한테 점수가 짠 분이 직접 나서서 강사로 추천까지 하셨을 정도면 이미 게임은 끝났다고 봐야지."

그거야 말 그대로 일보 엮였을 때의 일이었나.

"정말 걱정할 거 없다니까."

안심시키려는 노력에도 불구하고 시정은 여느 때처럼 불길한 쪽으로 지나치게 과도한 상상력을 발휘하고 있었다. 손톱을 물어뜯고 싶을 정도로 불안해하던 중 문득 든 생각.

"하긴 우린 지금 연애 중이니까."

결혼하겠다고 덤비는 것도 아니고 만나서 연애만 하겠다는데 뭘 어쩌겠어. 지금껏 연애 한 번 안 해 본 순둥이를 꼬여낸 것도 아니고. 둘 다 나이 먹을 대로 먹은 어른인데.

공연히 기죽을 필요는 없는 거다.

한편 그 시각, 시정의 짐작대로 제주와 서울을 연결하는 무선 기지국은 꽤 바쁘게 전파를 보내고 있었다.

"저번에 해원 병원장 딸을 마다할 때부터 뭔가 수상하다 생각하긴 했었어."

시정과 진휘의 짐작대로 오 여사는 호텔 로비에서의 만남을 나름대로 해설까지 덧붙이며 열심히 녹화 중계 중이었다. 그동안 장안에서 내로라하는 집안의 처녀들과 맞선을 주선했던 것이 몇 번이었으며, 그때마다 심드렁하게 응하는 바람에 항의를 받은 것이 또 몇 번이었던가. 상대가 상대인지라 크게 내색은 못 하고 있었지만, 차곡차곡 쌓아 두었던 서운함과 분노를 풀어낼 절호의 기회를 놓칠 수는 없었다.

어머니는 여자 친구가 있다는 걸 모르고 있더라는 말에 잠깐 움찔하던 것으로 보아 부모 몰래 사귀는 게 틀림없었다. 그렇다면 필시 교제 사실을 떳떳하게 알릴 수 없는 곡절이 있을 것이다. 오 여사의 입장에서 보자면 자신이 그 사실을 가장 먼저 알려주는 셈이니 절대 차분할 수 없는 일이었다. 도리어 진휘에게 여자가 있을 거라는 그동안의 지레짐작이 제대로 맞았다며 다소 도가 넘게 흥분 중이었다.

하지만 기대와 달리 통화가 계속될수록 적당히 대꾸하고 있다는 느낌마저 주고 있는 진휘의 모친 때문에 처음의 열광적인 분위기는 다소

식어가는 참이다.

"그 아가씨 생긴 건 어때?"

기다렸던 물음에 오 여사의 목소리는 국가 기밀을 몰래 빼돌리는 스파이처럼 한껏 낮아졌다.

"정직하게 말해서 눈 높다고 소문 난 당신 아들이 한눈에 반했겠다 싶을 만큼 눈에 확 들어오는 인물은 아니더라고."

잘빠진 애들과 팔짱 끼고 여기저기 잘 나타나면서도 결혼에는 질색을 하는지라, 이미 이 세계 사람들 사이에서는 은성백화점 맏아들 눈이 높다는 소문이 파다했다.

팔은 필연적으로 안으로 굽는 법. 자신이 소개했던 여자들은 모조리 마다하던 진휘가 여봐란 듯이 여자 친구라며 옆에 끼고 있는 걸 봤으니 그녀에 대한 평가가 후할 수 없는 건 당연지사였다. 할 수만 있다면 직접 눈으로 보지 못한 새끼발가락 끝의 흠이라도 잡아내고 싶은 것이 솔직한 심정이었다. 이런 것 저런 것 다 떠나서 냉정하게 말하자면 지난 가을 패션쇼에서 진휘와 함께 있는 걸 직접 목격했던 탤런트 나부랭이처럼 예쁘지도 않고, 하고 있는 모양새로 보아 눈 돌아갈 정도로 부잣집 딸도 아닌 것이 분명했다.

"몇 살 정도 되어 보였는데?"

"며늘애하고 고등학교 동창이라니까. 아직 서른은 안 됐을 거고. 얘, 아까 만난 니 친구 이름이 뭐랬니?"

차마 며느리 나이를 모른다는 말을 할 수가 없어서 옆에 있는 며느리에게 물음을 돌렸다. 이제 혼자서도 젖병을 붙잡고 먹을 수 있는 아이를 안고 건성으로 먹이는 척하며 통화를 엿듣고 있는 게 아까부터 눈에 걸리던 참이었다. 아니나 다를까 며늘애는 갑작스레 떨어지는 질문에 화들짝 놀라 잡고 있던 우윳병을 거의 놓칠 뻔했다. 젖병이 입에서 떨어지자 금세 투정을 부리려드는 아이를 서둘러 달래며 대답했다.

"김시정이에요."

"이름은 김시정이고. 애가 좀 뭐랄까, 단박에 친해지기에는 좀 어려워 뵈더라고. 그렇다고 깍쟁이처럼 생긴 것도 아닌데 말이야. 속으로 무슨 생각을 하고 있는지 도통 모르겠는 느낌이었거든. 그러고 보니까 얼굴하고 이름하고 대강 들어맞는 거 같기도 하네. 우리가 봐도 이름이 순자면 애 생긴 것도 순자스럽고, 복자는 하는 짓도 복자 같은 짓만 하잖아. 그렇게 봐서 그런지 이름하고 얼굴 생긴 거나 분위기하고 매치가 잘되네."

"김시정?"

"응."

싱겁다 싶을 정도로 내내 차분하던 목소리가 가파르게 곡선을 탔다. 통화를 시작하고 처음으로 나온 반응에 오 여사의 속에서는 호기심이 불같이 일었다.

"누구, 아는 애야?"

"아, 아냐."

서둘러서 부인하지만 거짓말임이 빤히 눈에 보였다. 이거 냄새가 나는걸.

"어쨌든 한번 잘 알아봐. 둘이서 같이 여행까지 다닐 정도면 보통 사이가 아닌 건 분명하잖아. 게다가 당신 아들 같은 일벌레가 주중에 제주도라니."

"알았어."

마지막까지 걱정해주는 척 신신당부를 하는 오 여사와의 통화를 마친 이사장의 이마에 가느다란 주름이 모습을 드러냈다. 김시정이라. 그녀가 아는 사람들 중 그 이름을 가진 사람이라고는 'all about 허브'의 김시정밖에 없었다. 흔한 이름도 아니니 그 아이가 분명했다.

다문다문하긴 하지만 요즘도 기회가 닿을 때마다 샵에 들르곤 했다. 그리고 시정에게 꽤 호감도 갖고 있긴 하지만 그건 어디까지나 말 그대로 인간적으로 느끼는 감정이었다. 단 한 번도 결혼 적령기의 아들 녀석과 어떻게 잘됐으면 좋겠다는 생각을 해본 적은 없었다. 모름지기 혼인이란 비슷한 처지의 사람과 맺어져야 평탄한 결혼 생활을 유지할 수 있다는 것이 평소 그녀의 신조였다.

그런데 시정은 모든 면에서 전혀 어울리지 않았다. 일단은 편모슬하인 것부터 마음에 들지 않았다. 백번 양보해서 아버지가 없는 거야 타고난 명을 어떡할 수 없는 노릇이니 어쩔 수 없다고 물러설 수 있었다. 하지만 집안이 너무 기우는 것이나 그 모친으로 옮겨가면 이야기는 달라졌다. 어쩌다 사람들이 모인 자리에서 'all about 허브'에 관한 이야기가 나올라치면 가장 먼저 입에 오르는 것이 그 모친의 남성 편력이었다. 이혼인지 사별인시 알 도리는 없기만 남편이 없는 자유를 지나치게 충분히 누리고 있다는 것이 세간의 평이었다. 시정을 봐서는 그런 어머니를 두었다는 것을 도저히 상상할 수 없지만 사람은 부모의 피를 받아 타고난 성정이 있는 법. 남자 문제로 사람들의 입에 오르내리는 여자를 어머니로 둔 이상 안심할 수만은 없는 일이었다.

무엇보다 그녀는 아들의 짝이 양지에서만 자라 그늘의 존재조차도 모르는 밝은 애이기를 바랐다. 사랑도 받아본 사람이 다른 사람에게 사랑을 줄 줄 안다는 말처럼 티 없이 자란 아이라야 진휘의 앞날도 환히 밝혀줄 것 같아서였다.

이러한 기준으로 봤을 때 시정은 약간 어두웠다. 꼭 집어 말하기는 어렵지만 젊은 나이에 어울리지 않게 시니컬한 면이 가끔 보였다. 물론 샵에서 사람을 대할 때는 절대 그런 모습을 보이지 않았다. 오히려 솔직하고 싹싹하다는 것이 그녀를 아는 대부분 사람들의 평이었다. 하지만 사람 보는 눈이 남다른 이사장은 어렵지 않게 시정의 냉소적인 면을 알아차릴 수 있었다.

그런 면에서 보자면 경은이 썩 마음에 들었었는데 말이다. 고위 공직자인 아버지와 명망 있는 무용가인 어머니 슬하에서 도무지 그늘이라고는 모르고 산 아이였다. 온실의 화초로 귀하게 자란 아이답게 약간 자기중심적인 면이 있다는 것만 제외하면 세상을 보는 눈도 긍정적이고 첼리스트라는 직업도 마음에 들었다. 갑자기 영국으로 떠나는 바람에 바라던 대로 이루어지지는 못했지만 생각할수록 누고두고 아까운 아이였다.

백화점을 드나들다 우연히 알게 되어 잠깐 만날 수도 있는 일이라고 가볍게 치부하고 넘길 수도 있었다. 하지만 오 여사의 말처럼 주중에 함께 제주도에 있다는 것이 마음에 걸렸다. 따로 시간을 낸 것도 아니고 출장지에 여자를 불러들이다니. 진휘답지 않았다. 여자를 좋아하고 가끔은 지나치다 싶을 만큼 자주 바뀌기도 하지만 단 한 번도 일과 뒤섞은 적이 없었다. 그래서 예정되었던 날보다 하루 일찍 출발하는 걸 보고도 일에 대한 열의 때문이라고 생각했을 뿐, 여자와 동행하리라고는 꿈에도 몰랐다.

"김시정이라⋯⋯."

특별한 이유 없이 결혼을 미루는 것만 빼면 은휘와 달리 지금까지 한 번도 속 썩인 적이 없었다. 그런데 이제 와서 새삼 여자 문제로 골치를 썩게 하려나. 자라는 동안 내내 말썽 한 번 없던 자식이 일단 틀어지기 시작하면 여태까지 조용히 살았던 것을 벌충이라도 하려는 양 평생의 몫을 한꺼번에 저지른다던 친구의 말이 문득 떠올랐다.

식음을 전폐하고 병원에 입원까지 할 정도로 요란 법석을 떨어도 기어이 아이 딸린 연상의 이혼녀와의 결혼을 감행하던 아들의 결혼식장에서 친구가 한숨 끝에 내놓던 말이었다. 그때는 남의 일이라 아무 생각 없이 그러려니 하고 흘러 넘겼던 말이 갑자기 무거운 도끼가 되어 가슴을 찍어 눌렀다.

"자식 가진 사람 장담 말라더니."

탄식과도 같이 흘러나온 말이 한참 동안 한숨뿐인 사무실 안을 맴돌았다.

8

그래, 연애하는 사이지.

별 거 아니야. 연애만 하는 거니까.

이른 저녁 식사를 하기 위해 풍광 좋은 일식당에 마주하고 앉은 두 사람의 머릿속에서 오가고 있는 생각이었다.

단순히 연애만 한다. 즐겁고 열정적인 연애, 항상 소원이었잖아.

분명한 사실인데도 머릿속으로 되뇔수록 기분은 점점 더 나빠졌다.

"무슨 생각해?"

"아무것도. 당신은?"

묻는 사람이나 대답하는 사람이나 목소리에 힘이 빠져 있었다.

아까 티 룸에서 나온 후 바닷가를 산책하고 드라이브를 하는 중에도 두 사람 사이의 분위기는 계속 가라앉아 있었다. 어쩌다 눈이라도 마주치면 어색하게 웃으며 곧장 다른 곳으로 시선을 돌리곤 했다. 금방이라도 행복해서 죽을 것 같은 얼굴로 절정의 연애 포스를 자랑하는 사람들 사이에서 데면데면한 자신들만 유독 두드러졌다는 사실을 그들은 알지 못했지만 말이다.

식사가 시작되고도 두 사람 사이에는 제대로 된 대화가 오가지 않았다. 간간히 주방장이 내오는 음식 접시를 보고 '신선해 보여', '맛있겠네.' 따위의 간단한 평을 하는 것이 전부였다. 어찌된 일인지 시간이 흐를수록 그와 눈을 마주치는 것이 점점 더 어색해진 시정은 나중에는 그냥 눈을 접시에 둔 채로 젓가락질에만 전념했다.

다른 때 같으면 분위기 맞춰가며 제법 낯간지러운 이야기도 내놓고 했을 진휘마저도 젓가락질에만 전념하고 있으니 테이블 위는 거의 동토의 왕국이었다.

"회에는 청주가 좋은데."

불편한 침묵을 누그러뜨릴 양으로 진휘가 먼저 술을 권하자 기다렸다는 듯 시정도 반갑게 대답했다.

"그럴까?"

"청주가 싫으면 와인도 괜찮아."

"청주 좋아해."

급작스럽게 어색해진 분위기를 깨기 위해서라면 술이 아니라 뭐라도 마실 수 있을 것 같았다.

주문을 마치고 얼마 되지 않아 흰 도기주전자와 두 개의 앙증맞은 잔이 놓였다. 주전자를 드는 그의 손을 향해 시정이 잔을 내밀었다.

조르르……. 맑은 술이 크지 않은 잔을 채우는 동안 고개를 들자 그의 얼굴이 들어왔다. 짧은 순간 시정은 그 어느 때보다도 열중해서 그의 얼굴을 관찰했다.

언제고 꼭 한 번 손가락을 더듬어 만져보리라 다짐하게 만드는 검고 숱 많은 눈썹과 우뚝한 콧날이 먼저 눈에 들어온다. 작은 술잔 하나를 채우는 데도 집중을 하고 있는지 미간에 눈여겨보지 않으면 알아차릴 수 없는 가느다란 주름이 몇 줄 가 있다.

보일 듯 말 듯한 그 몇 개의 선을 보면서 시정은 그만 알아차리고 말았다. 언제일지 모르지만 앞으로 다가올 이 남자와의 이별은 지금까지 살아오면서 겪은 그 어떤 일보다도 힘들 것임을. 아니, 어쩌면 영원히 서진휘라는 남자에게서 빠져나오지 못할 수도 있다는 것을.

단순한 연애라는 구실 속에 깊이 숨어 있던 진심을 알아차리자 시정은 덜컥 겁이 났다. 이러쿵저러쿵 불평을 하기도 하고 때로는 투덜거리며 귀찮아하기도 하는 가족들을 제외하면 거의 원초적이라고도 할 수 있는 이런 감정을 느끼게 한 사람은 이 남자가 처음이었다. 영원히 세상과 등을 지지 않는 이상 가족과는 헤어질 일이 없지만 그 외의 타인은 다르다. 언제라도 멀어질 수 있는 가능성을 품고 있는 사람에게 이렇게까지 절실한 감정을 품어도 되는 것인지.

"왜?"

잔이 다 채워진 후에도 멍하니 앉아 있는 그녀에게 진휘가 물었다.

쌍꺼풀이 없어 얼핏 날카로워 보이는 눈이지만 지금처럼 그 안에 다정함이 담길 때면 전신의 맥을 놓고 싶을 정도로 마음이 누그러지곤 했다. 조금 전의 깨달음과 함께 찾아온 갑작스러운 감정의 폭주에 시정은 그냥 울고 싶었다. 하필이면 이런 때 내 마음을 알아차릴게 뭐람.

"그냥. 신경 쓰지 마."

절대적인 몇 가지   199

서둘러 고개를 저으며 테이블 위에 잔을 내려놓았다. 다행히 목소리는 떨리지 않았지만 손톱 끝이 차가워지며 살짝 떨리기까지 하는 것을 감추려 테이블 아래로 손을 내려 꾸욱 쥐어야만 했다.

"자, 건배."

금세 채워진 잔을 쳐드는 것을 보며 시정도 내려놓았던 잔을 들었다.

"우리의 첫 여행을 기념하며!"

다 비운 잔을 내려놓으며 가볍게 던진 그의 말을 듣자 다시금 가슴이 뛰었다.

"또 다른 낯선 곳에서 당신과 단둘이 될 수 있기를."

카드키를 집어넣자 낮고 경쾌한 소리와 함께 문이 열렸다. 어찌된 일인지 한 발을 방 안으로 들여놓고도 다음 동작이 신속하게 이어지지 않는다. 문 앞에서 문고리를 잡은 채로 머뭇거리고 있는 이유를 알아차리기라도 한 듯 뒤에 서 있던 그의 낮은 음성이 들려 왔다.

"김시정."

"네."

긴장한 탓인지 자신도 모르게 존댓말이 튀어나왔다. 갑자기 입 안 가득 고인 침을 꼴깍 삼기며 대답을 했건만 여전히 한 바구니 가득한 레몬을 모조리 즙을 내서 마시기 직전처럼 다시 침이 고였다.

"저기……."

어느새 코앞에 다가온 그가 조심스레 손을 내밀어 어깨에 닿아 있는 머리칼을 매만졌다. 머리카락 끝에 신경이 있을 리가 없는데 그 사소한 동작만으로도 팔에 소름이 돋는다. 머뭇거리듯 다가온 그의 입술이 살짝 벌어져 있는 채로 다가오기를 기다리고 있는 입술을 섬세하게 매만졌다. 뜨거운 숨결이 입술 주위에 맴도는 것을 느끼자 시정은 깊은 한숨을 내쉬며 손을 내밀어 단단한 팔을 붙들었다.

작은 움직임이 신호라도 된 양 그의 입술은 순식간에 단호하게 파고들었다. 말랑했던 입 안을 헤집고 들어온 그의 혀는 이전의 그 어느 때보다 거칠게 움직였다.

뭉클한 혀의 움직임과 함께 열 개의 손가락이 엉덩이를 파고드는 것을 느끼자 시정은 탄식 같은 긴 숨을 그의 입 안으로 길게 내뱉었다. 조금 전에 마셨던 맑은 술의 잔향이 타액과 섞여 하나처럼 맞붙어버린 입술 사이를 오갔다. 몸속 깊은 곳 어딘가에서 짜릿한 신음성을 울려댄다. 입맞춤이 계속될수록 아랫배 부근에 뭔가가 단단하게 자리를 트는 게 느껴졌다. 그동안 그와의 입맞춤에 길들여져 그의 입술이 주는 쾌감을 알아버린 그녀의 입술은 주인의 의사보다 앞질러 뜨거운 열을 발산하며 마음껏 움직이고 있었다.

입맞춤이 잠시 멈추고 거칠어진 숨을 고를 사이도 없이 뜨거운 숨결이 목덜미를 파고들었다. 예민한 피부를 갉작대는 느낌에 시정은 몸을 부르르 떨었다. 온몸에 소름이 돋을 정도로 이로 지분대던 부분을 곧 간지러워 몸을 뒤치고 싶을 만큼 느릿느릿 부드럽게 혀로 훑어냈다. 느린 움직임이 계속되면서 무릎과 허리에 힘을 잃은 시정은 자신과 반대로 점차 단단해지는 그에게 젤리처럼 녹아들었다.

어느새 쇄골까지 내려온 입술은 느슨한 목선의 블라우스 깃을 파고들었다. 가슴이 봉긋하게 솟아오르기 시작한 부위에 축축한 숨결이 와 닿고 점점 중심을 향해 돌진을 시작했다. 느슨하게 내려앉은 어깨끈은 입술의 움직임을 더욱 쉽게 했다. 따뜻함을 넘어서 이젠 뜨거움마저 품고 있는 입술이 딱딱하게 굳은 동그란 접점 가까이 다가오자 시정은 한순간 숨 쉬는 것을 잊었다.

가슴에 호두알만 한 멍울이 생긴 후로 지금까지 자신을 제외한 그 누구의 손길도 닿은 적이 없었다. 더구나 남자의 입술이 더듬어댈 것이라고는. 때문에 그녀의 반응은 거의 본능적인 것이었다. 물론 머릿속으로 남자와의 섹스를 상상하고 실제는 어떤 느낌일지 궁금해하기는 했다. 하지만 막연한 상상과, 거친 숨소리와 함께 가슴을 핥아대는 남자의 끈끈한 혀와 입술을 실제로 느끼는 것은 차원이 달랐다.

귀가 먹먹할 정도로 뛰는 심장의 고동을 느끼며 실제의 행위에 돌입했을 때는 어떨까 하는 호기심이 무럭무럭 솟아올랐다.

"아파?"

고개를 든 그가 들숨과 날숨이 오갈 때마다 오르락내리락하는 가슴께를 바라보며 조심스레 물어왔다. 조심스러운 목소리와 달리 절대 그럴 리 없다는 확신이 가득한 어투에 시정은 고개를 들었다. 붉은 기를 띠고 물기가 잔뜩 묻어 있는 입술이 눈언저리에 들어오자 공연한 쑥스러움에 아랫입술을 질끈 깨물었다. 그러는 순간에도 몸속 깊은 곳 어딘가가 욱신욱신 간실거린다. 마치 간지러움을 유발하는 무언가가 몸속으로 침투해 가늘고 기다란 혈관들을 타고 멋대로 돌아다니는 것만 같다. 뿌연 스타킹에 갇힌 발가락들도 꼼지락대며 조바심을 내게 했다.

고개를 내젓는 얼굴을 따뜻하고 커다란 두 손이 감싸 안았다.

"그럼 다행이고."

두 번째의 입맞춤은 부드럽게 시작되었다. 다가올 듯 말 듯 간지럽게 애를 태워 절로 한숨이 나오고 안달 나게 하는 입맞춤. 달큰한 날숨을 조금이라도 더 가까이에서 느끼기 위해 시정은 그가 유도하는 대로 그의 영역으로 발을 들여놓고 있었다. 잠깐씩 맞붙었다가 떨어지기를 반복하는 느낌이 감질나서 견딜 수가 없었다.

그리고 어느 순간, 그가 지금까지의 그 어느 때보다도 난폭하게 덮쳐왔다. 순간적으로 아픔이 느껴질 정도로 강한 흡입과 혀의 놀림에 놀라 눈물이 날 정도였다. 허리를 감고 있는 두 팔은 물을 먹은 가죽처럼 바싹 죄어왔고 맞닿아 있는 두 개의 가슴은 가쁜 호흡으로 인해 심하게 들먹거리고 있었다.

시정 또한 강한 목을 감싸고 있는 두 팔에 더 힘을 주어 가까이 끌어안았다. 놓치고 싶지 않았다. 절대로 품에서 떼어놓고 싶지 않았다. 그 때문일까. 옆구리를 타고 오르는 손길을 느꼈을 때 불쑥 눈물이 솟을 정도로 반가웠다. 탐색을 하듯 서서히 올라온 손은 겨드랑이 아래에 자리를 잡더니 엄지가 조심스레 움직이며 가슴 쪽으로 다가왔다. 원을 그리듯 아주 천천히 다가오는 손길은 서두름이라고는 조금도 찾아볼 수 없을 만큼 침착했다. 느리지만 그녀를 흥분시키기에는 충분했고 노련한 진휘가 그런 반응을 알아차리지 못할 리가 없었다.

잠깐 멀어졌던 그의 입술이 갑작스레 다가와 옷 위로 가슴을 베어 물자 시정에게서 짧은 신음성이 흘러나왔다. 옷을 사이에 두고도 온몸이 부르르 떨릴 정도의 쾌감이 느껴졌다. 그 신음 소리가 신호라도 된 양 진휘의 손길이 다급해졌다. 채 정신을 차리기도 전에 몸에서 옷이 벗겨져나가기 시작했다. 미처 말리거나 몸을 사릴 여유도 없었다.

드디어 모습을 드러내기 시작하는 시정을 보자 진휘는 잠시 숨이 턱 막혔다. 아름다웠다. 백옥으로 문질러 광을 낸 듯 희고 맑은 피부는 눈으로 보는 것만큼이나 손에 와 닿는 감촉도 황홀했다. 살짝 고개를 내밀고 있는 연분홍의 가슴 끝을 보는 순간 몸의 모든 피가 한곳으로 내달았다. 점점 거칠어져가는 그의 숨소리를 들으며 시정은 수줍게 손을 내밀었다.

눈을 뜨자 검은 머리칼이 먼저 들어왔다. 시정은 서서히 손을 뻗어 땀에 젖은 머리칼을 쓰다듬었다. 그러는 동안에도 가슴을 붙들고 있는 단호한 입술은 쉼 없이 탐욕을 드러내고 있었다.

그녀의 손길에 고개를 든 그가 씨익 웃어 보였다. 젖은 채로 흐트러져 있는 머리와 소년 같은 미소는 한순간 그녀의 가슴을 아리게 했다.

그런데 저 미소의 의미는.

미처 답이 생각나기도 전에 젖은 머리가 아래로 아래로 향했다. 뜨거운 입술이 먼저 길을 만들면 그 뒤를 촉촉한 혀가 뒤따랐다. 힘들게 운동을 마치고 난 후처럼 잔뜩 힘이 들어간 채로 파르르 떨리고 있는 흰 들판을 마음껏 노닌 후 다시 아래쪽으로 방향을 잡았다.

"아, 아니."

당황한 시정이 상체를 늘어 난린힌 어깨를 붙들었다. 지금 멈추게 하지 않으면 종착지는 어디가 될지 뻔했다. 두 사람 모두 마지막 속옷은 걸친 상태였지만 그것만으로 수줍음을 감출 수는 없었다.

"대가는?"

"무슨……."

"발걸음을 막았으면 당연히 대가가 있어야지."

말을 마치기가 무섭게 커다란 몸이 가느다란 몸 위로 한껏 무게를 실었다. 자신보다 족히 10도는 높을 것 같은 뜨거운 체온에 감싸이자 가뜩이나 열이 올라 있던 몸이 이젠 아예 활활 타는 것 같았다. 다리 사이를 교묘하게 자극하고 있는 융기도 열을 내리는 데에는 전혀 도움이 되지 않았고 도리어 체온을 올리는 데 일조를 하고 있었다.

날렵한 허리가 몇 번 움직이자 시정의 다리는 조금 더 간격이 벌어졌다. 살짝 상체를 들고 눈을 내려 가느다란 다리 사이를 파고든 두툼한 몸을 확인한 시정이 얼굴을 붉혔다. 그런 그녀를 진휘는 마치 꿈이라도 꾸는 듯 나른한 눈으로 지켜보았다. 온몸이 잘 익은 복숭아 빛으로 발갛게 달아올라 가쁜 숨을 몰아쉬고 있는 모습이 얼마나 매혹적인지.

다시금 다가온 입술의 뜨거움에 시정이 자신을 내맡기는 사이 슬금슬금 허벅지 안쪽을 타고 오른 단호한 손가락은 속옷 사이를 비집고 들어왔다. 젖은 계곡에서 내뿜는 뜨거운 열기에 고무된 두 개의 손가락이 촉촉하게 젖은 채로 반쯤 열려 있는 입구를 천천히 젖혔다.

"아!"

낯설었나. 여린 피부를 슬며시 밀고 들어와 속살을 헤집는 손가락의 움직임은 실로 낯설기 그지없었다. 하지만 낯섦은 곧 조심스러운 탐색이 불러온 쾌감으로 대체되었다.

몸 안을 헤집는 움직임에 시정의 허리가 들썩이기 시작했다. 평소의 조심성은 쾌감이 불러온 대담함에 뒤덮이고 말았다.

"날 봐."

재촉하는 목소리에 시정은 간신히 눈을 떴다. 거의 모든 순간 침착함을 잃지 않던 남자가 지금 이 순간만은 반쯤 넋이 나간 듯한 얼굴을 하고 있었다. 쾌락으로 말갛게 빛나는 두 눈에 얼핏 열이 오른 것처럼 보인다고 생각한 순간 뜨거운 몸이 안으로 파고드는 것을 느꼈다. 간혹 소설에서 읽었던 것처럼 상상도 못할 아픔은 아니었다. 물론 고통이 없지는 않았지만 참지 못할 정도도 아니다.

지금 시정을 감싸고 있는 감정은 낯섦이었다. 맞닿아 있는 배의 움직임과 리듬을 타고 자연스레 몸 안을 들락거리는 그의 분신. 그녀 자신도 여태껏 몰랐던 어딘가를 문지르며 자극하는 몸짓이 얼마나 생소한지. 타인의 몸을 이렇듯 생생하게 느낄 수 있다는 사실을 도저히 믿을 수가 없었다.

아픔을 준 것이 미안하다는 듯 다가온 진휘의 입술이 뜨거운 이마를 스치고 붉게 열이 올라 있는 볼을 타고 내려갔다. 턱 선을 따라 움직이던 붉은 살은 소담하게 벌어진 채로 기다리고 있는 보드라운 입술과 만났다. 입 안 가득 뭉클하게 자리 잡는 혀를 시정이 휘어 감았다.

"얼굴이 왜 그래?"

공항으로 마중 나온 이진이 시정을 보자마자 대뜸 던진 물음이었다. 여느 때 같으면 '내 얼굴이 어때서 또 시비냐'며 대충 대꾸하고 넘어갔을 테지만 이번만큼은 사정이 다르다. 뺨으로 스멀스멀 올라오는 열기를 누르려 애를 쓰며, 코앞에서 들어도 무슨 말인지 알아들을 수 없을 정도로 꿍얼꿍얼 몇 마디하고 말았다.

"진짜 파리해 보여. 며칠간 실컷 앓은 것처럼 야윈 것도 같고."

돈 안 드는 말인데 잘 놀다 왔느냐, 재미있었느냐고 묻지는 못할망정. 생각하다 시정은 그만 고개를 젓고 말았다. 애초에 김이진에게 그

딴 걸 기대해서는 안 되는 거였다.

게다가 오전에 일본으로 출국하는 진휘를 배웅한 후 공항에서 4시간이 넘도록 기다렸다가 겨우 비행기를 타고 온 길이라 많이 지친 상태이긴 했다. 원래 진휘의 계획은 시정이 탄 비행기가 출발을 하고 난 뒤 출국 수속을 하는 거였다. 철저한 사람답게 비행기 시간도 그런 순서로 미리 예약을 해두었지만 그가 예상치 못한 것이 있었으니 바로 안개였다.

계속되는 결항 안내에 어찌할 바를 모르던 진휘가 결국 출국을 하루 늦추겠다는 결정을 내렸을 때 시정은 단호하게 고개를 저었다. 어차피 오늘 출국하는 것도 최대한 미룬 것일 텐데 고작 비행기 출발이 몇 시간 늦어지는 것으로 하루를 더 붙잡고 있는 건 말이 안 되었다. 그동안 시시때때로 걸려오는 전화의 양으로 보아 그를 기다리고 있는 일들이 잔뜩 쌓였을 것이 분명한데 말이다.

그리고 무엇보다 그녀에게는 혼자 생각할 시간이 절실했다. 그것이 옆에 앉아 어깨를 만지작거리고 팔을 연신 쓰다듬는 손길을 보내야 하는 이유였다. 결국 일찍 출발해야 그만큼 일찍 돌아올 수 있다는 말로 안타까움에 어찌할 바를 모르는 그를 보냈다. 제주에 도착했을 때와 마찬가지로 진한 입맞춤을 남긴 그는 함께하고 싶다는 미련을 떨쳐버리려는 듯 뒤도 돌아보지 않고 성큼성큼 사라졌다.

이륙한 비행기를 눈으로 배웅한 뒤 시정은 게이트 근처 의자에 앉아 곰곰이 오늘 아침까지의 상황을 머릿속으로 정리했다. 어젯밤의 여파로 손 하나 까딱하기 싫을 정도로 몸은 피곤하고 아팠지만 일단은 지금의 상황을 정리해둘 필요가 있었다. 어딘가로 바삐 오가는 사람의 발소리, 누군가를 부르며 찾는 목소리, 여기저기서 울려대는 전화벨 소리가 드디어 귓전에서 완전히 사라지고 나서도 한참 뒤 시정은 감았던 눈을 떴다.

그래, 어차피 정답은 없다. 언제까지일지 모르겠지만, 일단은 두고 보기에 그리고 활용하기에 상당히 바람직한 그 남자를 때가 될 때까지 붙잡아두어야겠다. 기다리던 비행기의 탑승이 거의 끝나갈 무렵까지도 멍하니 앉아 있던 시정이 내린 결론이었다.

띵띵. 이진이 손가락을 맞부딪쳐 튕겼다.

"왜?"

"무슨 생각을 그렇게 해? 그나저나 혼자 왔니? 같이 갔던 사람도 왔을 거 아냐. 설마 내가 마중 나온다니까 얼굴 보이기 싫어서 치사하게 혼자 내뺀 건 아니지? 그럼 진짜 웃기는 거야. 여친이랑 몰래 외국 나갔다가 파파라치한테 걸린 연예인도 아니면서 완전 오버인 거지."

말 같지 않은 말에는 아예 대꾸를 안 하는 게 낫다. 어울리지 않게 공항까지 마중을 나오겠다고 했을 때 벌써 꿍꿍이를 알아차려야 했다. 그러니까 김이진은 멀리 놀러 갔다 온 언니를 위해서 마중을 나온 게 아니라 언늘 쏘뜨끼낸 남가가 부고 싶어서 나온 것이다. 어쩌면 이렇게 하는 짓마다 마음에 쏙 드는지.

나오려는 한숨을 되감아 넣으며 물었다.

"정원이는?"

"목욕시켰으니까 낮잠 한숨 잘 자고 있겠지."

"잠든 애를 혼자 두고 나온 거야?"

금세 가파른 곡선을 그리며 올라가는 목소리에 이진은 혀를 끌끌 찼다.

"언니 보기에 내가 아무리 생각이 없는 엄마라도 설마 내가 그런 짓까지 했겠냐? 김미옥 여사 계시니까 걱정하지 마."

손에 들린 가방을 거의 뺏다시피 뒷좌석에 던져 넣은 이진이 곧장 운전석에 올랐다. 기겁한 시정이 미처 말릴 틈도 없었다. 이진의 면허는 말 그대로 잉크도 마르지 않은 생 날것이었다.

평소 개똥밭에서 굴러도 이승이 좋다는데 기왕이면 사지 멀쩡하고 정신 말짱한 채로 오래오래 살고 싶은 것이 소박한 소망이라고 부르짖곤 하는 그녀이고 보면, 생짜의 운전을 믿고 시내를 돌파한다는 건 도저히 있을 수가 없는 일이었다. 설사 그 생짜가 하나밖에 없는 동생이라고 해도 말이다. 무엇보다, 이제 막 남자의 몸이 주는 열락을 알았는데 제대로 음미하고 즐길 시간은 있어야 할 것이 아닌가.

"열쇠 이리 내, 내가 운전할 거야."

내밀어진 손바닥을 향해 이진이 재빠르게 코웃음을 넣어 넣었다.

"왜 이러셔, 주차할 때 네댓 번씩 칼질하는 거 빼면 이젠 나도 제법 한다구. 아무 걱정 말고 얼른 타기나 해."

대책 없는 저 자신감은 도대체 어디서 나오는 건지. 하지만 그대로 시동을 거는 데에는 도저히 어찌해볼 도리가 없었다.

하긴, 이대로 운전대를 잡는다고 해도 초보인 이진과 별다를 바가 없을 것이다. 어쩌면 신호 대기 중에 잠이 들어버릴지도 모른다. 남자와 힘든 밤을 보낸 당연한 결과라고 생각하면서도 시정은 자신도 모르게 자꾸만 어젯밤 그가 절대로 놓아주지 않을 것처럼 파고들던 아랫입술을 꼭꼭 깨물었다.

"그래, 밤 시간은 좀 짜릿하셨나?"

시동을 걸고도 잠깐 차를 움직일 생각은 않더니만 슬쩍 옆구리를 찔러댔다. 듣는 귀가 많은 곳에서는 차마 꺼내지 못한 질문들이 줄을 이을 모양이었다. 수면 부족으로 뻑뻑한 눈을 문지르며 시정은 한숨을 내쉬었다. 내가 미쳤지. 택시 타면 될 것을 무슨 영화를 보겠다고 얠 나오라고 해서는.

"네가 알아서 뭐 하게. 쪼그만 게."

"언니님, 나 아기 엄마거든? 성령으로 수태한 것도 아니고 지극히 평범하고 정상적인 과정을 거쳐 가진 아이라고."

잊고 있었다. 김이진이 얼마나 그쪽으로 호기심이 왕성한 아이인 줄.

"지금까지 쌓은 공력이 얼만데 언니 눈만 봐도 딱 알겠네. 그것도 눈치 못 채면 밥숟갈 놔야지. 근데 결정적인 건 없었나봐. 걸음이 제대로인 걸 보니."

하긴 이미 중학생 때 그 분야의 풍부한 지식을 자랑하며 학교에서 알아주는 카운슬러 노릇을 했던 이진이다. 같은 재단의 여고에 다니는 선배들에게까지 심심찮게 상담을 해주었다니 자신 있게 공력 운운할 만했다. 그런데 이찌니, 이번에는 헛짚었는데. 이제 웬수 같은 김이진 볼 날도 얼마 남지 않았군. 이 순간부터 김이진은 밥숟갈을 놔야 할 테고 머지않아 장례식을 치러야 할 테니 말이다. 걸음이 제대로인 걸 보니 아무 일도 없었을 거라고? 아무것도 모르는 소리.

어젯밤 그는 부드러웠다. 한참 동안 거친 숨소리만 오가던 침대 위에서 일어난 그가 욕실 문을 여는 것을 보고 시정은 눈을 감았다. 몸이 허공에 붕 뜬 것 같기도 혹은 바닥으로 깊이 파고든 것 같기도 해서 도저히 움직일 수가 없었다. 깜박 잠이 들었을까. 잠결에 어디론가 옮겨지고 있다는 느낌을 받고 눈을 뜨려는 찰나, 찰랑이는 물소리가 들린다 싶더니 엉덩이, 허리, 허벅지, 옆구리 순으로 천천히 물에 젖어들기 시작했다.

눈동자 가득한 열기를 느끼며 눈꺼풀을 들어 올리자 걱정스러운 표정의 진휘가 눈에 들어왔다.

"인상 그만 쓰고."

손을 내밀더니 미간에 자리 잡은 주름을 살살 펴주었다.

"괜찮아?"

"응."

"거짓말."

낮게 속삭인 그의 손이 조심스레 움직였다. 어깨를 지나 가슴을 부드럽게 만지는 손길에 잠자코 몸을 맡기고 있던 시정은 점잖기만 하던 손이 배꼽을 지나 아랫배를 향해 내려오는 것을 느끼자 화들짝 놀라 눈을 떴다.

"쉬이."

휘둥그레진 채로 손가락의 미세한 움직임만으로도 어쩔 줄 몰라 하는 그녀를 조심스레 달래는 손길이 계속해서 이어졌다. 수풀을 이룬 채로 완만한 경사를 이룬 언덕을 지나 안쪽으로 파고들자 낮게 들이쉬는 짧은 숨과 함께 시정의 호흡이 잠깐 멈췄다. 입 안의 혀처럼 몸속에서 매끄럽게 노니는 손가락의 움직임에 가늘고 날렵한 허리가 군더더기 없는 간략한 리듬에 몸을 맡긴 듯 들썩이기 시작했다.

지난밤과 그리고 새벽까지 이어졌던 시간들을 떠올리며 시정은 가급적이면 이진의 시선을 피하기 위해 애를 썼다. 발갛게 달아올라버린 뺨의 붉은 기운을 감당할 수 없었기 때문이었다. 마음 같아서야 드러내놓고 비웃는 이진의 콧대를 납작하게 눌러놓고 싶었지만 김이진에서 김미옥 여사로 이어지는 비밀 루트를 모르지 않는 바, 공연히 나서서 삽질까지 해서 제 무덤을 팔 필요는 없다는 결론을 내린 것이 오늘 오전이었다. 맏딸이 현모양처가 될 것이라는 굳은 믿음을 아직까지도 버리지 않고 있는 김미옥 여사가 사실을 알게 된다면……. 그다음은 생각하기도 싫었다.

다행히도 이진을 만나기 직전 거울로 잠깐 확인한 바로는 지극히 정상이라고 해도 좋을 정도였다. 작은 얼굴 어느 곳에서도 그늘은 물론 어두운 기색이라고는 찾아볼 수가 없었다. 양 볼이 다소의 발간빛을 띠고 있는 것을 제외한다면 보통 때와 거의 다를 바가 없었다. 정성스럽게 시간을 두고 펴 바른 페이스 밤과 프라이머가 제 몫을 제대로 해낸 셈이다.

"그냥 안 하는 기 보고 제법 프로인 줄 알았는데 이제 보니 그 아저씨도 별 수 없구나."

"무슨 말이야?"

"뻔하잖아. 그냥 가볍게 즐기려고 했는데 막상 눈앞에 닥치고 다시 생각해보니까 여러 가지로 골치 아프겠다 싶었겠지. 언니는 언니대로 말 안 듣고 까다롭게 굴고. 그러니까 들입다 줄행랑친 거지."

대체 저 마를 줄 모르는 상상력은 누구에게 물려받은 것인지 가끔은 존경스럽기까지 하다.

"누가 줄행랑을 쳤다 그래? 일본 출장은 전부터 예정돼 있던 거야."

"내 말은……."

"시끄러! 머리 아프니까 조용히 해. 그리고 앞으로 내 일에는 제발 신경 좀 꺼줘."

조금 전 자신의 입에서 나온 결정적인 제보에 동생이 히죽 웃고 있다는 사실은 까맣게 모르는 시정은 좌석의 등받이를 살짝 젖히고 몸을 눕혔다. 지난밤을 거의 뜬눈으로 새우다시피해서인지 눈꺼풀이 그대로 축 처져 코 옆까지 내려온 느낌이었다.

"초보는 운전이나 제대로 하셔."

"얼굴이 화사하게 피어서 올 줄 알았더니."

무거운 가방을 추켜든 채 현관문을 들어서는 시정을 향한 김미옥 여사의 첫 마디였다. 어떻게 된 게 엄마나 동생이나 이렇게 하나같이. 눈 밑에 부메랑 모양을 한 정체불명의 흰색 물질을 붙인 채 잡지를 들고 있는 김미옥 여사를 향해 시정은 낮은 한숨과 함께 고개를 저었다.

아무리 놀러 갔다 오는 길이라고는 해도 집을 비웠다 며칠 만에 돌아오는데 적어도 가스레인지 위에 된장 뚝배기라도 하나 떡하니 올려놓고 좀 반갑게 맞아야 하지 않겠냐는 반문은 그냥 목구멍 아래로 꿀꺽 넘기고 말았다. 게다가 평소에 남자도 모르는 숙맥이라고 무시했던 걸 생각하면 더더욱 반갑게 맞아줘야 하는 게 당연한 일 아닌가.

어차피 캐묻는다고 해서 정확한 사실을 말할 생각은 눈곱만큼도 없으면서도 어쩔 수 없는 불만을 담은 시정의 입술은 불쑥 삐져나왔다.

"이 정도면 준수한 거지 뭘."

서운함 때문에 평소보다 불퉁한 대답을 하는데도 김미옥 여사의 말기세는 조금도 줄어들 줄을 몰랐다.

"어떻게 된 게 남자하고 며칠을 놀고 왔는데도 얼굴은 샵에서 죽어라 일에 치어 있을 때하고 별반 다를 게 없어."

남자와 간다는 언급은 하지 않았지만 혼자 가겠다는 말을 한 것도 아니어서 집에 남은 두 모녀는 자연스레 동반 여행 쪽으로 결론을 내린 듯 했다. 여행을 갈 때면 떠나기 한참 전부터 여행지와 숙박, 교통편 등을 꼼꼼하게 챙기는 그녀가 난데없이 내일 아침 비행기를 탄다고 했으니 결론은 뻔했을 터였다.

대답 없이 시정은 털썩, 소파 위로 주저앉아 몸을 기댔다. 집에 돌아왔다는 사실에 긴장이 풀렸는지 온몸이 파김치처럼 늘어져 더 이상 옥신각신 실랑이를 하고 있을 기운도 없었다.

"너더러 제주도 가자고 꼬여낸 능력 좋은 놈은 어디 있고?"

"일본에 갔대."

"일본?"

진한 갈색의 섀도로 급게 그려진 김미옥 여사의 눈썹이 호를 그리며 올라가자 시정은 그만 가슴이 철렁 내려앉았다. 정기적으로 나가 강의를 하는 그녀보다 문화 센터의 직원들과 절친한 김미옥 여사이니 제주도를 경유한 일본행이라는 정보만으로도 딸의 연애 상대를 알아내는 것은 식은 죽 먹기일 것이다. 대충 윤곽은 그리고 있었겠지만 확실하게 누구인지는 모르게 하느라 그동안 얼마나 애를 썼는데. 김이진저거 입방정 때문에 한 방에 날아가게 생겼다. 하긴, 미리 입단속을 해 두지 않은 내 잘못이지. 이제 와서 새삼 누굴 탓하겠냐.

두께를 더해가는 두통에 이마를 짚으려 일어서려는데 이진의 물음이 들려왔다.

"누구 짚이는 사람이라도 있어, 엄마?"

눈을 반짝이는 이진의 모습에 시정은 살짝 들었던 엉덩이를 그대로 소파 바닥에 내려놓았다. 그동안 이진에게 진휘에 대해 이런저런 이야기들을 하기는 했지만 정확한 정보는 아무것도 알려주지 않았다. 다른 얘기들은 곧잘 하다가도 정작 신상에 대해 캐물을라치면 질색을 하며 두 손을 홰홰 저었던 까닭에, 베일에 싸인 미스터리 맨의 정체에 대해 이진은 엄청난 호기심을 키우는 중이었다. 눈치로 봐서는 평사원이 아니라는 건 알아차린 것 같은데 그 이외의 것은 좀이 쑤실 정도로 궁금해했다. 그런 차에 김미옥 여사의 반응은 끓는 기름에 불을 붙인 것과 다를 바가 없었다.

"글쎄……."

길게 말꼬리를 늘이는 걸로 봐서는 김미옥 여사도 분명 뭔가를 눈치 챈 것 같은데.

"누군데?"

"흠……."

이진의 연달은 재촉에도 김미옥 여사는 의미심장한 표정으로 입만 꾹 다물었다.

9

"이사장님, 박규보 씨 왔습니다."

노크 소리와 함께 문이 열리고 비서의 전언이 들려왔다. 커다란 규보의 몸이 문 옆으로 비켜선 비서의 가슴께를 지나치다싶을 만큼 바싹 스치고 지나는 것을 본 이사장은 한숨을 내쉬었다. 이제 그만 속을 차릴 때도 되었건만 마흔을 코앞에 두고도 철없을 때나 하던 짓은 아직도 그대로니.

"누님이 어쩐 일로 서울 다 부르시고."

느릿느릿 들어와 앉는 얼굴에는 세상 근심 모르고 평생 저 하고 싶은 대로만 산 티가 너무도 역력했다. 아직도 저 버릇을 못 고쳐 어쩌누. 새삼스레 치밀어 오르는 걱정을 꾹꾹 누르며 슬쩍 물음을 던졌다.

"요샌 일 좀 할 만하니?"

애먼 손님을 도둑으로 몰았던 일로 진휘와 한 번 부딪치고는 단박에 회사를 그만두겠다며 야단을 피우다가, 그럴 거면 아예 집을 나가라는 아버지와 매형의 연이은 불호령에 제꺼덕 꼬리를 내리고 다시 출근한 것이 불과 얼마 전이었다. 아직도 정신을 못 차리고 여전히 헤매고 있으니 대체 어쩌면 좋을지.

아니나 다를까 근황을 묻자마자 기다렸다는 듯 예전에도 곧잘 들을 수 있었던 레퍼토리들이 줄을 잇는다.

"월급쟁이가 다 그렇지 뭐. 콩알만 한 사무실에서 날이면 날마다 아침부터 저녁까지 책상 앞에 쪼그리고 앉아 이놈저놈 가릴 것 없이 허리 굽실굽실해가면서. 대체 뭐 하자는 짓인지. 남자로 태어났으면 세상이 뒤집어지는 한이 있더라도 자기 일을 해야지 하룻밤 술값도 안 되는 월급 받자고 목을 매고 앉아 있으려니, 나 원 참. 사내새끼가 스타일은 있는 대로 구기고."

그러면서 몸을 뒤로 젖힌 채 한쪽 무릎 위에 다른 쪽 발목을 턱하니 얹는 모양새 또한 예전과 다름없는 건들건들한 품 그대로였다.

"아직도 사업하겠단 꿈은 못 버린 거야?"

혀를 끌끌 차는 누나에게 규보는 발끈해서 대들었다.

"내가 지금 이렇게 말라 비틀어져 처박혀 있다고 누나까지 무시하는 거야? 누나가 이러니까 진휘 그 자식까지 나를 물로 보고 함부로 덤비는 거 아냐. 아무리 세상이 개판이래도 조카가 외삼촌한테 이래라 저래라 하는 게 말이 돼?"

"내가 또 뭘 어쨌다고 그러니. 걱정돼서 한마디 한 거 갖고."

슬슬 달래는 말에도 구겨진 인상은 도무지 펼 기미를 보이지 않았다. 잠시 후 노크 소리와 함께 찻잔 두 개가 올려진 작은 쟁반을 든 비서가 들어왔다. 제 버릇 개 못 준다고, 조금 전까지 와락와락 대들던 기색은 간 데 없고 얇은 랩을 둘러놓은 것처럼 유난히 꼭 끼는 스커트를 입은 엉덩이에서 눈을 떼지 못하고 있었다.

"그런데 정말 무슨 일로? 설마 누님이 내 신세 한탄 들으려고 부르신 건 아닐 테고."

문이 닫힐 때까지도 군침을 뚝뚝 흘리다시피 하며 비서의 뒷모습만 좇던 규보가 날이 선 이사장의 눈빛을 눈치 채고는 무안한 듯 헛기침을 했다.

"내가 요새 재단 일 때문에 바빠서 통 문화 센터에 신경을 못 썼잖니. 물론 내가 없어도 잘 굴러갈 테지만 내 입장에서 알아야 할 건 알아둬야지. 고객들이 드나드는 데라 아무리 작은 일이라도 말이 와전돼서 엉뚱한 루머가 퍼질 수도 있고, 또 외부 강사들까지 드나드니까 제대로 신경을 쓰려면 한도 끝도 없지. 그렇다고 일일이 나서서 간섭하고 참견하면 직원들은 직원들대로 스트레스를 받을 거 아니니."

이사장의 말을 들은 규보의 눈이 난데없는 총기로 반짝였다. 이런 기회를 그 얼마나 목이 마르게 기다렸던가 말이다. 백화점 안에서는 항상 외톨이인 그였다. 특히 진휘와의 트러블이 있은 이후로는 자신을 향해 노골적으로 던져지는 직원들의 뜨악한 시선에 속으로 적잖이 상처를 받은 터였다.

따로 붙잡고 이야기할 마땅한 사람도 없거니와 섣불리 굴었다가는 체면만 깎일 것 같아 꾹 참았는데 이런 절호의 기회가 생길 줄이야. 그동안 가슴속에 쟁여놨던 이야기를 다 풀어놓으려면 아마 오늘 하루해가 부족할 것이다. 특히 얼굴 좀 반반하고 몸매 잘빠졌다는 이유로 콧대 높게 구는 피트니스의 소영이라는 년과, 대놓고 자신을 깔고 뭉개더니 요즘 진휘 옆에 바짝 붙어 나대는 년이 보고 대상 1순위였다.

그 후 한 시간이 넘도록 규보는 문화 센터의 직원들에 대한 험담을 입가에 침이 튀도록 흥분해서 해댔다. 적당한 대목에서 맞장구를 쳐가며 듣고 있던 이사장이 드디어 본론으로 들어갔다.

"강사들은 어때? 직원들하고 특별히 트러블이 있거나 하지는 않아?"

"서로 지들 밥그릇 차지하려고 눈에 불을 켜지 뭐."

강좌가 각기 다른데 밥그릇 차지란 말이 얼토당토않다는 걸 모를 리 없는 그녀이건만 일단은 관심을 갖고 귀 기울이는 척을 했다.

"이번 학기에도 'about 허브'가 최고 인기라면서? 수강생들 반응도 꽤 괜찮은 모양이고."

"쳇!"

은근히 던진 미끼가 느닷없고 노골적인 비웃음으로 돌아오자 이사장은 속으로 적잖이 당황했다. 하지만 겉으로는 티를 내지 않으려 노력하며 다시 물었다.

"내가 잘못 알고 있었던 거니?"

"일주일에 두세 시간 잠깐 왔다 가는 아줌마들이 어디 강사 인간성까지 알 수 있나. 앞에서 생글생글 웃으면서 적당히 비위 맞춰주면 그저 좋아서 입에 침이 마르는 거지."

"그럼 사람들이 모르고 있는 뭔가가 있다는 거야?"

"그러니까……."

슬쩍 말을 끊은 규보는 앞에 앉은 이사장의 눈치를 살폈다.

아닌 척 애를 쓰고 있지만 자신에게서 나올 말에 신경을 곤두세우고 있는 것이 너무 빤하게 보였다. 수강생들을 포함해서 문화 센터를 드나드는 사람들 중 진휘와 시정이 그렇고 그런 사이라는 것을 모르는 사람은 거의 없었다. 심지어 허브 강의를 듣지 않는 회원들까지도 시정을 두고 수군거리는 실정이고 보면 말이다.

이렇게까지 일이 커지고 있는데 누나의 귀에 들어가지 않았을 리가 만무했다. 별다른 사건 사고 없이 조용히 살고 있는 자신을 갑자기 사무실로 불러들인 것만 봐도 벌써 알조였다. 콧대 높은 고 년, 애 좀 먹어 보라지.

"알고 보니까 사생활 쪽으로 문제가 좀 있더라고."

"사생활?"

규보가 난데없이 사생활을 들먹이자 이사장은 겁이 덜컥 났다. 여자가 사생활 운운하는 말을 들을 정도면 주변이 복잡해도 보통 복잡한 게 아니라는 말인데. 그럼 정말 그 엄마를 닮아 행실이 난잡하다는 건가.

복잡한 누나의 속마음을 족집게처럼 집어낸 규보는 속으로 코웃음을 쳤다. 누님도 많이 늙으셨네. 그래도 한때는 경영의 귀재라는 소리를 듣는 매형을 손안에 쥐고 주무른다는 소문이 파다했는데 이젠 이 철없는 동생의 말에 귀를 다 기울이고. 아니면 누님도 역시 별 수 없는 어머니라는 건가.

회심의 미소를 지으며 규보는 이사장의 마음속에 싹트기 시작한 의혹과 불신을 더욱 부채질했다. 얼마 전 회식 자리에서 다른 직원들 사이에서 오가는 말을 듣고 그 아이가 조카라는 사실을 알긴 했었다. 그렇지만 본인에게 직접 사실을 들은 바가 없으니 어떻게 얘길 해도 문제는 되지 않을 터였다. 전화로 들리는 아기 울음소리에 망연자실해 있을 때 피식 웃으며 이만 전화를 끊어야겠다고 건방을 떨던 목소리를 떠올리는 것만으로도 몸에 피가 거꾸로 흐르는데 말이다. 당시를 떠올리자 규보의 거짓말은 경중, 커다란 날개를 달고 펄쩍 날아올랐다.

"거 왜, 누님도 그 여자를 봤지만 겉으로 보기엔 단정하고 깔끔해서 꽤 얌전할 것 같잖우. 얌전하고 조신하게 생겼지."

"그렇지."

동생의 입에서 나올 다음 말을 기다리며 이사장은 열심히 고개를 끄덕였다.

"근데 알고 보니 그렇지가 않더란 말이지."

"남자관계가 복잡하다는 말이니?"

변죽만 울리고 잔뜩 뜸을 들이고 있는 것에 왈칵 짜증이 솟는 것을 꾹 누르며 다시 물었다.

"복잡하다기보다는 뭐랄까…… 그렇지, 후린다는 쪽이 맞지. 누님도 잘 알잖수. 얌전한 척하면서 사내들 후려내는 여자. 다들 쉬쉬하는 분위기지만 뒤에서 도는 얘기를 들어보면 김시정이 딱 그렇다더라고. 누님도 아시지만 내가 그동안 여자들을 좀 겪어봐서 그런 건 또 잘 알아보거든."

슬쩍 흘린 말에도 지나칠 정도로 관심을 보이자 규보는 속으로 고소를 흘렸다.

"남자 직원들 몇 명한테도 관심 없는 척하면서 슬슬 바람 넣고 주위를 은근히 맴돌고 한다던데. 아기 키우는 여자가 그래서야 되겠어?"

내내 벼르고 있던 마지막 결정타에 대한 누님의 반응은 다소 과하다 싶어서 그를 흡족하게 만들기 충분했다. 혼자 보기 정말 아까운걸.

"아기?"

"갓난쟁이까지 달고 있다더라고."

아무런 대꾸도 하지 못하고 입만 딱 벌리고 있는 모습을 보자 절로 삐져나오는 입가의 웃음을 규보는 찻잔을 들어 교묘히 감췄다. 아기를 키운다고 했지 낳았다고는 하지 않았으니 나중에 사실이 밝혀져도 빠져나갈 구멍은 있는 셈이다.

"너, 넌 그걸 어떻게 알았니?"

평소에 차분하기 이를 데 없는 누나의 떨리는 목소리에 만족스러움은 배가 되었다.

"문화 센터에 이미 소문이 파다해. 아는 사람들은 다 아는 비밀이랄까, 뭐 그런 거지. 누님도 모르셨나보네. 전부터 그 여자 가게에 드나들면서 알던 사이라고 하지 않았수?"

"들른 지가 꽤 돼서."

대답하는 목소리에는 숨기기 힘든 떨림이 담겨 있었다.

사람에 따라 다르긴 하지만 출산 전 한두 달을 제외하고는 옷으로 제대로 가리기만 한다면 거의 표가 나지 않는 사람도 있고 보면, 시정의 임신 사실을 알아차리지 못한 것이 전혀 불가능한 것은 아니었다. 날미디 들르는 곳이 아닌 데다 요 몇 달 동안을 인터뷰다 뭐다 해서 재단 업무에 바빠 더욱 뜸했던 걸 생각하면 가능성은 점점 더 높아진다.

"어쨌든 그 여자 애 키우고 있는 거 알고 나서 다들 한바탕 뒤집어졌잖우. 얌전한 고양이 부뚜막에 먼저 올라간다더니 딱 그렇잖아. 그 얼굴 어디가 결혼도 안 하고 혼자 애 낳아 키우는 여자로 보여. 그나마 직원들 사이에서는 회원들한테 말이 안 들어가게 하자, 뭐 대충 이런 식으로 얘기가 된 상태라 그런 쪽으로 문제가 되진 않을 것 같지만."

이쯤 해두면 됐겠지.

아직도 어안이 벙벙해 있는 누나를 보며 규보는 한 발짝 물러나기로 했다. 너무 밀어붙였다가는 공연한 의심을 살 수도 있으니 말이다.

"다녀왔습니다."

현관문을 들어서며 진휘는 거실 입구에서 맞는 어머니를 향해 인사를 했다. 출장에서 근 삼 주 만에 돌아오는데도 어머니의 얼굴은 아침에 출근했다 돌아오는 것을 맞는 것과 다르지 않았다. 그다지 살갑지 않은 성품이라는 건 잘 알고 있긴 하지만 이럴 때만이라도 잘 다녀왔냐며 어깨를 두드려주면 얼마나 좋을까, 진휘는 잠깐 생각했다. 물론 단 한 번도 이런 생각을 입 밖에 낸 적은 없었지만 말이다.

"아버지는 오후에 부산 가셨다. 내일 저녁때나 되어야 오실 게야."

공항에서 출발 전 이미 보고 받은 상황이라 가볍게 고개를 끄덕이는 것으로 답을 대신했다.

"저 좀 씻을게요."

"그동안에 저녁 차려놓으라고 하마."

삼 주 만에 만난 모자의 첫 대화는 이렇게 짧게 끝이 났다.

계단을 오르는 아들의 뒷모습을 향한 이사장의 얼굴은 깊은 생각을 담고 있었다.

2층으로 올라간 진휘는 거실 한쪽 벽에 놓인 소파 위에 길게 몸을 뉘이고 있는 은휘를 발견하고 방으로 향하던 걸음을 멈춰 섰다.

"이 시간에 웬일이냐."

은휘의 귀가 시간은 보통 새벽 서너 시를 너끈히 넘긴다. 그나마도 절대 외박은 안 된다는 아버지의 엄명 때문에 동 트기 전에 겨우 맞춰 들어오는 것이니, 오늘처럼 아버지의 장거리 출장이 잡혀 있는 날은 으레 외박하는 날로 정해져 있었다. 명절과 조부모님의 제삿날을 제외하면 은휘가 이 시각에 집에 있는 날은 일 년 가야 한 손으로 꼽을 만하니 말이다.

"형도 참, 오늘은 다들 똑같은 말을 하기로 미리 약속이라도 했나보네. 아까 주방에서는 집에서 저녁 먹을 거냐고까지 물어보던데. 내가 집에 있는 게 그리 큰일이야?"

"드문 일인 건 사실이니까."

"사람이 어떻게 똑같은 짓만 하고 살아. 가끔은 좀 안 하던 짓도 하고 그래야 옆에서 보는 사람도 안 질리고 새로운 거지."

여전한 은휘의 궤변을 뒤로하고 진휘는 방으로 들어갔다. 입고 있던 옷을 벗어 내려놓는데 등 뒤로 문이 열리고 은휘가 들어왔다.

"형이 심심할까봐."

무슨 일이냐고 묻는 듯 눈썹을 치켜세우는 진휘를 향해 어깨를 으쓱해 보이고는 침대 위로 몸을 날렸다. 다소 헝클어진 머리에 헐렁한 반바지를 입은 채 실내에 노토 누워 한쪽 필로 고개를 지탱하는 모습은 매끈하게 빼입고 밤 외출을 하는 평소와는 딴판이었다. 참으로 오랜만에 은휘에게서 제 나이에 맞는 풋풋한 청년의 얼굴을 발견할 수 있었다.

"요새 만나는 앤 어때?"

장난으로 묻는 말인 줄 알면서도 순간 시정의 얼굴이 떠오르자 절로 나무라는 투의 말이 나가버렸다.

"무슨 말이 그래?"

토라질 줄 알았던 은휘의 눈동자가 순식간에 호기심으로 채워지는 걸 보자 뒤늦게 아차! 싶었다. 드물긴 하지만 한 번 마음먹은 건 끈질기게 덤비는 녀석에게 공연한 바람을 불어넣은 건 아닌지.

"하긴 형 옆에 여자 없었던 적이 언제 있었나."

사과하듯 얼버무리면서도 은휘의 머릿속은 빠르게 돌아갔다.

공부에는 그다지 취미가 없지만 눈치 하나만큼은 어느 누구에게도 뒤져 본 적이 없는 은휘이니 평소와 다른 뾰족한 반응을 알아차리지 못할 리 없었다. 게다가 짧은 대답 한마디에 뭔가 대단한 잘못이라도 저지른 양 난감해하는 저 표정이라니. 아예 대놓고 '나 진지하게 생각하는 여자가 있어.'라고 광고를 하는 것과 다를 게 뭐람. 누구와 만나든 허물없이 털어놓던 형이 오늘따라 예민하게 구는 게 꼭 해외 출장으로 인한 피로 때문이 아니라는 데에 할아버지에게 물려받은 주식과 신탁 전부를 내걸어도 좋았다.

계속해서 옷 벗는데 열중하는 '척'을 하고 있는 형에게 은휘가 물었다.

"재미있는 얘기 하나 해줄까?"

"뭔데?"

"접때 경찰서에 왔을 때 생각나?"

그동안 은휘 때문에 경찰서 출입한 게 얼만데. 난데없이 '접때'라고 해서는 기억날 리 만무했다.

"박 형사 그 인간한테 절대 형한테 연락하지 말라고 거듭거듭 당부

절대적인 멸가지 225

했는데 기어이 형한테 꼰질렀었잖아. 그 뒤로는 경찰서 안 갔으니까 아마 기억날 거야."

기억하지 못할 리가 없었다. 바로 그곳에서 시정을 처음 만났으니 말이다.

"그날 문수 새끼하고 한바탕했던 여자 애 생각나지?"

"미성년자였다는?"

그리고 보니 그 아이가 아기 엄마이겠구나. 정신이 없는 와중에 얼결에 넘겼던 사실이 갑작스레 피부에 와 닿자 새삼 놀라웠다.

"나 걔 다시 만났다."

"어디서?"

둘 다 제대로 노는 타입이니 절대로 점잖은 장소는 아니었을 테고 혹시,

"클럽?"

"그럼 설마 도서관?"

제가 말해놓고도 우스운지 혼자서 한참 낄낄대던 녀석이 이내 정색을 했다.

"바에 혼자 앉아 있는 거 보고, 가서 얼굴 트고 같이 한잔했어. 몇 마디 해보니까 내가 의외로 폐 괜찮은 구석이 있더라고,"

아무리 언니와 노는 물이 다르다고 해도 시정의 동생도 생각 없는 깡통은 아닐 것이다. 유들유들한 한량 이미지로 먹고사는 동생 은휘가 가끔은 전혀 다른 모습을 보이는 것처럼 말이다.

"참 신기하지 않아? 서울에 클럽이 얼마나 많은데 어떻게 그 시간 그 자리에서 딱 마주칠 수 있느냐고. 2, 3초만 엇갈려도 안 되는 거잖

아. 나 걔 알아보고 너무 신기해서 잠깐 동안은 이게 무슨 인연인가 그랬었다니까."

"인연은 무슨."

인연이라는 말에 질겁한 진휘가 재빠르게 선수를 쳐서 다음에 이어질 말을 막았다. 당연히 그것 참 신기한 일이라고 맞장구를 쳐야 할 시점에서 나오는 의외의 반응에 은휘는 다시금 고개를 갸웃했다.

"형은 신기하지 않아?"

"그 밥에 그 나물이라고 너희들 놀러 다니는 데가 뻔한데 지금까지 한 번도 안 마주친 게 더 신기하지."

"아무튼."

은휘의 눈빛은 실로 모처럼 활기를 띠고 있었다. 여느 때라면 무척이나 반가워했을 테지만 지금은 가슴에 묵직한 짐을 더할 뿐이었다. 대체 어쩌려고. 그리고 시정과의 사이를 알고 있을 어머니에게서는 어떤 말을 듣게 될지.

큰소리를 치긴 했지만 어머니가 시정을 그리 달갑지 않게 여기리라는 사실을 추측하는 것은 어렵지 않았다. 무조건적인 환영까지는 바라지 않았지만 적어도 연애를 하는 동안에는 그녀가 자신으로 인해 상처받는 일이 없기만을 그는 바랐다.

하지만 이런 마음이 연애 상대에 대한 단순한 보호 본능을 넘어선 더 깊은 감정일 수도 있다는 사실은 아직도 알아차리지 못하고 있었다.

벌써 몇 시간째 턱을 괴고 멍하니 앉은 채로 창밖만 응시하고 있는 시정을 돌아볼 때마다 지윤은 고개를 저었다. 본디 행동이 잰 데다 성격까지 급해서 다른 사람에게 시켜도 될 일까지 도맡아 하던 시정이었지만 얼마 전부터는 게으르다고 표현해도 좋을 만큼 느릿해졌다.

꼭 뭐랄까, 설마……? 기억을 되살려보면 시정이 변하기 시작한 것은 몇 주 전 난데없이 휴가를 가겠다며 덥석 샵을 맡기고 제주도에 다녀온 뒤였다. 오호라, 그러니까 그렇게 된 거로군. 시정을 바라보고 있는 사이에 자신의 경험을 떠올린 지윤의 양 뺨은 절로 발그레하니 홍조를 띠었다.

일밖에 모르고 살던 부장님에게 꽃 피는 봄이 찾아온 거구나. 늦바람이 무서운 건데 잘 버틸 수 있으시려나. 면역이 안 된 사람에게는 연애처럼 치명적인 것도 없는데 말이다. 어쨌든 그럼 상대는 역시 손 붙들고 나가던 탐스럽기 그지없던 남자겠지.

꼬리를 물고 이어지는 생각을 방해라도 하려는 듯 출입문 위쪽에 달아놓은 종이 가벼운 소리를 내며 울렸다. 그리고 곧 키가 훌쩍 큰 남자 아이가 모습을 드러냈다. 딱 저대로 카메라 앞에 세워도 여자애들이 줄을 서겠다 싶을 정도의 생김새에 절로 군침이 돌았다.

"김시정 씨한테 배달 왔는데요."

난데없이 자신을 찾는 소리에 시정의 고개가 번쩍 들렸다. 덩달아 벌짐에 쏘인 양 넌쩍 일어나는 지윤은 향해 바람직한 남자 애가 물었다.

"김시정 씨?"

"아, 아니요. 저쪽."

손가락으로 시정을 가리키자 긴 다리로 성큼성큼 걸어가더니 들고 있던 꽃바구니를 내밀었다.

"배달 왔습니다."

한달음에 뒤따라 온 지윤은 붉은색의 꽃이 한가득 탐스럽게 담긴 꽃바구니를 보고 탄성을 질렀다.

"어머어머, 어쩜! 대체 누가 보낸 거예요?"

"저도 잘……, 아마 카드에 쓰여 있을 거예요."

"세상에 이 큰 바구니에 꽃이 가득이네. 이게 대체 얼마짜리야. 그런데 이 꽃 이름이 뭐죠?"

"그건 저도 잘……."

계속되는 물음을 쑥스러운 웃음으로 해결한 청년은 배달 확인서에 시정의 사인을 받자 꾸벅 인사를 하고 사라졌다.

"혹시 그때 그분 아니에요? 같이 밥 먹자면서 손목 붙들고 나가던. 맞죠? 어쩐지 내가 그날 딱 보고는 심상치 않다 했었어. 진짜 멋있다. 부장님을 정말 좋아하나봐요, 어떡해."

시정에게 꽃바구니가 배달된 것도 처음인 데다 더군다나 남자에게 왔다는 데에 흥분한 지윤이 발까지 동동 굴러가며 연신 혼자 묻고 답하기를 반복했다.

"앗! 전화 온다. 혹시 그분 아니에요?"

전화기가 놓인 진열대를 향해 지윤이 재빠르게 몸을 날렸다.

―마음에 들어?

곧장 본론으로 파고드는 목소리를 듣자 시정의 입가에 빙그레 미소가 고였다.

―당신한테 꼭 한 번 하고 싶었던 선물이야.

"고마워."

―꽃 별로 안 좋아하지?

기껏 선물을 보내놓고 이건 또 무슨 말이람. 좋아한다고 말할 수 있을 정도로 꽃에 관심을 가졌던 건 아니었다. 하지만 그렇다고 해서 싫어한다는 말도 아닌데. 무엇보다도 진휘가 보냈다는데 길가 한쪽에서 먼지 뒤집어쓰고 뒹굴던 민들레면 또 어떠리.

"아니."

―그래도 괜찮아. 내가 보낸 꽃 보면서 미소 짓는 당신 얼굴이 꼭 보고 싶었으니까.

"응?"

바깥쪽을 향해 길게 고개를 내밀자 정면의 통유리 앞에서 손을 흔들고 있는 모습이 들어왔다.

"와우!"

시정을 따라 시선을 움직이던 지윤에게서 조금 전과는 약간 다른 의미의 탄성이 터져 나왔다. 그도 그럴 것이 큰 키와 날렵한 체구에 맞춘 듯한 블랙의 슈트가 잘 빠진 몸의 선을 타고 흐르는 모습이 실로 예술이었던 것이다. 하지만 시정은 알고 있었다. 저 옷 아래 감춰져 있는 몸은 겉으로 드러난 것과는 비교도 할 수 없다는 걸.

잠깐 동안에 시정이 머릿속은 자신의 몸을 감싸던 단단한 팔과, 다리 사이를 거침없이 파고들던 강한 몸으로 가득 찼다.

"정말 멋있는 분이세요!"

시정의 입가에는 절로 미소가 감겼다.

"침 닦아."

고개를 숙여 장난스레 속삭이자 놀란 지윤이 눈을 동그랗게 떴다.

재빠르게 손등을 올려 입가를 닦아내는 그녀를 뒤로 하고 출입문을 열었다.

"안녕."

휴대폰을 흔들며 반갑게 미소를 띤 모습이 너무도 황홀해서 시정은 잠시 말문이 막혔다. 이 남자, 대체 어떡하면 좋으니. 오롯이 자신만을 향해 있는 미소는 절대 지상의 것이라고 보기 힘들 정도로 황홀했다.

"어떻게 이렇게 갑자기……."

바다 건너편에서 한참 일하고 있어야 할 사람이 갑자기 꽃을 보내고 샵의 윈도우 앞에서 모델 흉내를 내고 있으니 무슨 일인지 궁금해 할 법도 한 일이었다.

"보고 싶어서."

짧은 한마디에 심장이 저릿하니 통증을 호소했다.

"가만 보면 듣기 좋은 말 은근히 잘하더라."

"당신이 나를 워낙 좋아하니까 내가 하는 말까지도 듣기 좋다고 생각하는 거지."

부러 불퉁하게 내뱉은 말도 어찌나 사근사근한지. 정말이지 연애 상대로는 그만이다.

"언제 왔어? 며칠 더 있어야 할 거라며."

그가 이끄는 대로 차에 오르며 물었다. 손에 든 거라고는 달랑 핸드폰 하나뿐이라는 것도 잊은 채였다. 그저 그를 본 것이 반갑기만 했다.

일본으로 떠난 바로 그날부터 진휘는 매일 정확한 시간에 전화를 걸었다. 오후 7시 반. 처음 이틀은 단순한 우연이라고 생각했지만 이틀이 사흘이 되고 닷새가 넘어가자 오후만 되면 벌써부터 가슴이 뛰었다. 그리고 그녀의 온 신경은 시계와 전화기를 향해 있었다.

"어젯밤에 왔어."

"통화할 때는 온다는 얘기 없었잖아."

"얼굴 보면 꼭 붙잡고 안 떨어질 텐데 당신은 절대 외박 안 하려 들거고. 그래서 꾹 참았지. 죽는 줄 알았다."

장난처럼 덧붙인 말에 시정의 경쾌한 웃음이 뒤따랐다.

진휘가 차를 세운 곳은 처음 함께 식사를 했던 한정식 집 앞이었다. 몇 주 동안이나 외국에 나가 있었으니 한국 음식이 그립기도 했을 터였다. 아담한 방에 자리를 잡고 앉자 그와 눈이 마주쳤다. 아, 어쩐지 부끄럽다. 불쑥 솟는 부끄러움과 어색함을 쑥스러운 미소로 대신하며 물 잔을 들었다.

"선물이야."

조금 전 차에서 내릴 때 들고 온 쇼핑백을 그가 불쑥 내밀었다. 부담스러운 크기도 그러하거니와 쇼핑백에 박혀 빛나고 있는 브랜드의 이름이 눈에 거슬리던 차였다. 출장을 다녀올 때마다 자그마한 선물을 받긴 했지만 이렇게 커다란 꾸러미는 처음이었다.

"뭔데?"

"열어봐."

쇼핑백 안에서 나온 것은 한 손으로 들기 힘들 정도의 부피를 자랑하는 상자였다. 잠깐 손을 멈추고 힐끗 쳐다보자 계속하라는 듯 그가 고개를 끄덕였다. 기대감이 그득한 눈을 보자 슬슬 부담스러워지기 시작했다.

"아, 이런."

상자를 연 시정은 당황해서 그를 쳐다보았다.

"이게 뭐야?"

"보면 몰라? 가방이잖아."

낭패감에 곤란해하는 그녀와 달리 그의 대답은 싱겁다 싶게 쉬웠다. 그의 말대로 상자 안에서 나온 건 가방이었다. 설마 몰라서 물었을까.

"매장에서 보자마자 이건 김시정 거라는 감이 딱 오더라고."

분명 마음에 쏙 들어 할 것이라는 기대와 달리 불편한 기색이 역력한 시정을 보자 진휘의 얼굴에서 웃음기가 서서히 걷혔다.

"마음에 안 들어? 우리 백화점에도 매장 있으니까 마음에 드는 걸로 바꿔도 돼."

말과 달리 속으로는 적잖이 당황스러워 하는 중이었다. 지금까지 그에게 선물을 받은 여자들 중 그 누구도 이런 반응을 보인 적이 없기 때문에 더더욱 그러했다. 속마음을 읽어내기라도 한 것처럼 마음에 쏙 드는 선물하는 걸로 정평이 나 있는 그였으니 말이다.

하지만 시정이 불편해하는 것 또한 바로 그 이유 때문이었다.

갓 깎아 접시에 올린 복숭아 빛을 띤 가방은 한눈에 그녀를 사로잡았다. 손길을 재촉하며 부르는 듯한 부드러운 가죽의 감촉은 보는 것만으로도 매혹적이었다. 아마 매장에서 이 가방을 발견한 것이 자신이었더라도 조금의 망설임도 없이 단박에 집어 들었을 것이다.

문제는 바로 그거였다. 너무도 정확하게 자신의 취향을 집어내는 진휘의 안목은 무서울 정도였다. 이런 능력이 하루아침에 길러졌을 리는 없었다. 오랜 시간동안 수많은 경험과 시행착오를 겪으며 단련됐을 것이 분명했다. 그리고 그사이 무수한 여자들에게 지금처럼 아무렇지 않게 비싼 선물을 툭툭 안겨주었겠지.

거기까지 생각이 미치자 순식간에 기분은 더 나빠졌다.

"미안한데 이건 못 받겠어."

그대로 상자의 뚜껑을 덮어 그에게 밀었다. 적잖이 마음이 상한 듯 진휘의 입술이 평행선을 그렸다.

"이유가 뭔데?"

묻는데 때마침 노크 소리와 함께 문이 열리고 전채 요리가 들어왔다. 어색하고 불편한 공기를 눈치 챘는지 세팅을 하는 직원들의 손길이 바빴다.

"다음 요리부터는 코스 상관없이 한꺼번에 주십시오."

막 문을 닫고 나가려는 직원에게 진휘가 부탁을 했다.

"그렇게 준비하겠습니다."

문이 닫히고 두 사람만 남자 시정이 먼저 사과를 했다.

"너무 부담스러워서 그래. 기분 나빴다면 미안해."

자존심 때문에 도저히 솔직히 털어놓을 수가 없었다.

"대체 뭐가 부담스럽다는 거야?"

전혀 이해가 안 긴다는 투였다. 대체 그동안 어떤 여자들을 만났기에 비싼 선물이 부담스럽다는 말을 못 알아듣는 건지.

"저번 스카프까지가 한계였어. 이건 너무 과하다고. 내가 가방에 목 맨 사람도 아니고."

"알았어."

웬일로 고집을 부리지 않고 순순히 말을 듣는다 싶었다. 이렇게 넘어갈 사람이 아닌데 말이다. 역시 그는 기대를 저버리지 않았다.

진휘의 부탁대로 순서와 상관없이 음식들이 한꺼번에 상 위에 놓였다. 빼곡하게 접시를 배치하느라 애를 먹은 직원이 일을 끝내고 일어서자 진휘가 옆에 두었던 쇼핑백을 내밀었다.

"이거 가져요."

"네?"

깜짝 놀라면서도 여직원의 눈은 진휘가 내민 가방에서 떨어질 줄 몰랐다.

"일본 매장에서 직접 사 온 거니까 가짜일까 걱정할 건 없어요. 안에 보면 개런티 있을 거고."

"손님."

"원래는 이 여자 주려고 샀는데 안 받겠다니까. 그렇다고 내가 여자 핸드백 들고 다닐 수도 없고. 매장까지 찾아가서 환불하기 귀찮아서 그러는 거니까 일을 덜어준다는 셈 치고 받아요."

여직원의 눈은 이제 시정에게로 향했다. 대체 이 사람들이 뭐 하자는 건가 하는 눈빛이다.

"받으세요. 원래 귀찮은 일은 안 하려고 드니까 이 사람 말대로 받아주는 게 도와주는 거예요."

새침한 시정의 말에 여직원은 더욱 곤란해했다.

"죄송합니다. 손님들께 이런 물건은 받지 못하게 되어 있어서요."

서둘러 직원이 나가버린 후 시정은 팔짱을 낀 채로 진휘를 노려보았다.

"왜? 안 받겠다는 물건 다른 사람 준다니까 기분 나빠?"

"뭐하는 거니? 애들도 아니고."

"좋다고 장단 맞춘 게 누군데."

"당신 유치해. 그거 알아?"

"당신은 너무 도도하지."

"미안하다고 했잖아. 선물도 받는 사람 마음이 편해야지"

"남자 친구가 주는 가방 받고 싫어서 몸서리치는 여자는 당신밖에 없을 거야."

그간 그가 다른 연애 상대들에게 얼마나 쉽게 고가의 물건들을 쥐어줬을지 상상하는 건 어렵지 않았다. 하지만 시정은 죽어도 그들 중 하나가 되고 싶지 않았다. 그녀가 한창 연애 중인 남자는 그냥 서진휘였다. 백화점의 임원도 차기 경영자도 아닌 그저 인간 서진휘. 적어도 그녀만큼은 비싼 선물 받고 좋아서 까무러친 김시정이 아니라 함께 있어서 편안하고 행복했던 김시정으로 기억되고 싶었다.

10

"아아."

허리가 저절로 들썩이며 양 발꿈치에 잔뜩 힘이 들어갔다. 다리 안쪽에서 느껴지는 입술의 움직임에 온몸의 신경이 집중되었다. 발등부터 시작된 입맞춤은 이제 허벅지를 지나고 있었다.

"쉬이, 조금만 더."

나직하게 타이르는 말과 함께 부드럽지만 단호한 손길이 허벅지를 더욱 넓게 벌렸다. 그리고 그 사이로 운동으로 다져진 넓은 어깨가 덤빌 듯 파고들었다. 시트에 닿은 엉덩이와 접혀 있는 무릎 뒤에서 끈적한 땀이 흘렀다. 몸 안을 헤집는 쾌락에 하릴없이 몸부림을 치면서도 감출 수 없는 수줍음에 모양 좋은 두 다리는 간간히 파르르 떨렸다. 어젯밤 안고 싶은 걸 참느라 죽는 줄 알았다는 농담이 빈말은 아니었던 듯 그녀를 향해 움직이는 단단한 몸은 거침이 없었다.

단둘뿐이었던 엘리베이터 안에서의 거북함도 잠시. 눈빛이 부딪치는 것만으로도 곧장 열이 올라버렸다. 객실의 문을 열기 전부터 두 사람의 입술은 떨어질 줄을 몰랐고 시정이 입고 있던 셔츠의 단추도 이미 절반이나 풀어진 상태였다.

식사를 마칠 때까지 별다른 말이 없는 그의 눈치를 살피느라 내내 불편했던 마음과 이곳까지 오는 동안 자동차 안을 메웠던 어색한 침묵은 어느 사이에 흔적도 없이 사라졌다. 여자와 남자 사이에 몸으로 나누는 대화가 중요하다는 이유를 알 수 있을 것 같기도 했다.

짧은 입맞춤으로 이어지던 길 위에 다시금 뜨거운 혀의 할짝거림이 시작되었다. 이미 시정만큼이나 거칠어진 숨소리를 내면서도 진휘는 부드러운 허벅지 안쪽의 피부에 끊임없이 탐닉했다.

"여기 재미있는 거 있는데."

무슨······.

고개를 들기도 전에 속옷 가장자리까지 닿은 혀가 길게 쓸어 올리는 것이 느껴졌다.

"궁금하지 않아?"

자신도 모르게 예고 없이 터져 나오는 한숨과 신음에 겨워하는 시정에게 진휘가 물었다

"설마 모르는 거야?"

이미 흠뻑 젖어 있는 속옷의 오른쪽 가장자리를 손가락으로 슬며시 들어 올리며 물어왔다. 무슨 뜻인지 채 묻기도 전에 조금 전 긴 한숨을 토해내게 만들었던 자리에 다시금 입맞춤을 퍼부었다.

희고 고운 어깨가 가늘게 떨리며 경련을 일으켰다. 온몸에 소름이

돋으며 몸속 빈 곳에서 참기 힘든 허기가 느껴졌다. 그녀의 가느다란 두 팔이 단단한 등을 감싸 안아 몸 위로 끌어 올렸다. 그리고 곧장 상체를 들어 올려 모양 좋은 입술을 덮었다. 지금까지 느긋하게 굴었던 것과 달리 그녀의 입술을 맞이하는 진휘의 입술도 뜨겁고 다급하게 움직였다.

허리 뒤로 들어온 손은 곧 엉덩이를 감싸 쥐었다. 커다란 손등을 덮고 있는 속옷을 끌어내리는 데에는 그리 오랜 시간이 걸리지 않았다. 다시 올라온 손은 이제 다른 쪽으로 방향을 틀었다.

손가락을 감싸는 뜨겁고 날렵한 근육의 움직임을 느끼자 진휘는 저절로 신음을 흘렸다. 수줍음과 민망함에 잔뜩 몸을 사리던 첫 밤과는 달랐다. 빈말로라도 적극적이라고 말하기는 어렵지만 적어도 자신의 반응을 숨기려 들지는 않으니 말이다. 마음껏 노닐던 손가락을 꺼내려 들자 그녀의 몸은 작은 반항과 함께 다시금 조여 왔다. 벌써 한참 전부터 성이 나서 잔뜩 부풀어 올라 있는 자신의 분신을 넣으면 어떨까. 상상만으로도 이미 그녀의 몸속 깊은 곳까지 닿은 듯 짜릿한 선율이 느껴졌다.

"잠깐만."

열에 들떠 있는 몸속을 다시금 헤집으며 달래자 미묘한 움직임에 따라 신음 소리가 높아졌다.

물기를 머금은 채 반질거리고 있는 눈동자를 응시하며 드디어 안착. 순간 덮쳐드는 안도감과 깊은 곳에서 느껴지는 따스함에 진휘는 전율하며 떨리는 몸을 간신히 부여잡았다.

아직까지는 그녀 스스로에게도 낯선 곳을 파고드는 육중한 몸체,

절때적인 멸가지 239

점점 높아져가는 호흡과 비례하는 다급한 움직임에 따라 시정도 서툴게나마 리듬을 타기 시작했다. 깊은 곳을 드나드는 기다란 몸의 인도에 따라 힘겹게 엉덩이를 움직였다.

계속해서 부딪치고 깨지던 신음은 어느 순간부터 합일점을 찾아 함께 움직이기 시작했다. 세상의 끝이라도 향할 것처럼 격하게 움직이던 두 몸의 움직임이 어느 순간 멈추었다. 그리고…….

"하!"

몸속으로 뿜어지는 강렬한 열기에 시정은 순간 사지의 힘을 놓고 말았다. 더 이상의 뜨거움을 견딜 자신이 없었다.

"아까 그 말 뭐야?"

방안을 달구던 거친 숨소리가 잦아들 무렵 시정이 물었다. 적당히 쉰 듯한 목소리가 듣기 좋았다. 진휘가 이끄는 대로 시정은 단단한 어깨를 베개 삼아 의지하고 모로 누운 몸 대부분을 그의 몸 위로 거의 신다시피 하고 있었다.

"무슨 말?"

"그때…….?"

"그때?"

뭘 묻고 있는지 모를 리가 없었다. 하지만 느릿한 손길로 등과 허리, 다리를 오갈 뿐 내내 딴청이었다.

"재미있는 거 있다며."

뾰로통한 대답과 함께 끌어내리려는 다리를 단단히 힘을 주어 붙잡아 안으며 진휘가 쿡쿡 웃었다.

"여기."

엉덩이로 올라간 손이 허벅지 안쪽 도톰한 언덕 바로 앞에서 멈추었다. 그러더니 깊숙한 곳을 노크하듯 살짝 건드렸다. 절정을 맞이한 지 얼마 되지 않았는데도 손길 한 번에 허리에서 다시금 잔물결이 일었다.

"혹시나 했는데 진짜 모르는구나."

아직까지 땀이 촘촘히 밴 다리 안쪽 한 부분을 부드러운 손가락으로 살살 쓸어내리며 그가 놀리듯 둘었다.

"여기."

이마 위에 장난과도 같은 입맞춤 한 번.

"아주."

입가에 끈적한 기대를 갖게 하는 입맞춤 한 번.

"작고."

턱 아래 목이 시작되는 부분을 빨아들일 듯 강한 입맞춤이 또 한 번.

"귀여운."

조금 전 입맞춤이 시작되었을 때부터 도도록하게 올라와 있는 분홍색의 가슴 끝에 한참 동안 입술이 머물렀다. 그에게 무얼 물었는지 그가 무슨 말을 했는지 더 이상 아무것도 생각나지 않았다. 가슴 끝을 마음껏 탐닉하고 있는 그의 입술에 이미 반쯤 넋이 나가 있는 탓이었다.

"한번 볼래?"

"응?"

흥분에 차서 뜨거워질 대로 뜨거워진 곳을 설마 보라는 말인가 싶어 멍하니 있는 그녀의 손을 잡아끌었다. 잠깐 사이에 끌려간 손이 수

풀이 우거진 바로 앞쪽에 멈췄다.

"바로 여기."

손가락 하나를 꾹 눌러주며 장난스럽게 웃었다.

"나중에 꼭 보라구."

미처 대답을 할 사이도 없이 덮쳐온 입술에 시정은 그대로 자신을 내맡겼다. 어느새 깊은 곳을 마음껏 헤집고 다니는 기다란 손가락의 움직임과 능란한 혀의 놀림에 그녀는 한없이 빠져들고 있었다.

"더 잘 거야?"

"으음."

"진짜?"

하지만 짧은 대답을 하는 사이 꽃잠은 저만치 사라져버렸다. 아직까지도 귓전을 떠나지 않고 간질이는 숨결에 인상을 쓰면서 시정은 눈을 떴다.

"그만 일어나야 할 것 같아서."

몸을 일으키자 심한 갈증이 엄습한다. 그러고 보니 그의 손에 끌려 객실로 들어온 후부터 물 한 모금도 제대로 마시지 못했다. 냉장고를 찾아 눈을 놀리자 찐휘기 불쑥 물 잔을 내밀었다,

퍼석하니 말라 있던 몸 안에 물이 들어가자 긴 한숨부터 나왔다. 단숨에 들이켠 물방울들이 몸속 곳곳을 찾아 파고드는 느낌.

"괜찮아?"

부드러운 손길이 어깨를 감싸며 물어왔다. 시정은 그대로 따뜻한 품 안으로 파고들며 얼굴을 비볐다. 허리 아래로 느슨하게 둘러져

있는 시트와 그 위에 여봐란 듯이 자리하고 있는 단단한 근육이 한입에 삼켜버리고 싶을 정도로 매혹적이었다. 저 위를 입술로 슬슬 어루만지면 어떤 느낌일까. 아주 천천히 부드럽게 길을 따라 내려가다 보면……

"샤워하자."

머릿속에 떠오른 생각을 실행에 옮기기도 전에 시트에 감싸인 채로 달랑 들어 올려졌다. 서, 설마 같이 들어가자는 건가. 조금 전까지의 대담한 상상은 잠깐 사이에 어디론가 사라져버리고 급작스럽게 소심해진 시정을 안은 채로 진휘는 욕실의 문을 열었다.

닫힌 문 뒤로 낮은 비명소리가 들리는가 싶더니 곧 잠잠해지고 뒤이어 가쁜 숨소리만 높아졌다.

이 시간에 호텔에서 맨 얼굴로 남자와 나오는 여자를 보고 사람들은 어떤 생각을 할까.

엘리베이터에 오르며 든 첫 번째 생각이었다.

함께했던 뜨거운 물속에서의 유희는 물론 즐거웠지만 문제는 그다음이었다. 망할. 서진휘는 여자가 씻고 나면 당연히 순서대로 발라주어야 하는 것들에 대해서는 아무 생각도 없이 무작정 호텔로 끌고 온 것이다. 그럴 거면 가방이라도 들고 나오게 해주든가. 핸드폰만 달랑 들고 그가 이끄는 대로 곧장 차에 오른 그녀의 정신 상태도 썩 좋았다고 할 수는 없지만 말이다.

스킨과 로션은 룸에 비치된 것으로 대충 해결했지만 그다음부터는 꼼짝없는 맨 얼굴일 수밖에 없었다. 평소에도 진하게 화장을 하는 편은 아니었지만 그래도 샤워를 마친 말끔한 얼굴 위에 립글로스도 바르지 않고 문 밖을 나서려니 걸음은 자꾸만 뒤로 걸렸다.

"괜찮아."

말로는 괜찮다고 하지만 정작 눈에는 장난기가 한 가득이었다.

씨이, 이렇게 재미있어 할 줄 알았으면 나가서 사 오라고 심부름을 시키는 건데.

"아!"

"왜?"

"룸서비스를 생각 못했어."

낮은 투덜거림에 진휘는 뭐가 그리 재미있는지 쿡쿡거리며 웃었다. 얄미운 마음에 팔꿈치로 옆구리를 세게 찔렀지만 도리어 품 안으로 푹 안기고 말았다.

"일부러 말 안 한 거지?"

"지금이 훨씬 더 예쁘거든."

확인이라도 시켜 주는 듯 입술이 잠시 닿았다 떨어졌다.

"이런."

낮게 투덜댄 진휘가 곧 그녀의 목 뒤를 감싸 안고 본격적인 입맞춤을 시작했다. 조금 전까지의 뜨거웠던 시간에도 불구하고 막상 그녀의 입술이 닿자 도저히 참을 수가 없었다. 맞닿은 혀가 춤을 추며 엉키고 곧 두 사람의 몸은 종이 한 장 들어갈 사이도 없이 밀착이 되었다.

언제 열릴 줄 모르는 엘리베이터 안이라는 사실은 안중에도 없었다. 무모하게 덤벼드는 진휘의 입술을 시정 또한 그와 맞먹는 열정으로 받아내고 있었다.

띵!

정신없는 와중에도 엘리베이터가 열리는 신호가 들린 듯해 시정은 감겨 있던 눈을 떴다. 민망한 자세를 유지하고 있는 두 사람 때문인지 분명 열린 문 새로 인기척이 느껴지는데도 안으로 선뜻 발을 들여놓지 않고 있었다.

"여어, 이게 누구야."

목소리의 주인공은 놀랍게도 규보였다. 눈을 들어 그를 확인한 시정은 필사적으로 진휘의 가슴을 밀고 품에서 떨어져 나왔다. 하지만 곧 단단한 팔이 그녀의 허리를 감싸 왔다. 재수 없으면 뒤로 넘어져도 코가 깨지고 시집가는 날 등창 난다더니, 젠장할!

"이 시간에 여기서 널 보게 될 줄은 몰랐다."

느물거리는 말투와 함께 고개를 내두르며 두 사람을 연신 훑어 내리는 눈빛이 심상치 않았다. 문이 닫히자 엘리베이터는 곧장 1층 로비를 향해 내려갔다. 제법 빠른 속도임에도 시정에게는 한없이 느리게만 느껴졌다.

"여긴 웬일이세요?"

"왜. 네가 드나드는 데를 나라고 못 드나들까봐?"

분명한 시비조였다. 여러 가지 이유로 두 사람 모두에게 유감을 품고 있는 규보에게 한데 엉켜 있는 장면을, 그것도 호텔의 엘리베이터 안에서 들켰으니 문젯거리가 될 것은 자명한 일이었다. 그저 연애를 하는 것과 함께 호텔을 드나드는 것은 엄청난 차이가 있다. 단순한 호기심이 손가락질로 바뀌는 것은 순식간이다. 사람의 입이라는 게 얼마나 무서운가 말이다.

규보의 입에서 나와 백화점 안을 이리저리 굴러다닐 말들을 생각하니 시정은 벌써부터 머리가 지끈거렸다. 아무것도 아닌 일로 집에 전화했다가 수화기 너머로 정원이 울음소리 듣고는 김시정이가 애 낳아 키우더라고 동네방네 소문냈던 장본인이 아닌가.

"출장이다 뭐다 해서 바쁜 줄 알았는데 여기서 만나게 될 줄은 몰랐지."

진휘는 적어도 겉보기에는 태연했다. 비꼬는 말에도 별다른 반응을 보이지 않자 잔뜩 약이 오른 규보가 다시 입을 열었다.

"김 선생은."

바로 그 순간, 마치 구원처럼 1층 로비에 도착한 엘리베이터의 문이 열렸다.

"내리죠."

재빠르게 그녀를 인도해서 밖으로 나가게 한 뒤 진휘는 규보를 향해 돌아섰다.

"업무 시간의 외출 건에 대해서는 내일 이야기하도록 하지요. 물론 합당한 이유가 있을 거라고 생각합니다만."

가벼운 목례와 함께 돌아서서 걷는 동안에도 시정의 가슴은 콩닥콩닥 뛰었다. 넓은 로비를 가로지르는 내내 뒤통수를 향해 쏟아지는 따가운 눈길을 느낄 수 있었다.

"여기저기 떠들고 다닐 텐데."

"걱정돼?"

"그럼 안 돼?"

"이게 무슨 이야깃거리가 된다고 떠들고 다니겠어."

예상 밖의 태평한 대답에 시정은 잠시 멈칫했다.

역시 연애의 고수답게 그동안 무수한 여자들과 호텔을 들락거려 문제를 못 느끼는 건가. 아니면 이미 백화점 안에 퍼져 있을 스캔들에 점 하나 더 찍는 정도밖에 안 되어서, 그래서 별거 아니라고 생각하는 건가.

하지만 그와 달리 사귄다는 소문이 난 후로 새삼스럽다는 눈으로 쳐다보는 강사들은 물론이고 지날 때마다 손가락질과 함께 한마디씩 쑥덕대는 직원들의 태도에 시정은 이미 상당히 지쳐 있는 상태였다.

여기서 더해서 호텔을 들락거리더라는 소문까지 나면 어떻게 될지. 상상만으로도 벌써부터 질렸다.

폭탄은 예상보다 빨리 터졌다.

"잠깐 시간 좀 내줄 수 있어요?"

바로 다음 날 오후 이사장의 전화를 받는 시정의 가슴은 쿵쿵 널을 뛰고 있는 중이었다.

"나야 한가한 사람이니 바쁜 사람 시간에 맞춰야 옳지. 언제가 괜찮아요?"

잘 다려 한 치의 흐트러짐도 없이 반듯하게 개켜놓은 순백의 손수건처럼 그녀의 목소리에서는 그 어떤 감정도 읽어낼 수 없었다. 냉정하지도 그렇다고 따뜻하지도 않은 말은 시정의 몸을 왠지 모를 절망감에 떨게 했다.

"저도 아무 때나 상관없습니다. 편하신 시간 말씀해주시면 그때 뵙도록 하겠습니다."

약속을 하고 전화를 끊으며 시정은 잠깐 사이에 벌게진 양 볼을 두 손으로 감쌌다.

"무슨 일 있으세요?"

뒤에서 들려오는 물음에 시정은 문득 정신을 차렸다. 진열대 위의 상품 위치를 바꾸고 있던 지윤이 손을 멈추고 그녀를 보고 있었다. 통화를 마치고 난 뒤 그 자리에 선 채로 멍하니 얼굴을 감싸고 있는 것을 보고 무슨 일인가 싶었던 모양이다.

"아니, 단골손님인데 농장에 가볼 수 있겠느냐고 부탁하셔서."

"단골손님 누구요? 바람을 쐬고 싶으면 차 몰고 가까운 데 나가면 그만이지 왜 사람을 귀찮게 한데요? 별꼴이네. 하여튼 요즘은 마음에 안 드는 사람들이 요소요소에 어찌나 많이 보이는지."

여전히 조금은 멍한 상태에서 장황하게 이어지는 잔소리를 잠자코 듣고 있는 시정의 속내를 지윤이 알 턱이 없었다.

"하여튼 부장님은 너무 순해서 탈이에요. 잠깐 들으니까 아주 공손하게 응대하시는 것 같던데. 사장님이 받으셨으면 두 말 못하게 단칼에 자르셨을 걸요. 그렇게 착하기만 해서 이 험한 세상을 어찌 사실 건지. 기꺼운 부장님 걱정에 제가 잠이 다 안 외요."

구시렁대면서도 진열된 상품을 만지는 손길은 조심스럽기 이를 데 없었다.

"가실 거예요?"

걸레 빤 물에 행주 삶아낸 며느리를 닦달하는 시어머니 같은 추궁이 계속해서 이어졌다.

"응?"

"여태 뭐 들으셨어요? 정말로 농장에 같이 가실 거냐구요."

"약속을 했는데 당연히 가야지."

"내가 정말 부장님 이러시는 거 볼 때마다 속이 터진다니까. 이진이가 부장님을 닮았어야 하는데."

만나기만 하면 서로 못 잡아먹어 으르렁대는 두 사람을 생각하자 그럴 마음이 아님에도 픽! 웃음이 나왔다. 두 사람 모두 그리 모난 성격도 아니고 적당히 다른 사람 비위도 맞춰줄 줄 알건만 이상하게도 마주하기만 하면 그 자리가 바로 전장이 되어 치열하게 각축전을 벌이곤 했다.

"다음 주 목요일이 어머니 생신이야. 중요한 약속 없으면 같이 저녁 먹자."

"당연히 가야죠. 그렇지 않아도 지난 주말에 선물도 미리 장만해뒀는데."

이번에는 또 어떤 선물을 들고 올지. 상대방에게 꼭 필요한 선물을 하자가 모토인 지윤은 선물하는 센스도 항상 남달랐다. 작년 김미옥 여사의 생일에는 고미 성형외과 원장에게 부탁해서 특별 제작한 성형 상품권을 선물해 주위의 경탄을 한 몸에 받으며 손가락으로 브이 자를 그렸다. 그것뿐인가. 두 해 전 시정의 생일에는 〈와일드 오키드〉니 〈나인 하프 위크〉니 하는 19금 영화의 고전으로 불리는 작품들의 DVD 컬렉션을 선물해서 시정을 제외한 모든 주변 사람들에게 박수를 받은 적도 있었다.

"올해엔 뭘 준비했는지 궁금한데?"

"기이다리이시면 아십니다아아."

손가락을 튕기며 리듬에 맞추어 노래하듯 가볍게 몸을 흔드는 모습에서 시정은 잠시나마 위로를 받을 수 있었다.

수화기를 내려놓은 이사장의 얼굴은 벌써부터 전운마저 감돌고 있었다. 바보가 아니니 무슨 이유 때문에 만나자고 했는지 모를 리 없다. 아울러 어떤 말을 들을지도. 시정을 만나서 해야 할 말을 머릿속으로 정리하던 그녀는 혀를 끌끌 찼다. 대낮에 호텔에 드나드는 것도 모자라서 엘리베이터 안에서까지 난잡스럽게 굴었다니. 그나마 규보 녀석이라서 다행이었지, 혹 아는 사람과 마주치기라도 했으면 그 망신을 대체 어찌 수습하려고.

떠올리는 것만으로도 치가 떨려 지금까지 단 한 번도 입 밖으로 꺼내본 적은 없지만, 젊은 시절 남편이 딴 살림 내서 살던 여자가 서넛 있었다. 말이 좋아 영웅호색이고 큰일 하는 남자들 뒤에는 늘 여자가 따르기 마련이라고들 하지만, 그건 몸속의 피가 하루하루 졸아드는 조강지처의 속마음을 모르고들 하는 소리였다.

전전반측. 수많은 밤들을 뜬눈으로 지새우면서도 남편의 여자들 중 누구도 따로 만나본 적이 없었다. 남편에게도 자신이 알고 있다는 사실을 철저하게 숨긴 건 물론이었다. 할 말이 없어서가 아니었다. 남편에게 다른 여자가 있다는 것을 알고 있다는 사실을 입 밖에 내는 순간, 여자로서든 아내로서든 완벽한 패배를 인정하는 것과 다름없다고 생각했기 때문이었다. 그건 도저히 있을 수 없는 일이었다.

그랬던 그녀가 이젠 아들이 사귀는 여자에게 헤어지라는 말을 하려들다니. 인생이란 살수록 아이러니였다. 그렇지만 오 여사와 규보에게 들은 말을 종합해보면 이대로 속수무책 두고 볼 수는 없는 일이었다. 소문난 수다쟁이의 말을 모두 믿을 수는 없지만 예의 주시하고 있던 차에 어제 호텔에서 마주쳤다는 규보의 말은 결정타나 다름없었다. 이대로 두었다가는 무슨 말이 퍼질지 모르니 서둘러 움직여야 한다.

진지하게 여자를 사귈 줄 모른다는 점만 빼면 업무적인 부분에서나 사생활에서나 진휘의 주변은 깔끔하다고 자신할 수 있을 정도였다. A그룹 자제 K가 어쨌느니, B그룹 후계자 L이 저랬느니 하며, 삼척동자라도 알 수 있는 이니셜이 신문 지상에 고개를 내밀 때마다 사람들은 혀를 끌끌 차면서도 한편으로는 입방아를 찧으며 즐거워한다. 하지만 진휘만큼은 지금까지 단 한 번도 그런 일에 휘말린 적이 없었다는 것이 이사장에게는 커다란 자부심이자 자랑이었다. 그런데 이런 식으로 문제가 불거질 줄은 전혀 예상 밖이었다.

살다 보면 어쩔 수 없이 악역을 맡아야 할 때가 있다. 자의에 의해서든 타의에 의해서든 썩 유쾌한 일은 아니었다. 하지만 꼭 해야 한다면 그 또한 어쩔 수 없는 일이었다.

이사장이 정한 약속 장소는 시내를 빙 돌아 한참을 가야 하는 곳이었다. 차를 운전해 약속 장소로 향하는 시정의 입가에 어쩔 수 없는 쓴웃음이 자리 잡았다.

백화점과는 되도록 먼 곳, 백화점에서 그리 멀지 않은 샵에서도 당연히 먼 곳, 아는 사람을 만날 확률이 될 수 있으면 낮은 곳, 그러면서도 적당한 분위기를 갖춘 곳을 찾느라 애를 먹었을 거라는 생각에서였다. 오전에 전화를 걸어 와 약속 장소를 알려주며 지나는 말처럼 진휘는 회장님 모시고 종일 회의실에 들어가 있을 거라는 말을 떠올리자 입가의 선은 더욱 크고 싸늘하게 호를 그렸다.

약속 장소인 레스토랑은 시내를 벗어나 산길을 따라 구불거리게 닦인 왕복 2차선의 좁은 도로를 한참 달리고 나서야 모습을 드러냈다. 초행인 사람은 내비게이션의 도움 없이 쉽게 찾지 못할 곳 같은데도 의외로 주차장에는 차들이 제법 있었다.

차에서 내리기 전 마지막으로 룸미러를 통해 매무새를 가다듬었다. 리모컨으로 차 문을 잠그는 사이 낯익은 은회색의 자동차가 주차장 안으로 들어왔다. 그대로 정지 상태인 시정의 앞에 차가 멈추더니 운전석에서 재빠르게 내린 기사가 문을 열었다.

"일찍 왔네요."

차에서 내린 이사장이 먼저 점잖은 인사를 건넸다.

"안녕하세요."

"안으로 들어가지요."

이사장을 볼 때마다 시정은 소박한 문양과 평범한 디자인의 명품 가방을 떠올리곤 했다. 결코 튀거나 화려하지 않지만 엄청나게 비싼 값을 자랑하고 시간이 지날수록 가치를 더하는. 그녀에게는 그런 개성이 있었다. 여자치고 골격이 큰 편이라서 미인이라고 말하기는 어렵지만 대신에 맨 얼굴로 공개적인 장소에 나서도 결코 기죽지 않을 것 같은 당당함이 물씬 풍겼다. 물론 부잣집 딸로 곱게 자라 어릴 적부터 몸에 밴 자신감에 크게 기인했을 것이지만 말이다.

"점심 아직 안 했죠?"

웨이터가 건넨 메뉴를 펴며 이사장이 물었다.

"예."

"여긴 농어가 괜찮아요."

어차피 제대로 된 맛을 느끼지 못할 것이니 무얼 먹든지 상관없었던 시정은 그저 이사장이 권하는 대로 주문을 마쳤다.

"차 갖고 왔을 테지만 그래도 와인 한 잔 할래요?"

"아닙니다."

술까지 곁들여가며 함께할 자리는 아니었기에 시정은 정중히 사양했다. 그런 속내를 모를 리 없는 이사장도 더는 권하지 않았다.

"강좌 좋다는 말이 많던데요."

미소로 답하던 시정은 그녀가 지금까지 단 한 번도 말을 놓지 않았다는 것을 그제야 깨달았다. 몇 번 샵에 들르고 단골이 되었다 싶으면 곧장 편하게 말을 놓는 보통의 손님들과 달리 이사장은 언제나 그녀에게 공대를 했다. 순간, 지금까지와는 비교할 수 없는 거북함과 불편함이 순식간에 온몸을 뒤덮었다.

"샵도 잘된다면서요?"

"그저 손해 없이 직원 월급 줄 정돕니다."

겉으로야 평화롭기 그지없지만 의도적으로 핵심을 피하는 두 사람의 대화는 그 뒤로도 겉돌면서 툭툭 끊어지기 일쑤였다. 두 사람 모두 입가에 잔잔한 미소를 머금은 채였지만 한 사람의 눈에는 결연함과 더불어 보일 듯 말 듯한 난처함이, 마주한 사람의 눈에는 긴장과 초조의

빛이 역력했다.

"얼마 전에 제주도 갔었다면서요?"

포크 쓰는 순서는 정확했는지, 나이프로 접시 바닥 득득 긁는 소리
는 내지 않았는지. 식사 예절을 떠올릴 수 없을 정도로 정신없는 시간
이 지나고 디저트를 기다리는 중에 드디어 본론이 나왔다.

"예."

드디어 올 것이 왔구나, 시정은 무릎 위로 맞잡은 손에 잔뜩 힘을 주
었다. 그렇게라도 하지 않고서는 지금의 긴장감을 도저히 참아낼 수가
없었다.

"그날 만났다는 오 여사하고는 전부터 좀 아는 사이에요. 들었는지
모르겠지만 그 댁 박사님이 회장님 주치의시고."

직접적으로 '내 아들하고 여행 갔었지?' 라고 묻는 것보다 훨씬 더
세련된 방법으로 이사장은 당당히 본론에 입장했다.

"네, 들었습니다."

어제 전화를 받은 후부터 내내 마음을 다잡아서인지 대답하는 목소
리는 평소와 별다르지 않았다.

"오 여사 눈에는 두 사람이 상당히 가까운 사이처럼 보였나 봐요.
전부터 그 사람이 우리 큰애 선을 여러 번 주선했는데 그때마다 거절
을 해서 대체 어떤 아가씨를 만나는지 상당히 궁금했던 모양이에요."

그 말을 듣자 시정은 잠시 멍해졌다. 잊고 있었다. 서진휘처럼 대단
한 조건을 갖춘 채로 혼기를 맞은 남자에게 얼마나 많은 제안과 유혹
의 손길이 뻗치는지를. 그런데 그날은 물론이고 엘리베이터에서 찰싹

붙어 있는 모습을, 그것도 다른 사람이 아닌 규보에게 들켰으니 잘난 아들을 사수하기 위해 어머니가 직접 나서는 것도 무리는 아니었다.

"물어보면 도통 결혼 생각은 없다고만 하는데 연애하는 상대가 없는 것 같지는 않고. 그래서 나도 은근히 신경이 쓰이던 참이었거든요."

이거 원, 신경 쓰시게 해서 죄송하다고 사과라도 해야 하나 싶을 정도로 적당한 감정으로 단정하게 잘 깎인 말은 계속되었다.

"요즘 젊은 사람들 손잡고 나란히 호텔 드나들고 단둘이서 여행 다니고 그러는 거 조금도 흉이 안 된다는 것쯤은 나도 잘 알아요. 그렇지만 나이를 먹어서 그런지 어쩔 수 없는 구식이라 하필 오 여사하고 호텔 로비에서 그렇게 마주쳤다는 말을 듣고 얼마나 얼굴이 화끈거렸는지 몰라요."

"죄송합니다."

반사적으로 사과의 말이 튀어나왔다. 이사장의 짐작과 달리 그때까지만 해도 진휘와의 사이에 아무 일도 없었던 시정의 입장에서 보자면 소금은 억울한 시괴이기는 했다. 그렇지만 타고난 예의바름은 습관처럼 정중한 사과의 말을 내어놓게 했고 그러는 사이 그녀의 마음도 점차 차분히 가라앉았다.

"두 사람이 함께 간 여행이니 김 부장이 사과할 일은 아니에요. 굳이 따지고 들자면 내 아들 허물도 절반은 있는 셈이니까."

거꾸로 해석하면 너에게도 절반의 잘못은 있다는 말이었다.

"지나간 일이야 어쩔 수 없는 거고. 대신 앞으로 다시는 이런 말이 내 귀에 들어오지 않도록 하겠다고 약속해줬으면 좋겠어요. 나도 꽉 막힌 사람은 아니라서 젊은 사람들 서로 마음 맞아서 연애하는 거 같고 촌스럽게 나서서 뜯어 말리고 싶지 않아요. 진휘는 부모가 싫어한다고 자기가 하고 싶은 일에서 순순히 손 떼고 뒷짐 지는 성격이 절대 아니니까. 그렇다고 내가 하란다고 하기 싫은 일 나서서 억지로 할 아이도 아니고. 그러니 그 부분은 시정 씨가 알아서 현명하게 잘 처신하리라 믿어요. 내가 사람 보는 눈은 제법 있는 편인데 이런 일로 시끄러운 문제 만들지 않을 사람이란 것 정도는 알고 있어요."

드라마나 영화에서처럼 촌스럽게 얼굴에 물 끼얹거나 집이나 직장까지 찾아와 부모 형제 앞에서 따귀 때려가며 내 아들한테 떨어지라고 악다구니를 하는 것보다 더 무섭고, 그러면서도 훨씬 간단한 방법이었다. 그러니까 연애는 하되 공연히 사람들 눈에 띄어 지저분한 말 오가게 만들지 말고 적당히 즐기다가 때 되면 조용히 끝내라는 당부였다.

부러 이렇게 직접 면대하고 슬금슬금 화제 바꿔가면서 긴 시간 동안 돌려 말하지 않아도 얼마든지 알아차릴 수 있었다.

"시정 씨?"

잠깐 동안 아무 대꾸도 없는 그녀에게 다짐이라도 받으려는 듯 부르는 말에 차분히 고개를 끄덕였다.

"걱정하지 않으셔도 됩니다. 처음부터 서로 그저 단순히 연애만 하기로 하고 시작했던 거였으니까요. 이제 그만 심려를 끼쳐드려 죄송합니다."

처음에 떨리던 목소리가 어느 정도 진정이 되자 시정은 고개를 들어 이사장의 눈을 바라보았다. 진한 물기를 머금은 눈동자는 하고 싶은 말을 대신하려는 듯 반질반질 윤이 났다.

"어차피 그 사람도 저처럼 즐거운 연애가 목적이니까 걱정하시는 일은 절대 일어나지 않을 겁니다."

그 말을 끝으로 만남의 목적은 깨끗하게 해결이 되었고 두 사람은 곧 자리에서 일어났다.

마지막 인사와 함께 곧장 주차장을 빠져나가는 차의 미등을 시정은 한참이나 바라보고 서 있었다. 새벽부터 저녁까지 온종일 시험장에 갇혀 수능을 치르고 교문을 나설 때처럼 그저 허탈하기만 했다. 갑자기 지나치게 가벼워진 어깨와 발은 외려 쉽게 걸음을 뗄 수 없게 했다. 간신히 차로 다가가 올라앉은 시정은 운전대를 붙잡은 채로 길게 한숨을 내쉬었다.

차라리 그 눈을 보지 않았으면 더 좋았을 것을.

재단 사무실로 돌아가는 차 안에서 이사장은 속으로 몇 번이나 같은 말을 되풀이했다. 그동안 어지간히 정이 들었는지 차마 말로 내놓지 못한 감정을 시정의 두 눈이 대신하고 있었기 때문이었다. 영리하고 자존심 강한 아이답게 에둘러 하는 말을 빠르게 알아듣고, 듣고 싶은 대답을 내놓긴 했지만 역시 진심은 아니었을 테니.

"이사장님."

조심스러운 기사의 목소리에 고개를 들자 가방 안에 든 핸드폰이 울리고 있었다.

"납니다."

남편의 전화번호를 확인한 그녀의 대답에 수화기 저쪽에서 너털웃음 소리가 건너왔다.

"뭐가 그리 재미있으세요?"

─당신은 내 전화를 꼭 그렇게 받습디다. 한 번도 '여보세요.' 라고 하지 않고.

"무슨 일이세요."

─원 급하긴, 지금 어디에요?

"점심 식사하고 사무실로 들어가는 길입니다."

─그럼 잠깐 들렀다 가요. 할 얘기가 있으니.

"알았어요."

기사에게 행선지를 백화점으로 바꾸어 이르고 이사장은 푹신한 좌석에 몸을 기댔다.

조금 전 안됐다는 생각은 잠깐 사이에 사라지고 만족스럽게 치른 시험의 합격을 기다리고 있는 기분이었다. 시정의 강한 자존심이 그녀에게는 크게 도움이 된 셈이었다. 여느 계집애들 같으면 사랑한다며 울며불며 매달리고 성가시게 굴고도 남았을 것이다. 그런데 때 되면 알아서 적당히 떨어지라는 말에 '그렇지 않아도 그럴 생각이었다.' 는 말과 함께 선선히 고개를 끄덕이다니. 그녀 입장에서는 가장 어려운 일을 손도 안 대고 해결한 셈이었다.

나중에 조용히 뭐라도 좀 안겨 주면 어떨까 생각하다가 아서라, 고개를 저었다. 정이 담뿍 든 남자와도 헤어지겠다는 말을 하게 만드는 대단한 자존심을 행여 건드렸다가 부작용이라도 생기면 큰일이었다.

언제나처럼 허리에 철심을 박은 듯 꼿꼿하게 등을 세운 비서실장이 안으로 들어서는 이사장을 맞았다.

"기다리고 계십니다."

안으로 들어서는 그녀를 서 회장이 반갑게 맞았다.

"길이 안 막혔나봐요. 생각보다 일찍 온 걸 보니."

"이 시간에 별로 막힐 일이 없으니까요."

"정 기사가 워낙 길눈이 밝긴 하지."

남편과는 항상 이런 식이었다. 어떤 사안을 가지고 이야기하든 의견 일치가 되지 않았다. 지금처럼 아주 사소한 것이라고 해도 말이다.

"점심 약속이 있었던 거예요?"

"만나서 긴하게 할 얘기가 있는 사람인데 어쨌든 밥은 먹여야 할 것 같아서요. 그보다 할 얘기가 있다면서요."

"당신 요즘 이상한 눈치 챈 거 없어요?"

일부러 회장실로 불러들여서까지 이렇게 물을 때에는 십중팔구 두 아들에 관한 것이었다. 그리고 여느 때보다 진지한 걸로 보아 진휘에 관한 일임이 분명했다. 비서실에 심어둔 애부터 시작해서 곳곳에 숨겨둔 비밀 라인을 생각하면 오히려 이번 일을 모르고 있는 것이 더 이상힐지도.

"그 일은 더 이상 걱정 안 해도 됩니다."

질문과는 다소 동떨어져 있지만 명쾌한 대답을 들은 서 회장이 시원스레 웃었다.

"역시 당신은 못 당하겠군요."

"당신한테까지 들어올 정도면 도는 말들도 꽤나 지독할 텐데 걱정이긴 하네요."

시정을 잘 다독거려놓고 이제 한숨 돌렸다고 생각했는데 이젠 백화점 내에 돌고 있을 소문이 문제인 건가.

"듣자니 수강생들에게 인기도 많고 평도 괜찮은 것 같던데. 우리 백화점에서 일하는 사람만 아니면 크게 문제될 것도 없는데 말이에요."

도리어 아섭다는 투로 들리는 남편의 말에 그녀는 질겁했다.

"그게 대체 무슨. 절대 안 될 일이에요!"

평소와 다른 아내의 예민한 반응에 서 회장의 이마에 자리한 굵은 주름이 꿈틀 했다.

"달리 들은 얘기라도 있어요? 그 수업도 당신이 추천해서 개설한 걸로 알고 있는데."

그러니까 당연히 시정에게 호의적이어야 하지 않느냐는 말이었다. 하지만 이사장은 여전히 단호했다.

"아들 일입니다. 그냥 사람 좋게 허허 웃고 넘어갈 사안이 아니라구요."

필사적으로 반대를 하는 아내의 모습에 서 회장은 도리어 호기심이 일었다. 대체 어떤 아이기에 이마에 핏대를 세우면서까지 반대를 하는 걸까. 두 아들 중 유독 진휘에 대한 애착이 강하다는 걸 모르는 바는 아니지만 오히려 그래서 더욱 궁금해졌다.

11

　어떻게 운전을 해서 구불구불한 길을 빠져나왔는지 시정은 전혀 생각이 나지 않았다. 그저 차창 밖으로 자신을 향해 차근차근 달려드는 길을 지나온 것밖에는.

　요란한 벨소리에 단단히 운전대를 붙잡고 있던 두 팔이 흠칫 떨렸다. 힐끗 전화기를 보고 발신자를 확인한 시정이 곤란한 얼굴로 입술을 깨물었다. 하지만 전화벨은 좀처럼 그칠 줄을 모르고 계속되었다.

　―어디야?

　이어폰을 통해 들려오는 목소리는 늘 그렇듯 활기찼다.

　"약속이 있어서 잠깐 나왔다가 들어가는 길이야."

　―저녁에 볼 수 있나?"

　"안 돼. 집에 일이 좀 있어서."

　대답하는 시정의 목소리는 가늘게 떨리고 있었다. 정말 이런 식의 거짓말은 하고 싶지 않았다. 이 사람 앞에서만은 언제나 당당하고 싶었는데.

　―보고 싶은데.

　보고 싶다는 한마디에 심장이 덜컹 내려앉는다.

　"미안, 지금 운전 중이라 길게 통화 못 해. 나중에 다시 전화할게."

　미처 대답도 듣지 않고 종료 버튼을 누른 후 도로 가장자리에 서둘러 차를 세웠다. 쿵쾅대는 심장을 주체할 수가 없어 그대로 운전대에 가슴을 기댄 채 쓰러지듯 엎드렸다.

　비로소 조금 전 진휘의 모친에게 얼마나 엄청난 약속을 해버렸는지 조금 실감이 났다. 갑자기 끊어버린 전화에 고개를 갸웃거리고 있을 그 남자의 얼굴을 볼 수도, 목소리를 들을 수도 없게 된다고 생각하니 덮쳐오는 절망감에 온몸의 진이 다 빠져나가는 것 같았다.

　눈물은 나지 않았다. 딱히 서럽거나 슬픈 것도 아니었다. 다만 그저 눈앞이 막막하고 가슴이 답답했다. 망망대해에서 쪽배에 몸을 의지하고 있는 것처럼, 사방 천지가 모래뿐인 사막 한가운데 버려진 것처럼 아득했다. 과연 이 남자를 보내고도 계속해서 숨을 쉬고 살 수 있을까.

　―나와라.

　전화를 받자마자 수화기 저편에서 쨍 하니 터져 나온 목소리에 이진은 얼굴을 찡그렸다.

　"누구야?"

　낯선 발신자 번호를 확인한 후 십중팔구는 잘못 걸린 전화가 틀림없다고 생각했던 만큼, 난데없이 튀어나온 반말에 대한 응대가 고울

리 없다. 하지만 유들유들한 목소리에서는 전혀 당황한 기색을 찾아볼
수가 없었다.

—이거 또 쌩 까네, 서운하게.

"뭐?"

—옷깃만 스쳐도 인연이라는데. 우연으로 두 번씩이나 만났으면 아
는 체해줄 때도 되지 않았냐?

그제야 머리를 때리고 지나가는 기억이 있었다.

"클럽 날라리?"

—뭐 썩 마음에 드는 대답은 아니지만 어쨌든 빙고!

"빙고야 앞집 사는 개 이름이고. 근데 용건이 뭐야?"

원래도 썩 좋은 말버릇을 가진 건 아니었지만 이상하게도 이 녀석
앞에서는 상대의 기분이나 상태를 고려하지 않은 막말이 마구 튀어나
왔다. 아니나 다를까,

—그렇게 대놓고 성가신 것처럼 말하면 예민한 감수성이 상처 입는
다구. 얼마나 어렵게 전화한 건데.

"참, 전화번호는 어떻게 안 거야?"

이런 바보, 퍽 일찍도 물어본다.

—말했잖아, 어렵게 구했다고. 그게 중요한 건 아니고 일단 나와라.

상대가 지금 돌 가까운 갓난아이를 돌보고 있다는 것을 알 리 없는
은휘는 나올 것을 재촉했다.

"됐거든."

—저번처럼 근사한 데서 한잔하자니까.

마음 같아서야 콧속에 바람을 넣어주고 싶은 생각이 차고 넘쳤지만

절대적인 몇 가지   263

그렇다고 어린 아들을 팽개치고 나갈 수는 없는 일이었다.

"됐다고."

―후회할 텐데.

"안 할 텐데."

몇 번이나 반복되는 거절의 말을 듣고도 쉽게 물러서지 않는 은휘의 제안은 계속 됐다.

―샤인 호텔 스카이라운지.

"거긴 이제 약발 떨어졌지."

한 번 갔던 곳임을 상기시키는 말에 은휘는 씨근덕댔다. 씨이, 계집애. 잠깐 얼굴 좀 보자는데 이렇게 뻣뻣하게 굴 게 뭐냐 말이다.

조건만 보고 부나비처럼 달려드는, 그래서 자신이 가장 경멸하는 부류가 아닌 것에 신선한 즐거움을 느꼈던 것도 잠시. 뻣뻣하기가 대나무에 비할 바가 아닌 이진의 따박따박한 응수에 다소는 맥이 풀리는 것도 사실이었다.

이사장을 만난 뒤 이보다 더 복잡하고 난처한 일은 일어나지 않을 것이라고 생각했는데. 말이 씨가 된다고 시정에게 지난 며칠은 연일 사건 사고의 연속이었다. 엊그제 새벽에는 난데없는 고열로 끙끙 앓고 있는 정원을 안은 채 빗속을 뚫고 응급실로 뛰었다. 다행히 해열제를 투여한 후 열은 내렸지만 당연히 그날 하루의 컨디션은 엉망이 되어버렸다. 이리저리 뒤척이다 겨우 잠이 든 순간 정원이 아프다는 말에 화들짝 놀라 잠이 깬 후부터 내내 종종걸음을 쳐야 했으니 말이다.

설상가상, 어제는 거리 쪽으로 나 있는 통유리를 닦겠다고 진열대 위에 의자를 놓고 올라간 지윤이 그만 발을 헛디뎌 떨어지고 말았다. 다급하게 찾아간 정형외과에서는 발목의 인대가 조금 늘어난 정도라 크게 걱정하지 않아도 된다고 했지만, 눈을 돌린 순간 의자에서 떨어지며 발목이 꺾인 모습을 보고 말았던 시정으로서는 보통 놀란 게 아니었다. 발바닥부터 무릎 아래까지 얇은 석고 틀과 붕대로 감싸 반 깁스를 한 지윤을 집으로 돌려보내자, 기다렸다는 듯 거래하는 허브 농장에서 전화가 걸려왔다. 전날 밤 갑작스레 내린 폭우로 창고에 물이 들어 이번 주에 들어오기로 했던 허브 차 견본이 깡그리 손상을 입었다고 했다. 주초에 이미 독일에서 도착했어야 할 오일들이 아직까지 감감무소식인 건 떠올리기도 싫었다.

이 와중에 피트니스클럽의 준공 문제로 진휘가 눈코 뜰 새 없이 바쁜 것이 그나마 다행이었다. 공사에 차질이 생겨 준공 검사가 늦춰지는 바람에 골치가 아프다는 진휘의 전화를 받으며 그녀는 가슴을 쓸어내렸다. 며칠 전만 같아도 엎친 데 덮쳤다며 속상해했을 테지만 잠깐 사이에 상황은 바뀌었다. 일에 몰두하면 주변을 잘 돌아보지 않는 사람이니 당분간 그를 피하는 건 그리 어렵지 않을 것이다. 일이 해결될 때까지는 자주 못 볼 것 같다는 말을 듣는 중에도 속으로는 '잘 됐어'를 연발하고 있었다. 아무것도 모르고 있는 진휘에게는 미안하지만 지금 그녀에게는 무엇보다 혼자서 마음을 정리하며 숨을 고를 시간이 필요했다.

요즘처럼 마음이 심란할 때는 들어오는 손님들마저 묘하게 신경을 긁는다. 결국에는 사지도 않을 비누 색깔을 가지고 트집을 잡는가 하면 캐리어 오일 한 병 사면서 플로랄 워터 큰 병을 서비스로 달라는 사람까지. 속으로는 고래고래 고함을 지르면서도 거의 초인적인 노력으로 간신히 웃음을 잃지 않고 응대하고 내보낸 후 서둘러 샵의 문을 잠그고 나와버렸다.

그리고 오늘은 오전부터 문화 센터 강의가 있는 날.

백화점으로 가기 위해 차에 오른 시정은 시동을 걸기 전 몇 번이나 크게 호흡을 하며 숨을 가다듬었다. 간밤 꿈자리가 다소 뒤숭숭한 것이 마음에 걸리긴 하지만 재수라는 녀석도 설마 양심이 있지 하루도 빠짐없이 나쁜 일이 따라다니지는 않을 것이다.

그런데, 김시정 인생의 최대 폭탄이 바로 그날 오후에 터졌다.

"그 여자 있잖아."

"누구?"

"허브 강의하는 김시정."

"이사하고 사귄다는? 근데 그 여자가 왜?"

"애가 있대."

"갓난쟁이 조카 있다고 그랬었잖아."

"조카는 무슨! 그 여자 동생이 이제 갓 스물이라는데. 결혼도 안 하고 애 낳은 거 소문날까봐 동생 핑계 대서 거짓말한 거지. 그런 애들이 잘 써먹는 수법이잖아. 어머나, 전 우유처럼 깨끗해요."

간드러진 흉내에 이어 깔깔거리는 웃음소리가 효과음으로 깔렸다.

"그럼 그 여자, 애 있는 거 감쪽같이 속이고 우리 이사 만나는 거야?"

"이젠 알지 않을까? 그 방면으로야 이사를 따라갈 사람이 없는데 계속 속이긴 힘들지."

"들리는 말로는 박 실장한테도 한때 꽤나 엉겼다더라."

"설마! 그 인간 완전 변태라고 소문났잖아."

"근데 더 웃긴 건 말이지……."

이즈음에서 소식통의 목소리가 한 톤 낮아졌다.

"둘이서 날이면 날마다 호텔 드나들고 그렇대."

"진짜? 세상에! 그 여자 그렇게 안 봤는데 웬일이니?"

"우리 진호 씨 둘째 동생이 H호텔에서 프런트 보잖아. 그런데 요즘 이사가 사흘이 멀다 하고 드나든대. 이사가 원래 그쪽으로 VIP라서 유명하다던데. 그동안 여자를 워낙 자주 갈아치워서 그런지 다들 김시정을 신기해한다잖아. 되게 오래간다고."

"혹시 둘이서 시내 특급호텔을 섭렵하고 다니는 거 아냐?"

"어제는 W호텔, 오늘은 C호텔, 내일은 H호텔. 이렇게?"

"세상에, 둘 다 기운이 하늘로 뻗치나보다."

"근데 이사도 좀 웃기지 않니? 여자 밝히는 건 원래도 소문이 파다했지만 결혼도 안 하고 애까지 낳은 여자하고 그러고 싶을까?"

"얜. 이사 입장에서야 오히려 그런 여자가 부담 없지. 설마 애까지 있는 여자가 이사 같은 남자한테 결혼하자고 덤비길 하겠어, 선보는 데 나가 깽판을 치길 하겠어? 그리고 그 여자도 침대에서 적당히 기분 맞춰준 다음에 카드 받아 들고 명품관 같은 데 순례하면 끝인데 좀 좋아? 잘생긴 데다 힘까지 좋은 남자랑 특급호텔 다니면서 그 짓해, 덤으로 명품까지 챙겨. 솔직히 그보다 남는 장사도 드물겠다."

"너 이사하고 한 침대에 누워본 것처럼 말한다."

"넌 결정적인 대목에서 순진한 척을 하더라. 야, 그동안의 전적을 봐라. 그동안 이사한테서 안 떨어지려고 죽자사자 매달리던 애들이 설마 진짜로 이사 배경만 보고 그랬다고 생각하니?"

"이 시점에서 진짜 미스터리는 이사가 그 여자하고 생각보다 오래간다는 거야. 첨에 둘이 사귄다는 거 알았을 때 모두들 2주 채우면 오래가는 거라고 그랬었잖아."

"애까지 낳았는데 그 여자도 우리가 모르는 특별한 기술이 있겠지."

"침대 위에서?"

"진짜 싫다."

"난 부럽기만 하네, 뭘."

으으으, 도저히 더는 참고 들어줄 수가 없다.

쾅!

요란한 소리와 함께 화장실 문이 열렸다.

아무도 없을 거라고 확신하고 맘 놓고 뒷담화의 끈을 풀었는데 난데없이 새로운 인물이 등장한다면 화들짝 놀라는 건 당연지사. 하물며 모습을 드러낸 사람이 쿵덕쿵덕 입방아를 찧어대던 바로 그 당사자라는 걸 미리 알았더라면 문이 열리던 바로 그 순간 다들 걸음아 나 살려라 도망쳤을지도 모른다.

"누구니?"

정적.

"너야?"

셋 중에 가장 발칙하게 생긴 계집애에게 눈 맞추고 한 발짝 스윽 다가서며 시정이 나직하게 목소리를 깔았다.

"뭐, 뭘요?"

"나더러 기술 좋다고 했던 애가 너냐고."

입술을 앙다문 채로 난데없이 화장실 문을 박차고 나온 여자의 정체를 그제야 알아차린 그녀들은 어쩔 줄을 몰라 했다. 당사자가 듣는 줄도 모르고 막말을 해댔으니 질겁할밖에. 게다가 본인이 이렇게 단도직입적으로 치고 들어오면 선뜻 대답할 거리가 떠오르지 않는 것이다.

사실 턱을 삐딱하게 치켜 올린 채로 잡도리를 하고 있는 시정조차도 자신이 무슨 짓을 하고 있는 것인지 도통 실감을 하지 못하고 있는 상태였다. 단지 지금의 모양새가 그다지 좋지 못하다는 것만 간신히 인지하고 있었다.

견딜 수 없는 수치심이 차오르며 스스로에 대한 불신으로 잠깐 눈동자가 흔들리는 사이.

"없는 얘길 한 것도 아니잖아요?"

푸른색의 마스카라와 진하게 아이라인을 그려 넣은 애가 따지듯 물었다. 그 말에 시정은 다시금 바짝 정신을 차렸다. 따지고 드는 말투는 제법 당당했지만 기도가 바짝 마른 듯 알게 모르게 떨리는 목소리와 불안하게 움직이는 눈동자를 봐서는 벌써 진 게임이었다.

사설이지만, 김미옥 여사의 딸이라는 자리는 태생만으로 절대 배겨날 수 있는 게 아니다. 모친에게 물려받은 타고난 본성은 물론이고 주입과 실전이 적절히 조화된 반복 학습이 오늘날의 김시정과 김이진 자매를 만들어냈다. 사람들과의 사이에서 벌어질 수 있는 상황에 대한 김미옥 여사의 통찰력은 자매가 자라며 반드시 거쳐야 할 필수 코스였다. 그러니 사람 마음을 읽어낸 듯 가려운 곳을 척척 긁어준다는 단골들의 칭찬은 결코 근거 없는 빈말이 아닌 셈이었다.

"확실히 책임질 수 있어?"

"아니 내 말은, 꼭 그렇다는 게 아니라 그런 말들이 떠돌고 있으니까."

한 발짝 물러서는 목소리에는 어느새 힘이 빠져 있었다. 그도 그럴 것이 어떤 말이 돌고 있든 이사와 연인 관계에 있는 여자였다. 고객의 터무니없는 불평 한마디에도 시끄럽고 복잡하게 일이 돌아가는 이 바닥에서 이사의 애인을 건드려놨다가 무슨 꼴을 당하게 될지 모를 일이었다.

"어, 기분 상하게 해드려서 죄송합니다."

셋 중 가장 상황 파악이 빠른 애가 먼저 고개를 숙였다.

"저희는 그런 뜻이 아니었어요. 그⋯⋯."

"우리가 왜 사과를 해야 하는 건데? 안 듣는 데서는 나라님 욕도 한다는데 떠도는 소문도 마음대로 얘기 못한다는 게 말이나 돼?"

아직까지 상황 파악을 못한 세 번째 애가 소리를 높였다. 지금까지 잠자코 있긴 하였으되 결코 겁을 집어먹어서가 아니라는 것을 강력하게 밝히고 싶었던 것이다. 단둘뿐이라면 한 번 더 생각하고 몸을 사렸겠지만 일단은 아군이 둘씩이나 옆에 있으니 상황 파악이 둔해진 것이다.

물론 이 정도를 눈치 채지 못할 시정이 아니었다.

"최소한의 예의라는 것도 모르니? 네 말대로 안 듣는 데서 나라님 욕도 한다는데 무슨 상관이냐, 이런 거야? 그럴 거면 너희끼리 있을 때만 해야지."

상황에 비한다면 엄청나게 차분한 시정의 타이름을 수치심으로 인한 물러섬으로 오해한—그러니까 아직까지도 상황 파악이 전혀 안 된— 푸른 마스카라가 콧구멍에서 바람 빠지는 소리를 냈다.

"누가 화장실 안에 숨어서 훔쳐 듣고 있을 줄 알았나?"

"응, 그러니까 너흰 화장실에서 문 활짝 열고 나 여기 있어요, 이러고 손 흔들어 보이면서 볼일 보는구나?"

처음부터 승산이 없는 싸움이었다. 아니, 싸움이라고 할 수도 없는 것이 시정은 그녀들을 자신의 상대로 인정하고 있지 않았던 것이다. 앞으로 조심하라는 강한 경고가 담긴 눈빛으로 슥 어루만져주며 돌아서는 시정의 귀에 다시금 심기를 건드리는 말이 들려왔다.

"찔리긴 하나보네."

순간 시정은 갈등했다. 이대로 돌아서서 끝장을 볼 것이냐, 아니면 모른 척 무시하고 이 자리를 벗어날 것이냐.

"이게 대체 누구신가? 오랜만이야."

밑도 끝도 없이 다짜고짜 반말로 수작을 걸어오는 남자를 시정은 심란한 심정으로 바라보았다. 여름 한낮의 태양빛이 무색할 정도로 환하게 밝혀 놓은 백화점의 조명 아래로 번들거리는 코끝을 보고 있노라니 방금 전에 겪었던 일이 떠오르며 저절로 욕지기가 치밀어 올랐다. 애초에 이 인간만 아니었어도.

"바쁘지 않으면 간단하게 한잔 어때?"

반말 인사 다음이 술 마시자는 이야기라니. 그것도 아직도 밖에 해가 훤히 남아 있는 이 시간에 말이다. 내가 바짝 돌지 않고서야 너하고 왜 술을 마시고 앉았겠니.

하지만 상대는 진휘의 외삼촌이다. 하는 짓이 아무리 마음에 안 들고 개차반이어도 어쨌든 기본적인 예의는 갖춰야 하는 것이다.

"바빠서요."

조심스러운 인사와 함께 스쳐 지나가려 했지만 별달리 길지도, 그렇다고 단단해 뵈지도 않은 다리를 옆으로 주욱 내밀어 길을 막는 것이 아닌가.

"가만 보면 꽤 비싸게 굴어, 그치?"

"네?"

설마 잘못 들었겠지 했다. 비싸게 군다는 말은 어떤 상황에서든 조카의 여자 친구에게 할 말이 아닌 것이다.

"뭘 봐도 내세울 건 쥐뿔도 없는 게 어찌나 도도하고 거만한지. 하는 것만 봐서는 요조숙녀가 따로 없는데 말이야. 하긴 보이는 게 전부는 아니라는 말도 있긴 하잖아?"

노골적인 무시와 비웃음. 거기에 조금 전 화장실에서 들었던 말이 오버랩되자 시정의 분노는 거의 폭발 직전에 이르렀다.

"워워 진정하라고. 누가 보면 내가 수작이라도 걸고 있는 줄 알겠어."

정말이지 끝내주는 하루다. 지금까지 살아오면서 오늘보다 더 파란만장한 하루를 견딘 적이 있었던가. 집 나갔던 이진이 난데없이 갓난아기를 안고 현관에 들어서던 그 순간만큼이나 머릿속이 혼란스러웠다.

파르르 떨리는 입술을 다잡아 물며 시정은 그를 노려보았다.

"가만있는 사람 건드리지 말고 곱게 비켜주시는 건 어떨까?"

"뭐, 뭐?"

실밥 터진 낡은 야구공을 이리저리 굴리며 노는 강아지처럼 신나하던 얼굴이 순식간에 일그러졌다.

"무슨 말을 듣든지 입 다물고 아무 소리 않고 있으니까 바보로 보여? 헛소리 그만하고 입 닥치고 꺼지라고, 이렇게 꼭 말로 해줘야 알아먹어?"

"너 내가 누군 줄 알고 감히 함부……."

"당신이 누군지는 아주 잘 알지. 높디높으신 회장님 인척이시라서 하늘 끝에서 낙하산 타고 내려왔다며? 그래서 하는 일 없어도 때 되면 꼬박꼬박 월급 받고, 심심할 사이도 없이 여직원들 희롱하는 데 시간 보내는 인간이잖아."

이보다 더 규보를 확실하게 정의 내린 사람이 있었던가. 게다가 본인의 면전에서 이처럼 노골적으로 말이다.

"이 계집애가 보자보자 하니까!"

전날 마신 술기운이 덜 빠져 가뜩이나 불그죽죽한 얼굴이 잔뜩 열이 올라 붉으락푸르락했다. 커다란 손이 금방 뺨이라도 내려 칠 듯이 올라가는 순간,

"실장님, 여기 계셨군요."

저쪽 모퉁이에서 이현범 부장이 바쁜 걸음으로 나타났다. 본인의 입장에서야 열심히 뛰고 있다고 생각하겠지만 평균보다 월등히 짧은 다리를 재게 놀리는 정도였다. 난데없는 이 부장의 출현에 슬그머니 내려지는 규보의 손을 보며 시정은 고소를 금치 못했다.

"무슨 일인데?"

짜증이 잔뜩 섞인 규보의 물음에는 아랑곳하지 않고 이 부장은 다짜고짜 그의 팔부터 잡고 끌었다.

"큰일 났습니다."

"그러니까 무슨 일이냐고."

직급으로 보나 나이로 보나 반말은 얼토당토않지만 애초에 그런 걸 생각하는 인간이 아니었다. 그동안의 경험으로 그 사실을 누구보다 잘 아는 이 부장도 굳이 탓을 하지 않았고 그저 규보 팔을 잡은 손가락에 좀 더 힘을 실었을 뿐이다.

"저번에 실장님과 절도 사건으로 트러블이 있었던 고객이 고소를 했답니다."

"누구?"

고소라는 한마디에 이 부장의 팔을 뿌리친 규보가 앞장서서 달리기 시작했다. 허둥지둥 달려가는 모습을 시정은 팔짱을 낀 채로 지그시 지켜보고 있었다. 금방이라도 한 대 칠 것처럼 기세가 등등하더니. 제 몸 아끼자고 달려가는 꼴이란.

규보가 모퉁이를 돌아 사라지기를 기다리기라도 했다는 듯 시정을 향해 몸을 돌린 이 부장이 찡긋, 윙크를 보내왔다. 일부러 그랬는지 아니면 우연이었는지는 알 수 없지만 어쨌든 규보와의 실랑이를 적절한 순간에 효과적으로 막아준 것에 시정은 짧은 목례로 감사를 표했다.

잠시 후, 엘리베이터와 비상계단을 번갈아 보고 있는 시정의 얼굴에는 오만 가지 감정이 스치고 있었다. 엘리베이터를 타면 금세 백화점을 빠져나갈 수 있겠지만 십중팔구 다른 직원들과 마주치기가 쉬웠다. 그럴 때 표정 관리를 어떻게 해야 할지 난감했다. 그리고 앞으로 한동안은 백화점 유니폼을 입었거나 사원 명찰을 단 사람들과는 절대 마주치고 싶지 않은 것이 지금의 솔직한 심정이었다. 그렇다면 남은 대안은 계단인데 그곳은 더욱 내키지 않았다.

비상계단처럼 비밀스럽고 은밀한 소문이 빠르게 퍼지는 곳이 또 있을까. 몇 달 전 옥상이 고객을 대상으로 한 오픈 가든으로 리모델링을 마친 뒤 비상계단은 소문의 소통지로 새롭게 각광을 받는 중이었다. 직원들에게 없어서는 안 될 비밀 기지로 탈바꿈한 것이다. 아마 지금쯤 비상계단 10층의 어디쯤에서는 '이사 애인 김시정이 화장실에서 지 욕하는 여직원들 머리채를 홀랑 뽑았다더라.' 는 소식이 은밀하게 전해지고 있을지도 모르는 일이었다.

불현듯 든 생각에 시정은 고개를 저으며 재빠르게 엘리베이터의 버튼을 눌렀다. 은밀하게 흘러 다닐 뒷말들을 더 이상은 한마디도 듣고 싶지 않았다. 걱정과 달리 잠시 후 도착한 엘리베이터는 다행히 비어 있었고 시정은 냉큼 올라탔다.

좁은 엘리베이터의 벽에 걸린 거울에 비친 자신의 모습을 한참이나 멀거니 보고 있던 시정은 이윽고 허탈하게 웃었다. 진휘와의 사이를 두고 뭔가 뒷말들이 있을 것은 예상했지만 설마 이런 식의 지저분한 이야기가 떠돌고 있으리라고는 상상도 못했었다. 정말이지, 요 며칠 그녀를 따라다니던 불운 중 단연 최고였다.

이 상황에서 그녀를 더욱 속상하게 만든 건 진휘가 호텔의 VIP라는 웃기지도 않은 말이었다. 뜬소문이든 사실이든 지나간 일이니 전혀 상관할 바가 아닌데도 가슴속에서 뜨거운 불이 치솟았다.

애초에 그녀가 상상했던 연애는 이런 것이 아니었다. 열에 들뜨고 가슴이 쿵쾅거리는 달콤함이 그녀가 기대했던 전부였다. 그런데 대체 어쩌다가 요란한 스캔들에 지저분한 소문, 거기에 부모의 반대까지, 시청률 낮은 드라마의 재미없는 요소를 두루 갖춘 모양새가 되었을까.

고맙게도 엘리베이터는 마치 거짓말처럼 주차장까지 한 번도 쉬지 않고 내려와주었다. 엘리베이터 안에서부터 가방에서 꺼내 손에 쥐고 있던 리모트로 차 문을 연 시정은 재빠르게 백화점을 빠져나왔다.

신호를 기다리고 있는 동안 차창을 열고 깊게 숨을 들이마셨다. 엊그제 세찬 바람과 함께 비가 내려서인지 차 안으로 스며드는 공기가 꽤 상쾌했다. 어딘가 모르게 텁텁하다고 느꼈던 평소와는 확실히 달랐다. 창틀에 걸친 팔을 올려 하늘을 향해 손가락을 벌렸다. 손가락 사이를 통과해 반쯤 찡그린 채 가늘게 뜨고 있는 두 눈과 미간, 코와 입술을 어루만지는 햇살의 느낌이 바삭바삭했다.

이제 그만 그를 놓아야 할 때라는 사실을 시정은 그 어느 때보다 확신했다.

*

"오랜만이야."

앞자리에 풀썩 주저앉는 여자 애를 향해 은휘는 씩씩거렸다.

"뭐야, 45분이나 늦었잖아."

퉁명스러운 말과 달리 이진의 얼굴을 보는 순간 얼굴은 뜨거워지고 심장은 마구잡이로 내달았다. 분명 기다리는 동안 마신 커피 넉 잔 때문일 거야. 뛰는 가슴을 애써 다잡으며 속으로 연신 변명거리를 만들기 바빴다.

"설마 30분 늦는 건 기본 매너라는 정도도 모르는 거야? 그러면 겨우 10분 남짓 늦은 건데 이 정도는 애교로 보고 넘겨줘야지."

어떤 계산법에 의거한 건지 모르지만 적어도 나름대로는 논리 정연한 대답이었다. 기다리는 동안 혹시 약속 펑크낸 건 아닐까 혼자서 속을 끓였던 것이 억울할 정도였다.

"어쨌든 먼저 만나자고 했던 건 너잖아."

"밴댕이 속도 아니고 쪼잔하게 따지기는. 알았으니까 억울한 건 나중에 계산하기로 하고, 일단은 용건부터 해결하자. 서진휘 씨 전화번호 내놔."

대뜸 형의 이름을 듣고 놀라는 은휘를 향해 이진은 씩 웃어 보였다. 짜식, 어리바리한 게 꽤 귀엽단 말이야.

바보 같은 김시정, 그렇지 않아도 눈에 불을 켜고 대기 중인 김미옥 여사한테 일본 출장 어쩌고 치며 정보를 흘렸으니 당연히 꼬리를 밟힐 수밖에. 낯선 곳에서 잠을 설쳤다며 방으로 들어가는 언니의 모습을 가느다란 실눈으로 관찰하던 김미옥 여사는 금방 어디론가 전화를 걸기 시작했다. 그러더니 채 10분도 지나지 않아 순진한 큰딸의 연애 상대에 대한 정보를 거의 대부분 알아냈다. 정작 본인은 아직 이 사실을 모르고 있지만 말이다.

"전화번호 달라니까 왜 눈만 똥그래갖고 쳐다봐?"

눈치 하면 다른 사람에게 뒤지지 않는 은휘였다. 몇 번 눈을 깜박이더니 이내 짧은 감탄사를 내놓았다.

"와우! 그러니까 그런 거였군."

"뭐야, 모르고 있었어?"

도리어 놀랍다는 투로 이진이 되물었다.

"젠장, 그러니까 그 인간이 너희 언니랑 연애를 한단 말이지."

"아주 돌은 아닌가보구나. 너 말고 너희 형 말이야. 진짜 놀라워. 난 내 평생 우리 언니를 연애하자고 꼬드길 수 있는 남자를 볼 수 있을 거라고는 생각 못했었거든. 암튼 여자 다루는 수완 하나는 끝내주나봐."

"연애질이 혼자 한다고 되는 거야?"

"네가 우리 언니를 모르니까 하는 소리지. 그 인간이 얼마나 심지가 굳은지 알면 그런 말 절대 못 할 거다."

"그럼 네 결론은 재주 좋은 우리 형이 순진한 너희 언니를 꼬여냈다는 거야? 왜, 아예 단물만 쏙 빼먹고 차버렸다고 하지."

서로에게 그다지 썩 살갑게 구는 형제는 아니었지만 이진의 말을 듣고 있으려니 슬슬 머리 위로 김이 오르기 시작했다. 대체 뭐냐, 이 계집애. 당장이라도 손을 내밀어 잘난 척 나불대고 있는 저 두 입술을 확 틀어쥐어 버릴까보다 하는데 다음 말이 들려왔다.

"네 말대로 연애질은 두 사람이 하는 건데 손바닥이 마주치니까 소리가 났겠지."

이건 병 주고 약 주는 것도 아니고. 두서없이 이어지고 있는 대화의 결론이 어디로 향할지 은휘는 언뜻 감이 잡히지 않았다.

"내 언니 김시정이 세상 물정 모른 채 깊은 산 속 옹달샘 가에 사는 순진한 산골 처녀도 아닌데 당연히 너희 형한테 뭔가 끌리는 게 있었겠지. 그리고 네 말대로라면 서진휘 씨가 순 파렴치한이라는 건데, 이야기가 그렇게 되면 그런 남자와 연애한 울 언니가 넘 불쌍한 캐릭터가 된단 말이지. 남자한테 환장한 것도 아닌데 말이야."

"그럼?"

"난 단지 이 연애가 어디로 가고 있는지가 궁금할 뿐이야."

"그거야 두 사람이 알아서 할 문제지 네가 나설 일은 아니라고 봐."

"그거야말로 사정을 모르고 하는 소리라고 본다."

지난 주 문화 센터 수업을 마치고 샵 대신 곧장 집으로 돌아온 언니는 바로 이불을 뒤집어쓰고 누워버렸다. 그리고 주말 내내 자기 방에서, 정확히 말하자면 침대 안에서 꼼짝도 하지 않았다. 언니에게는 천지개벽과 다름없는 정원이 이유식이 떨어졌다는 말에도 움직일 생각을 않더니 한참 만에 겨우 '마트에 전화해서 배달시켜.' 라고 말했을 정도였다. 이 정도면 일이 정말 심각하게 돌아가고 있는 건 분명하다.

"좋아서 연애하면 그걸로 된 거지. 남자 여자 만나는 게 뭐 이리 복잡해. 하여튼 생각 많은 인간들은 이래서 피곤하다니까."

"머리 나쁜 거 티 나게 지랭히지 말고 내 형이랑 빈닐 수 있게 다리 좀 놔줘 봐."

"그거야 어렵지 않지만 너희 언니한테 듣는 게 더 빠르지 않을까 싶은데. 동생인 나한테도 얘기 안 하는 걸 너한테 풀어 놓을 턱이 없잖아."

곧장 한심하다는 얼굴이 된 이진이 혀를 끌끌 찼다.

"남자들은 이렇게 뭘 모른다니까. 넌 그냥 동생이고 난 연애 중인 여자의 동생이거든."

"그게 뭐, 어떻다고."

"시키면 동생 녀석을 붙들고 연애사를 구구절절 털어놓을 수 있을 거라고 정말 생각하는 거야?"

"여리여리 하얗고 예쁜 너는 되고?"

의도한 것은 아니지만 이진의 외모를 칭찬해버렸다는 것을 알아차리고 은휘는 한 박자 늦게 겸연쩍은 얼굴이 되었다. 하지만 정작 당사자의 대답은 태연함을 넘어서 뻔뻔하기 이를 데 없다.

"네가 모르고 있는 것 같아서 알려주는 건데 말이야. 예쁜 얼굴이나 근사한 몸매는 어디든 무사통과할 수 있는, 일테면 만능 패스카드 같은 거라고. 물론 넌 죽었다 깨어나도 모를 테지만 말이야."

"그래, 예쁜 너는 퍽 좋겠다."

이죽거리면서도 힐끔, 다시 이진을 살피는 것을 잊지 않는 은휘였다. 씨이, 이제 겨우 미성년 벗어난 계집애가 저렇게 죽이게 섹시해도 되는 거야? 진짜 언니하고는 딴판이라니까.

경찰서에서 잠깐 본 그 언니를 떠올려보면 성격이 꽤나 괄괄한 아줌마였다는 기억뿐이었다.

아줌마, 아줌……마. 아줌마아?

그러니까 연애에 천부적인 소질을 가지고 마음껏 즐기던 형을 단박에 쓰러뜨린 상대가 그 무시은 아줌마였다는 거지. 이럴 수가! 이래서 세상은 오래 살고 봐야 한다는 건가. 서진휘 그 인간이 미치지 않고서야 이런 연애를 할 리가 없다! 세련되고 잘빠진 여자들이 주위에 흐르듯 넘쳐나는데도 굳이 그 아줌마를 택했다는 건 정신이 반쯤 가출을 했거나 아님 믿기 힘들지만 죽어도 진심이라는, 둘 중 하나다.

그렇지만 이진의 언니에게는 아기가 있지 않은가 말이다.

"근데……."

자신감과 함께 시작된 말은 그러나 곧 흐지부지되고 말았다. 이진
이 이상하다는 눈으로 쳐다보았지만 차마 입 밖에 꺼내어 물을 용기가
나지 않았다. 혹시 잘못 말을 꺼냈다가 아기 있는 여자는 연애하면 안
되느냐는 말을 선두로 총공격이 시작될지도 모른다. 상황, 상대, 장소
불문하고 하고 싶은 얘긴 거리낌 없이 하고 마는 애니 말이다.

문제는 그 여자가 아이 엄마라는 사실이 아니었다. 형이 그 여자에
게 갖고 있는 감정의 깊이가 어느 정도냐가 훨씬 더 심각한 문제였다.

뭐, 설마 결혼하겠다고 덤비지는 않겠지. 지금까지 다른 여자들과
그래왔던 것처럼 그저 즐겁고 신나게 연애하다 끝내고 말겠지. 은휘
는 진심으로 그렇게 믿고 싶었다. 그보다 더 깊어진다면 그 이후에
어떤 말들이 오가고 어떤 일들이 벌어질지, 생각하는 것만으로도 머
리가 지끈거리고 혈압이 올랐다. 에이 씨, 골치 아픈 건 정말 질색이
란 말이지.

오늘도 얼굴 보긴 힘들겠다 미안 시간 나는 대로 연락할게 ♥

불과 얼마 전까지만 해도 핸드폰 액정에 그의 이름이 뜨는 것만 봐
도 행복감에 들떴던 때가 있었다. 하지만 이젠 자그마한 핸드폰이 부
르르 떨 때마다 긴장감에 절로 몸을 움츠리게 된다. 메시지가 뜬 핸드
폰을 교탁에서 집어 주머니에 넣으며 시정은 수업을 계속했다.

그리고 드디어,

절대적인 별가지   281

"한 학기 동안 정말 고생 많으셨습니다."

마지막 강의를 마친 시정이 공손한 인사로 이별을 고했다.

"너무 서운하다. 학기도 끝났는데 우리 회식해요."

"팸플릿 보니까 다음 학기에는 허브 강의도 없던데."

"맞아, 그렇더라. 왜 그만두시는 거예요?"

"허브 강좌 없으면 마땅히 들을 만한 것도 없는데."

다음 학기 회원 모집 공고가 나간 후 여러 차례 받았던 질문이었다.

강좌 예정을 묻는 회원들에게 시정은 언제나처럼 가벼운 미소로 대신 답을 했다. 평소와 다른 점이라면 미소가 눈까지 미치지 못한다는 것뿐이었다.

그날 백화점을 빠져나오며 예상했던 대로, 천하무적 일당백의 막강 파워 김시정이 지나가다 얼핏 자기 이름이 거론되는 걸 듣고 쫓아가 애먼 여직원들의 머리채를 몽땅 뽑아놨더라는 소문이 백화점에 이미 파다하게 퍼져 있었다.

중론은 애까지 딸린 게 높은 사람하고 사귀더니 주제도 모르고 눈에 뵈는 게 없어져 있는 대로 까부는구나, 였다. 그리고 도무지 이해는 할 수 없지만 부러움의 눈길을 보내는 사람들까지 있어 이래저래 앉은 자리가 가시방석이었다. 그나마 다행이라면 이번 학기가 내의 끝나간 다는 사실이었다. 학교처럼 한 학기가 반년이라면 뒷일 생각하지 않고 그 자리에서 때려치웠을 것이다. 스스로도 자신이 갖고 있는 인내심의 강도에 새삼 놀랄 정도로 요즘은 하루하루 견디는 것이 힘들었다.

강의를 그만두겠다는 시정의 말에 이 부장은 역시 절대 불가를 외쳤다. 하지만 전과 달리 고개를 저으며 묵묵히 침묵을 지키는 그녀의 고집을 꺾을 수는 없었다. 구슬림, 협박, 애원까지 해도 통하지 않자 결국 손을 들고 말았다.

　눈치가 없는 사람은 아니니 강의를 그만두는 이유가 말처럼 쉬고 싶어서가 아니라는 것쯤은 알고 있을 것이다. 백화점 안을 돌고 있는 온갖 해괴망측한 소문이 그의 귀만 피해 갔을 리는 없을 테니 말이다.

　"잘생긴 남자 친구는 잘 있어요?"

　수강생들의 호기심이 진휘에게로 옮겨가자 간신히 입가에 걸고 있던 미소가 보일 듯 말 듯 서서히 흐려졌다. 하지만 나오는 대답은 언제나처럼 씩씩했다.

　"그럼요."

　"설마 결혼하려고 그만두는 건 아니죠? 요즘 같은 세상에 결혼한다고 일 그만두는 사람이 어디 있어."

　"그럼요, 결혼 핑계로 일 그만두지는 않지요."

　"근데 잘생긴 남친은 요즘 왜 안 보여요? 남의 감이라서 찔러보지는 못해도 눈 보시라도 하면 얼마나 좋아요."

　"그래요, 적선한다 생각하고 한 번 보여줘요. 눈요기나 한 번 할까 싶어서 올 때마다 얼마나 기대를 하는데."

　"수업도 끝났는데 시간 되시면 다들 식사 같이 하실래요? 길 건너편에 스테이크하우스가 새로 생겼던데."

　더 이상 듣고 있기가 힘들어지자 다른 곳으로 화제를 돌렸다. 예상대로 시정의 제안에 수강생들은 진휘를 잊고 환호성을 질렀다. 어수선해진 강의실을 나서며 시정은 마지막으로 한 번 더 둘러보았다. 하나가 끝났다.

12

마흔다섯을 넘긴 후 매해 생일 무렵이면 김미옥 여사가 버릇처럼 하는 말이 '나이 먹는 게 무슨 자랑도 아니고'였다. 하긴, 철저한 연애지상주의에 하루 세 끼 끼니는 안 챙겨도 남자 없이는 단 열흘도 살아본 적이 없었던 김미옥 여사이기에 나이 먹는 것이 서럽기도 할 것이다.

그래서 항상 생일 축하는 단출하게 하는 것이 전통처럼 되어버렸다. 음식 잘하는 사람 두엇 불러서 상 차려 내고 가까운 사람들 이라고 해봤자 김영옥 여사 가족과 샵 식구들이 전부지만—과 저녁 식사하는 게 전부였다. 그나마 쉰이 넘으면서부터는 생일 축하 인사도 생략하고 몇 년째 케이크 위에 올리는 초도 다섯 개로 고정되어 있다.

올해도 당연히 그러려니 하고 있었는데, 막상 생일날 아침이 되자 김미옥 여사는 샵에서 그리 멀지 않은 곳에 위치한 차이니즈 레스토랑의 이름을 알려주었다.

"어쩌라고?"

"어쩌긴, 이따가 그리로 오라는 거지."

방문 앞에 선 채로 저녁 식사 때 입을 옷을 고르고 있는 김미옥 여사에게 시정이 다시 물었다.

"그러니까 갑자기 왜 그리로 오라는 거냐고."

집에서는 그저 편한 차림이 최고라며 반바지에 헐렁한 티셔츠를 고집하는 시정과 달리 여자는 어느 상황에서든 몸을 긴장하고 있어야 몸매도 예뻐진다는 평소의 지론대로 김미옥 여사는 허리가 잘록하게 들어간 물빛의 니트 원피스에 다리를 탄력 있게 죄어준다는 스타킹까지 신고 있었다.

"생일 밥 먹어야 하잖아. 아무려면 식당에 밥 먹으러 가지 결혼식이라도 하러 갈까봐?"

그다지 재미없는 말을 하고도 아주 우스운 농담이나 되는 양 하하 웃는 김미옥 여사와 달리 시정의 반응은 심드렁하기 이를 데 없었다. 제아무리 신나게 웃다가도 옆 사람이 별반 신통한 반응을 보이지 않으면 머쓱해하기 마련인데, 그것도 김미옥 여사에게는 해당 사항이 아닌 듯 마냥 입가에 웃음을 흘리는 중이었다.

"생일이라고 그런 데 간 적은 한 번도 없었잖아. 그냥 집에서 맛있는 거 몇 가지 해서 먹으면 된다며."

"생각이 바뀌었어."

블랙의 시폰 원피스를 꺼내 몸에 대어보다가 침대 위로 휙 던지더니 선명한 진달래색 정장을 꺼내 다시 몸에 대보고 있었다. 지금으로 봐서는 생일 때마다 있는 대로 분위기 잡아서 온 식구들이 살얼음판 걷게 만드는 사람으로는 도무지 보이질 않았다. 그동안 나이 먹는 걸 저렇게 즐거워했었나 싶을 정도로 김미옥 여사의 기분은 부웅 하늘을 날고 있는 듯 보였다.

"그러니까 왜 생각이 갑자기 바뀌었는지 그게 궁금하다니까."

"뭐가 궁금하다고?"

샤워를 마치고 욕실에서 나오던 이진이 가운자락을 여미며 다가 왔다.

"집에서 저녁 안 먹는대."

"그럼?"

"화란에서 먹는다고."

"우와, 안 그래도 며칠 전부터 누룽지탕 먹고 싶었는데 잘 됐다."

"애처럼 하라는 대로 군말 없이 따르면 좀 좋아. 넌 꼭 무슨 일이든 따지기부터 하더라. 그러니까 그 나이까지 처녀지."

"엄마!"

"우하하하."

그 즉시 배를 쥐고 데굴데굴 구르는 이진 옆에서 시정은 발을 동동 굴렀다. 딸에게 말문이 막혔다 싶을 때면 어김없이 나오는 김미옥 여 사의 단골 무기에 시정은 항상 여지없이 한순간에 무너지곤 했다. 들 을 때마다 폭발적인 반응을 보이니 이건 적군에게 손에 들고 있던 무 기를 쥐어준 거나 다름없는 셈이다. 그렇다고 다른 사람도 아닌 엄마 앞에서 이젠 처녀가 아니라는 말을 대놓고 할 수는 없는 노릇이니.

나란히 서서 배를 쥐고 웃는 작은딸과 토마토케첩 같은 얼굴색을 하고 있는 큰딸의 곁을 지나 김미옥 여사는 현관으로 나갔다. 손에는 조금 전 골라낸 진달래색 정장이 걸린 옷걸이가 들려 있었다.

"나는 거기로 곧장 갈 거니까 너희도 늦지 말고 시간 맞춰 와. 예약 시간에 늦는 것도 실례야. 그리고 오늘은 캐주얼하게 입지 말고 둘 다 엘리건트하게."

엘리건트라니. 대체 어떻게 하고 나오라는 말인지 미처 감을 잡기도 전에 김미옥 여사는 현관문 밖으로 사라졌다.

"그만 못 웃어?"

아직도 바닥을 구르는 이진에게 시정의 날카로운 눈이 날아가 꽂혔다. 조금 전 김미옥 여사에게 풀지 못한 것까지 곱절의 분노가 쏟아졌다. 지나치게 예민한 반응이라는 걸 알면서도 남자 문제로 이런 식의 놀림을 받는 건 정말 싫었다. 차마 대들 수 없어 잠자코 있기는 하지만 이대로 가다가는 언젠가 대폭발을 일으킬지도 모른다. 게다가 요즘처럼 민감한 시기라면 두 말할 필요도 없는 것이다.

"으흐, 미안. 지 말 언니가 너무 싫어하는 건 아는데 그래도 나오는 웃음은 웃어줘야지."

말과 달리 별로 미안한 기색도 없이 키득거리며 오늘은 뭘 입나, 라는 속 편한 소리와 함께 몸을 일으킨 이진이 방으로 들어갔다.

가족이라고 해봐야 말 안 통하는 꼬맹이까지 해도 세상에 딱 네 사람뿐인데, 꼬맹이를 제외한 나머지 두 사람은 도무지 인생에 도움이 안 되니 도통 사는 보람을 느낄 수가 없다. 늘 보고 싶은 것만 보고, 하고 싶은 일만 하려는 김미옥 여사나, 이제 겨우 철이 찾아들고 있는 중인 김이진 모두 마음에 들지 않기는 매한가지였다. 가끔은 같이 살

고 있는 사람의 기분이 어떤지 헤아릴 줄도 알았으면 좋으련만. 어쩌
자고 저 두 모녀는 도통 옆자리를 돌아보려 들지를 않는지.

머릿속이 헝클어진 실타래는 저리 가라 할 만큼 복잡한 요즘이었
다. 그나마 다행이라면 부상 때문에 발목이 묶인―말 그대로― 지윤을
대신해 끊임없이 몸을 놀리고 머리를 써야 한다는 것과, 피트니스클럽
의 오픈 일정 때문에 도저히 시간을 낼 수 없을 만큼 진휘가 바쁘다는
사실이었다. 몸이 조금이라도 느슨해지면 스스로 만들어낸 상상력의
무게에 눌려 질식해버릴지도 모른다.

샵을 맡겨도 될 만큼 지윤이 회복되면 어디론가 훌쩍 떠나야겠다.
세상 잡념 다 잊고 탁해진 마음이 말갛게 될 때까지 무작정 낯선 거리
를 헤맬 계획이었다. 물론 그 전에 진휘와 깨끗이 정리를 마쳐야 한다.

요 며칠 전원이 꺼진 채로 책상 서랍 속에서 고이 잠자고 있는 그
녀의 핸드폰은 공식적으로는 서비스센터에 수리를 맡긴 상황이었
다. 구형 모델이라 부품을 구하는 데 시간이 좀 걸린다는 거짓말은
그럭저럭 먹혀들어간 듯했다. 사나흘 정도 걸릴 거라고 얘긴 했지만
어차피 그런 일이야 며칠씩 지연되는 건 예사이니 잠깐 동안은 괜찮
을 것이다.

속이고 있다는 사실에 가슴 한구석이 찔리긴 했지만 어쨌든 그 덕
에 진휘가 그녀에게 연락을 취할 수 있는 선택의 폭은 왕창 줄어든 셈
이었다. 대신 하루에도 몇 번씩 샵으로 전화를 걸어오곤 했지만 그에
게 전화가 걸려올 때면 없던 손님도 갑자기 생겨나서 길게 통화하기는
어려웠다.

언제까지 이 상태로 계속 갈 수는 없는 일이다. 갑작스레 헤어지

자는 말을 듣고 황당할 진휘에게는 미안하지만, 이대로 모든 걸 무시한 채 그와의 관계를 유지해나갈 자신이 없었다. 겁쟁이라고 해도 좋았다. 정답은 이미 나와 있고 그녀가 선택할 수 있는 건 아무것도 없었다.

웨이터의 안내를 받으며 룸 안으로 들어서던 시정이 멈칫하며 그 자리에 섰다. 그저 몇 사람이 둘러 앉아 밥 먹을 수 있는 약간 넓은 가족석이 자리한 방이겠거니 짐작했던 것과는 달리 커다란 룸의 정중앙에 자리 잡고 있는 테이블의 크기는 가히 압도적이었다. 눈으로 얼른 세어도 족히 서른 개는 넘는 의자가 테이블 주위를 감싸고 있었다. 붉은빛과 황금빛이 적절히 조화를 이룬 벽을 따라 배치된 중국풍의 가구와 소품들은 분위기를 돋우는 역할을 충실히 해내고 있었다.

입구에서 김미옥 여사의 이름을 듣고 지나치다 싶을 만큼 깍듯하고 정중하게 굴던 직원들의 태도며, 긴 복도를 따라 안으로 깊숙이 들어오는 동안 약간 이상하다고 생각하기긴 했지만 상상 이상이었다. 그냥 얼굴 마주 보고 밥만 먹고 나가기엔 좀 아깝고 뭔가 소박한 행사라도 하나 끝내고 박수를 쳐야 할 것 같다는 생각이 들었다. 그래서 엘리건트 어쩌고 했었나?

"어? 일찍 왔네?"

안을 둘러보는 사이 문이 열리고 조금 전 시정의 안내를 맡았던 웨이터의 얼굴이 보이는가 싶더니 이진이 안으로 들어왔다. 엘리건트라는, 난데없는 주문을 어떻게 이해했는지는 몰라도 몸에 딱 붙는 붉은색의 차이니즈 스타일의 원피스를 보고 '엘리건트'하다고 말할 사람은 글쎄. 화려한 색감 때문인지 날씬한 몸에 불꽃을 두르고 있는 것 같아 멋져 보이긴 했지만 우아함과는 한참 거리가 멀었다.

"멋있지 않아? 전에도 몇 번 와보긴 했는데 안쪽에 이렇게 근사한 룸이 있는 줄은 몰랐거든."

"나도 여긴 처음이야."

낯익은 장소에서 발견한 뜻밖의 낯설음에 대한 가벼운 흥분이라고 할까. 자주 오던 곳인데도 전혀 다른 곳인 듯 새로웠다.

"정원이는?"

"밖에. 유모차에 태우고 들어오는데 직원들이 너무 예쁘다고 야단이어서 그럼 잠깐 보고 있으라고 하고 먼저 들어왔어."

곧장 튀어나올 시정의 잔소리를 피하기 위해 이진이 선수를 쳤다.

"뭐얼, 이쪽은 한 번도 안 와봤는데 궁금한 게 당연하잖아. 그렇지 않아도 지금 데리러 나갈 작정이었으니까 잔소리 좀 하지 마. 언니는 다 좋은데 너무 빡빡하게 구는 게 탈이야. 꼭 혼자 어른인 것처럼 굴잖아."

"알았으니까 얼른 애나 데려와."

나이도 어린 주제에 어른처럼 구는 게 누군데.

입을 비죽 내민 이진이 바오고 나간 뒤 시정은 창을 향해 있다. 21층이라는 높이 때문일까. 제아무리 칭찬에 인색한 사람이라도 전망은 꽤 좋다고 말할 수 있을 정도였다. 잠깐 지켜보고 있는 사이 하늘 저편에서부터 서서히 어둑한 기운이 슬금슬금 다가와 도로와 자동차, 사람들 위를 한 겹씩 덮기 시작했다. 답답한 마음도 저렇게 덮어질 수만 있다면 얼마나 좋을까.

"뭘 그렇게 보고 있는데?"

난데없이 들리는 목소리에 시정은 깜짝 놀라 몸을 돌렸다. 저 사람이 여긴 어떻게. 놀란 마음을 수습할 사이도 없이 묻는 말이 먼저 튀어나왔다.

"웨, 웬일이야?"

가느다랗게 떨리는 목소리를 도저히 주체할 수가 없었다.

"초대 받아 왔지."

그가 한쪽 입술을 슬쩍 끌어올리며 장난꾸러기 같은 미소를 씨익 날리자 시정의 심장은 툭! 그대로 발 아래로 떨어졌다.

"어떻게?"

"전화로."

"내 말은 대체 누가?"

"내가."

난데없이 쏙 끼어드는 목소리는 문을 빼죽이 열고 들어오던 이진의 것이었다.

"네가 어떻게?"

"언니는 나를 너무 띄엄띄엄 쉽게 보더라. 아무려면 언니가 누구하고 연애하고 있는지도 모르고 있었을까봐?"

빼기는 척은 하지만 이건 분명 김미옥 여사의 작품이다. 핸드폰에 저장된 문화 센터 직원들의 전화번호들을 일일이 들춰 전화를 걸고, 딸의 연애 상대를 묻는 큼직한 넉살과 널따란 오지랖을 가진 사람이 김미옥 여사 말고 누가 또 있겠는가.

하지만 시정이 모르는 것이 있었으니. 바로 김미옥 여사와 김이진,

두 모녀가 각자 갖고 있는 인맥과 정보력이었다. 은휘를 통해 진휘에 대한 대략의 정보를 빼낸 이진과 마찬가지로, 김미옥 여사도 백화점 내 모종의 정보원을 통해 진휘의 전화번호는 물론이고 대강의 프로필까지 이미 꿰고 있는 상태였다. 뛰어난 정보력을 자랑하는 두 모녀가 머리를 맞대고 앉아 서로의 정보를 공유하고 초대할 계획을 짜는 건 식은 죽 먹는 것보다 더 쉬웠다.

"어머니가 뭐 좋아하시는지 몰라서 그냥 상품권 들고 왔는데, 성의 없다고 하진 않으실까?"

"무슨 말씀. 그게 바로 여자들이 제일 좋아하는 선물이에요. 액수만 높으면 백지수표나 다름없는 건데. 그리고 이 자리에 오신 것만으로도 제일 환영받는 선물이 될 걸요. 두고 보세요, 온 식구들의 시선을 한 몸에 받게 될 테니까."

그사이에도 진휘의 시선은 시정에게로 향해 있었다. 그리고 언니를 향해 있는 진휘의 눈빛에 이진은 시쳇말로 반쯤 뻑이 가 있는 상태였다.

봐라 봐라, 저 그윽한 눈빛. 저런 눈으로 자기를 봐주는 남자한테 어쩌면 저렇게 담담하게 굴 수 있어. 김시정, 저 인간이 늦복이 터져도 단단히 터진 거지.

두 사람 사이에 흐르는 묘한 기류에 덩달아 달뜨려드는 심장을 이진은 서둘러 다독였다.

"오빠. 아, 오빠라고 불러도 되죠? 제가 회사 직원도 아닌데 이사님이라고 부르는 건 좀 어색하잖아요. 그렇다고 아저씨라고 부르는 건 진짜 아닌 것 같고."

"그렇게 불러주면 나야 고맙지."

"오빠는 울 언니 어디가 마음에 들어서 사귀자고 했어요?"

시정을 향해 있는 깊은 눈빛을 본 후라 저절로 튀어나온 물음이었다.

"언니가 먼저 사귀자고 하던데?"

그 말에 시정의 얼굴은 단박에 홍시가 되었다. 무작정 연애하자며 덤볐던 그때가 떠올랐기 때문이었다. 하지만 진휘의 대답에 대한 이진의 반응은 즉각적이었다.

"거짓말!"

절대 그럴 리 없다는 듯 고개를 설레설레 젓는 그녀를 향해 진휘가 사람 좋은 웃음을 보냈다.

"하하, 당연히 농담이고. 언니 매력 있잖아. 까다롭고 냉담한 사람이 내 앞에서만은 부드럽게 녹아내릴 때 느낌이 얼마나 좋은지 모를 거야."

김미옥 여사 못지않은, 대핑잉과도 같은 오지랖을 자랑하는 이진이 또 끼어들었다.

"울 언니가 원래 좀 냉담한 데가 있긴 해요. 연애하자고 녹이느라 고생 좀 하셨겠어요."

"생각보다 잘 녹던데?"

경찰서에서의 불미스러운 만남도 셈으로 넣었는지 그새 편하게 말을 놓는 게 보통 넉살이 아니었다.

"그럼 아마 처음부터 오빠가 되게 마음에 들었던 걸 거예요. 원래 언니가 자기 마음에 든 사람한테는 되게 잘하고 또 어지간한 잘못도 그냥 봐주고 넘어가고 그렇거든요. 그러니까 속 모르는 사람들은 진짜 착한 줄 알지만, 자기 눈 밖에 난 사람한테는 얼마나 고약하게 구는데요."

"김이진."

협박조의 낮은 부름에도 이진은 눈이 찡긋 감길 정도의 과장된 미소를 한 번 날리고는 그만이었다.

"제 말은, 그러니까 처음엔 놀랐다구요. 대체 어떤 남자가 콧대 높은 얼음을 녹였나 하구요. 그건 그렇고 저, 기억하시죠?"

미성년자 주제에 집단 폭행과 기물 파손, 음주로 경찰서에 잡혀 있다가 쌍방 과실의 상대편 보호자로 안면을 튼 게 무슨 자랑이라고, 각별한 사이처럼 구는 저 뻔뻔함을 대체 어찌해야 좋을지.

하지만 진휘의 응대도 절대 이진에게 뒤지지 않았다.

"당연히 기억하지. 이 정도 미모를 어떻게 잊겠어."

입에 발린 대답이라는 게 빤히 보이는데도 이진의 입은 금세 함지박만 하게 벌어졌다.

"사실은 저도 기억하거든요. 첨 봤을 때부터 어찌나 젠틀하시던지. 겉멋만 든 동생하고는 달라도 너무 다르다고 생각했었다니까요."

"애……."

당황한 시정이 서둘러 제지를 했지만 도리어 당사자는 호호거리며 말을 이었다.

"기분 나쁘셨다면 죄송해요. 근데 제가 원래 속에 든 말을 담아놓지 못하는 성격이거든요. 어쨌든 나쁜 뜻으로 한 말이 아니라는 건 아시죠?"

"그럼."

아이구, 머리야.

시정은 오른손으로 이마를 짚고 그 자리에서 뒤로 몇 발짝 물러났다.

전혀 어울릴 것 같지 않은 두 사람이 만들어내는 완벽한 만담의 하모니라니.

"그럼 이 사람 때문에 여기 예약한 거였어?"

그제야 왜 갑자기 식사 장소를 바꿨는지 이해가 되었다. 하지만 이진은 고개를 갸웃했다.

"그건 아닌데. 제가 전화드렸던 게 거의 일주일 전인 거 같은데, 맞죠?"

자알 한다. 한창 머리가 핑핑 돌아갈 나이에 일 년 전도 아닌 일주일 전의 일을 잊고서 확인하다니. 그리고 일주일 전에 전화했을 정도면 두 모녀가 벌써 한참 전부터 일을 꾸몄다는 얘기인데.

속으로 이를 가는 시정은 아랑곳없이 환상의 싹꿍은 고개까지 끄덕여가며 확인해주었다.

"그때도 엄마가 그냥 집에서 밥이나 같이 먹자고 그랬었거든."

"그럼 왜 갑자기 바뀐 거지?"

그럼 장소를 바꾼 이유가 따로 있다는 건데. 김미옥 여사의 저의가 뭔지 슬슬 불안한 마음이 들기 시작했다.

"그거야 좀 있다가 엄마 오면 알겠지. 어쨌든 이런 핑계로 근사한 데서 밥도 먹고, 얼마나 좋아."

"맛있는 밥 먹고 싶으면 언제든 연락해. 잘하는 집을 몇 군데 알고 있거든."

저 계집애 통이 얼마짜린지 모르니 겁 없이 백지수표를 날리지. 이쯤해서 이진을 미리 차단해두지 않으면 어떤 부탁이 건너갈지 모른다. 눈 깜빡할 사이에 밥 한 끼가 명품관에 진열된 구두나 가방으로 둔갑할 수도 있다는 사실을 진휘는 꿈에도 모를 것이다.

거기에 생각이 미치자 시정은 재빨리 방어막을 쳤다.

"이 사람 굉장히 바빠. 요즘처럼 바쁠 때는 일주일에 한 번 얼굴 보기도 힘들다고."

"또 지레 겁부터 먹는다. 걱정 마, 아무려면 눈치 없이 두 사람 데이트 하는 데 끼자고 덤빌까봐?"

"그게 아니라……."

손을 한 번 젓는 것으로 시정의 말을 효과적으로 막아버린 이진이 본격적으로 진휘를 향해 말문을 열었다.

"언닌 말이지요, 다른 사람에게 폐를 끼쳐서는 안 된다고 생각하거든요. 자기가 조금 손해 보는 건 괜찮다고 생각하면서도 말이에요. 그러면서 또 남이 자기 때문에 불편해하는 꼴을 못 봐요. 그러니까 모르는 사람은 굉장히 착하고 좋은 사람이라고 그러는데, 사실 그거 굉장히 이기적인 거 아니에요? 그러니까 안바니도 사기 마음만 편하면 된다는 거잖아요."

차이니즈 드레스 풍의 유니폼을 입은 웨이트리스가 작은 찻잔이 담긴 쟁반을 가지고 들어왔다.

"내 생각엔 이기적이라기보다는 이타적인 쪽에 가까운 거 같은데. 어차피 언니가 가지고 있는 마인드의 기본은 타인에게 피해를 주면 안 된다는 거니까."

어느새 이야기에 몰입해 당사자 앞에서는 결코 하기 힘든 말을 전혀 거리낌 없이 주고받는 두 사람을 뒤로 하고 시정은 조금 전의 자리에 섰다. 끊임없이 이어지는 말소리가 배경 음악으로 남고 시정의 머릿속은 오로지 한 가지 고민으로 가득 찼다. 저 남자를 대체 어쩌면 좋아……

"다들 왔구나."

문이 열리더니 김미옥 여사가 안으로 들어왔다. 오전에 들고 나갔던 진달래 빛 정장은 화사한 빛을 발했고 옷과 어울리는 화려한 색조의 화장과 머리 손질까지 완벽하게 갖추고 있었다. 먼저 두 딸의 차림새를 훑듯이 빠르게 점검하고 난 후 그녀의 시선은 당연히 진휘에게로 향했다.

"안녕하십니까."

허리까지 숙인 정중한 인사를 받은 김미옥 여사는 반가운 미소를 한껏 지어 보였다.

"반가워요. 드디어 얼굴을 보게 됐네요."

"죄송합니다. 초대해주시기 전에 먼저 인사를 드렸어야 했는데."

깍듯한 응대에 김미옥 여사는 벌써부터 기분이 좋은 모양이었다.

"어머, 별말을. 나야말로 별 것 아닌 일로 바쁜 사람 오라 가라 해서 미안한데. 근데 왜 이렇게 서 있어들. 어서 앉아요."

"이모한테 전화해볼까? 어디쯤 왔는지."

"길이 좀 막히나보다. 금방 들어올 거야."

하지만 잠시 후 도착한 김영옥 여사 일행을 본 두 자매는 그 자리에서 입을 떡 벌리고 말문을 열지 못했다.

비밀의 여신이 날아와 테이블 위에 침묵의 가루를 뿌리기라도 한 것처럼 둘러앉은 사람들의 말문은 일제히 닫힌 채로 열릴 줄을 몰랐다. 그나마 무슨 말인가 할 것처럼 입술을 달싹거리던 이진마저도 벌렸던 입을 그대로 다물기를 반복하는 중이었다.

"왜 아무 말도 안 해? 먼저 이야기 좀 나누려고 식사도 천천히 들이라고 했는데."

보다 못한 김미옥 여사가 먼저 나섰다. 해사한 얼굴에 살짝 홍조마저 감도는 것이 표정 자체만 보면 소녀라고 불러도 좋을 정도였다. 설마, 머릿속에 갑작스레 떠오른 생각을 시정은 얼른 고개를 털며 지워버렸다. 그럴 리가 없다.

"어떻게 된 거야?"

옆에 앉은 김영옥 여사의 옆구리를 찌르며 이진이 낮은 목소리로 물었다. 딴에는 속삭임이겠지만 바닥에 먼지 앉는 소리까지 들릴 정도로 조용한지라 본의 아니게 둘러앉은 모든 사람들의 귓속을 파고들었다. 그렇지 않아도 무슨 일인가 궁금했던 사람들의 시선이 김영옥 여사에게로 쏠린 것은 빤한 일. 곤란하다는 힐끔을 하고 보일 듯 날 듯 고개를 젓는 걸 보니 말하기 곤란한 속사정이 있는 건 분명했다.

조금 전 김영옥 여사가 등장할 때 동행한 사람은 이모부와 사촌들 뿐만이 아니었다. 김미옥 여사의 평균 연애 기간으로 봤을 때 꽤나 오래 간다 싶었던, 그리고 무지하게 촌스러운 것으로 기억되는 형광 핑크 타이의 주인공이었던 소장용이 함께였다. 겨우겨우 얼굴만 기억하

298

는 중늙은이의 갑작스러운 등장에 자매가 놀란 건 당연한 일. 가족 모임에는 애인과 동석하지 않는다는 원칙을 십수 년 만에 깬 것이 일단은 놀라웠고, 그것이 다름 아닌 김미옥 여사의 생일 축하 자리라는 것이 더욱 놀라웠다.

"넌 궁금하면 나한테 묻지 왜 이모 옆구리는 찌르고 그러니?"

기다렸다는 듯 김미옥 여사를 향해 난딱 턱을 치켜 올리며 이진이 물었다.

"물으면 다 대답해줄 거야?"

"애는, 얼마나 대단한 걸 물으려고."

어색한 웃음을 지으면서도 김미옥 여사는 어디 한번 해보라는 듯 가슴을 내밀며 어깨를 주욱 폈다.

"갑자기 여기로 모이라고 한 건 무슨 딴 목적이 있어서지?"

"그렇다면?"

문득 아침부터 옷장 문을 열고 이 옷 저 옷 고르며 부산을 떨던 모습이 떠올랐다.

"혹시 저 아저씨랑 상관있는 거야?"

그 말과 동시에 시정은 자신도 모르게 건너편에 앉아 있는 진휘의 눈치를 살폈다. 저 남자의 머릿속에서는 지금 어떤 생각들이 오갈까. 제아무리 좋아하는 사람이라고 해도, 아니 오히려 그래서 더욱 보여주기 싫은 부분이 있다. 하물며 이별을 결심하고 마음속으로 지우려 애쓰는 남자를 당사자도 모르게 일부러 불러들여 이런 꼴까지 보일 것이 뭐란 말인가. 생일이니 같이 밥 먹자고 초대한 것도 모자라 엉뚱한 일만 벌이고 있는 김미옥 여사가 새삼 원망스러워지는 순간이었다.

"영두 씨."

이진의 물음에 마치 기다리기라도 했다는 듯 상석에 앉아 있던 김미옥 여사가 오른쪽에 앉아 있는 남자를 향해 손을 내밀면서 환히 웃었다. 그 미소에 시정의 가슴이 덜컥 내려앉았다.

서, 설마?

하지만 설마라는 녀석은 언제나 기대를 저버리고 절대 아니어야 한다고 부르짖는 쪽을 향해 고개를 돌리기 마련이니.

"우리 결혼할 거야."

순식간에 싸한 침묵이 방 안을 잠식했다. 데면데면 무슨 말을 꺼내야 할지 몰라 어색해하던 조금 전의 침묵과는 종류가 전혀 다른 것이었다. 지금 앉아 있는 자리에 우주선이 떨어져 외계인이 우글우글 쏟아져 나온다고 해도 이보다 더 놀라지는 못할 것이다. 의례적인 축하의 말을 해야 하는 건지 아니면…….

"무슨 말이라도 해봐."

멀거니 입을 벌리고 있는 두 딸에게 김미옥 여사가 재촉을 했다. 뜻밖에도 얼굴에는 홍조가 한가득 피어 있었다. 살다보니 김미옥 여사가 얼굴을 붉히는 것을 다 보게 되는구나. 엄마의 양 뺨에 피어오른 붉은 꽃에 시정의 머리는 삼시 회전을 멈추었다.

"무슨……."

"축하한다든가 잘됐다든가 하는 말 정도는 해야지."

침을 꿀꺽 삼키는 것으로 막혀버린 목을 뚫고 시정이 물었다.

"대체 무슨 생각인 거야?"

물론 평소 같으면 절대 이런 식의 질문은 하지 않는다. 하지만 연애지상주의자인 김미옥 여사가 난데없이 결혼을 하겠다고 나선 이상, 그 이유를 꼭 알아야만 했다. 제아무리 사소한 면이라도 마음을 잡아끄는 남자가 나타날 때마다 적당히 즐기는 것을 인생의 낙으로 여기며 살던 사람이, 왜 갑자기 자유를 접고 한 남자에게 정착하겠다고 하는 건지.

게다가 저 아저씨 하고 있는 모양새를 좀 보라지. 암만 잘 봐줘도 궁상기가 질질 흐르는 어중간한 나이의 아저씨, 그 이상은 절대 아니었다. 그러니까 그동안 김미옥 여사가 정신없이 빠져들었던 남자들과 저 중늙은이는 몸을 담그고 있는 물부터 근본적으로 다른 것이다.

"애도 참, 결혼한다는데 대뜸 그렇게 묻기부터 하면 어떡하니."

대체 무슨 생각인 건지. 대답을 하는 중에도 김미옥 여사의 눈은 애교를 담뿍 담은 채로 영두 씨라고 간지럽게 부르던 남자를 향해 있었다.

"너무 갑작스럽잖아."

퉁명스러운 이진의 말대꾸에 여느 때 같으면 단박에 짤막한 호령이 날아갔겠지만 이번에도 꾹 참는 눈치였다. 아니, 어쩌면 눈을 덮고 있는 콩깍지가 귀까지 덮어버린 것일지도.

"전부터 주욱 생각하고 있었던 거야. 괜히 너한테 소개한 줄 아니?"

"우리가 너무 서둘렀나보네요, 미옥 씨."

모녀 사이를 날아다니는 보이지 않는 화살을 눈치 채지 못할 리 없는 문제의 '영두 씨'는 민망한 표정으로 주위의 눈치를 살폈다.

"서둘긴, 우리가 앞날 창창한 스무 살 청춘도 아니고 조금이라도 젊고 기운 있을 때 함께 살아야지이."

산 넘어 산이라더니. 시정은 그만 입을 딱 벌렸다. 너무 기가 막혀 말이 나오지 않았다. 건너편에 앉은 남자에게 바보 같은 모습을 고스란히 보이고 있다는 것을 알면서도 도저히 표정 관리가 되지 않았다. 그동안 사귀었던 소장용, 관상용에 대한 기억을 다 뒤져봐도 제일 처지게 생긴 사람인데 대체 무슨 생각인 건지.

"뭐든지 괜찮으니까 나한테 궁금한 거 있으면 얼마든지 물어봐요."

'영두 씨'가 자매를 향해 처음으로 입을 열었다. 하지만 역시 어색함은 참기 어려운지 콧잔등에는 송골송골 땀방울을 매단 채였다. 이런 분위기에서 어눌한 투로 애써 말문을 트려는 노력을 가상하다고 해주어야 하나 아님 눈물겹다고 해야 하나.

"당신도 참, 그냥 말 편하게 해요. 의붓딸이래도 엄연한 딸인데 '해요'가 뭐야."

여자와 남자의 문제는 당사자를 제외하면 아무도 모른다는 말이 실감나게 다가오는 순간이다.

"실례가 안 된다면 지금 어떤 일을 하고 계시는지 여쭤도 될까요?"

궁금한 거 물어보라는데 가만 입 닫고 앉아 있는 것도 예의는 아닌 것 같아서 시정은 형식적으로 물었다. 아니나 다를까 살짝 길어지는 침묵에 몸 둘 바를 몰라 하던 영두 씨가 시정이 내민 끈을 아주 반갑게 붙들었다.

"조그마한 가게 하나 하고 있어."

가게? 설마 변두리 동네의 골목길 어귀에 있는 구멍가게 같은 거? 설마, 아무리 눈이 멀어도 그렇지. 천하의 김미옥 여사가…….

"욕실에서 쓰는 자재 취급해. 욕조니 세면대니 하는 것들 있잖니. 이 사람이 말하는 것처럼 작은 가게 그런 건 아니고 꽤 규모가 커서 호텔이나 아파트 공사하는 데 한꺼번에 납품하고 그래."

딸들의 머릿속에 무슨 생각이 오가는지 모를 리 없는 김미옥 여사가 재빠르게 뒷마무리를 했다. 그럼 그렇지.

"아아, 변기 파시는구나."

난데없이 끼어든 이진의 말에 픽! 김영옥 여사가 터지는 웃음을 감추기 위해 손으로 입을 가리고는 푹 고개를 숙였다. 옆에 앉은 이모부도 공연한 헛기침과 함께 천장으로 시선을 돌렸지만 입가는 분명한 호를 그리고 셔츠 깃 위로 드러난 목도 씰룩씰룩했다. 시정 또한 금방 웃음을 쏟아낼 것만 같아서 입술을 잘끈 깨물고 힘 있게 주먹을 쥐었다.

하지만 손바닥을 얼얼하게 파고드는 손톱의 감촉에도 웃음은 쉽게 사라질 기미를 보이지 않았다. 고개를 들어보니 건너편에 앉아 있는 진휘의 입술도 웃음을 참는 듯, 한 일 자를 그리고 있었다.

"계집애, 말을 해도 꼭."

흘기는 눈빛으로 보아 나중에 김미옥 여사의 손에서 살아남기가 힘들듯 보였다.

"뭘, 사실인데."

얄미울 정도로 새치름하게 대답하는 이진에게 영두 씨는 뜻밖에도 선한 미소를 지어 보였다.

"본 매장 바로 옆에 소품 취급하는 매장도 있으니까 그쪽으로 놀러 와요. 난 잘 모르겠는데 젊은 여자 손님들은 예쁘다고 하는 물건들이 제법 있는 모양이더라고."

호감을 얻기 위해 하는 말임에는 분명했지만 그렇다고 완벽하게 입에 발린 소리인 것만도 아닌 듯했다. 아저씨 은근히 사람 헷갈리게 만드시네.

"일단 여기까지만 하고 밥 먹자. 배고프다."

대충 분위기가 풀어진 듯 보이자 김미옥 여사는 서둘러 종업원을 불러들였다.

오늘 밤은 실로 놀라움의 연속이었다. 어째 앉아 있는 사람의 수보다 테이블 세팅이 몇 자리 더 되어 있다 싶었더니 식사가 나오고 얼마 되지 않아 문이 열리더니 한 무리의 남자들이 안으로 들어왔다. 수는 대여섯밖에 되지 않았지만 수적 열세를 몸무게로 해결하려 작정들이라도 했는지 다들 덩치가 장난 아니었다. 그들 중 앞에 선 남자가 갑자기 김미옥 여사를 향해 허리를 꾸벅 숙였다.

"어머니, 생신 축하드립니다!"

검은 양복에 굵은 목, 3등신에 가까운 땅딸막한 체형은 갈 데 없는 조폭이다. 그런데 저 남자가 방금 어머니라고 불렀다는 건……. 다시 확인할 것도 없이 김미옥 여사에게는 아들이 없고 딸만 둘뿐이다. 놀랍게도 김미옥 여사는 조폭이 올리는 배꼽 인사를 일상으로 받고 사는 사람처럼 살갑게 굴었다.

"그래, 잘 왔어. 같이 식사했으면 좋았을 텐데. 아버지 말씀이 홍콩 갔었다면서."

"공항에 내려서 바로 오는 길입니다."

변기 파는 아저씨에게 새침하기 그지없었던 우리 자매들과 달리, 김미옥 여사에 대한 덩치의 친화력은 실로 놀라울 정도였다. 아니, 대체 그동안 얼마나 자주 만났기에 스스럼없이 '어머니'라고 부를 수 있는 걸까.

"소개할게. 제부, 내 아들 될 청년이에요. 옆에 있는 청년들은 함께 일하는 친구들이고."

생긴 게 좁쌀만 하니 하는 짓도 좁쌀영감이라며 가끔 김미옥 여사가 동생 김영옥 여사 모르게 흉을 보는 것처럼 이모부의 체구는 상당히 왜소한 편이다. 그런 이모부 앞에 덩치가 태산만 한 남자들이 서니 바람 불면 금방이라도 쓰러질 것 같은 이모부의 가냘픔이 더더욱 돋보여 애처로움마저 느껴질 정도였다.

"안녕하십니까."

명함을 건네고 악수를 하자며 내민 손은 야구 글러브처럼 큼지막했다. 커다란 덩치에 위압감을 느낀 듯 이모부가 머뭇거리며 내민 손을 남자는 덥석 움켜쥐었다. 가볍게 몇 번 흔드는 것에 불과한데도 제법 긴장한 듯 이모부의 이마에는 땀이 맺혔다.

"나란히 앉은 쟤들은 내 딸들. 오른쪽에 앉은 애가 큰딸, 그 옆에 앉은 애가 작은딸, 고 옆 유모차에서 자고 있는 녀석은 내 손자고."

이모부에게처럼 악수하자며 손을 내밀지는 않았지만 한 발 불쑥 다가선 것만으로도 엄마야, 놀래라.

"반가워요, 앞으로 잘 지내봅시다. 난 서른둘. 그러니까 두 사람한 테는 오빠가 되는 거야. 당장은 좀 힘들겠지만 다음에 만나면 꼭 오빠라고 부르고."

전혀 달갑지 않은 오빠라는 호칭을 우기다시피 강요하고는 그의 시선은 진휘에게로 향했다.

"그쪽은 우리 큰딸 남자 친구."

"아, 그러시군요. 반갑습니다. 손배식이라고 합니다."

"처음 뵙겠습니다, 서진휩니다."

교환한 명함을 들여다보던 덩치의 얼굴이 갑자기 환해졌다.

"은성백화점에 계시는군요. 이번에 은성에서 오픈하는 피트니스 일도 저희가 맡고 있습니다."

"저녁 먹어야지?"

"예, 어머니."

더도 말고 덜도 말고 딱 덩치만큼의 친화력과 넉살을 지닌 남자는 권하기도 전에 비어 있는 진휘의 옆자리에 털썩 앉았다.

"대체 무슨 일이에요?"

화장실을 핑계로 나온 시정을 눈치 빠르게 뒤따른 지윤이 손을 씻는 그녀의 옆을 지키고 서서 물었다. 샵을 정리하고 나오느라 늦게 도착한 탓에 아직까지 상황 파악을 하지 못하고 있었다. 지난 몇 년 동안 꾸준히 김미옥 여사의 생일 파티에 참여했지만 오늘처럼 침울한 분위기는 처음이었다. 생일을 맞은 본인과 처음 본 남자들을 제외하고는 가족들 모두 말을 아끼는 분위기라 애써 마련한 선물도 여느 해와 같은 환호성을 받지 못했다. 이런 끼에, 엄마가 에써서 고를 건데

"연령대도 다양한 저 아저씨들은 다 누구래요? 깍두기처럼 생긴 남자는 왜 사장님한테 어머니라고 부르구요?"

"늙은 아저씨는 엄마 남편감이고 깍두기 패거리 중에서 짱으로 보이는 애는 아들감이야."

문을 빼꼼 열고 고개를 들이민 이진이 퉁명스럽지만 더할 나위 없

이 간략하게 대강의 상황을 알려주었다.

"사장님 결혼하셔?"

"그렇다잖아."

여느 때 같으면 나이도 어린 게 반말한다고 걸고 넘어졌을 지윤도 꽤나 놀랐는지 그쪽으로는 아예 신경도 안 쓰는 듯했다.

"다들 일어설 분위기니까 대강 끊고 빨리 나와."

툭, 한마디 던지고 사라지는 걸 보니 이진의 기분도 어지간히 저조한 모양이었다. 하긴 정신적 동지였던 김미옥 여사가 예고도 없이 하루아침에 배신을 했는데 기분이 좋으면 오히려 비정상이지.

13

　제부 오늘 고마웠어요. 언제 애들 빼고 우리 내외끼리 저녁 식사 같이 해요. 제부 피곤할 텐데 운전은 영옥이 네가 하렴. 넌 아까 시작할 때 맥주 한 잔밖에 안 마셨잖아. 그리고 혹시 재수 없어서 음주 측정 걸리더라도 저번처럼 한 모금밖에 안 마셨다고 젊은 애한테 구질구질하게 사정하지 말고 그냥 면허증 내줘. 벌금 그거 얼마나 한다고.

　지윤아, 시간도 아직 이른데 곧장 집에 가지 말고 남자 친구하고 좋은 네 사시 재미나게 놀다 들어가. 젊어서 예쁘고 기운 좋을 때 맘껏 놀아야지. 거기 잘생긴 남자 친구도 잘 가요. 작년에 봤던 친구보다 훨씬 미남이네. 지윤이 넌 갈수록 눈이 높아지는구나. 아주 좋아.

　배식이는 동생들하고 같이 가야지? 응, 그래, 먼 길 다녀오느라 피곤할 텐데 와줘서 고마웠다. 빈손으로 와도 되는데 세상에, 핸드백 그게 대체 얼마짜리니. 주문하고도 몇 년은 기다려야 한다던데, 애썼어.

네 마음이 고맙구나. 내일 늦잠 푹 자고 나오면 내가 맛있는 점심 사줄게. 그때 갔던 용봉탕 집 괜찮지? 그게 남자들 기운 돋우는 데는 최고란다.

이진이 넌 내 차 타고 가. 뒷자리에 카시트 있으니까 정원이는 거기 앉히고. 차에 흠집 안 나게 조심해서 운전해야 한다. 뒤에서 아무리 경적 울리고 시비 걸어도 그냥 느긋하게 너 가고 싶은 대로 천천히 가면 되는 거야. 성질 급해서 들이받는 놈이 손해지, 뭐. 그리고 주차할 때 힘들면 경비 아저씨한테 해달라고 그래. 언니 기다릴 거 없이 문단속 잘하고.

원래도 말수가 적은 편이 아닌데다 배웅할 사람까지 많다보니 작별 인사하는 데만도 지칠 정도로 오랜 시간이 걸렸다. 사람마다 일일이 사근사근한 미소와 함께 손을 흔들어 보내는 김미옥 여사를 시정은 몇 걸음 떨어진 거리에서 물끄러미 바라보았다. 엄마가 결혼을 한다. 직접 듣고 그것도 모자라 몇 번씩이나 확인을 했지만 아직도 믿기지가 않았다.

"가자."

등 뒤에 와서 놓이는 손바닥의 감촉에 시정은 문득 정신을 차렸다. 식당을 나오는 순간부터 진휘의 눈길은 단 한순간도 그녀에게서 떨어지지 않았다.

"엄마한테 인사하고."

아까부터 계속해서 무겁고 둔탁한 통증이 어깨를 짓누르고 있었다. 피로의 정도로 봐서는 이만 집에 들어가 쉬는 게 현명할 테지만 정말

절대적인 몇가지   309

중요한 일은 이제부터이다.

"언니, 나 간다."

호사스럽기 그지없는 김미옥 여사의 자동차를 모는 것은 시정에게
도 극히 드문 기회였다. 하물며 왕초보 이진이야 더 말할 것도 없는
일. 그래서인지 운전석에 앉아 작별 인사를 하는 이진의 목소리는 평
소보다 족히 한 옥타브는 올라가 있었다. 일행 중 마지막으로 이진이
탄 차가 주차장을 빠져나가자 김미옥 여사는 그제야 옆으로 다가왔다.

"오늘 너무 정신이 없었죠? 어쩜 좋아, 손님을 불러놓고 예의가 아
닌데."

의례적인 인사말에 응답하는 진휘의 넉살도 만만치 않았다.

"별 말씀을요. 덕분에 어머니도 뵙고 다른 가족 분들과도 얼굴을 익
혔으니 오히려 제가 감사를 드려야지요. 그리고 결혼 축하드립니다."

"어머, 고마워라. 우리 애들한테도 아직 못 받은 축하 인사를 딸내
미 남자 친구한테서 먼저 들었네. 아무튼 정말 반가웠어요. 이제 안면
익혔으니까 이런 핑계 아니라도 우리 종종 만나요."

역시나 드넓은 사교성을 자랑하는 김미옥 여사다운 인사였다. 그러
니까 오늘 초대는 본 경기를 위한 연습 경기였던 셈이군. 김미옥 여사
꽤나 수고 꽤 있네. 뒤에 든 생각에 시정의 입가에는 보일 듯 말 듯 씁
쓸한 미소가 걸렸다.

"곧장 집으로 갈 건가요?"

이 한마디로 애지중지하는 차를 왕초보에게 통째로 맡기면서까지
시정을 식구들에게서 떨어뜨려놓은 의도를 노골적으로 드러냈다. 그
리고 뒤이은 진휘의 답은 김미옥 여사를 만족시키기에 충분했다.

"허락하신다면 시정 씨를 잠깐 빌리고 싶습니다."

"호호, 한창 사랑에 빠져 있는데 당연히 같이 있고 싶겠지. 함께 가서 얼마든지 즐거운 시간 보내요. 시정이도 집 걱정하지 말고 천천히 재미있게 놀다 오고."

형식적이긴 하지만 허락까지 받아낸 진휘는 얄미울 정도로 당당하게 시정을 자신의 자동차에 태웠다.

영두 씨의 차 안에서 룸미러를 통해 주차장을 빠져나가는 진휘의 자동차를 보는 김미옥 여사의 입가에는 회심의 미소가 그득 걸렸다. 제법 여우처럼 구는 시정과 노련한 서진휘가 모르는 것이 하나 있었으니, 그건 바로 김미옥 여사의 깊디깊은 속내.

그동안 다양한 경로를 통해 수집한 정보에 의하면 태생부터 시작해 뭐 하나 빠진 것 없이 여러모로 잘난 저 녀석은 꽤 유명한 스캔들 메이커였다. 그렇지만 다들 이구동성으로 하는 말이 함부로 여자를 농락하는 못된 녀석은 아니라고 했다. 여자가 많긴 했지만 한 번도 시끄러운 말이 나거나 뒤끝이 개운치 못한 적이 없었단다. 그러니까 말 그대로 다양한 여자와 밀고 당기는 연애를 즐기는 연애지상주의자였던 것이다.

연애지상주의자는, 일단 치마 비슷한 거라도 두른 계집애가 눈앞에 어른거리기만 하면 어떻게 하면 나란히 드러누워볼까, 몸 아래 깔아볼까, 앉으나 서나 오직 그 짓 생각뿐인 오입쟁이나 엄연한 제 여자 두고도 이 여자 저 여자 집적거리고 다니는 게 일과인 바람둥이와는 차원이 다르다. 즉, 연애지상주의자와 다른 두 부류는 혈관 속을 돌고 있는 피의 흐름부터 다른 것이다.

바람둥이는 상대를 속이는 아슬아슬한 연애의 짜릿함과 스릴을 즐기고 오입쟁이는 상대의 몸만을 탐하지만 연애지상주의자들은 오로지 연애 그 자체를 즐긴다. 멀리 갈 것도 없이 자신 또한 그런 삶을 마음껏 즐겼지 않은가. 연애를 즐길 줄 알아야 인생도 제대로 즐길 줄 아는 법이다. 그러니 결국 숙맥에 여태껏 세상 사는 재미도 모르고 살아온 시정의 연애 상대로 서진휘가 더할 나위가 없다는 결론이 나오는 건 당연지사.

물론 그녀도 별 수 없는 사람인지라 갖출 거 다 갖춘 저 녀석과 시정이 앞으로 잘됐으면 좋겠다는 욕심도 아주 잠깐 들긴 했다. 은성백화점. 다른 곳도 아닌 은성이라는 데야. 전에 끝내주는 조건이라며 시정에게 내밀었다가 앉은 자리에서 퇴짜를 맞고는 두고두고 서운했던 단추공장의 의사 아들에 비한다면 가히 14K 실반지와 10캐럿 다이아몬드 반지 정도의 차이였다.

하지만 그건 말 그대로 백일몽일 뿐이었다. 오히려 둘이 죽고 못 살아 종국엔 결혼하겠다고 나설까봐 요사이에는 깜짝깜짝 놀라곤 했다. 김칫국부터 마시는 격이지만 저런 집안과 사돈을 맺는다면 얼마나 골치가 아플지. 상학재단의 이사장입네 하고 평소에도 한껏 코끝 쳐들고 다니는 저 녀석 엄마만 봐도 어렵지 않게 짐작할 수 있는 일이었다. 그럼에도 군이 진휘를 초대했던 데에는 다 이유가 있었다.

요즘 김미옥 여사는 그동안 오로지 일과 집밖에 모르던 시정이 여자와 남자 사이의 비밀스럽고 달달한 연애의 맛을 알기 시작했다는 사실에 잔뜩 고무되어 있었다. 그녀가 보기에 시정은 인생이 주는 즐거움에 대해 지나치게 무지했다. 사람이 살면서 한 번쯤은 정신을 놓을 만큼 술에 취해보기도 하고 남자한테 빠져 허우적대다 쓰디쓴 눈물도 흘려보고 해야 하는데, 시정은 너무 지나치게 반듯하고 이성적인 아이였다.

그러니 김미옥 여사의 입장에서는 시정에게 남녀상열지사라는 새로운 세계를 열어준 진휘가 당연히 예쁘게 보일밖에. 눈치를 봐선 요즘 다소 삐거덕거리고 있는 것 같긴 하지만 말이다. 좀 전에 식사를 하는 중에도 두 사람 사이에서는 제대로 된 눈길 한 번 오가지 않았다. 아니, 정확히 말하자면 분명 서로를 바라보기는 했다. 하지만 한 번도 시선이 마주치지는 않았다. 한쪽에서 흘끔 쳐다보면 좀 있다 다른 쪽에서 힐끗, 하는 식이었다. 그걸 보면 서로에게 마음이 있는 건 분명한데.

어쨌든 연애를 시작하고 나서부터 시정의 눈동자에 돌기 시작한 반질반질한 윤기가 부디 오래오래 사라지지 않기를 바랐다. 이 녀석이 아니라면 다른 녀석도 괜찮을 것이다. 무엇이든 처음이 어려워서 그렇지 일단 물꼬를 텄으니 다음번 연애는 좀 더 쉬울 것이다.

프런트에서 키를 받아든 진휘를 따라 엘리베이터에 오른 시정은 절로 새어 나오는 실소를 누를 수 없었다. 사흘을 주기로 H호텔, W호텔, C호텔을 섭렵하느니 어쩌느니 하던 말들이 떠올랐던 것이다. 여긴 S호텔이니 주기를 나흘로 바꿔야겠군.

"왜?"

보통 때와 달리 비틀린 미소를 입가에 걸고 있는 표정을 본 진휘가 물었다.

"아니, 생각난 게 있어서."

"들어가자."

능숙하게 카드키를 꽂은 뒤 열린 문 사이로 그녀를 들여보냈다.

안으로 들어서자마자 손목에서 시계를 벗겨내고 목을 조르던 타이를 느슨하게 풀어내며 먼저 말문을 열었다.

"요즘 꽤 바빴나봐. 전화기도 아직이지?"

무심한 듯 묻는 말이었지만 그 안에 담긴 가시를 알아차리지 못할 시정이 아니었다. 그럼 그렇지. 어쩐지 너무 쉽게 넘어간다 싶었다.

"그렇지."

생각보다 너무도 쉽고 간단한 대답에 굵은 목울대가 꿈틀했다.

"어떻게 된 거야?"

"뭐가?"

눈치 하나는 귀신처럼 빠른 여자가 부러 둔한 척 구는 걸 보고 있자니 진휘는 짜증이 치밀었다. 불쑥 올라오는 화를 꾹꾹 눌러 잠재우며 다시 물었다.

"통화 시작한 지 30초 넘으면 손님이 많아 바쁘다고 전화 끊고, 수입이 없는 날이면 무조건 샵 비우더니 한마디도 없이 강의도 그만두고. 아, 그 시점에서 우연히 핸드폰까지 고장 난 것도 넣어야겠지."

"당신 말대로 우연이지."

앉아서 바깥 구경을 하기 딱 좋을 정도의 적당한 창틀에 걸터앉으며 무심하게 대답했다.

"김시정."

314

재킷을 벗어 침대 위로 던지고 그녀 앞에 섰다. 커다란 키와 양 허리에 손을 얹은 포즈는 다분히 위압적이었건만 힐끗 보고 또 그만이었다.

"대체 왜 그래. 내가 뭘 잘못한 거 있어? 그럼 말을 해야 고치든지할 거 아냐. 당신 이러는 거 마음에 안 들어."

"없어, 그런 거."

"아니, 분명히 있어. 당신, 약간 까탈스럽긴 해도 막무가내는 아닌데 요즘 굉장히 막무가내로 굴고 있다고."

차근차근 타일러 숨은 사정을 알아내고 마음을 풀어주어야겠다는 진휘의 마음속 다짐은 바로 들려오는 시정의 한마디에 그만 그 자리에서 와르르 무너졌다.

"그만하자."

잘못 들은 게 분명하다고 믿고 싶었지만 그러기엔 시정의 눈이 지나치게 맑고 눈빛은 또렷했다.

"그만하고 싶어졌어."

난데없는 한마디에 진휘의 머릿속이 깡그리 비어버렸다. 바로 얼마전에 만났을 때만 해도 함께 있는 지금이 세상에서의 마지막 순간인것처럼 가슴팍에 얼굴을 부벼대던 여자가 맞는지 확인해보고 싶을 정도로 차갑고 냉담했다.

"이유가 뭔데?"

"당신하고 있는 거, 더 이상 가슴 뛰지도 않고 즐겁지도 않으니까."

대체 무슨 말인가 싶어 멍하니 있는 사이 선명한 붉은 빛을 띤 입술이 다시 열렸다.

"당신하고의 연애, 재미있으려고 시작했는데 이젠 재미가 없어졌어. 그럼 끝내는 게 당연한 거 아냐?"

"대체 무슨."

"내 마음이 변했다니까. 얼마든지 그럴 수 있는 거잖아."

남자와의 연애에 닳고 닳은 여자처럼 구는 눈앞의 여자는 분명 그가 알던 김시정이 아니었다. 대체 왜.

"그렇지만 당신이, 우리가 어떻게, 이렇게……."

놀라 제대로 말을 잇지 못하는 그에게 시정은 침착하게 미리 준비했던 말을 착착 펼쳐놓기 시작했다.

"우린 처음부터 그냥 서로 가볍게 즐기기로 하고 시작한 거였어. 말했었지, 인생 목표 중 하나가 서른 전에 진한 연애 딱 한 번만 해보는 거였다고. 연애 상대로 당신만 한 사람 만나는 거 절대 쉽지 않다는 거 알아. 적어도 그건 고맙게 생각하고 있어."

여기까지는 100% 진심이었다. 애초에 그저 즐겁고 행복하기 위해 시작했던 연애였으니까.

하지만 더 이상 어떤 식으로든 심각해지는 것을 시정은 원하지 않았다. 여기서 계속 간다면 지금껏 그녀가 연애와 남자에 대해 두려워하고 섭벅였던 모든 이유들이 한꺼번에 들이닥칠 것이다, 집안의 반대와 차마 입에 담기도 창피한 두 사람을 둘러싼 온갖 추잡한 소문들.

이름에 먹칠을 하고 자존심을 버리면서까지 이 연애를 계속할 생각이 시정은 없었다. 지금으로서는 그저 이 모든 상황에서 어서 벗어나고픈 생각뿐이었다. 설혹 이 방문을 나서는 순간부터 뼈저린 후회를 하게 될지라도 말이다.

목소리만 들어서는 더 이상 재고의 여지가 없다고 생각될 정도로 시정은 매몰찼다. 하지만 창밖을 향해 눈을 돌리는 순간, 말간 눈동자에는 보일 듯 말 듯 물기가 번들거리고 있었다.

"알아듣게 얘길 해봐."

잠깐 사이에 침착함을 되찾은 진휘의 목소리에서는 더 이상 당황스러움을 찾아볼 수 없었다.

"더할 것도 덜한 것도 없이 얘기한 그대로야."

시정의 목소리가 단호해질수록 진휘의 얼굴에는 강한 고집이 자리를 잡고 들어앉았다.

"그러니까 이만 헤어지자?"

머릿속으로 수천 번도 넘게 생각하고 내린 결론인데 막상 그의 목소리를 통해 들으니 가슴이 무너져 내렸다. 미처 추스르지 못해 혼란스러운 감정 한 자락이 고스란히 그에게 전해졌다. 노련한 진휘가 이 기회를 놓칠 리 없었다.

강한 몸이 다가와 부딪친다는 느낌이 든 순간, 시정은 그대로 벽으로 밀쳐졌다. 가느다란 허리를 단단한 두 손이 붙잡았다.

"무, 무슨……."

미처 숨을 쉴 틈도 없었다. 무슨 영문인지 알아차리기도 전에 다가온 뜨거운 입술이 숨길을 막았다. 옆구리를 타고 올라오는 단호한 두 손과 교묘하게 다리 사이를 누르며 자극하고 있는 강한 다리.

"자, 잠깐만."

진정시키려는 노력은 곧장 짓쳐들어오는 입술로 인해 허사가 되었다. 난폭한 입술과 혀는 시정의 말문을 막고 호흡을 멈추게 하였다. 간신히 올린 손으로 단단한 어깨를 두드렸지만 입술의 움직임은 멈추지 않고 도리어 거칠어지기만 했다. 모든 걸 집어삼킬 듯 무섭게 덤벼드는 태풍의 한가운데에 어찌할 바를 모르고 홀로 남겨진 연약한 어린아이가 되어버린 느낌. 하지만 아이러니하게도 이 순간 그녀가 의지할 것이라고는 자신을 폭풍 가운데로 이끈 이 남자뿐이었다.

그리고 지금 이 순간이 그와 함께하는 마지막이라는 자각은 그녀를 평소보다 더 적극적이게 했다.

한순간 머뭇거리던 시정은 곧 주저 없이 뜨거운 혀를 밀어 넣었다. 기다렸다는 듯 강한 힘이 부드러운 그녀를 집어삼켰다. 두 개의 살덩이는 서로 부딪치고 엉기더니 곧 하나가 되어 움직였다. 그사이 거친 숨소리만큼이나 뜨겁게 덥혀진 시정의 몸은 입맞춤보다 더한 것을 요구하며 꿈틀거리기 시작했다.

부드러운 숲을 헤치고 몸 안으로 달려든 그를 느끼고 시정은 낮은 신음을 흘렸다. 몸속을 타고 도는 뜨거움의 무게를 이기지 못하고 고개를 숙이자 이마에 닿는 건 서늘한 옷자락. 온전히 자신을 내맡긴 듯 고개를 떨어뜨리고 단단한 팔에 이마를 부비는 모습에 더욱 자신감을 얻은 지휘의 손놀림은 더욱 빨라졌다.

조금만 더, 한 번만 더.

절정의 고지가 눈앞에 보인다 싶은 순간 몸속을 채우고 있던 그의 손이 빠져나갔다. 절정의 입구에서 지상으로 끌어내려진 시정의 입에서 어쩔 수 없는 칭얼거림이 새어 나왔다. 더듬거리며 감싸고 있던 어깨를 가까이 끌어당겼다.

"헤어지자는 말은……."

닿을 듯 말 듯한 거리에서 좀처럼 움직일 줄 모르고 애를 태우던 입술이 열렸다.

"함부로 하는 게 아니야."

잠시 제자리를 찾아 내려앉았던 스커트 자락이 다시금 허리에 감겼다. 강한 힘에 한쪽 다리가 들렸다 싶은 순간 날카로운 소리와 함께 몸을 가리고 있던 레이스 조각이 떨어져 나갔다. 그리고 순식간에 그녀의 몸을 파고든 단단한 남성. 익숙하지 않은 체위에 아픔을 느낀 시정의 허리가 잠시 움직임을 멈추었다.

몸속 깊은 곳을 파고든 그는 어느 때보다 크고 버거웠다. 본능은 절정을 찾아 움직이라고 쉼 없이 다그치고 있었지만 도무지 몸이 움직여지지 않았다. 하릴없이 큰 숨을 몰아쉴 때마다 잔뜩 부푼 가슴만 힘겹게 오르락댔다. 온몸을 가득 채우며 파고드는 긴장감에 발가락 끝에는 힘이 들어가고 단단한 몸을 부여잡고 있는 두 손은 파랗게 힘줄이 섰다.

그때 커다란 두 손이 엉덩이를 받쳐 들었다. 가느다란 두 다리로 단단한 허리를 휘감고 비로소 안정을 되찾은 시정이 그의 목을 감고 있는 팔에 힘을 주며 천천히 움직이기 시작했다.

마치 숨을 쉬듯 조였다 풀며 오르내리기를 몇 번이나 반복했을까. 이제껏 그녀에게 주도권을 주는 듯 보였던 진휘가 갑자기 강한 힘으로 허리를 튕기며 시정을 벽으로 밀어붙였다. 그리고 시작된 격한 몸놀림. 그가 움직일 때마다 벽에 부딪친 등과 어깨가 얼얼하게 아파왔지만 이미 시정에게는 대기권 밖의 일이었다. 중요한 건 오로지 단 하나.

자신과 함께 절정으로 치닫고 있는 이 남자뿐.

"괜찮아?"

마주 앉은 채로 젖은 이마를 가리고 있는 머리카락을 넘겨주는 손길은 격렬했던 조금 전과 달리 부드럽기 그지없었다. 고개를 끄덕이는 자신을 향해 손길만큼이나 따뜻한 미소를 보내는 그의 모습에 조금 전 느꼈던 절정보다 훨씬 더 뜨거운 감각이 치밀어 올랐다.

이런 모습, 앞으로 다시는 볼 수 없겠지. 장난기 넘치는 미소와 다정한 손길, 나를 향한 뜨거운 눈빛과 거침없이 부딪쳐 오는 단단한 육체의 아름다움까지. 눈앞의 그가 눈물 속에서 천천히 흐려졌다.

순간적으로 눈이 멀 듯 아득한 절정의 한가운데서 채 빠져나오기도 전에 느낀 것은 맞닿은 채로 파드닥거리는 심장의 고동이었다. 아직도 절정의 여파에서 벗어나지 못한 채 떨고 있는 시정의 몸을 더욱 당겨 안으며 진휘는 눈을 떴다.

절정의 여운 때문인지 긴 속눈썹은 물기를 가득 안은 채였고 그를 향한 눈동자도 젖은 채로 반질거리고 있었다. 진휘는 손을 내밀어 촉촉한 눈가를 부드럽게 닦아주었다. 땀이 배어 있는 볼은 아래도 닳아오른 채였다. 유난히 격했던 섹스의 여운 때문일까. 그녀의 몸에서는 어느 때보다 훨씬 더 진한 체향이 풍겼다. 충동을 이기지 못하고 고개를 숙인 그는 셔츠 위로 드러나 있는 흰 목에 입을 맞추었다.

두 사람 모두 아직까지 옷을 걸치고 있는 채였다. 비록 그녀의 스커트는 허리춤에 돌돌 말린 채 잔뜩 구겨져 있고 셔츠는 단추가 몇 개나 날아간 채이긴 하지만 말이다.

조금 전 얼굴을 어루만졌던 것보다 더욱 부드러운 손길로 진휘는 그녀가 입고 있는 푸른색 셔츠의 단추를 풀기 시작했다. 팔에서 셔츠를 벗겨내자 탐스러운 가슴을 감싸고 있는 레이스가 모습을 드러냈다. 등 뒤로 손을 돌려 훅을 풀고 어깨 끈을 벗겨내자 부끄러움을 느낀 듯 시정이 고개를 돌렸다. 희게 빛나는 목에서 쇄골을 지나 가슴으로 이어지는 선이 눈부셨다. 저절로 입 안에 침이 고이며 아직까지 그녀의 몸속에 머물고 있는 분신이 다시금 고개를 쳐드는 것을 느꼈다. 나른함을 담은 채 반쯤 덮여 있던 눈이 갑작스레 휘둥그레지는 것으로 보아 그녀도 알아차렸음이 분명하다.

"당신 때문이야."

귓가로 입술을 가져가 들릴 듯 말듯 낮게 속삭이자 조금 전의 홍조와는 비교도 안 될 정도의 붉은 기운이 목까지 뒤덮었다. 이대로 가버렸으면 좋겠지만 그랬다가는 무릎과 허리가 남아나지 않을 것이다. 아직까지 격한 섹스에 익숙하지 못한 그녀 또한 절정에 앞서 불편함을 먼저 느낄 터.

잠시 고민하던 진휘는 재빠르게 결정을 내리고 따뜻한 그녀의 몸 안에서 벗어났다. 잠깐 동안의 떨어짐에도 견딜 수 없는 허전함과 허기가 밀려오자 움직임이 다급해졌다. 서둘러 그녀를 침대 위에 눕히고 허리께 뭉쳐 있는 스커트를 벗겨내었다. 그리고 조금 더 빠른 동작으로 자신의 몸을 감싸고 있는 옷을 벗어 내던졌다.

맨 몸이 되어 따뜻하고 말랑한 그녀 위로 몸을 내리자 모양 좋은 다리가 저절로 벌어져 그를 감싸 안는다. 조금 전에는 맛보지 못했던 보드라운 가슴을 탐욕스럽게 어루만지며 얼굴을 묻었다. 마침내 찾아드는 안도감. 거칠게 움직이며 몸을 나눌 때와는 다른 의미의 만족감이 가슴을 가득 채웠다.

어깨 위로 쏟아지는 뜨거운 물줄기를 맞으며 진휘는 휘파람을 불었다. 휘파람이라도 불지 않고서는 하늘을 날 듯한 지금의 기분을 도저히 표현할 길이 없었다. 하지만 얼굴을 가득 채운 미소 때문에 휘파람 소리도 곧 잦아들었다. 은휘 녀석이 본다면 바보 천치 같다며 놀릴 정도로 헤벌쭉한 미소가 입가에 가득 걸렸다.

숨이 잦아들 무렵이면 어김없이 씻겠다며 침대에서 일어나곤 하던 그녀가 오늘은 웬일인지 그가 침대 밖으로 나올 때까지도 이마 위로 손을 올린 채로 몸을 늘어뜨리고 누워 있었다. 시트 안에 숨은 가슴만이 규칙적으로 오르내릴 뿐이었다.

그 모습을 떠올리며 진휘는 다시금 남자로서의 진한 만족감을 느꼈다. 아직까지도 그의 몸을 느낄 때마다 수줍은 듯 파르르 떠는 그녀이고 보면 침대에서 느낀 두 번의 절정은 차치하고라도 미처 옷을 벗을 겨를도 없었던 처음만으로도 충분히 지쳤을 것이다. 그럼에도 여느 때 보다 깊고 진하고 인기를면 따뜻하고 나긋나긋한 몸과 저적에서 내지르던 신음 소리가 떠오르자 몸을 닦는 손놀림이 빨라졌다. 얼른 씻고 나가 따뜻한 그녀 옆에 몸을 누이고 싶었다.

참, 먼저 룸서비스부터 불러야겠군. 가뜩이나 수줍음이 많아 호텔 객실을 나설 때마다 머뭇거리곤 하는데 구겨지고 뒤틀린 옷을 입고 나가게 할 수는 없었다. 아, 맞다. 속옷도 사야 한다. 풋내기처럼 다급함을 못 이겨 찢어낸 레이스 조각을 떠올리자 쿡쿡 웃음이 나왔다. 지금쯤 깊은 잠에 빠져 있을 테니 샤워를 마치고 나가서 조용히 객실을 빠져나가 호텔 안의 아케이드에 갔다 오는 게 좋겠다. 쇼핑을 마치면 꽃집도 들러야지. 실크처럼 희고 부드러운 가슴에 붉은 꽃을 안겨주는 상상을 하자 입 안에 절로 침이 고였다.

하지만 잠시, 헤어지고 싶다고 말할 때 커다란 눈 가득 고이던 눈물이 떠오르자 그의 얼굴은 심각해졌다. 신중한 성격의 그녀가 이별을 말할 때까지 얼마만큼의 고민을 했을지 짐작하지 못하는 바는 아니었다. 아마 그와의 관계를 두고 백화점에 난무하고 있을 이런저런 추측들 때문에 적잖이 스트레스를 받았던 모양이었다. 모르긴 몰라도 그중 대부분은 지금쯤 벌써 아버지의 귀에까지 들어갔을 것이다.

하지만 고작 그런 이유로 시정과의 연애를 끝낼 생각은 없었다. 누구라도, 제아무리 그녀라고 해도 섣불리 이별을 말하는 건 도저히 용납할 수 없는 일이었다. 아직은 두 사람 중 누구도 이별을 말할 때가 아니었다. 그러니 이대로 시정이 자신의 곁에서 물러나게 두지는 않을 생각이었다. 시간이 지날수록 손길 한 번, 눈빛 한 번이 절실해지기만 하는 지금은 더더욱.

14

"어머, 얘 이마가 왜 이렇게 뜨거워. 얘! 시정아!"

땀에 흠뻑 젖은 채로 몸부림을 치고 있던 시정은 거칠게 흔들어 깨우는 손길에 감긴 눈꺼풀을 억지로 들어올렸다.

"엄마아."

"열이 너무 높아 이대로 안 되겠다. 이진아! 김이진!"

그 뒤 시정의 기억은 뚜렷하지 못했다. 누군가의 등에 업혀 차에 오른 것. 바퀴기 달린 좁고 딱딱한 침상에 누운 채로 일정한 간격을 두고 지나며 눈을 찔러대는 천장의 밝은 불빛에 얼굴을 찡그리며 고개를 돌렸던 것. 날카로운 주사 바늘이 팔을 찔러오던 것.

그러는 내내 온몸은 부서질 듯 아팠다. 심지어 머리카락과 손톱 끝도 신경 가닥이 있는 것처럼 고통을 호소했다.

이대로 깨지 말았으면.

정신을 잃기 전 마지막으로 든 생각이었다.

"대체 무슨 몸살감기를 정신을 놓을 만큼 지독하게 앓아."

"독감이래잖아. 접때 뉴스 보니까 외국에서는 독감 걸려서 죽은 사람들도 있대."

"그거야 오늘내일 하면서 골골대는 노인네들 얘기고. 아직 서른도 안 된 게 감기 때문에 입원까지 하다니. 내가 아주 십년감수했다."

"엄마는 평소에는 안 그러더니 언니 아프니까 아주 어쩔 줄을 모르더라. 그렇게 허둥대는 거 첨 봤어."

"자식이 쓰러져 다 죽게 생겼는데 태연할 어미가 어디 있어. 저도 자식 키우면서 저렇게 내 속을 모르니. 너 그놈하고 집 나갔을 때는 더 했어."

"엄마도 참, 새삼스럽게 그 얘기는 왜 하는 건데."

"어미 속 문드러지는 건 모르고. 에이, 속없는 것들."

투덕거리는 모녀간의 대화는 뒤척이며 눈을 뜬 시정으로 인해 중단되었다.

"깼어?"

"여기가 어디야?"

"병원."

"병원?"

그러고 보니 어렴풋이 바퀴 달린 침대에 누워 옮겨지던 기억이 떠오르는 것 같기도 했다.

"아픈 사람 끌고 올 데가 병원밖에 더 있어?"

"아……."

"미련한 것도 분수가 있어야지. 아프면 서둘러 병원엘 가든가, 아니면 아프다고 먼저 말을 하든가. 환갑이 코앞인 늙은 어미가 한밤중에 자다 말고 일어나 잠옷 바람으로 젊디젊은 딸년 들쳐 업고 응급실로 뛰게 만들어?"

"언니, 저 말 믿지 마라. 엄마가 업긴 뭘. 전화 한 통에 잠옷 바람으로 달려온 영두 씨가 업고 뛰었지."

난데없이 튀어나온 이름을 듣고 황당함에 설마 했지만 진지한 두 사람의 얼굴을 보니 거짓말은 아닌 듯했다. 하긴 언제는 설마라는 못된 녀석이 내 편인 적이 있었던가.

"내가 미쳐."

시정은 그대로 베개에 얼굴을 묻고 말았다. 그걸 본 김미옥 여사가 혀를 끌끌 찼다.

"남은 식구들 죄다 기함하게 만들어놓고 혼자 미치면 그 꼴 참 보기 좋겠다."

난데없이 앓아누운 그녀 때문에 놀랐던 것을 길게 이어지는 잔소리로 풀 작정임이 분명해지자 시정은 얼른 화제를 돌렸다.

"정원이는?"

"이모 집에 있어. 이제 가서 데려와야지."

"어떻게, 너 좋아 환장하는 그놈한테는 전화해줘 말어?"

언뜻 당연한 물음 같지만 질문의 밑바닥에는 김미옥 여사 나름의 속 깊은 의도가 숨어 있었다. 그동안 잔병치레도 거의 않던 애가 난데없이 앓아누운 데는 뭔가 속사정이 있을 거라고 이미 나름의 진단까지 마친 상태였다. 정신없이 응급실로 달려와 주사 꽂고 할 때까지만 해도 전혀 아무 생각도 못했는데, 잠깐 사이에 숨 쉬는 모양새가 편해지고 열도 살짝 내려가자 그녀의 머릿속은 바쁘게 가동이 되었다.

돌이켜보면 결혼 발표를 했던 그날 밤 이후로 시정은 줄곧 시무룩해 있었다. 이진에게 물으니 다음 날 새벽 참에 들어왔다는데, 함께 시간을 보냈으면 응당 얼굴에 꽃이 피고 화색이 돌아야 정상인데 도리어 눈 밑의 그늘은 짙기만 했다. 그러더니 종국에는 열이 펄펄 끓어오를 정도로 앓은 걸 보면 말하기 힘든 고민이 있는 건 분명했다. 샵 일이야 늘 해오던 거고 또 일로 스트레스 받는 애는 아니니까 남은 건 고 괘씸한 녀석밖에 더 있겠는가 말이다.

그리고 아니나 다를까 시정의 대답은 그녀의 예상대로였다.

"번잡스러운 거 귀찮아. 그냥 좀 쉬고 싶어."

그것으로 자신의 짐작이 옳았음을 재차 확인한 김미옥 여사는 화가 불끈 솟았다.

괘씸한 녀석, 감히 내 딸을 초주검을 만들어놔!

속으로는 이를 갈지만 일단은 침묵을 지켜야 했다. 자존심을 제일로 알고 사는 애가 남자 문제로 입원을 해야 할 만큼 아팠다는 사실을 알리고 싶을 리가 만무하니 일단은 아무것도 모르는 척 조용히 입을 다무는 것이 상책이었다.

"알았어, 일단은 아무 생각 말고 그냥 푹 쉬자."

치밀어 오르는 화를 꾹꾹 참아 누르며 이진을 재촉해 병실을 나왔다.

"괘씸한 녀석."

"엄마도 눈치 챘구나. 그 오빠 때문에 언니 저렇게 된 거."

김미옥 여사는 이를 바드득 갈았다.

"오빠는 무슨! 내가 그놈 잡아다가 아주 물고를 낼 거야. 대체 어떻게 했기에 멀쩡한 애를 저 꼴로 만들어놓냐구!"

"엄마, 나한테 좋은 생각이 있거든? 내가 알아서 할 테니까 엄마는 그냥 있어. 응?"

재차 다짐을 받는 이진에게 건성으로 대답을 하는 중에도 김미옥 여사는 치미는 분을 삭이지 못하고 있었다.

아주 잠깐이었던 것 같은데 눈을 뜨자 밖은 어느새 어둑발이 내리고 있었다. 시간은 알 수는 없지만 불과 몇 시간 전 환한 대낮이었으니 이제 곧 밖은 온통 어둠에 잠길 것이다. 시정은 그저 멍하니 누워 먹빛으로 서서히 물들어가는 창밖으로 시선을 떼지 않았다.

전날 밤 침대에 눕기 전부터 비포장도로에서 심하게 흔들리는 자동차에 오른 것처럼 몸이 덜덜 떨리고 식은땀이 났지만 한숨 자고 나면 괜찮으려니 하고 말았는데. 설마 정신까지 잃고 병원 신세를 지게 될 줄이야. 난생처음 겪은 이별의 후유증이 그새 몸까지 침투해버린 걸까.

쓸쓸한 그녀의 눈 끝에 함께했던 마지막 밤이 떠올랐다. 갑작스러운 이별 통고에 단호하게 절대 불가를 고집하던 진휘. 그리고 그런 그를 따라 마치 세상의 마지막이 닥친 듯 격하게 응하던 자신의 모습까지. 결국 그가 욕실에 들어간 사이 도망치듯 호텔방을 빠져나오고 말았다. 모르긴 몰라도 지금쯤 바짝 약이 올라 있을 것이다.

바보 같지만 차라리 아파서 드러누운 게 다행이라는 생각이 들었다. 그의 눈을 보며 헤어지자는 말을 다시 할 용기는 나지 않았다.

너 정말 바보구나.

지금까지 한 번도 자신의 놓인 난관에서 비켜선 적은 없다. 오히려 눈을 가리고 피하고 싶은 어려움이 닥칠 때마다 당당하게 맞서며 살아왔다. 그런데 태어나서 처음으로 어디론가 숨어버리고 싶어졌다.

연애에 대해서 누구보다 잘 알고 있다고 자신했던 건 무지로 인한 착각이었다는 것을 시정은 이제야 깨달았다.

연애의 상대가 평생의 운명이 아닐지는 모르지만 세상 누구보다 나를 아프게 할 수 있다.

연애의 끝이 반드시 해피엔딩일 수는 없지만 나도 모르게 행복한 현재형을 꿈꾸게 된다.

삶이 때로 쓸쓸하고 괴로운 것처럼 연애 또한 그러하다. 결국에는 삶의 일부이기 때문에.

고작 눈으로 보고 섣불리 짐작한 것만으로 연애에 통달한 척 굴었던 것이 얼마나 어리석었는지. 연애의 철칙으로 삼으리라 다짐했던 리스트를 다시 한 번 곱씹으며 시정은 쓴 입맛을 다셨다.

"우리가 너무 서두른 건 아닌가 몰라요."

난데없는 말이 무슨 뜻인지 몰라 김미옥 여사는 운전석을 향해 고개를 돌렸다. 몸살감기일 뿐이니 걱정할 것 없다는 말에도 굳이 병문안을 온 영두와 함께 집으로 돌아가는 중이었다. 혼자 조용히 쉬고 싶다는 시정의 거듭된 말에, 가뜩이나 아픈 애 진 빼지 말자 싶어 다음 날 아침에 오겠다는 말만 남기고 조용히 병실을 비워주고 나온 길이었다.

"시정이 얼굴이 어둡던데. 아파서라기보다는 다른 고민이 있어서 그런 것 같아요. 혹시 우리가 결혼한다는 말을 듣고 너무 속을 끓인 건 아닌지."

조심스러운 말을 듣던 그녀는 심각한 상황임에도 눈치 없이 뿜어져 나오려는 웃음을 애써 꾹 눌러 삼켰다.

순진한 사람. 일할 때는 가차 없이 냉정하게 굴면서도 또 이럴 때 보면 숙맥이 따로 없다. 여남은 살 먹은 애도 아니고 서른을 바라보는 애가 설마 엄마 재혼 소식 듣고 앓아누웠겠어. 약삭빠른 사람이 이런 생각까지 하는 걸 보면 연애가 사람 다 버린다는 말이 전혀 빈말은 아니라니까.

"그건 아닐 거예요."

"이진이는 좀 서운한 게 있어도 금방 풀어내겠지만 시정이는 좀 달라 보여요. 얼굴에 맺히는 거 보고 있으면 지나치게 어른스러운 거 같아 안쓰럽기도 하고."

걱정이 그득 담긴 말에 김미옥 여사는 이내 흡족해져 그를 바라보았다. 이제 겨우 간신히 얼굴을 익히기 시작한 의붓딸의 속내까지 살필 줄 아는 마음 씀씀이가 고맙고 또 반가웠다. 그러자 스스로의 안목에 다시 한 번 고개가 끄덕여졌다.

"당신 말대로 갠 워낙 생각이 많아서. 어휴, 하나는 너무 생각 없이 살고 하나는 그게 또 지나치니."

"우리 때문이 아니라면 그때 봤던 남자 친구와 잘 안 되나 봐요?"

어수룩한 외모와 달리 상황 판단이 재빠른 사람이었다. 이러니 처음에는 그저 허술하고 사람 좋아 보이는 겉모습에 깜박 넘어갔다가 속속들이 겪어본 후에는 혀를 내두르게 된다는 소문이 파다한 것이다. 그를 얕잡아 보고 함부로 굴었던 사람들에게는 어음 지급일이 계속 늦춰진다거나 제품 불량으로 인한 반품이 잦아진다거나 하는 식으로 반드시 응분의 대가가 따랐다. 최악의 경우 후불을 계약하고 입점시킨 물건이 샘플 진열은 고사하고 매장 구석에서 먼지를 뒤집어쓴 채 몇 달이고 구르기만 할 때도 있었다.

"은성에서 일한다고 했었죠? 직급이 어떻게 돼요?"

진휘가 건넨 명함을 보고 배식이 아는 척을 했던 것을 기억하고 있었나보다.

"서진휘라고 무슨 이사일 거예요."

"굉장히 젊던데 벌써?"

"은성 장남이에요."

대답하는 말끝에서는 절로 한숨이 묻어났다.

"당신 그동안 은성하고 거래하면서 뭐 들은 말 없어요? 그쪽하고 오래 거래를 했었다면서요."

"나야 뭐, 일로 만난 처지니. 실무도 배식이가 다 했고. 그런데 듣기로는 은성백화점 장남이 재목이라고는 합디다만. 다음 달에 오픈하는 피트니스클럽도 기획 단계에서부터 끝까지 그 아들 솜씨라지."

"뭐든 적당한 게 좋은데 하필이면 지나치게 대단한 집안 자식이라 조용히 끝날 것 같지는 않아서 걱정이에요. 한창 나이에 연애도 안 하고 너무 조용히 살아서 한동안 그거 갖고 닦달을 했더니 또 그런 어마어마한 녀석하고 엮일 줄 누가 알았겠어요."

"현명하게 잘 대처할 거예요. 우리 애를 믿어봅시다."

마디가 굵고 단단한 손이 감싸오자 김미옥 여사는 버릇처럼 어깨에 머리를 기댔다.

"부장님 출근 안 하셨는데요."

"대체 무슨 일입니까?"

"그거야 저도 모르죠."

섭섭함과 야속함 때문에 진휘를 대하는 지윤에게서는 찬바람이 쌩쌩 불었다.

잘생긴 외모는 차치하고라도 연애에 있어서 거의 불모지나 다름없던 시정을 새로운 세계로 이끌어준 남자에 대한 호감은 시정이 아프다는 사장님의 전화 한 통으로 완전히 사라졌다.

'그러니까 혹시 김 부장 찾는 사람 있으면 당분간 안 나올 거라고 해. 이유는 네가 적당히 알아서 얘기하고.'

적당히 알아서 대답하라는 말은 곧 마음대로 해도 좋다는 의미와 다름없었다. 그리고 이는 곧 잔뜩 구겨져 있는 얼굴마저도 끝장나게 멋진 눈앞의 남자와 틀어졌다는 반증이나 마찬가지였고. 어쩐지 요사이 오전에 잠깐 나와 급한 일 처리하고 나면 차 몰고 그대로 사라지는 게 어째 좀 수상타 했더니. 걱정했던 대로 그예 실연의 파도를 넘고 있었던 것이다. 순둥이 부장님, 가엾어서 어쩌.

"핸드폰 연결이 안 돼서 그러는데 집 전화번호가 어떻게 되죠?"

"집 전화번호를 아무한테나 함부로 알려줄 수는 없죠."

냉담함으로 일관하는 지윤의 응대에 진휘는 그만 할 말을 잃었다. 게다가 '아무한테나'라니. 지금까지 살면서 '아무'라는 종족에 한 번도 소속되어본 적이 없는 그에게 그녀의 말은 가히 충격이었다.

"이렇게까지 빡빡하게 굴 건 없잖아요. 내가 누군지 모르는 것도 아니고. 우리 전에도 여러 번 봤었잖아요. 사장님 생신에도 만났었고."

화를 죽여 최대한 정중하게 얘기를 하고 있는 와중에도 진휘의 목소리는 진한 노기를 띠었다. 하지만 시정의 곁에서 함께 산전수전을 겪어온 지윤도 결코 만만한 상대는 아니었다.

"제 말이요. 그 정도로 부장님과 가까운 사이시라면 집 주소하고 전화번호 정도는 기본적으로 알고 있는 게 당연하다고 보는데요."

도리어 정곡을 찌르고 들어오는 말을 듣자 그만 말문이 막혔다. 이런 식의 대답을 들었던 게 언제였나 싶을 정도로 지윤의 반응은 그에게 낯선 것이었다. 적극적인 도움까지는 아니더라도 긴밀한 협조 정도는 당연히 받을 것으로 생각했는데 완벽하게 헛다리를 짚은 셈이었다.

"사장님이나 부장님께서 따로 말씀을 안 하셨으니 저로서는 어떤 것도 알려드릴 수가 없어요. 연락처 남기고 가시면 나중에 부장님께 전해드리기는 할게요."

약 올리듯 덧붙인 마지막 말에 진휘는 이를 갈았다.

"이따 오후에 다시 들르겠다고, 그렇게 꼭 전해주세요."

"출근하시면요. 근데 나오실 거라고 장담은 못하겠네요."

끝까지 완강한 방어에 진휘도 더 이상은 손을 쓰지 못한 채 거리로 나올 수밖에 없었다.

도로변에 세워둔 차를 향해 가는 사이 두 주먹은 불끈 쥐어져 있었다. 차에 오른 그는 있는 힘껏 운전대를 쳤다. 복잡하게 뒤얽힌 심사 때문에 얼얼한 손마디의 아픔 따위는 느낄 틈이 없었다. 젠장, 김시정! 몰래 도망간 것도 모자라 한참이나 어린 여직원에게 면전에서 무시까지 당하게 만들다니. 대체 나를 뭐로 보고.

샤워를 마치고 나와 빈 침대를 발견했을 때의 황당함과 뒤이어 찾아들던 분노, 종내 연락을 끊고 코빼기도 내비치지 않는 시정에 대한 서운함까지. 엉망으로 흐트러져 뒤범벅된 감정들 사이에서 그는 서서히 중심을 잃어가고 있었다. 더욱이 살아오면서 한 번도 느껴보지 못했던 절망감은 그를 더욱 분노하게 했다. 아직까지 그 누구도 그를 이런 감정의 소용돌이에 빠뜨린 적이 없었다. 그런데 감히 김시정 네가!

헤어지자는 그녀를 무턱대고 몸으로 밀어붙이고 몸을 나누는 것으로 모두 해결되었다고 결론지어버렸던 자신의 오만한 어리석음 따위는 이 순간 진휘의 머릿속에 끼어들 여지가 없었다.

"이사는 아직 모르는 눈치야."

—설마?

"요즘 컨디션이 약간 다운되긴 했는데 문화 센터 진상 때문에 고소 들어온 거 처리하느라 애먹고 있으니까. 근데 그 여자 입은 되게 무거운가봐. 그러게, 몸도 입만큼이나 무겁게 놀렸으면 좀 좋아. 다른 것도 아니고 남자 문제로 화장실에서 그 망신을 당했으니."

─생각해보면 죽을죄를 지은 것도 아닌데 좀 안되긴 했어.

"괜히 저 혼자 이사 좋아하느라 실속 없는 속앓이를 하던 애들 보기에 그 여자가 만만했던 거지. 그러니까 우르르 몰아서 공공의 적을 만든 거 아니겠어? 내 생각에는 결정적으로 호텔 드나들다 들킨 게 치명타였어. 재수도 없지, 하필이면 그 입 싼 인간 눈에 띌 게 뭐야."

조금 전 점심 식사 중에도 화제에 올렸던 '김시정과 소문 혹은 서진휘의 최신 스캔들'에 관한 토론은, 진휘가 자리를 비운 사이 전화로 계속 이어지고 있었다.

"뭐하는 겁니까?"

별안간 귀를 때리는 카랑한 목소리에 지선이 자리에서 벌떡 일어났다. 저승사자처럼 눈앞에 버티고 서 있는 회장실의 정 비서를 보자 너무 놀란 나머지 입술이 벌벌 떨렸다.

"회사가 지선 씨 놀이텁니까? 여기가 휴게실이에요? 더군다나 여긴 어느 사무실이 아니라 회사 임원의 비서실입니다. 언제 누가 들어올지 모르는 곳에서 앉아서 근거 없는 가십 따위나 옮기고 있다는 게 말이 된다고 생각해요?"

"죄송합니다. 주의하겠습니다."

조금 전 떨어뜨린 전화기를 들어 올리며 지선은 거듭 머리를 숙였다. 요즘 같은 때 자칫 해고라도 당한다면 그야말로 큰일이다.

"비서가 직속 상사의 사생활을 떠벌리고 다니는 건 어떤 핑계로도 도저히 용납할 수 없는 일입니다. 보아하니 지금까지 이사님 이름 걸고 돌아다녔던 얘기들이 전부 이 비서 입에서 나온 말이겠군요."

이 대목에서 그녀는 그만 파랗게 질리고 말았다. 엄마 몰래 주식해서 잡아먹은 돈이 얼만데 이 판국에 잘리기까지 하면. 상상만으로도 눈앞이 캄캄해졌다.

"아닙니다! 절대 아니에요. 그리고 이번 김시정 씨 얘기는 그때 화장실에서 같이 있었던 직원들 입에서 나온 말입니다."

나 살자고 다른 사람을 물속에 집어넣은 꼴이 되었지만, 다급한 나머지 입에서 나오는 말을 미처 수습할 새가 없었다.

"대체 무슨 말이 돌고 있다는 겁니까?"

문 앞에서 들리는 나직한 물음에 두 사람은 그만 기겁을 하고 말았다.

현관문을 열자마자 보기만 해도 무거운 장바구니가 턱 하니 품 안으로 들어왔다. 갑작스러운 무게에 이진은 잠시 휘청거렸다.

"엄마야, 왜 이렇게 무거워."

"이제 좀 살겠네."

다짜고짜 이진의 품에 내동댕이치듯 짐을 부린 김영옥 여사가 날랜 걸음으로 거실로 향했다.

"이게 다 웬 거야?"

곧장 소파에 앉아 재킷을 벗는 이모를 향해 이진이 물었다. 하지만 돌아오는 건 또 다른 물음.

"시정이는?"

"오후에 퇴원할 거야. 그보다 이모 잘 왔다. 애 좀 봐줘. 나갈 데가 있어."

여느 때 같으면 선선히 그러마고 했을 김영옥 여사가 웬일인지 단호하게 고개를 저었다.

"언니도 아픈데 어딜 나가려고. 그러지 말고 집에 좀 붙어 있어. 내 심부름도 좀 하고. 그동안 틈날 때마다 줄곧 바쁜 언니 부려먹었으니까 이럴 때라도 네가 수고를 해야지."

틀린 말도 아니기에 하는 수 없이 이진은 입을 삐죽이면서도 주방으로 향하는 김영옥 여사의 뒤를 쫄래쫄래 따랐다.

앞치마를 걸치고 장바구니에서 음식 재료들을 꺼내는 내내 김영옥 여사의 일장 연설은 계속되었다.

"젊은 애가 신새벽에 응급실까지 실려 갔다는 얘길 듣고 내가 아주 기함을 했다. 감기 정도로 응급실까지 갔으면 이미 체력이 바닥이라는 소리잖니. 내가 그동안 말은 안 했다만 너희 엄마가 수완이 좋아 돈 잘 벌고 연애는 잘할지 몰라도, 솔직히 음식부터 시작해서 살림이라고 제대로 할 줄 아는 게 한 가지라도 있어야지. 시정이 갠 허구한 날 풀잎 띄운 차나 홀짝이고 있고. 머는 게 부실하니 젊은 애 몸이 그 지경이 안 될 수가 있어? 정말이지 남우세스러워서 어디 가서 말도 못하겠다. 젊디젊은 게 잠옷 바람으로 응급실에 실려 갔다고 그러면 다들 중병 환자인 줄 알아."

그거야 나서서 말하지 않으면 남들이 절대 알 수 없을 것 아니냐는 대답이 혀끝까지 올라왔지만 꾹 참았다. 부러 장까지 봐서 찾아온 살림의 대가에게 여느 때처럼 천방지축으로 굴 수는 없으니 말이다.

"언니가 원래 워낙 입이 짧잖아. 아무리 좋아하는 음식이라도 두 끼 이상은 안 먹으려고 하고. 사람이 때 되면 고기도 먹고 해서 기름기를 몸속에 넣어줘야 하는데 그런 건 또 느글거린다고 싫어하고."

"그럼 다른 걸로라도 보충을 해줘야지."

"으엑! 이게 뭐야?"

김영옥 여사의 손에서 살아서 꿈틀거리는 낙지를 본 이진이 질겁을 했다.

"낙지 처음 봐?"

"볶은 걸 먹긴 하지만 얘는 살았잖아. 언니가 먹으려고 할까?"

"시원하게 연포탕 끓여놓으면 왜 안 먹어."

"이건 전복이지?"

"죽 끓이고 남은 건 저며서 참기름 솔솔 발라 오븐에 살짝 구우면 먹을 만할 거다."

김영옥 여사가 가져온 식재료는 그것뿐이 아니었다. 덕분에 이진도 덩달아 바빠져서 잠깐 의자에 엉덩이를 붙일 사이도 없이 자잘한 심부름을 해야 했다.

집으로 돌아온 시정은 김영옥 여사의 예상대로 시원하게 끓여낸 연포탕 한 그릇을 비록 느린 속도지만 거의 다 비워냈다. 맞은편에 앉아 흡족한 얼굴로 조카의 먹는 양을 지켜보고 있던 김영옥 여사가 혀를 끌끌 찼다.

"젊은 애 얼굴이 그게 뭐야, 누렇게 떠가지고."

"아팠잖아. 좀 있으면 다시 돌아오겠지. 이모가 이렇게 잘 먹여주는데."

"살도 좀 쪄야겠다. 그동안 봤던 중에 지금이 제일 말랐어. 너 무슨 고민 있니?"

"고민은 무슨."

대수롭지 않은 듯 대답했지만 시정이 보였던 찰나의 머뭇거림을 이진은 놓치지 않았다.

"안녕하십니까. 저 서진휘입니다."

—서 이사가 웬일이에요?

기대와 달리 냉랭한 김미옥 여사의 대답에 진휘는 당황스러웠다.

벌써 일주일째였다.

처음 연락이 닿지 않았을 때만 해도 오로지 몰래 호텔에서 도망치 듯 달아난 것만 괘씸해했다. 말도 없이 사라진 것을 기필코 후회하게 만들어주리라는 다짐 덕에 대놓고 무시하는 발칙한 여직원의 말도 참 아 넘길 수가 있었다. 하지만 주말 동안의 연락 두절은 곧 일주일의 결 근으로 이어졌고, 이번 주 내내 그녀에게선 전화 한 통 하다못해 문자 메시지 한 번도 없었다. 환상적인 잠자리로 모든 것이 해결되었다고 믿어버렸던 오만함 때문이라고 하기에는 그녀의 부재로 인한 심리적 타격이 꽤 컸다.

설상가상 정 비서와 지선을 통해 알게 된 소문 때문에 머릿속 또한 복잡한 상태였다. 도통 입을 열지 않으려는 걸 무섭게 추궁하고 닦달 해서 들은 후에야 의문점 하나가 풀렸다. 시정이 이유 같지도 않은 이 유를 핑계로 별안간 헤어지자고 했던 내막을 알게 된 것이다. 두 사람 사이를 두고 좋지 않은 말들이 오갈 거라는 짐작은 했지만 지저분한 소문까지 돌고 있을 줄은 꿈에도 몰랐다.

이건 순전히 그의 불찰이었다. 정 비서나 지선 모두 그의 앞이라 한

절대적인 몇 가지   339

껏 윤색을 했을 텐데도 불쾌해서 견딜 수가 없었다. 그가 이럴진대 하물며 직접 겪은 시정의 심정은 어땠을지.

하지만 여전히 이별은 절대 불가였다.

"시정 씨가 출근도 안 하고 연락도 안 되어서요. 혹시 무슨 일이 있는 건 아닌지 궁금해서 전화 드렸습니다."

냉담한 김미옥 여사의 반응에 공연히 시간 끌어서 좋을 것 없다는 쪽으로 재빠르게 결론을 내린 진휘는 미리 준비했던 형식적인 인사를 생략하고 곧장 전화를 건 목적을 밝혔다.

—별일이 있었으면 우리 애가 연락을 했을 거라고 생각해요?

"예?"

잠시 어리둥절한 사이에 김미옥 여사는 다시금 고삐를 죄어왔다.

—궁금해서 묻는 거예요. 무슨 일이 있으면 우리 애가 서 이사한테 알렸을까요?

"당연히 그러기를 바라고 또 그럴 거라고 믿고 있습니다."

일이 돌아가는 상황을 봐서는 믿고 있다는 말보다 믿고 싶다는 표현이 더 정확할 테지만 그는 애써 외면하고 있었다.

—그렇군요.

"시정 씨 지금 어디 있습니까?"

—머리 좀 식히고 싶다기에 잠깐 나갔다 오라고 내보냈어요.

내보내다니, 대체 어디로 보냈다는 얘긴가. 몇 음절 안 되는 짧은 말이 가뜩이나 날카로운 그의 신경을 자극했다.

—제 일은 알아서 잘하는 아이니까 마음 정리하면 서 이사한테도 연락할 거예요.

“어머니······.”

간절함이 더해진 부름에 김미옥 여사는 깊은 한숨을 내쉬었다.

─서 이사, 끓어오를 때는 이 사람이 아니면 곧 죽을 것 같아도, 식으면 이 사람하고 안 되는 이유만 찾게 되는 게 연애할 때의 마음이에요. 그건 서 이사도 잘 알잖아요.

“무슨 이유 때문에 이런 말씀까지 하시는지는 모르겠습니다만 전시정 씨와 끝내고 싶은 생각이 전혀 없습니다. 어머니 말씀대로 언젠가는 정리를 해야 할지도 모르지만 지금은 절대 아닙니다. 그러니 시정 씨 있는 곳만 알려주시면 제가······.”

─원래 애들 문제에 간섭하지 않는 게 내 철칙이에요. 그리고 노파심에서 한마디만 더 하자면 연애는 재미있고 행복한 순간이 지나면 그때부터 내리막길이에요. 괜히 서로 마음만 더 다치고 상처받기 전에 정리하는 게 나을 거라고 봐요.

그 말을 끝으로 전화는 끊겼다. 진휘의 손에 들려 있던 전화기는 그대로 날아가 벽과 부딪쳐 바닥으로 떨어졌다.

이대로 끝내라고? 절대 안 될 말이다.

김미옥 여사의 말을 빌자면 아직 내리막은커녕 오르막 끝도 도달하지 못했는데. 연애의 끝을 결정하는 사람은 항상 그여야 했다. 그의 입에서 끝이라는 말이 나오기 전에는 어느 누구도, 심지어 시정도 이별을 말할 수 없다.

“오오, 멋져! 우리 엄마 연기력이 이렇게 뛰어난 걸 내가 왜 몰랐을까.”

씨익 웃으며 종료 버튼을 누르는 김미옥 여사의 옆에서 이진이 박수까지 치며 호들갑을 떨었다.

절대적인 책임감으로 무장한 시정이 퇴원하고도 일주일씩이나 샵을 제쳐둘 때부터 일이 틀어지고 있다는 불안감이 들었다. 이진이 아는 김시정은 끼니를 굶었으면 굶었지 일을 미루거나 피하는 사람이 절대 아니었다. 그런데 고작 몸살감기 따위로 샵을 쉬다니. 몇 년 전 맹장염으로 입원했을 때에도 퇴원하자마자 달려간 곳은 집이 아닌 샵이었는데 말이다.

그러던 차에 바람직하기 짝이 없는 관상용 오빠가 이번 주 내내 하루에도 몇 번씩이나 들러 언니의 소식을 물었다는 소식이 지윤에게서 전해졌다. 집을 가르쳐주지 않으려는 지윤에게 협박 비스무레한 것도 했다는데, 두말할 것도 없이 이 세상의 빛과 소금 같은 남자인 거지.

모녀가 마주 앉아 그 소식을 교환하며 고무된 차에 시기도 적절하게 진휘에게 전화가 걸려온 것은 행운이었다. 김미옥 여사의 순발력과 기지가 빛나는 연기에 이진은 다시 한 번 아낌없는 찬사를 보냈다.

"아마 지금쯤 눈이 절반은 뒤집혔을 거다. 그 녀석 동생은 만나봤어?"

"인제 만나서 슬슬 밑밥을 뿌려봐야지. 근데 이러다 진짜 끝내지고 덤비면 어떡해?"

"정리하라는 말에 이를 악무는 걸 보니까 끝은커녕 아직도 멀었는데 뭘. 그리고 요만한 말에 끝내자는 녀석이면 더 만나서 좋을 것도 없고. 목소리에 오기가 창창한 걸 보니 전화 끊자마자 지윤이 닦달하러 당장 샵으로 뛰어갔을 거다. 시정이는 도착했겠지?"

씨익, 두 공모자의 입술 끝에 사악한 미소가 걸렸다.

"부장님, 대체 어떻게 된 거예요. 입원하셨다면서요. 이제 좀 괜찮아지신 거예요? 근데 며칠 새에 살이 너무 빠졌다."

쉴 새 없이 달려드는 질문 공세에 잠깐 정신이 아뜩해진 시정이 눈을 감았다. 그 모습에 지윤은 자신의 머리를 가볍게 치며 말했다.

"참, 이러고 있을 때가 아니지. 일단 앉으세요."

서서히 고개를 젓는 것으로 답을 대신한 시정이 샵 안을 잠시 둘러보았다. 거의 열흘 만에 나온 길이다. 퇴원 수속을 하고 병원 문을 나설 때까지만 해도 곧장 일을 시작할 수 있을 것 같았는데 막상 집에 도착해 누우니 쉽게 몸을 일으킬 수가 없었다. 딱히 못 견딜 정도로 아픈 데가 있는 것도 아닌데 온몸의 맥이 빠진 듯 도무지 기운을 차릴 수가 없었다.

"발목은 좀 어때?"

다소 늦은 물음이지만 기다렸다는 듯 지윤의 상황한 대답이 쏟아졌다.

"많이 좋아졌어요. 반 깁스라고 해도 너무 무겁고 불편해서 그날 샤워하면서 바로 떼내 버렸거든요. 그리고 다음 날 요 건너편에 새로 생긴 한의원에 갔어요. 와아, 근데 거기 의사 쌤이 너무 잘생긴 거 있죠. 부장님도 담에 한 번 가서 보세요. 한다 하는 배우들도 명함 못 내밀게 생겼다니까요. 그런 쌤이 있는 줄 알았으면 저번에 감기 걸렸을 때도 내과 안 가고 여기로 오는 건데 싶어 얼마나 억울하든지. 어쨌든 원장 쌤 얼굴 보고 돌팔이라도 좋다, 눈요기한 것만도 어디냐 그러면서 침을 맞았는데 신기하게 금방 부드러워지는 거예요. 정말 놀랐다니까요.
지금 당장 러닝화만 신으면 풀코스는 안 되더라도 하프마라톤 정도는
뛸 수 있을 것 같아요."

한 마디를 열 마디로 늘여서 얘기하는 여전한 습관에 시정의 입가
에 미소가 돌아왔다. 지윤의 수다를 듣고 있노라니 금방이라도 전처럼
일을 할 수 있을 것 같았다.

"좋아졌다니 다행이야."

"근데 부장님, 볼 살이 홀쭉하니 없어졌어. 어떡해요. 부장님은 그
게 있어야 귀여운데."

도톰한 입술을 삐죽하게 내밀어 모으며 볼을 홀쭉하게 만드는 모습
에 피식, 웃음이 나왔다. 그래, 이렇게 웃는 거야. 별로 어려운 일도 아
니잖아.

"몇 년 동안 안 아팠잖아. 그동안 밀린 거 한꺼번에 앓은 거지 뭐. 다
른 일은 없었고?"

"어지간한 건 사장님이 전부 해결하셨어요. 근데 손님들마다 부장
님 왜 안 나오시냐고 혹시 결혼한 거 아니냐고 자꾸 물어보는 거 있죠.
요번에 보니까 부장님 그동안 손님들 사이에서 은근히 인기 많으셨나
보네요. 저 위에 미르펠리스 사시는 연세 느신 사모님은 '내가 김 부장
손주며느리 삼으려고 했는데 아까워서 어쩌누.' 이러시면서 얼마나
아쉬워하는지."

그러면서 슬슬 눈치를 보는 것이 하고 싶은 말이 남은 듯 보였다.
아니나 다를까 시정에게서 별말이 없자 화제는 곧장 진휘에게로 옮
겨갔다.

344

"그분 매일 오셨었어요. 하루에 두 번은 기본이고 많은 날은 네 번도 오셨고. 오실 때마다 부장님 잠깐이라도 안 들르셨냐고 묻고, 댁 주소 알려달라고 어찌나 채근을 하시는지 곤란해서 혼났어요. 그럴 거면 사장님 잠깐씩 계실 때 오셨으면 좋을 텐데 어쩜 그렇게 사장님이 안 계실 때만 골라서 오시는지."

부장님 앞이라 좋게 얘기해서 채근이지 사실 은근한 협박이나 다를 바가 없었다. 키나 체격이 남다르게 큰 사람이 매서운 눈빛을 하고 다그치듯 캐묻는데, 그 앞에서 끝까지 도리질을 하기란 어지간한 강심장이 아니고는 절대 쉬운 일이 아니었다. 하루에도 몇 번씩 진휘에게 시달렸던 기억이 떠오르자 지윤의 말은 다시 길어졌다.

"엊그제가, 앞으로 쓰윽 다가들면서 부장님이 왜 출근 안 하는지 정말 모르냐고 묻는데 눈빛이 얼마나 무서운지. 그분 가신 뒤에도 한참 동안 가슴이 벌렁거려서 혼났잖아요. 암튼 집념 하나는 대단한 분 같아요."

"너 때문에 괜힌 고생 했구나."

"그 말이 아니라요, 그분이 무슨 잘못을 했는지는 모르겠지만 어지간하면 화해하고 받아주시라고요. 직장 다니는 사람이 하루에도 몇 번씩 자리 비우고 나오기가 쉽지 않은데 그걸 매일 하시더라니까요. 부장님 생각하는 마음이 깊지 않으면 절대 못하는 일이라고요."

이쯤 해서 그만 멈춰줬으면 하는 시정의 심정을 헤아리지 못한 지윤의 이야기는 그 뒤로도 한참이나 이어졌다.

찰칵!

다소 무거운 금속음과 함께 라이터의 불이 켜졌다. 곧장 담배 끝으로 옮겨간 푸른빛의 작은 불꽃은 이내 흰 연기를 남기고 사라졌다. 긴 한숨과 함께 토해낸 연기 줄기를 따라 움직인 진휘의 시선은 곧장 아기자기하게 꾸며진 길 맞은편의 샵으로 향했다.

소득도 없이 무조건 닦달만 할 게 아니라 오늘 저녁부터는 맹랑한 여직원 뒤에 사람을 붙일 생각이었다. 시정이 모습을 보이지 않는데도 샵이 돌아가고 있는 걸 보면 그가 오지 않을 시간대만을 골라 잠깐씩 들르거나 다른 곳에서 만나 따로 지시를 받고 있는 게 분명했다.

필터 끝까지 타들어간 담배를 끄고 샵을 향해 막 한 걸음 내딛는 순간, 문이 열리더니 거짓말처럼 그녀가 모습을 드러냈다. 이런!

이모 말대로 역시 이번 주까지는 그냥 쉬는 게 나을 뻔했다. 샵 문을 나서기 전부터 시정은 김영옥 여사의 말을 듣지 않은 걸 후회하고 있었다. 잠깐 동안의 외출이었지만 못 견디게 피곤했다. 지윤의 배웅을 받으며 나온 시정은 서둘러 바로 앞의 택시 정류장을 향해 걸음을 옮겼다. 집에 가자마자 욕조 가득 뜨거운 물을 채워야겠다. 욕실이 수증기로 가득 찰 무렵 로즈마리 오일을 몇 방울 떨어뜨려야지. 뜨거운 물속에 몸을 담글 생각만 해도 입 안에 서실로 침이 고였다.

바로 그때 놀라운 힘이 그녀의 손목을 휘감았다.

화들짝 놀라 몸을 돌린 그녀의 눈에 들어온 것은 분노로 활활 타오르고 있는 두 개의 눈동자.

"다, 당신."

말을 더듬을 정도로 놀란 것도 잠시, 굳은 얼굴로 손목을 감아쥔 손길을 매섭게 털어내며 재빨리 서너 걸음 물러나는 것으로 그와의 거리를 넓혔다. 하지만 그대로 순순히 물러날 진휘가 아니었다.

"왜 전화 안 받아? 출근은 왜 안 해? 이렇게 무작정 피하기만 하면 모든 게 다 해결된다고 생각했어?"

한 마디씩 할 때마다 점차 다가오더니 마침내 시정의 코앞까지 얼굴을 가져왔다.

"당신이야말로 여기서 뭐하는 거야? 그날 말했잖아. 당신하고는 그만하겠다고."

속 끓이고 애태우고 안달복달했던 것이 우스울 정도로 시정은 냉담하고 초연했고, 그 모습을 본 진휘는 바짝 약이 올랐다.

"욕실에 들어가 있는 사이 몰래 달아난 게 당신 나름의 의사 전달 방법이야?"

간신히 유지하던 평정이 깨진 시정의 얼굴은 금세 벌겋게 달아올랐다.

"헤어지겠다고 말했잖아!"

"그럼 같이 침대에 눕질 말았어야지. 아니, 침대까지 갈 시간도 없었구나. 그 자리에 선 채로 곧장 벽에 붙어 해결을 했으니 말이야. 고작 키스 한 번에 무너져 단숨에 절정까지 내달린 주제에 헤어지자는 말이 가당키나 하다고 생각해?"

"나쁜 자식!"

"그렇지, 이게 바로 김시정다운 거지."

입으로는 비아냥거리며 큰소리를 치면서도 기실 잔뜩 독기를 품은 두 눈을 보자 심장이 저절로 오그라들었다. 평소엔 순해 보여도 일단

불이 붙으면 물불 가리지 않고 고약한 성질을 보여준다는, 농담 같던 이진의 충고가 뒤늦게 떠올랐다. 아니나 다를까 매섭기 그지없는 말이 파랗게 날을 세우고 가차 없이 찌르고 들어온다.

"남자도 모르던 숙맥이 네 품속에서 자지러지게 몸을 비틀었으니까 네가 하자는 거면 뭐든 네네 하면서 다 들어줄 거라고 생각했어? 아니면 설마, 절정의 희열을 사랑으로 착각했던 거야?"

이 대목에서 그렇지 않아도 큼지막한 눈을 동그랗게 치뜨고 진짜 기가 막히다는 표정을 지어 보이자 진휘는 다시금 분통이 터졌다.

"비록 끝내주게 생긴 관상용에 동네방네 소문이 자자한 하이 테크닉일지라도 그게 당신이 가진 전부는 아니니까. 그리고 난 그 나머지 부분들이 아주 진저리가 쳐질 만큼 싫어. 고고한 척 굴면서 다른 사람 심장 있는 대로 긁는 거 굉장히 재수 없다고."

듣다 보니 뭔가 머리를 치는 대목이 있었지만, 잠깐 사이에 사라져 버렸다.

"대체……."

미처 물음을 잇기도 전에 시정의 신랄한 말이 뒤를 이었다.

"다른 사람도 아닌 서진휘가 이렇게까지 질척댈 줄은 몰랐지. 그만 두자고 했으니 당연히 무슨 뜻인지 알아들었을 거라고 생각했다고. 낭신이 말한 그날은, 그래 그날은 그냥 화려한 피날레 같은 거였다고 생각해. 그래도 명색이 진한 연애라는 걸 했던 사람들인데 그 정도 작별 인사도 없으면 너무 싱겁잖아?"

너무 어이가 없어 말문이 꽉 막혔다. 그러니까 여기가 바로 천하의 서진휘가 여자한테 결정적으로 차이는 현장이었다. 다른 데도 아닌 매연 꽉 찬 대로변에서, 다른 사람도 아니고 새침데기 연애 초보 김시정에게.

거만한 목소리로 '질척대는 거 짜증난다. 말귀 못 알아듣니?' 라고 말하는 전혀 낯설지 않은 대사는 단 한 번도 자신을 향한 적이 없었는데 말이다. 게다가,

"좀 담담하고 쿨하게 굴 순 없어? 어차피 당신은 처음 겪는 이별도 아닐 거 아냐."

속삭이듯 덧붙인 뒷말에 진휘는 더 이상 할 말을 찾지 못했다.

그래, 어차피 연애도 그에 따르는 이별도 처음이 아니니 대로변에서 싫다는 여자와 마주 서서 씩씩대고 있는 것도 우스운 일이었다. 고작 여자 때문에 화가 난다고 전화기를 집어 던지고 하던 일 팽개친 채 무작정 달려온 건 절대 서진휘의 스타일이 아니었다.

서진휘 정신 차려. 여자 처음이야?

"만나서 반가웠다는 말은 못하겠다. 다시 보자는 말도 안 할 거야. 앞으로 다시는 얼굴 볼 일 없을 끼야."

결별을 고하는 목소리는 일견 상쾌하기까지 했다.

말을 마친 시정은 곧장 손님을 기다리고 있는 택시에 다가가 몸을 실었다. 빨간 미등을 뒤로 하고 빠르게 사라지는 자동차의 꽁무니를 여전히 혼란 가득한 두 눈이 좇았다. 너 대체 뭐야.

시정이 들어가 있는 욕실을 향해 이진은 몇 번이고 혀를 끌끌 찼다.

샵에 잠깐 다녀오겠다며 나간 사람이 두어 시간 만에 초주검이 되어 들어온 걸 보면 김미옥 여사와 연합한 임시 작전은 실패로 돌아간

듯 했다.

시정이 도착하기 직전, 지윤이 전화로 장황하게 중계한 바에 의하면 예상했던 대로 샵 앞에서 천하일색 관상용과 조우는 했다는데. 어째 돌아온 모양새는 나가기 전보다 더 형편없으니.

"대체 왜 그런 건데?"

"뭐가."

욕실에서 나와 방으로 가려는 시정을 붙들어 앉힌 이진의 추궁이 시작되었다. 잡아끄는 손을 뿌리치더니 기어이 택시에 올라타더라는 지윤의 증언까지 확보했으니 취조하는 목소리에는 자신감이 충만했다.

"왜 헤어진 거냐고."

"무슨 소리야."

"다 알고 물어보는 거니까 괜히 거짓말할 생각하지 마. 대체 왜 헤어진 거야?"

계속되는 다그침에 새치름하게 다물렸던 입이 드디어 열렸다.

"시끄럽고 복잡해지려고 해서. 골치 아픈 거 질색인 거 알잖아."

모르긴 해도 사람들의 과도한 입방아가 부담스러웠던 모양이다.

하시민 언니야, 단순히 그런 이유로 놓치기에는 진짜 진짜 아까운 남자란 말이지.

"그럼 그런 것도 각오 안 하고 연애 시작했던 거야? 사람들이 제일 재미있어하는 게 뭔데. 바로 다른 사람 연애질에 고개 디밀고 눈 반짝이며 구경하는 거야. 언니가 죽자 사자 끼고 도는 로맨스 소설도 결국엔 여자, 남자 만나서 연애질하는 얘기잖아. 게다가 이름만 대면 대한민국 사람들 다 아는 집 아들하고, 것도 그 사람 회사 안에서 연애하면서……."

"머리 아파. 그만해."

손에 수건을 쥔 채로 시정은 자리에서 일어났다. 평정을 가장하려 애썼지만 손마디는 쥐고 있는 수건보다도 더 새하얗게 변해 있었다.

"머리 말리고 잘 테니까 깨우지 마."

머리를 말리겠다던 말과 달리 문 너머에서는 드라이어의 시끄러운 소음이 들리지 않았다. 분명 곧장 침대 안으로 파고들어 애꿎은 눈물만 잔뜩 빼고 있을 것이다.

이런저런 추측을 하던 이진의 눈썹이 갑자기 확 치켜 올라갔다.

"대단하고 어마어마하신 집안에서 나서서 엄포라도 놓은 거야? 드라마도 아닌데 설마 그런 촌스러운 짓을 요즘도 진짜 한다고?"

지금으로서는 가장 가능성이 높은 경우지만 그렇다고 섣불리 나설 수도 없었다.

충일은 이럴 때 쓰라고 있는 거지. 쟤 봐줄 만은 하지만 경우에 따라 가끔은 어벙하기까지 한 은휘의 얼굴을 떠올린 이진이 회심의 미소를 지으며 전화기를 꺼내 들었다. 슬슬 밑밥을 뿌려볼까나.

어떻게 된 애가 볼 때마다 예뻐진다. 약속 장소인 케이크 전문점의 문을 밀고 들어서자마자 창가에 앉아 있는 이진을 단박에 찾은 은휘가 속으로 투덜거렸다. 오늘은 화장도 거의 안 했고 청바지에 스웨터 차림인데도 근처 테이블에 앉아 있는 녀석들이 눈을 뗄 줄 모른다. 슬금슬금 눈길 주고 있는 녀석들을 향해 차례차례 고약한 눈빛을 쏘아주고는 여봐란 듯이 이진의 건너편에 자리를 잡았다.

그런데 이 계집애는 사람을 보고도 인사 한마디도 없다. 득달같이 달려와 주문을 받는 희멀건 알바생한테는 생글생글 잘도 웃어 보이면서 말이지.

"치즈케이크하고 딸기크림 케이크 주세요."

"난 딸기 싫어해."

재깍 딴죽을 걸어봤지만 씨알도 안 먹혔다.

"내가 먹을 거야."

"느끼하고 냄새나서 치즈케이크도 안 먹어!"

툴툴대는 말에도 전혀 신경 쓰는 기색이 아니다.

"걱정 마. 그것도 내가 먹을 거니까."

웃음을 참는 기색이 역력한 종업원이 주문을 받고 사라졌다. 그제야 이진의 주의가 그에게로 향했다.

"너희 형은 요즘 어때?"

"뭐야, 겨우 노친네들 연애하는 거 캐려고 부른 거야?"

"빨리 대답이나 해. 굉장히 중요한 일이란 말이야."

"자세히는 몰라도 심하게 저조하지. 뭔 짓을 저질렀는지 엊그제는 아버지한테 불려 가서 혼까지 났다던네. 비서실에 있는 예쁜 언니도 형 때문에 두어 번 울었다는 것 같고."

"그럴 줄 알았어."

고개를 가로저으며 혀를 끌끌 차는 모습을 본 은휘는 속으로 몸서리를 쳤다. 나이도 어린 게 세상 다 산 노인처럼 구는 게 퍽 귀여울 때가 있다. 바로 지금처럼 말이다.

"언제 만나게 해줄 거야?"

"꼭 끼어들어야겠냐? 너희 언니는 모르겠지만 우리 형은 진짜 자기 잘난 맛에 사는 인간이거든. 네가 이러는 거 별로 안 좋아할 거라고."

"우리 언니도 그건 마찬가지거든. 그리고 나라고 뭐 남의 연애에 끼어들고 싶어서 끼어드는 줄 아니? 다 그럴 만한 이유가 있으니까 설치는 거지."

"설치는 건 아는구나."

여전히 내키지 않는 듯 툴툴거리는 은휘에게 이진이 딱하다는 눈빛을 보냈다.

"두 사람 헤어진 거 아직도 모르지?"

"너희 언니가 우리 형 속 끓이는 거 아니었어?"

"그게 언제 적 얘긴데. 현재 상황, 김시정이 헤어지자고 했다니까."

그러더니 다시 혀를 끌끌 찼다.

"쯧쯧, 동생이 돼갖고 어떻게 형한테 요즘 무슨 일이 일어나고 있는지도 모를 수가 있어? 네 말대로 실수 안 하면 사람이 실수를 했을 때는 분명 그럴 만한 이유가 있는 거잖아. 근데 아직까지 그것 하나도 눈치 못 챘어? 진짜 형제 맞아?"

이쯤 되면 나이도 어린 게 손위처럼 구는 게 수틀릴 만도 한데 이상하게도 얘한테는 그게 안 된다. 나사 풀린 놈처럼 그저 무슨 말을 들어도 허허 웃고 싶기만 하니 뭔가 잘못된 게 틀림없는 것이다.

"전화기 줘봐."

온기가 살짝 묻어 있는 자주색의 전화기를 건네받아 형의 전화번호를 찍어서 돌려줬다. 전화기를 돌려받기 위해 내민 이진의 손끝이 닿자 손가락이 절로 움츠러들었다. 별것 아닌 단순한 접촉인데도 손목까지 저릿하다.

"고마워."

번호를 저장한 후 방그레 웃는 모습에 은휘의 얼굴은 절로 얼굴이 뜨거워졌다. 마침 주문한 것들을 들고 등장한 종업원에게 얼음물을 청했을 정도로.

15

　김미옥 여사의 결혼 발표는 샵의 손님들 사이에서도 단연 화제 1순위였다. 시정에게 진위 여부를 묻는 사람들의 눈은 으레 호기심으로 반짝이곤 했다. 사실임을 확인한 다음에 보이는 반응도 여러 가지였는데, 진심어린 축하를 보내는 사람이 있는가 하면 다분히 소통 섞인 투로 축하 인사를 건네오는 사람도 있었다. 어쨌든 김미옥 여사의 결혼 소식에 힘입어 당분간 'all about 허브'의 매출은 계속해서 상승 곡선을 그릴 듯했다.

　조롱과 시기, 부러움, 놀라움 등 다양한 반응을 보이는 단골들과 달리 정작 시정과 이진은 아직까지 제대로 실감을 못하고 있었다.

　"믿어지니?"

　"언니는?"

　"절대!"

"그렇지만 진심이라잖아."

이진의 말을 듣자 가뜩이나 서걱거리던 입 안의 밥알은 숫제 모래알이 되었다.

"금방 식을지도 몰라."

"아닐걸."

맥이 풀린 자매는 누가 먼저랄 것도 없이 들고 있던 수저를 나란히 내려놓았다.

김미옥 여사가 진심이라는 이진의 말은 시정의 기대와는 전혀 다른 답이었다. 그리고 그 무덤덤한 말에서 이제 체념을 읽을 수 있었다. 자매가 나서서 어떤 말로 설득해도 김미옥 여사는 절대 마음을 바꾸지 않을 것이라는 포기와 체념이 이진의 말 깊은 곳에 깔려 있었다.

두 자매 중 김미옥 여사를 닮은 쪽은 단연 이진이었다. 외모는 물론이고 성격도 똑같으리만큼 빼다 박아서 가끔 김영옥 여사가 놀랄 정도였다. 그리고 닮은 성격만큼이나 이진은 김미옥 여사의 생각도 꽤 잘 집어내는 편이었다.

일테면 절대 승낙해주지 않을 것 같은 일도 '언니가 말만 잘하면 엄마가 괜찮다고 할 거야.' 라는 말을 믿고 반신반의하고 꺼냈다가 의외로 큰패의 오게이틸 빌온 지도 여기 번이었다. 이런 이진이니 김미옥 여사의 속내를 잘못 읽어냈을 리가 없다. 거기까지 생각이 미치자 시정은 길게 한숨을 내쉬었다. 정말 결혼이라는 걸 할 작정인가.

"근데 촌스러운 건 좀 어떻게 해야 할 것 같더라. 잘만 꾸며놓으면 인물은 그럭저럭 봐줄 만할 것 같긴 하던데. 김미옥 여사 한동안 또 바쁘겠네. 발바닥이 부르트도록 쇼핑 다녀야 할 거 아냐."

"넌 지금 농담이 나오니?"

발끈하는 시정을 외려 이진이 다독였다.

"어차피 우린 엄마 하는 일 못 말려. 엄마가 한 번 하겠다고 마음먹은 일, 말린다고 포기하는 거 봤어?"

하긴. 지금은 필리핀에서 사업가로 성공했다며 가끔 TV에 얼굴을 내미는, 한때 제법 잘나갔던 모델하고 한동안 죽네 사네 할 때도 김영옥 여사가 무던히 말렸었다. 반반하게 생긴 놈들은 꼭 인물값 하는 거라며 일찌감치 정신 차리라고 수없이 설득했지만 기어이 트렁크 하나 달랑 들고 그 남자 집으로 들어갔다. 결국 안방 욕실의 욕조 안에 들어앉아 있다가 예전 동거녀와 부딪치는 상황에 이르러서야 고집을 꺾었을 정도니. 그렇지만······.

"역시 걱정이야."

나직한 혼잣말에 이진이 고개를 저었다.

"뭐가 걱정이야? 이렇게 사나, 저렇게 사나 어차피 한 번 살고 마는 인생인데 엄마가 하고 싶다는 대로 두는 게 상책이야. 그러니까 언니도 너무 속 끓이지 마."

"그 남자가 어떤 사람인지도 모르잖아."

지금까지 김미옥 여사의 남자 취향은 전적으로 외모 아니면 돈이었다. 얼굴과 몸매가 빼어난 여자더러 남자들이 착하다고 하는 것처럼 끝장나게 돈이 많거나 눈이 멀 정도로 잘생긴 남자에게 단연 최고의 점수를 매기곤 했다. 오죽하면 소장용과 관상용으로 구분하기까지 했을라고.

"얼굴이 아닌 걸 보면 돈이 많은가 보지. 아파트랑 호텔 같은 데 변기 많이 판다잖아."

"연애만 한다고 하면 나도 걱정 안 해. 그렇지만 결혼이잖아. 성격은 어떤지, 괴상한 취미는 없는지, 혹시 다른 데다 조강지처를 숨겨두고 있는 건 아닌지. 이런 것까지 제대로 알아봐야 할 거 아냐."

"걱정을 아예 사서 하는구나. 그럴 것 같으면 땅 꺼질까봐 어떻게 걸어 다니고, 언제 타이어 바람 빠질지도 모르는데 운전은 왜 해."

"넌 걱정 안 돼?"

"난 엄마를 믿어. 어차피 누가 나서도 못 말린다니까. 운이 좋다면 그 남자 성격이 보통은 될 거고, 최악의 상황이라고 해봤자 다시 집으로 오는 것밖에 더 있어? 우리 편하게 생각하자고."

넌 참 속 편해서 좋겠다. 재혼한 엄마가 과년한 딸들 사는 집으로 가방 싸갖고 돌아오는 게 정상이라고 속 편하게 그런 소리를 하는 거냐. 진휘와의 이별로 앓았던 것은 잠깐 저만치 밀어둔 채 시정은 머리를 감싸 안았다. 어째 이놈의 인생은 바람 잘 날이 없는 것인지.

"엄마가 고집을 꺾지 않는데 우리가 나서서 말릴 명분은 없어. 그러니까 좀 말이 안 되고 서운하더라도 그냥 엄마가 하자는 대로 하자. 어차피 엄마 인생이잖아."

엄마 인생이라는 건 아는데 왜 이리 서글픈지. 정말, 눈물이 날 정도로 슬프다.

"얘기 좀 하자꾸나."

이사장의 목소리가 현관을 들어서는 진휘의 발목을 잡았다. 새벽임에도 카랑카랑한 목소리는 단단하면서 위압적이었다.

"아직 안 주무셨어요?"

요즘, 정확히 말해 샵 앞에서 시정에게 공개적으로 차인 뒤부터 진휘의 퇴근 시간은 항상 새벽이었다.

뜨거운 커피 한 잔을 책상 위에 올려놓는 것을 끝으로 비서가 퇴근을 하고 나서 찻잔 위로 오르는 김을 하염없이 바라보다보면 자정을 넘기는 건 다반사였다. 아직까지도 답보 상태인 피트니스클럽의 준공 검사와 규보의 고소 사건을 생각하면 발바닥에 불이 붙도록 움직여야 하는 시점이었다. 그런데 어찌된 일인지 얼기설기 얽힌 머릿속은 좀처럼 정리될 줄을 몰랐다. 서류를 들여다봐도 눈으로 글자만 읽을 뿐 정작 중요한 내용은 하나도 들어오지 않았다.

난생처음 여자에게 걷어차인 충격이 생각보다 꽤 컸던 모양이었다. 하긴, 천하의 서진휘를 단칼에 무참히 걷어낼 수 있는 여자가 이 세상에 있으리라고는 꿈에서도 상상조차 해보지 않았다. 하지만 어차피 끝난 일. 첫사랑에 애달파하는 열여섯 풋내기도 아니고 지금쯤이면 가슴속에 희미하게 심시성이라는 이름 석 자만 남아 있어야 정상이었다. 그리고 연애를 일 다음으로 세상에서 제일 재미있어하는 그답게, 일에 전력을 다하는 틈틈이 새로운 상대를 물색해야 하는 것이다. 그런데도 이상하게 그의 마음은 갈 곳을 모르고 제자리에서 맴을 돌고 있었다.

"경은이 귀국했다면서."

난데없이 튀어나오는 이름에 어안이 벙벙한 것도 잠시, 어머니의 물음에 담긴 저의를 알아차리지 못할 그가 아니었다.

"다음 달에 연주회 끝나면 바로 나갈 거예요."

"벌써 만났니?"

귀국 인사 겸 티켓을 전하기 위해 연락을 해온 것도 굳이 만난 것에 포함한다면 만났다고 할 수도 있을 것이다.

　"잠깐이요."

　"그럼 언제 함께 만나서 식사라도……."

　"쓸데없는 수고 마세요. 경은이는 애초에 저와는 인연이 없는 애예요."

　"그럼 그 애, 김시정하고는 인연이 있고?"

　"그 이름 다시는 안 듣게 해주세요!"

　거칠기까지 한 진휘의 목소리는 더 이상의 접근을 허락하지 않는 단호함으로 무장하고 있었다.

　약속한 대로 손을 뗄 모양인지 문화 센터 강의도 그만두었다더니 그예 진휘와도 끝낸 모양이었다. 헤어졌다니 일단은 다행이지만 평소와 달리 불손하기까지 한 아들의 말투에 박 이사장은 잠시 할 말을 잃었다. 하지만 그것도 잠시.

　"잘했구나. 불가능한 일에 공연한 희망을 품게 하는 것도 그 아이에게는 못할 짓이니까. 머리 나쁜 애가 아니니 그만한 생각은 저도 못했을 리 없고."

　2층을 향해 몸을 옮기던 진휘가 그 말에 예민하게 반응했다.

　"혹시 저 모르게 시정이 만나셨어요?"

　재빠르게 말을 잇지 못하는 어머니의 얼굴에서 어렵지 않게 답을 읽어 낸 진휘의 입가에 쓴웃음이 걸렸다. 난처해하는 어머니의 얼굴에 '당신의 다른 부분'이라든지 '고고한 척' 운운하던 시정의 말이 겹치자 내내 머릿속을 쑤시던 의문 한 가지가 더 풀렸다. 김시정, 그랬던 거야?

"어머니는 좀 다른 분인 줄 알았는데."

아들의 비난을 모욕으로 받아들인 이사장의 얼굴이 확 구겨졌다. 세속적인 조건에 구애되거나 연연하지 않는 스스로가 대견하다고 생각하며 살아온 그녀였다. 그런데 진휘의 한마디로 속물에 젠체하는 인간으로 전락한 것이다.

"어디 한구석이라도 마음에 드는 데가 있어야지 가만있지. 그 엄마는 허구한 날 남자가 바뀌더니 걔는 결혼도 안 하고 누구 씨인지도 모르는 자식까지 낳아 키운다면서! 입에 담기도 남우세스러워서 원."

"그 앤 시정이 아이가 아니에요. 그리고 그쪽 어머니는 곧 결혼하신다고 했으니 어머니가 염려하시는 것들은 아무 문제가 안 되구요."

"걔 아이가 아니면, 요즘 세상에 업둥이라도 들여 키운다든?"

"오갈 데 없는 친척의 아이에요. 그게 와전되어 돌고 있는 모양인데 백화점에서도 웬만한 직원들은 그 사람 아이 아니라는 거 다 알아요. 아이 엄마는 저도 만난 적이 있구요."

아이에 대해서 거짓말을 한 것이 시정에게 다소 미안하기는 했지만 이 시점에서 고등학교 중퇴한 미성년 동생이 낳은 아이라는 말을 차마 할 수는 없었다. 하지만 진휘의 노력에도 이사장은 고집을 꺾지 않았다.

"사실 여부를 떠나서 젊은 처녀가 남의 입에 복잡하게 오르내린다는 것 자체가 정상은 아니야. 벌써부터 이런저런 말들이 도는데 자칫 잘못하다가는 아버지께 누가 될 수 있다는 걸 왜 몰라."

정말 괘씸하다는 듯 입술을 앙다무는 어머니의 모습에 진휘는 깊은 한숨을 내쉬었다. 직접 보지는 못했지만 시정을 만난 어머니에게서 어떤 식의 말이 나갔을지 대충 짐작이 갔다. 그리고 충고를 가장한 어머니의 반대에 시정이 어떻게 반응했을지도.

갑작스러운 이별 선언에 이은 그녀의 오랜 부재가 이제야 이해가 되었다. 자존심 강한 시정이 어머니에게 매달렸을 리 만무하다. 외려 아주 태연한 얼굴로 당당하게 자신과 헤어지겠다고 말했을 것이다. 빌어먹을 자존심!

"너와 결혼하는 여자는 단순히 네 아내 노릇만 하는 게 아니야. 내가 하고 있는 재단 일은 물론이고 장차 너를 도와 은성의 안주인 노릇을 해야 한다. 그런 자리에 아무나 들일 수는 없다."

방으로 들어간 진휘는 재킷을 입구에 패대기치듯 벗어 던지고 곧장 욕실로 향했다. 샤워 부스로 들어가 뜨거운 물이 세차게 쏟아지는 샤워기 아래 섰다. 모르는 사이에 무능하기 짝이 없는 인간이 되어버린 것에 대한 모멸감을 한시 바삐 씻어내야 했다.

어떻게 된 여자가 어머니에게 불려 나가 그런 소리를 듣고도 아무말을 안 할 수가 있는지. 혼자 속으로 앓고 자기 좋을 대로 결론을 내버리면 나는 어떡하라고. 대체 나라는 놈을 뭐라고 생각한 거야. 당연히 함께 해결했어야 하는 문제를 제멋대로 혼자 결정하고는 헤어지자는 한마디로 그를 밀어내버렸다.

무엇보다 시정이 그를 믿지 않았다는 사실에 화가 났다. 함께 한 시간은 온데간데없이 사라지고 그저 상처받기 싫어서 지레 겁을 먹고 거짓말 속으로 도망쳐버린 바보. 과연 그 거짓말로 언제까지 스스로를 속일 수 있다고 생각한 걸까.

그래, 어쩌면 겁이 났을지도. 남녀관계의 영속성을 믿지 않는 그녀이니 그와의 연애도 그저 한때의 즐거운 유희로 단정 짓고 싶었을 것이다. 그렇게 그는 물론이고 자기 자신까지도 속였겠지.

머리가 아팠다. 그동안 수없이 연애를 하고 여자를 사귀었지만 어느 누구와도 이런 적은 없었다. 서진휘에게 연애란 잠시 일에서 벗어나 머리를 식히고 긴장을 푸는 유쾌하고 즐거운 유희였다. 그런데 시정과는, 그녀와는 달랐다. 문득문득 하던 일을 팽개치고 날듯이 그녀를 향해 달려가고 싶었다. 감기듯 안겨들곤 하던 부드럽고 달달한 몸이 그리운 때문만은 아니었다. 난데없이 나타난 그를 보고 놀란 표정을 지었다가 곧 얼굴 가득 피어오르던 미소만 보아도 뼛속 깊은 곳까지 저릿하고 황홀하던 느낌을 잊을 수가 없었다.

몸을 타고 떨어지는 수많은 물줄기만큼이나 머릿속을 오가는 생각도 복잡했다. 정말 미치겠다. 나를 이렇게 혼란스럽게 하는 너는 대체 누구고, 대체 왜 난 네 생각에서 벗어날 수 없는 걸까. 김시정, 너 때문에 진짜 미치겠다.

"대체 너네 형은 왜 내 전화를 씹는 건데?"

아아, 얘 목소리에 약이 묻어나올 리도 없는데 왜 이렇게 심장이 뛰고 머리가 멍해지는지 모르겠다. 난생처음으로 담배 연기를 깊이 빨아들이고 눈앞이 몽롱해지던 그때가 떠오른다. 미리 약속을 한 것도 아닌데 조금 전 클럽 입구에서 마주쳤을 때의 반가움이라니. 손을 들어 인사를 하는 자신을 향해 웃어주는 모습에 은휘는 곧장 심장이 멎는 것 같았다.

귀청을 찢으려 달려드는 음악 소리와 눈을 어지럽히는 조명 아래서도 은휘는 여전히 멍해 있었고 그런 상태를 알 리 없는 이진의 씩씩거림은 계속되었다.

"그래도 말이 좀 통하는 사람인 줄 알았는데 완전 꽉 막혔나봐. 언니하고 끝냈다고 내 전화까지 계속 씹는 게 말이 되냐구! 안 그래?"

"뭐라고?"

"어디 나갔다 왔어? 계속 들어놓고 왜 딴소린데. 하긴 너네 집안 식구들이 원래 좀 경우가 없는 거 같긴 해. 그치?"

"대체 뭐라는 거야?"

그제야 발끈하는 은휘의 팔을 이진이 잡아끌었다.

"여기 너무 시끄러워, 나가자."

목줄을 맨 강아지처럼 끌려 나가는 중에도 은휘는 그녀에게서 눈을 떼지 못했다. 스팽글이 잔뜩 붙어 반짝거리는 검은 스웨터는 한쪽 어깨가 다 드러날 만큼 옆으로 길게 파였고 몸에 착 들러붙는 바지는 모양 좋은 긴 다리를 유감없이 드러내고 있었다. 계집애, 대체 누굴 홀리려고.

"안 추워?"

밖으로 나오자마자 곧장 차에 올랐지만 아직 엔진이 충분히 덥혀지지 않은 차 안은 선득하니 추웠다.

"괜찮아."

파인 옷 사이로 쇄골이 드러난 어깨를 움츠리는 걸 보면 추운 게 분명한데도 아니라고 고개를 젓는 걸 보고 있자니 또 못마땅했다.

"근데 조금 전 그 말은 뭐야?"

편치 않은 심사가 드러난 말은 자연 퉁명스러울밖에.

"너희 형이 우리 언니한테 하는 거 보고 좋은 사람일 거라고 생각했는데 이번에 완전 실망했다고."

물론 이진이 은휘의 뒤틀린 심사 따위에 신경 쓸 리가 없었다.

"바이바이했다면서. 그럼 두말할 게 없는 거지."

"설마 두 사람이 진짜 싫어져서 끝냈을 거라고 생각해? 난 절대 아니라고 보거든. 누군가 중간에서 우리 언니한테 헤어지라고 속살댄 게 분명하다고. 여기까지 듣고 딱 그려지는 거 없니?"

"글쎄."

"천금 같은 아들이 자기 마음에 안 드는 여자 만나고 다닐 때 너네처럼 좀 사는 집 엄마들이 잘하는 거 있잖아. 아 씨, 넌 드라마도 안 봐?"

무슨 말을 하는 건가. 왈칵 짜증을 내는 이진을 멀거니 보고 있던 은휘가 곧 '에이' 하는 얼굴로 고개를 저었다.

"그건 네가 진짜 잘못 생각한 거야. 우리 모친이 얼마나 점잖은 양반인지 모르고 하는 말이니까 억지소리라도 한 번은 그냥 참고 넘어가 준다. 그 양반이 원래부터 체면, 위신 이런 거에 목숨 거는 분이거든. 왜 장학재단을 설립했는데? 잊을 만하면 가끔 나오는 인터뷰 기사처럼 사회 환원 차원에서 가정 형편 때문에 어쩔 수 없이 학업을 포기해야 하는 애들을 위해서? 설마."

"그러니까 전혀 그럴 리 없다고?"

"당연하지. 남 앞에 체면 깎이거나 위신 떨어지는 일은 목에 칼이 들어와도 안 할 분이야. 그런 양반이 아들이 연애하는 여자 만나서 헤어져라 마라 하는 말을 했을 것 같아? 절대 아니야."

"아들의 연애가 당신 집안의 체면을 깎는 짓이라고 생각한다면? 그럼 그럴 수 있을 것 같지 않니?"

순간 머리가 띵했다.

"너희 언니한테 확인하고 하는 얘기야?"

"울 언니는 자존심 빼면 시체라니까. 설마 자기 입으로 사귀는 남자 엄마가 불러내더니 헤어져라 마라 하더라는 얘길 할 것 같아? 것도 동생한테?"

"근데?"

"냄새가 난단 말이지, 냄새가. 뭐가 이렇게 복잡한지 모르겠어. 생각할수록 짜증나. 야, 술 사."

군데군데 심긴 가로수 사이로 일정한 간격으로 켜진 가로등 불빛을 제외하면 아파트 단지 안은 조용했다. 가끔 뒤늦은 귀가를 재촉하는 자동차가 제법 빠른 속도로 옆을 지나치긴 했지만 인적은 거의 끊겨 있었다. 불이 켜져 환한 빛이 새어 나오는 창보다는 어두운 창이 더 많은 걸 보고 진휘는 힐끗 시간을 확인했다. 자정을 조금 넘긴 시각. 자세한 주소는 모르지만 예전에 귀동냥으로 들었던 기억에 의지해 대상의 위치를 더듬어 찾아온 길이었다.

누군가 대체 무슨 생각으로 여기까지 왔는지 묻는다면 딱 부러지게 대답할 자신은 없었다. 오늘따라 보고 싶은 마음을 억누르기 힘들었다고 하면 그나마 옳은 답이 되려나.

전화를 해볼까. 자고 있으려나 아니면 발신 번호를 확인하고 받지 않으려나. 어쩌면 밤이라는 녀석의 마력에 끌려 미친 척하고 나와줄지도 모른다. 그런데 만일 전화를 받고 그녀가 나오면 무슨 말을 해야 할까.

이런저런 생각에 손에 전화기를 든 채로 한참을 망설이는데 붉은빛의 날렵한 자동차가 아슬아슬하게 차 옆을 스치고 지나 저만치 멈춰 섰다. 흔하지 않은 자동차의 모양과 색깔이 낯익어 설마 하는 생각에 고개를 길게 늘이는 순간 운전석의 문이 열리더니 은휘가 모습을 드러냈다. 저 녀석이 여긴 웬일이야.

차에서 내린 은휘가 조수석의 문을 열고 안에 탄 사람을 부축해서 내리게 했다. 가로등 불빛 아래 드러난 얼굴을 보자 진휘의 의구심은 곧 놀라움으로 바뀌었다. 어깨가 다 드러난 차림으로 은휘의 품에 안기듯 기대고 있는 여자는 시정의 동생 이진이었다. 클럽에서 만났다는 얘기를 전에 듣긴 했지만 그때는 분명 신기한 우연이라며 즐거워했는데. 저 두 사람이 도대체 언제부터 가까워진 거지? 한쪽이 몸을 가누기 힘들 정도로 술을 마셨다면 저 사이 잠깐 인사만 나누는 사이는 아닐 텐데 말이다.

두 다리를 휘청거리는 이진의 허리를 한참이나 감싸 안고 있던 은휘가 잠깐 망설이다 무엇인가 결심한 듯 그녀의 가방을 열어 전화기를 꺼내 들었다. 그 모습을 본 진휘의 심장은 '설마'와 '어쩌면'이 뒤섞인 채로 웅웅대며 힘찬 박동을 시작했다.

얼마나 지났을까. 아파트 입구에 모습을 드러낸 시정을 발견하고는 하마터면 그 자리에서 차 문을 박차고 나갈 뻔했다. 몇 번의 숨 고르기와 제멋대로 움직이려는 다리 위로 불끈 쥔 두 주먹을 힘 있게 올려놓는 것으로 간신히 충동을 잠재운 진휘는 다시 차창 밖으로 고개를 돌렸다.

안개가 뒤섞인 흐릿한 한밤을 배경으로 나타난 시정은 그대로 한입에 삼켜버리고 싶을 정도로 아름다웠다. 종아리를 살짝 덮는 길이의 흰 원피스와 짙푸른 긴 카디건 안에 감싸인 그녀는 여느 때보다 희고 부드러워 보였다. 배경과 인물의 경계가 모호한 환상적인 분위기의 그림 속 소녀처럼 순결하면서도, 당장 손을 내밀어 잡지 않으면 그대로 회색빛 어둠 속으로 사라져버릴 것처럼 아슬아슬한 느낌이었다. 가볍게 흘러내린 검은 머리칼에 감싸인 흰 얼굴은 갓 잠자리에서 빠져나온 듯 나른하고 연약해 보였다. 살이 빠졌는지 동그랗게 파인 옷깃 위로 드러난 목은 전보다 가늘어져 애처로웠지만 특유의 분위기는 여전히 그대로였다.

세심한 얼굴 표정 하나라도 놓칠세라 잔뜩 긴장한 채 그녀에게서 눈을 떼지 못하고 있는 진휘의 모습은 한 달도 넘게 음식 구경을 못하다가 눈앞에 진수성찬을 맞이한 사람과 별반 다르지 않았다. 이진을 업은 은휘와 함께 시정이 안으로 들어가고 난 뒤에도 단단한 시선은 여전히 그 자리에 못 박혀 있었다.

문득 정신을 차린 진휘는 자신의 모습을 돌아보고 한숨을 쉬었다. 한밤중에 차 안에 웅크리고 앉아 자신의 여자가 들어간 곳을 쳐다보며 한숨이나 푹푹 쉬고 있다니. 이건 바람피우는 아내 뒷조사나 하고 다니는 한심한 녀석과 다를 게 하나 없었다. 천하의 서진휘가 대체 지금 뭐하고 있는 건가 싶으면서도 도무지 자리를 뜰 엄두가 나지 않았다. 물론 조금 전 시정을 자신의 여자라고 단정 지었던 것도 깨닫지 못하고 있었다.

그렇게 얼마나 기다렸을까. 드디어 시정과 은휘가 밖으로 나왔다.

고주망태가 된 여동생을 업고 온 녀석을 아무 말 없이 그냥 보낼 시정이 아니라는 건 누구보다 그가 잘 알고 있었다. 아니나 다를까 35도 정도 고개를 수그린 채 두 손을 앞에 모으고 있는 은휘를 향해 시정의 일장 연설이 이어지는 모양이었다. 평소 누구에게든 깍듯하다는 말은 못 듣는 은휘였다. 그러니 그녀의 말이 길게 이어지는 동안 꼼짝 않고 서 있는 모습이 진휘의 눈에는 더할 나위 없이 신기했다.

잔소리와 충고가 뒤섞였을 말을 한참이나 쏟아내던 시정이 이윽고 은휘의 어깨를 다독이듯 툭툭 쳤다. 그때까지도 적당히 수그러져 있던 어깨는 펴질 줄을 모르더니 마지막엔 허리를 절반으로 꺾어가며 인사를 마치고 차에 올랐다. 시정을 혼자 남겨 두고 주차장을 빠져나가는 은휘의 차를 진휘의 못마땅한 눈이 뒤따랐다.

저런 생각 없는 녀석 같으니라고! 야심한 시각에 여자 혼자 호젓한 주차장 한가운데 남겨놓고 저만 쏙 빠져나가다니. 물론 진휘로서는 술에 취해 난데없이 품으로 안겨든 이진에게 놀라 아직까지도 반쯤 넋이 나가 있는 은휘의 상태를 알 리가 없었다.

배웅을 마친 시정이 집 안으로 사라질 때까지 진휘의 눈은 그녀에게서 떨어질 줄을 몰랐다. 단지 그녀를 보는 것만으로도 그동안 그를 괴롭히던 미칠 듯한 갈증에서 어느 정도 해방되는 느낌이었다.

아니, 오히려 더 갈증이 났다. 김시정, 널 대체 어떻게 해야 할까.

어둠이 내리고 낮 동안 거리를 밝히던 태양빛 대신 색색의 조명이 하나 둘 모습을 드러내기 시작했다.

"간판에 불 켤까요?"

지윤의 물음에 힐긋 밖을 본 시정이 고개를 끄덕였다.

"그래야 할 것 같은데?"

날씨가 추워지면서 부쩍 낮이 짧아졌다. 사람이 햇볕을 자주 쬐지 않으면 우울해진다는데 요즘 들어 부쩍 기운이 달리고 엄마 잃은 애처럼 어깨에 힘이 없는 게 그래서일까.

김미옥 여사의 결혼식이 끝나면 햇볕이 좋은 곳으로 휴가를 다녀와야겠다.

지금까지는 민소매에 핫팬츠를 입거나 원피스 수영복 위에도 사롱을 둘렀지만 이젠 어림도 없다. 이진의 꼬임에 넘어가 사놓고도 용기가 없어 한 번도 걸쳐보지 못한 푸른빛의 비키니를 입고 해변으로 나설 테다. 마음이 내키면 어딘가에 있다는 토플리스 해변에서 가슴을 드러내고 난생처음 제대로 된 일광욕을 즐기고 올지도 모른다.

"토플리스 해변이 있는 데가 어디라고 했지? 유럽 쪽이라고 들은 것 같은데."

뜬금없는 말에 당황할 법도 한데 오히려 지윤은 반색을 했다.

"유럽에는 여기저기 많구요, 호주에도 있다던데요. 왜요? 여행 가시게요?"

"생각 중이야. 바람 좀 쐬고 들어오면 어떨까 하고."

심란한 마음을 짐작하지 못하는 바가 아니라 지윤은 고개를 끄덕였다.

"하긴 접때 잠깐 제주도 갔다 온 거 말고는 제대로 여행 가신 적이 없잖아요."

의도한 것은 아니었지만 본의 아니게 상처를 건드린 셈이 되자 지윤은 찔끔해서 시정의 눈치를 살폈다. 그런데 어찌된 일인지 정작 그녀에게서는 어떤 감정도 찾아볼 수가 없었다. 그새 잊으신 건가. 에이 설마, 그럴 리가.

"오늘은 집에 가서 여행 정보 좀 알아봐야겠다."

하필이면 연말 선물용으로 나갈 제품들 만들고 일일이 포장하느라 정신없을 때를 골라 여행을 가겠다니. 겉보기엔 멀쩡하게 버텨 가는 것 같지만 난생처음 겪은 이별의 후유증이 크긴 큰 모양이었다.

퇴근을 위해 샵의 문을 나서던 시정은 손목을 감싸고도는 찬바람의 기척에 순간 움찔했다. 차디찬 얼음이 닿은 듯 선득한 느낌은 샵을 나서는 자신의 손목을 감아쥐던 단단한 손의 감촉을 떠오르게 했다.

"아우, 추워."

뒤따라 나오던 지윤이 우뚝 멈춰 서 있는 시정과 부딪칠세라 서둘러 옆으로 몸을 틀며 물었다.

"왜요?"

"응? 아무것도 아니야."

둘이서 문을 잠그고 셔터가 내려오는 동안에도 시정은 지난 몇 달 동안의 습관대로 주위를 둘러보았다.

"오늘도 차 안 갖고 오셨죠?"

"응? 응."

신호 대기 중에 멍하니 있다가 결국 뒤차까지 오도가도 못 하게 만들어버린 게 서너 번. 다음 신호가 들어올 때까지의 몇 분 동안이 왜 그리 길던지. 그 뒤로 한동안은 차를 갖고 다니지 않기로 했다.

생각해 보면 이것이 김시정이 갖고 있는 본래의 모습이었다. 조금이라도 위험하다고 생각되면 피하고 돌아가는 것. 난생처음 본능을 따르지 않고 과감하게 군 결과로 그녀에게 남은 건 가슴의 상처였다. 어쩌면 평생 모르고 살았을, 가슴 떨리는 감정을 겪은 것에 후회는 없다. 하지만 두 번 다시 같은 경험을 되풀이하고 싶지는 않았다. 어쩌면 영영 그를 잊을 자신이 없는 건지도.

16

"무엇보다도 우리 은성백화점이 고객에게 얼마나 친밀하게 다가가고 있는지를 보여주는 것이 최우선이라고 봅니다. 그러기 위해서 고객과 함께하는 행사를 늘리는 방안이 좋을 듯합니다. 일단은 문화센터 회원들을 중심으로 이이들과 함께 참여할 수 있는 이벤트를 개최하고……."

열의에 찬 목소리는 귓바퀴에서 맴돌다가 이내 연기처럼 사라지기를 반복했다. 끊임없이 쏟아지는 의견은 수많은 낱말들이 의미 없이 모였다가 흩어지는 것일 뿐 어느 것도 명확한 뜻이 전달되지는 않았다.

"저어, 이사님?"

이 부장의 부름에 벽 저편 천장을 향해 있던 눈을 돌린 진휘는 일제히 자신을 향해 있는 일곱 쌍의 눈동자를 발견했다.

"제 생각에는 '엄마와 함께' 라는 한 과장의 기획안이 고객 참여도가 가장 높을 것 같습니다만."

눈치 빠르게 짚어주는 이 부장 덕분에 일단 창피는 면했다. 그렇지만 회의 중에 넋을 놓다니. 지금까지 한 번도 이런 적이 없었는데. 실로 당황스럽기 짝이 없는 순간이었다.

"세부 사항은 역시 일선에서 실무 경험이 풍부한 여러분이 가장 잘 아실 거라고 생각합니다. 이 부장님을 주축으로……."

듣기에 그럴싸한 말들을 제법 요령 있게 늘어놓긴 했지만 말 그대로 임기응변으로 상황을 모면한 것에 불과했다. 이래서야 시골 장터에서 싸구려 약을 파는 약장수와 전혀 다를 바가 없다.

"언론사에서는 그 뒤로 연락 없습니까?"

"아직까지는 잠잠합니다. 예상대로 잠깐 동안의 이슈에 그친 것 같습니다."

어디서 흘러 나갔는지 엊그제 인터넷 포털에 소송 관련 기사가 실렸다. 자극적인 제목 때문에 잠깐 동안 실시간 검색어 1위를 차지할 정도로 반짝 이슈가 되긴 했지만, 대부분의 사람들은 일종의 재미있는 해프닝으로 생각하는 모양이었다. 그래서인지 이번 사건이 매출에 직접적인 영향을 미치고 있나는 보고는 아직까지 들어오지 않았다.

하지만 문제는 서 회장이었다. 불미스러운 일로 은성백화점의 이름이 거론되고 있다는 사실 자체를 서 회장은 무척 불쾌해했다. 급기야 보도가 나간 지 하루 만에 외조모와 어머니가 이중으로 감싸고도는 외삼촌이 지방에 건설 중인 호텔 현장으로 좌천되는 초유의 사태까지 벌어졌다.

"앞으로도 한동안은 각 포털 사이트와 은성 인터넷 몰, 백화점 홈페이지 게시판에 올라오는 글들 빠짐없이 모니터하세요. 다행히 요즘 사건 사고가 많아서 우리 일은 금세 관심 밖으로 밀려나긴 할 겁니다."

그답지 않은 냉소적인 말투에 팀원들의 놀란 시선이 일제히 그를 향했다.

"오늘은 이만 하도록 하지요. 이벤트 기획은 이 부장님께 일임하겠습니다."

퇴근 시간 전이었지만 회의가 끝나자 곧장 엘리베이터를 타고 지하로 향했다. 차에 오른 진휘는 곧장 시동을 걸고 가속페달을 밟았다. 빠른 속도로 주차장을 벗어난 차는 곧장 햇빛 속으로 뛰어들었다.

활짝 열린 차창을 통해 들어오는 바람에 그동안 손질하지 않아 제법 긴 머리가 휘날렸다. 신호등에 걸려 차를 멈추자 셔츠 차림에 검은 선글라스를 쓴 그를 향해 주변 운전자들의 시선이 쏠린다. 아파트 한 채 값은 족히 될 짙푸른 빛의 자동차 자체가 흔히 볼 수 있는 것이 아니거니와 능숙하게 운전하는 진휘의 모습 또한 눈요깃감이 되기 충분했다. 옆 차선에서 꽤 노골적인 시선을 보내오는 여자를 일별한 그가 피식, 조소를 흘렸다.

신호등의 초록색 불이 들어오기 직전 그의 차는 튕기듯 교차로 밖으로 뛰쳐나갔다. 황색 신호를 믿고 뒤늦게 교차로에 진입하던 옆 차선의 자동차 두어 대가 날카로운 브레이크 파열음과 함께 멈춰 서는 소리가 들렸지만 아랑곳하지 않았다.

"소문난 워커홀릭께서 먼저 술 마시자는 연락을 다 해오고. 이거,
영광이라고 해야 하나?"

경헌의 너스레에 술잔을 들고 있던 진휘가 피식 웃었다. 맞은편 의
자에 앉으며 딱하다는 눈으로 그 모습을 보던 경헌이 한마디 했다.

"뭐든 적당히 해. 이건 너답지 않아."

"그 말은 아마, 이러고 있는 게 나와 어울리지 않는다는 뜻?"

"당연하지. 존재 자체가 모범 안인 분께서 해가 지기 전부터 술잔을
쥐고 앉아 있을 거라고 누가 상상이나 하겠어? '일은 죽을 만큼, 노는
건 적당히'라는 평소 지론에 충실하라고. 도둑질도 해본 놈이라야 할
줄 아는 거지. 너 같은 놈이 방탕하게 구는 게 어울린다고 생각해?"

"그러니까 원래의 컨셉을 지켜라, 뭐 그런 얘기지 지금?"

물음 끝에 조소가 매달린다.

"적당히 마셔. 애들 말로는 요즘 아예 여기 살다시피 한다며. 몇 번
은 대리 기사 없이 직접 운전하고 갔다는 말까지 들리던데."

결혼한 후로는 이쪽으로 거의 발걸음도 하지 않는 경헌의 귀에까지
그 말이 들어갔을 정도면 이 바닥도 어지간히 좁은 모양이었다.

술에 취한 데다 밤이라 시각 확보도 제대로 못한 상태에서 오로지
감만으로 낯익은 길을 달리며 가속페달을 힘주어 밟다가 마침내 속력
이 절정에 다다랐을 때의 느낌은 섹스만큼이나 짜릿했다. 하지만 바보
가 아닌 이상 다시 반복할 생각은 없었다. 섹스의 절정감도 상대에 따
라 달라지는 법. 스피드를 통해 얻을 수 있는 감각은 딱 원 나잇 스탠

드. 그 이상도 이하도 아니었다.

그때는 그렇게라도 하면 잠깐이나마 시정에 대한 생각에서 벗어날 수 있을 것 같았다. 하지만 그러는 중에도 여전히 생각의 끝은 여전히 그녀에게 닿아 있었다. 잔뜩 흐트러져 비틀대며 차에 오르려는 모습을 봤다면 뭐라고 했을까. 콧등을 찡그리는 예의 그 귀여운 표정으로 이런 바보 같으니, 라고 한마디 해주었을 것이다. 물론 그 자리에서 자동차 키는 압수당했을 거고, 하릴없이 그녀의 손에 이끌려 어디론가 향했겠지.

"무슨 일인지 대충 짐작은 가는데 그냥 지금까지 살던 대로 살아."

어느새 비워져 진휘 앞에 놓인 잔을 채운 경헌이 웨이터를 부르더니 얼음물을 주문했다. 한때는 술이라면 종류를 불문하고 물불 안 가리고 덤비던 녀석인데 결혼이라는 걸 하더니 완전 바보가 되어버렸다.

여자란 이런 거다. 갈 데 없던 주당이 술잔을 앞에 두고도 맹물로 배를 채우게 만드는 존재. 하긴 그건 김시정도 마찬가지지. 멀쩡한 인간을 약장수로 만들었으니.

"여자구나? 말 안 듣고 속 썩이지?"

처음 소주 맛보는 애처럼 조금씩 홀짝이던 물 잔을 내려놓더니 물었다. 우락부락한 얼굴에 어울리지 않게 진지한 표정이라니. 웃어주고 싶었지만 그럴 수가 없었다. 요즘 진휘에게는 자신의 얘기를 들어줄 사람, 지금의 상태를 털어놓을 사람이 무엇보다도 절실했다. 대체 무슨 이유로 이렇게까지 중심을 잃고 흔들리는지 명쾌하게 정의 지어줄 사람이 필요했다.

대답 없이 생각만 그득 담긴 진휘의 눈을 잠깐 들여다보던 경헌이 이윽고 파안대소를 했다.

무슨? 어안이 벙벙한 진휘를 앞에 두고 한참이나 혼자 즐거워하던 경헌이 나름대로 파악한 답을 내놓았다.

"드디어 목줄에 꿰였구나."

"무슨 말을 하는 거야?"

스스로 내린 결론이 자못 유쾌한 듯 클클거리는 모습에 얼굴을 찌푸렸지만 그렇다고 모처럼의 즐거움을 놓칠 경헌이 아니었다.

"글쎄, 그게 그렇더라고. 처음엔 곧 죽어도 그럴 일 없다, 절대 그런 거 아니다, 이러면서 몸부림을 치는데 이상하게 그럴수록 더 빠져들게 되더라니까. 보아하니 너도 멀지 않았구나."

"원래 선무당이 사람 잡는 법이지."

짝사랑 여자애 앞에서 홀랑 감정을 들켜버린 열두 살의 소년처럼 진휘는 일단 부인했다. 하지만 누구보다 확실한 경험자인 경헌에게 통할 리가 만무했다.

"선무당인지 아닌지는 두고 보면 알 테고. 얼굴 보니까 벌써 갈 데까지 갔는데 뭘. 조만간에 후회할 때가 있을 거다. 그때 형님 말 듣고 조금이라도 더 일찍 깨우칠 것을, 하고."

"실없는 놈. 근데 정말 한 삼보 안 마실 기야?"

슬쩍 던진 말에 입이 째지는 미소가 대답 대신 돌아왔다.

"술 마시고 주정부리다 침대에서 추방당했구나."

"우리 선이가 얼마나 착한데 사랑하는 낭군님한테 그런 짓을 하겠냐. 아마 지금도 나를 위해서 두부 듬뿍 썰어 넣고 된장찌개 보글보글 끓이고 있을 거다. 난 그저 좋은 남편이 되었으니 이제 좋은 아빠가 되려고 연습하는 중인 것뿐이고."

"뭐어?"

놀란 진휘를 향해 경헌은 입이 귀에 걸릴 정도로 커다란 미소를 지어 보였다.

"8주 됐단다. 한번 볼래?"

경헌이 지갑 속에서 꺼낸 것은 흑백의 초음파 사진이었다. 마디 굵은 손가락 끝이 새끼손톱만큼도 안 되는 점을 가리켰다.

"요 콩알만 한 게 내 자식이란다. 신기하지?"

손바닥만 한 흑백사진에 어지간히 흥분을 했는지 손가락 끝이 가늘게 떨리고 있었다.

예전의 그였다면 적당한 농담과 함께 당연히 축하 인사부터 건넸을 것이다. 하지만 어찌된 일인지 두 입술이 딱 붙어버린 듯 아무 말도 나오지 않았다. 그저 단순히 축하를 해주기엔 이 순간 가슴속에서 휘몰아치고 있는 감정이 너무도 강렬했다.

그것은 확실히 실투 섞인 부러움이었다. 자존심 때문에 절대 인정하고 싶지 않았던 감정. 사랑하는 여자와 함께 살 부비고 살며 두 사람의 분신을 만든, 어찌 보면 지극히 당연하고 단순한 것에 행복해 어쩔 줄 모르는 경헌이 못 견디게 부럽고 화가 날 정도로 샘이 났다.

"축하한다."

간단한 인사말은 한참 후에야 입 밖으로 나와주었다. 말과 달리 잔뜩 굳어 있는 진휘를 본 경헌이 싱글벙글하던 미소를 지우고 이내 진지한 얼굴이 되었다.

"내가 우리 선이 만나고 나서 깨달은 게 하나 있는데 말이야. 우리 남자라는 것들은 머리가 굵어지기 시작하면서 늘 한 가지 생각만 하잖아. 너도 사내새끼니까 그게 뭔지는 굳이 말 안 해도 잘 알 거다. 그런데 무수한 상상 속에 등장하는 셀 수 없이 수많은 여자들은 딱히 정해진 얼굴이 없어. 그냥 단순하게 여자라는 종이면 충분한 거지. 게다가 몸매까지 착하니 더할 나위 없이 고맙고. 그런데 어느 순간 정말 신기하게도 그저 여자일 뿐이었던 그 생물체의 윤곽이 서서히 드러나기 시작하는 거야. 눈, 코, 입이 서서히 또렷하게 자리를 잡으면서 내가 아는 누군가와 끝내주게 닮아 있다는 걸 깨닫게 되는 순간, 그때까지 누리고 있던 자유와는 영영 바이바이하게 되는 거지. 그동안 숱한 꿈속에서 욕망으로 몸부림치게 만들었던 생명체의 얼굴을 드디어 알게 되었는데 그걸 붙잡지 못하면 평생 후회를 하게 될 게 뻔하잖아."

미처 대꾸할 엄두가 나지 않았다. 말할 수 없는 갈증에 진휘는 앞에 놓인 술잔을 들어 벌컥 들이켰다.

"보아하니 축하는 네가 받아야 할 것 같은데. 기분이다. 한 잔 마셔 준다."

너털웃음과 함께 경헌은 비어 있던 물 잔에 술을 채웠다. 하지만 진휘는 여전히 어안이 벙벙한 상태였다.

설마 했더니 경헌은 정말 약속대로 딱 한 잔만 마시고 술잔을 테이블 위에 엎었다. 원래 싫다는 사람에게는 술을 권하지 않는 진휘가 재차 권하기까지 했는데도 소용이 없었다. 맞은편에 앉은 사람이 맹물만 홀짝이는데 술맛이 날 리 만무했다. 결국 모처럼의 술자리는 싱겁게 끝이 났다. 취하지도 않았으면서 '선이야, 내가 간다!'를 외치며 차에 오르는 경헌을 배웅하고 나자 진휘는 몸이 저릿할 정도로 외로웠다.

경헌이 녀석 저러는 거 한두 번 본 것도 아닌데 이상하게도 오늘은 쓸쓸하고 그보다 조금 더 서글프기까지 했다. 그리고 쓸쓸함과 서글픔을 합친 것보다 훨씬 더 많이 시정이 보고 싶었다.

너를, 아니 너 때문에 갈피를 못 잡고 헤매는 나를 대체 어쩌면 좋을까.

"비행기 예약하셨다면서요."

심란스레 물어오는 지윤과 달리 대답하는 시정의 얼굴은 밝았다. 적어도 겉으로 보기에는 말이다.

"응."

"근데 왜 하필 지금이에요? 사장님도 결혼하시면 한동안은 못 나오실 거고 연말 선물용 주문이 앞으로 어마어마하게 들어올 텐데."

샵의 일이라면 물불 안 가리고 덤벼드는 것을 이용해 슬쩍 찔러봤지만 어림도 없었다.

"재고 있는 대로 끌어 모으고 그래도 어렵겠다 싶으면 니 들어올 때까지 문 닫고 그냥 쉬어. 여름휴가 미리 당겨서 쓴다고 생각하면 되지."

의외의 대답에 지윤은 잠깐 심각하게 고민했다. 사람이 너무 한꺼번에 변하면 문제가 있는 거라던데. 갑자기 저래도 괜찮을라나 몰라. 역시 사장님께 알리는 게 좋지 않을까.

처음 토플리스 해변 어쩌고 할 때만 해도 오죽이나 답답하면 저런 말을 할까 싶어 한편으로 안쓰럽기까지 했었다. 그런데 그게 농담이 아니었던 거다.

실연으로 인해 끝 간 데 없이 이어지던 무기력증이 슬슬 바닥을 보인다 싶자, 슬슬 모습을 드러내기 시작한 것이 '낯선 곳으로의 여행' 타령이었다. 이진이 말대로 여기라고 해가 안 뜨는 것도 아닌데 굳이 태양빛이 필요하다며 열 몇 시간씩이나 비행기를 탈 까닭이 대체 무어란 말인가.

"참, 인터넷에 뜬 거 보셨어요? 은성백화점 직원……."

"창고에 갔다 올게. 나가기 전에 재고 파악해서 부족하다 싶은 것들은 미리 채워둬야 나 없어도 지윤 씨 손이 좀 덜 가지."

말은 느긋했지만 흡사 누가 뒤에서 쫓아오는 양 급하게 나가는 것을 보며 지윤은 고개를 저었다.

상대편이 무안할 정도로 싹둑 말을 잘라내는 건 절대 시정의 스타일이 아니었다. 그런데 은성백화점 얘기가 나오자마자 흙 묻은 바지 털 듯 그 자리에서 탈탈 털고 피하는 걸 보면 겉으로는 싹 잊은 것처럼 굴지만 정작 중요한 마음 정리는 전혀 안 된 거다.

쳇! 다른 데도 아니고 은성이라는데. 나 같으면 죽자 사자 딱 들러붙어서 절대 안 떨어졌다! 자존심이 밥 먹여주나. 가끔 바보스럽다 싶을 만치 자기 욕심 채울 줄 모르는 시정이지만 지금처럼 답답하게 여겨진 적도 없었다. 미래를 생각한다면 이번 한 번만 눈 딱 감고 날 잡아 잠수 하고 엎드릴 수도 있을 것 같은데.

"회장님 안에 계시지요?"

갑작스런 이사장의 등장에 비서실 직원들이 놀라 자리에서 일어났다. 남편 서 회장에게서 먼저 전화가 걸려오거나 선약이 되어 있지 않은 상황에서 그녀가 먼저 회장실을 찾은 건 거의 처음 있는 일이었다.

난데없는 등장에 당황할 법도 하건만 침통한 이사장의 모습에 사태 파악을 끝낸 정 비서가 날래게 움직였다.

"잠시만 기다려주십시오."

방문을 알리려는 정 비서를 이사장이 제지했다.

"괜찮아요."

형식적인 노크 한 번, 방 안의 응답을 기다릴 겨를도 없이 안으로 들어갔다.

"연락도 없이 여기까지 웬일이에요?"

"당신, 나하고 상의 한마디 없이 어떻게 그럴 수가 있어요?"

서 회장을 향해 이사장이 기어이 참고 있던 분통을 터뜨렸다.

"자자, 진정하고 일단 자리에 앉읍시다."

억지로 떠밀리다시피 해서 자리에 앉은 후에도 분을 이기지 못한 그녀의 손끝은 파르르 떨렸다. 매형 때문에 다 망했다며 울부짖는 전화를 받고 일어나 놀랐던가. 선설 현상이라니, 사업하겠다는 녀석을 후미진 문화 센터 데려다놓은 것만도 마음이 짠했는데. 속옷부터 시작해서 어지간한 브랜드는 쳐다보지도 않던 막내 동생이 작업복 차림으로 먼지가 풀풀 날리는 공사장에서 뒹굴 것을 생각하니 화가 치밀었다.

"차라리 그만두게 했으면 애 고생이라도 안 시키지요."

그러면 관두면 되지 않겠느냐는 그녀의 말에 규보는 되레 고래고래 소리를 질러댔다. 고소인과의 합의 당시 앞으로 1년 동안은 무조건 은성에서 일을 해야 한다는, 당시로서는 아무런 문제가 없어 보이는 조건 때문에 발목을 잡혀서 꼼짝없이 흙먼지 뒤집어쓰게 생겼다며 나중에는 거의 통곡을 했다.

평소 기회가 닿을 때마다, 고생을 해봐야 사람이 된다던 남편의 말이 떠오르자 대강의 각본이 눈앞에 펼쳐졌다. 아무리 그래도 어떻게 이렇게까지.

"백번 양보해서 규보는 철이 없어서 그렇다고 치고 어머니는요? 규보 때문에 아예 식음 전폐하고 몸져누우신 어머니를 봐서라도 당신이 이럴 수는 없어요."

연세 지긋한 친정어머니의 유일한 낙이 규보라는 사실은 가족들 모두 잘 알고 있었다.

"장인어른께 미리 말씀드리고 양해를 구했으니 장모님도 곧 이해해주실 거예요."

단지 겁을 주기 위해 그냥 한 번 해본 말이거니 하는 기대어린 짐작은 단호한 서 회장의 말에 부서지고 말았다. 하지만 이사장은 다시 한번 설득을 시도했다.

"그렇게 해서 정신 차릴 녀석 같으면 아버지가 지금까지 가만 계셨을 리가 없잖아요. 태어나서 지금까지 고생이라고는 모르고 산 아인데 갑자기 이러면 부작용만 생길 거예요."

"당신한테는 미안한 말이지만 그 녀석은 더 나빠질 것도 없어요. 지금이라도 정신을 차리도록 다잡아줄 필요가 있어요. 마흔이 코앞인데 계속해서 이대로 살다가 말년이 어떻게 되겠어요? 지금처럼 장모님이나 당신이 한없이 옆에 있어줄 수 있는 것도 아니고."

이래서 한 치 건너 두 치라는 건가. 끝까지 고집을 꺾으려들지 않는 남편이 서운하기 이를 데 없었다.

"규보도 규보지만 나는 진휘가 더 걱정이에요."

"예에?"

걱정스러운 얼굴로 진휘를 거론하는 남편의 말에 이사장은 가슴이 덜컥 내려앉았다. 잠깐 사이에 남동생의 일은 까맣게 잊었다.

"요즘 일하는 걸 보면 전 같지 않아서. 당신은 어떻게 생각해요?"

휴우.

대답보다 한숨이 앞서 나왔다.

"손 사장이 곧 그 애 엄마와 재혼할 모양이던데."

"손 사장이요?"

난데없는 말에 이사장은 깜짝 놀랐다. 겉보기엔 어수룩한 것이 시골구석에서 집도 절도 없이 남의 집 막일이나 해먹고 살면 그만일 사람 같지만, 속을 알고 보면 장안에서 한 손에 꼽을 정도로 부자였다. 사업체 운영하면서 손 사장 돈 쓰고 있는 사람도 알게 모르게 꽤 된다는 소문이었다. 오 여사 말로는 십여 년 전에 상처한 뒤로 혼자 사는 그에게 눈독을 들였던 여자들이 한둘이 아니라는데, 시정의 어머니와 결혼을 한다니.

"그 사람이 직접 그래요? 'all about 허브' 사장과 결혼한다고?"

"엊그제 현장 갔다가 만났어요. 저녁 식사 자리에서 진휘도 한 번 봤다는데 아직까지 그쪽에는 나하고 친분이 있다는 내색은 일절 안 했다고 하더군. 그 친구한테 듣기로는 시정이란 아이, 별로 흠잡을 데는 없는 것 같던데. 책임감 있고 속이 깊어 다른 사람 마음도 헤아릴 줄 알고. 손 사장이 그렇게 말할 정도면 난 굳이 나서서 반대할 이유가 없다고 봐요."

몇 주 전만 같았어도 펄쩍 뛰었겠지만 지금은 상황이 다르다.

거의 매일이다시피 반복되는 만취와 늦은 귀가가 문제의 전부라면 다시 제자리로 돌아올 때까지 참고 지켜볼 수 있었다. 근자에 백화점 일에 소홀하다는 정 비서의 전갈도 그저 잠깐 동안의 방황이려니 생각할 수도 있었다. 하지만 요즈음 들어 매일이다시피 날아들기 시작한 교통 위반 범칙금 통지서는 그녀를 공포에 떨게 하기에 충분했다. 중앙선 침범, 신호 위반, 과속. 특히 과속의 경우에는 단순히 규정 속도를 어긴 정도가 아니라 시속 200km를 넘나드는 무서운 속도였다.

무모하고 즉흥적인 것과는 거리가 멀었던 아들의 변화가 이사장은 두려웠다. 싸움질 때문에 무시로 경찰서 드나들던 은휘는 거의 애교 수준이었다는 생각이 들 정도였다.

만취 상태로 스피드를 내다가 자칫……

가슴속에 자리 잡은 공포를 이사장은 애써 한쪽으로 밀어냈다. 상상조차도 용납할 수 없는 일이었다. 하지만 끔찍한 예감은 항상 때를 기다리며 도사리고 있다가 언제 현실로 비집고 나올지 모르는 법이다. 그리고 인정하기는 싫지만 손 사장이라는 무시 못 할 옵션이 마음을 기울게 하는 것도 사실이었다.

"진휘가 지금처럼 계속 마음을 못 잡으면 다음 주주총회에서 무슨 얘기가 나올지 장담할 수 없어요."

남편의 교묘한 설득과 새로이 등장한 시정의 배경은 잠깐 사이에 그녀의 마음을 바꾸게 만들기에 충분했다.

"그 아이 엄마를 만나보도록 하지요."

"고마워요."

서 회장의 얼굴에 모처럼 웃음이 걸렸다.

이 일로 진휘의 짧은 방황은 종지부를 찍을 것이다. 더불어 규보의 일까지 뒷전으로 밀렸으니 이를 두고 일석이조라 함이겠지.

"진휘 오빠는 아직도 그러고 있어?"

그럼 그렇지. 도대체 인생의 관심사라고는 언니 연애에 참견하는 것밖에는 없는지 만나기만 하면 형 안부부터 챙긴다. 차라리 아예 우리 집으로 출근을 하지.

속으로 이죽거리면서도 대답은 언제나 성실한 모범생 모드다.

"술은 좀 덜 마시는 것 같은데 여전히 저기압이야. 이래저래 우리 집은 요즘 장마철이다."

"넌 근데 울 언니 안부는 한 번도 안 묻더라. 난 꼭꼭 오빠 안부 챙기는데. 너무 하는 거 아냐?"

계집애가 사람 속을 몰라도 분수가 있어야지, 휴우.

얼마 전 고주망태가 된 이진을 집까지 데려다준 걸 들킨 후, 형제의 사이는 약간 데면데면한 상태였다.

그날 집에 돌아오자마자 불러들여 이진과 어떤 사이냐고 추궁을 하는데 난감해서 죽을 지경이었다. 그냥 클럽에서 잔뜩 취해 있는 걸 우연히 보고 데려다줬다고 했으면 간단하게 끝났을 일이었다. 그런데 무슨 오기가 솟았는지 와락와락 대들며 빈정거리기 시작한 것이다.

'형은 걔 언니하고 이미 끝냈다면서. 그럼 내가 걜 만나든지 말든지 무슨 상관이야. 형이야말로 그 집 앞에서 뭐하고 있었던 건데? 헤어진 여자 얼굴이라도 한 번 더 보고 싶어서 집 앞에서 숨어 기다리기라도 한 거야?'

계집애가 볼 때마다 그렇게 예쁘게 굴지만 않았어도, 그날 술에 취해 나한테 기대지만 않았어도, 그때 심장만 덜컹거리지 않았어도, 에이 씨 집에 오는 길에 자꾸 생각나지만 않았어도 안 그랬을 텐데.

이진을 생각할 때마다 꾹꾹 눌렀던 감정을 애먼 사람에게 고스란히 쏟아 붓고 만 것이다. 전 같으면 마지막으로 덧붙인 말에 어이없이 웃고 말았을 형의 얼굴이 고통스럽게 일그러지는 것을 보고 그제야 커다란 실수를 저질러버렸다는 것을 알았다.

연애를 언제나 즐거운 놀이쯤으로 생각하고 있지 않나. 세상에서 일 다음으로 재미있는 게 연애하는 거라면서. 그래서 도저히 그만둘 수가 없다면서. 그런데 왜 갑자기 변한 걸까.

생각하다가 여자를 연애 이상의 감정으로 대하는 게 대체 어떤 마음인지 문득 궁금해졌다.

"우리 언니 어쩌면 결혼할 수도 있어."

"뭐어?"

놀란 은휘를 향해 정말 진지한 얼굴로 이진이 고개를 끄덕였다.

"어떻게 그럴 수 있어? 우리 형하고 헤어진 지 얼마나 됐다고!"

"넌 연애하다 헤어지면 평생 다른 여자 안 만나니?"

"차원이 다르잖아! 우리 형은 아직도 얼마나 힘들어하는데. 정말 너 무하는 거 아냐?"

화가 나 씩씩거리는 은휘를 향해 이진의 웃음이 폭발했다. 나중에는 허리까지 꺾어가며 웃고 있는 그녀를 보고 한숨을 푹 쉬었다.

"뻥 쳤구나."

"너, 너무 순진해. 어떻게 그 말을 금세 믿어?"

간신히 웃음을 멈춘 이진이 눈가에 맺힌 눈물을 손가락으로 닦아냈다.

"내가 순진하면 넌 못된 거야."

"난 못된 여자가 좋아. 그리고 혹시 알아? 여행 가서 진짜 근사한 남자 만나서 옆에 딱 끼고 나타날지도. 그렇게 생각하면 완전 거짓말은 아닌 셈이지."

"여행?"

주스 잔을 들어 한 모금 마신 이진이 좀 전과 달리 한숨을 푹 쉬었다.

"하필이면 일 년 중에 가장 바쁜 때를 골라서 여행 간다잖아. 그것도 두 달 씩이나."

"두 달 예정이면 외국으로 나가겠네?"

"햇빛이 그립단다. 바삭바삭한 햇빛이 보고 싶어서 열 몇 시간을 날아가겠대. 그럼 언니 일은 다 내 차지가 되는 거잖아. 내가 정말 미치고 팔짝 뛰지. 웃는 게 웃는 게 아니란 말이 무슨 뜻인지 이제 알겠다니까."

김미옥 여사도 없이 혼자서 집안일이며 아기 볼 생각을 하면 벌써부터 속이 답답하고 울화가 치밀었다.

"그럼 가지 말라고 해."

"오매불망 애지중지하는 샵도 팽개치고 가는데 내 말을 듣겠어? 그리고 그냥 놀러 가는 것도 아니고 심란한 속 달래러 나가는 건데 마냥 치맛자락 잡고 매달릴 수도 없고."

은휘 앞에서 제법 속 깊은 체 하고는 있지만 설득부터 시작해서 미묘한 협박까지 할 수 있는 건 다 해봤다. 김미옥 여사 못지않은 고집으로 무장한 시정이 무조건 고개를 젓는 통에 모조리 실패로 돌아가긴 했지만 말이다.

"그래서 이왕 나가는 거 근사한 남자 만나서 두 달 동안 죽어라 연애만 하다가 오라고 했지. 영어도 빠지지 않을 만큼 하니까 반벙어리 노릇할 일도 없을 거고 외국 남자들, 우리 언니처럼 자그맣고 귀엽게 생긴 동양 여자들을 좋아한다잖아."

"너도 참."

이진의 언니가 다른 남자를 만난다는 상상에 은휘는 기분이 나빠졌다.

"이열치열이라고, 남자 때문에 아픈 마음 남자로 달래야지, 별 수 있어? 그렇다고 진휘 오빠가 다시 달래줄 것도 아니고."

"형이 달랜다고 듣기나 하겠어?"

말은 이렇게 하면서도 귀가 솔깃해졌다. 이진의 말을 들어봐도 그렇고 형을 봐도 그렇고, 서로에게 완전히 마음이 돌아선 것은 아니니 적당한 기회만 주어진다면 원래대로 돌아갈 수도 있을 것 같았다.

그렇게만 된다면 여행도 나서지 않을 테니, 이진이 고생할 일도 없을 것이다.

"내가 우리 형한테 한번 말해볼까?"

"어떻게?"

반짝 눈을 빛낸 이진이 테이블 앞으로 바싹 다가들었다. 순진한 녀석, 넘어올 줄 알았다니까.

'무수히 많은 여자 중에 딱 하나야. 나를 위해 만들어진 단 하나. 그런 여자를 만났는데 놓치면 바보지.'

지극히 단순한 깨달음이었다.

여느 때처럼 취기에 젖은 채 침대에 누워 있다가 문득 눈을 돌리니 아로마 향초가 창틀에 나란히 줄지어 놓여 있었다. 일을 할 때 켜두면 도움이 될 거라는 말과 함께 시정이 하나씩 건네주곤 하던 거였다. 방 곳곳에 아무렇게나 놓아둔 것을 도우미 아이가 나름대로 정리를 해둔 모양이었다.

시정의 선물에서 눈을 떼지 못하던 그는 결국 몸을 일으켜 창가로 다가가 색색의 향초를 멍하니 바라보았다. 취기 때문인지 머리를 맑게 해주는 좋은 향이 날 거라는 말과 달리 아무런 냄새도 맡을 수가 없다. 험하게 구겨진 바지 주머니에서 라이터를 꺼내 불을 붙였다. 어둠 속에서 가느다란 불빛이 불안하게 일렁이는가 싶더니 이내 몸을 곧게 폈다. 허리를 구부린 채로 한참을 촛불만 들여다봤다. 천천히 초가 타 들어가며 이내 주위의 공기가 미묘하게 변하는 게 느껴진다.

간혹은 정말 필사적이다 싶게 붙잡고 싶었던 그녀의 향기가 떠올랐다.

지그시 눈을 감자 기억은 자연스레 처음 그녀를 만났던 때로 돌아가며 그의 시간은 서서히 회귀를 시작했다. 그녀로 인해 겪었던 감정의 소용돌이를 차근차근 훑어 내렸다. 그리고 찾아온 깨달음.

그날 밤, 그의 방 창가를 밝힌 것은 단순한 촛불 하나가 아니었다.

이른 아침.

밤새 도사리고 있던 어둠이 채 물러가지 않아 아침보다는 어슴푸레한 새벽에 가까운 시각이었다. 하나 둘 모여드는 사람들로 인해 고요에 잠겨 있던 수영장이 서서히 전날의 활기를 되찾을 무렵, 아직까지 졸음이 담긴 눈으로 준비 운동을 하던 사람들의 시선이 차츰 한곳으로 모이기 시작했다.

언제부터인지 모르지만 규칙적인 움직임으로 조금도 쉬지 않고 꾸준히 풀을 오가는 남자 때문이었다. 벌써 스무 번째 왕복이라는 사람도 있었고 서른 번째라며 놀라운 체력에 혀를 내두르는 사람도 있었다.

들이쉬고 내쉬고 들이쉬고 내쉬고. 쉬지 않고 교차하는 들숨과 날숨마다 진휘는 시정을 떠올렸다. 웃을 때마다 양 뺨과 턱에 쏘옥 들어가는 보조개, 마땅찮을 때에는 한쪽 입술을 끌어올리며 시선을 돌리는 모습, 키스하기 직전 기대와 설렘으로 파르르 떨리곤 하는 기다란 속눈썹과 품에 안을 때면 자신의 등을 마주 감싸오는 여리고 부드러운 팔의 감촉, 어떻게든 붙잡고 싶은 체향까지.

적당히 즐길 작정으로 시작한 연애가 이렇게 깊은 곳까지 파고들 줄은 몰랐다. 그녀가 믿지 못했다면, 그는 오만했었다.

처음에는 그저 신선했다. 밀고 당기는 것, 적당히 떠보고 한 걸음 물러났다 눈치 봐서 슬쩍 다가오고, 상대의 속마음 가늠해보며 감정의 손익을 저울질하지 않고 순도 100%로 부딪쳐오는 시정이 좋았다. 하지만 그저 좋기만 했던 마음은 언제부터인가 사랑이 되었고 이제 그 무엇으로도, 설사 시정 자신마저도 그녀에게로 향하는 이 마음을 돌릴 수 없었다.

그래, 세상 무엇도 시정을 향한 사랑을 잠재울 수 없다.

어젯밤 잠잠히 타들어가는 초를 보고 있는 동안 깨달은 사실이었다. 막상 자신의 감정을 인정하고 나자 순식간에 마음이 편해졌다. 오랜 세월 주인을 잃고 떠돌던 검이 이제야 제대로 된 주인을 만나 새로이 담금질당하고 서슬 퍼렇게 벼려진 후 칼집을 찾아든 후의 안도감이라고 하면 적당한 비유가 될까.

이제는 움직여야 할 시간이다. 이대로 주저앉아 있다가 평생 후회할 일을 만들 수는 없었다.

17

"빨리 나와."

"기다려."

결혼식 날 아침, 이진은 온 집 안을 뒤집으며 수선을 떨었다. 김미옥 여사가 마련해준 옷 입고 미용실에 가기만 하면 되는데도 자매는 아직까지 집을 벗어나지 못하고 있었다. 그리고 물론 그 이유는 모두 이진에게 있었다.

"언니! 스타킹 좀 빌려줘. 내 건 줄이 또 나갔어."

이젠 거의 체념 상태가 된 시정이 대답했다.

"옷장 맨 위 서랍에 있을 거야."

"알았어!"

이진이 동동거리며 방으로 들어간 후 현관 거울 앞에 선 시정은 입술 양끝을 길게 늘였다. 한동안 웃음을 잃고 살아서인지 웃는 얼굴 자체가 낯설었다. 다시 입술 끝을 볼 쪽으로 끌어올리며 좀 전보다 약간 더 이를 드러냈다. 이렇게라도 미리 연습해두지 않으면 엄마 시집보내기 싫어 시무룩해하고 있는 것으로 오해 받을지도 모른다.

그사이 방에서 나온 이진이 현관으로 나왔다. 심플한 무늬의 검정색 스타킹을 본 시정은 잠시 말을 잃었다.

"이거 굉장히 비싼 건데 내가 신어도 될라나?"

말은 그렇게 하면서도 벗을 생각은 없는지 재빠르게 구두 속으로 발을 넣었다. 순식간에 바싹 말라버린 입술을 간신히 움직여 시정이 물었다.

"다 챙겼니?"

"그런 거 같아. 스타킹 신었고 지갑 챙겼고 핸드폰, 아! 핸드폰."

구두를 벗어던진 이진이 다시 집 안으로 뛰어 들어갔다.

"미치겠다. 대체 언제까지 이럴래."

이진의 뒷모습을 멀거니 지켜보고 있던 시정이 중얼거렸다. 그녀의 중얼거림은 이진이 아니라 자신을 향한 것이었다. 이진이 신고 나온 스타킹은 진휘의 선물이었다. 갑작스레 나타난 스타킹 하나에 그녀의 심장은 조각조각 부서졌다.

기억이라는 녀석은 항상 이젠 다 잊었다고 자신하고 있을 때 마치 비웃기라도 하듯 예상치 못한 곳에서 불쑥불쑥 모습을 드러낸다. 눈에 띄지 않도록 서랍 속 깊숙이 숨겨 두었던 물건이 갑작스레 나타난 것처럼 말이다.

차마 버리지 못하고 숨겨둔 것은 미련이고 집착이며 끝내 놓지 못하는 사랑인 건가.

잊어야하는 거 알잖아. 제발 숨 좀 쉬자.

누군가 코와 입을 틀어막기라도 한 것처럼 시정은 연거푸 거친 숨을 몰아쉬었다.

"언니! 내 번호로 전화 좀 걸어줘. 못 찾겠어."

이진의 부름을 듣고서야 시정은 비로소 정신을 차렸다.

거울을 들여다보며 연습한 보람도 없이 미소는 쉽게 만들어지지 않았다. 대기실에 카메라를 들이대며 활짝 웃으라는 주문을 받고도 입술은 뜻대로 움직여지지 않았다. 다행히 여느 때처럼 때와 장소를 가리지 않고 생글생글 잘도 웃는 이진을 앞세워 겨우 촬영을 마칠 수 있었다.

"요즘은 다들 봉투만 보내고 참석을 안 하는 게 대세라는데. 여기 밥이 맛있긴 하나봐. 손님이 많은 걸 보니."

로비 한쪽에 서서 끊임없이 드나드는 하객들을 관찰하던 이진의 짧은 평이었다. 그런 말이 나올 법도 한 것이 발 넓은 것으로 치면 장안에서 두 번째 가라면 서러운 김미옥 여사의 손님은 물론이고 '영두 씨' 쪽의 하객도 거의 줄을 잇다시피 하는 상황이었다.

"나 잠깐 엄마한테 갔다 올게."

좀 전에 촬영하면서 마음과 달리 내내 시무룩했던 것이 못내 걸린 시정은 다시 대기실로 걸음을 옮겼다.

"그렇지 않아도 할 말이 있었는데 잘 왔다."

예고 없이 다시 나타난 딸을 김미옥 여사는 조금 전보다 더 반갑게 맞았다.

"심부름 시킬 거 있어요?"

불편한 속 감추려 어지간히 애를 쓰고 있는 탓에 입술 끝은 올라가 있지만 전혀 웃는 것 같지 않고 눈동자에는 시름만 한 가득이었다.

"내가 그동안 바빠서 얘길 못 했는데 며칠 전에 그 녀석 엄마 만났어."

난데없이 툭 던져진 말에 시정은 커다란 눈동자를 굴릴 뿐, 아무 말도 하지 못했다. 그러다 왈칵.

"엄마는 자존심도 없어?"

파르르 떠는 딸을 향해 김미옥 여사는 코웃음을 쳤다.

"얘가 대체 무슨 생각을 하는 거야. 아무려면 내가 먼저 연락해서 만나자고 했을까봐? 바빠서 돌아가실 지경이라고 하는데도 시간 좀 내달라고 하도 사정을 하니까 나갔던 거지."

설마 콧대 높은 이사장이 만나달라고 사정을 했을 리가. 그렇지만 시정이 알고 있는 바, 김미옥 여사의 자존심도 이사장 못지않았다. 그럼 정말 진휘의 어머니가 직접 나섰다는 건가? 대체 왜?

설마 하는 기대와 긴장감이 짧은 시간 동안 심장을 잡죄었다.

"니들 둘이 잘되게 밀어주자고 거의 애원을 하더라고."

툭! 머리와 심장을 잇는 끈 하나가 끊겼다. 설마라는 녀석도 아주 가끔은 기대대로 움직여주기도 하는구나. 멍해진 머리로 시정이 할 수 있는 생각의 전부였다.

"끝난 사이 아니냐고 그랬더니, 자기가 너무 경솔했다고 너한테 무례했던 건 사과한다고 그러더라. 난 또 얼마나 콧대 높게 굴려고 사람을 오라 가라 귀찮게 하나 했지."

기쁘다, 잘되었다 하는 생각은 들지 않았다. 한 번도 꿈꿔보지 않았던 일, 아니 매일 밤 기도하듯 꿈꾸던 일이 현실로 이루어졌는데도, 드라마 속의 한 장면에 들어와 있는 듯 도무지 현실감을 느낄 수가 없었다.

"웃기지 않니? 이제 와서 그러는 게 대체 무슨 소용이라고. 그 녀석하고 끝낸 게 벌써 한참 전인데. 너도 어차피 정 뗐으니까 별 관심은 없겠지만 알고는 있어야 할 것 같아서 얘기하는 거야. 내 용건은 여기까지. 근데 넌 왜 다시 온 거야?"

"응, 응?"

순식간에 넋 빠진 애가 되어버린 시정의 모습에 김미옥 여사는 속으로 쾌재를 불렀다. 연애든 결별이든 해본 사람이 하는 거지, 아무나 쉽게 하는 건 줄 아니? 넌 이제 그 녀석한테 완전히 코 꿰인 거야. 축하한다, 내 딸.

새벽까지 책상 앞에 앉아 다음 주 월요일에 제출할 과제를 마치고 한숨 붙이고 나니 어느새 점심 무렵이었다. 그동안 거의 안 쓰고 살았던 뇌가 새로운 자극에 반란이라도 일으키려는지 눈 뜨자마자 자리 잡은 누룽이 세 톨 묵직했나.

젠장! 형이 조금 더 정신을 차리기만 했어도.

손가락으로 관자놀이를 꾹꾹 누르며 은휘는 투덜댔다. 형이 호된 연애고를 치르는 동안 부모님의 관심이 갑자기 그를 향해 쏟아지는 바람에, 꼼짝없이 붙들려 팔자에 없는 모범생 효자 노릇을 하는 중이었다. 은휘로서는 쨍쨍한 태양 아래를 지나다가 갑자기 소나기를 맞은 셈이었으니. 비를 피할 데나 미리 마련해뒀으면 오죽 좋아.

싫다는 말로 얼마든지 피할 수도 있는 비였지만 아버지의 이마에 자리 잡은 깊은 주름과 절망 가득한 어머니의 눈길을 본 후에는 일찌 감치 포기를 했다. 그리고 그 덕에 황금 같은 주말을 과제물 작성하는 데 몽땅 써버리게 생겼다.

아래층으로 내려오는데 머리칼 끝에 물기를 차락 감은 진휘가 현관 에서 나타났다. 한동안은 좀비처럼 사는 것 같더니 오늘은 사람 모양 이 좀 나는 것 같기도 했다.

"운동 갔다 오는 길이야?"

"밤샜지?"

"내일 제출해야 할 과제가 있어서. 어떻게 알았어?"

"운동 가는데 방에 불이 켜졌더라고."

너무 무리하지는 마라, 한마디 툭 던지고 2층으로 오르는 형의 뒷모 습을 향해 불쑥 튀어나온 말.

"그 누나 말이야."

재빠르게 몸을 트는 형을 향해 은휘는 어깨를 으쓱했다.

"오늘 결혼식 마치면 곧장 떠날 모양이더라고."

"뭐?"

단 두어 걸음 만에 앞으로 바싹 다가온 기세에 눌린 은휘는 뒤로 살 짝 물러섰다. 첫 방이 너무 셌나.

"대체 무슨 말이야!"

"이진이가 그러는데……."

"그런데?"

잠깐도 기다리지 못하고 채근이 이어졌다.

"한동안 나가 있을 건가봐. 바람도 쐬고 공부도 하고. 느닷없이 결혼하겠다고 나서서 다들 처음에는 황당해했는데 이젠 가족들도 모두 찬성하는 분위기래. 내가 들어봐도 조건이며 인간성이 환상이긴 하더라고."

목의 힘줄이 굵은 선을 세우는 것이 보였다.

"주소 대."

"응?"

"집 주소!"

"나도 가물가물한 게, 그날 한 번 잠깐 들른 거라서."

은휘의 장난기는 금방이라도 잡아먹을 듯한 살벌한 눈빛에 그만 쑥 들어갔다. 단단하게 굳은 턱을 보니 이대로 시간을 끌다가는 밤을 새워 작성한 과제를 미처 제출하기도 전에 세상을 하직할 것 같았다.

"정말이야. 그리고 지금쯤이면 이미 결혼식이……."

"어디야?"

종주먹을 들이대며 묻는 걸 보니 어지간히 다급한 모양이었다. 온 세상의 여자들을 다 자기 손안에 쥔 것처럼 굴던 게 불과 얼마 전인데. 이제 보니 천하의 서진휘도 별 수 없는 게 있긴 하구나. 이걸 뛰는 놈 위에 나는 놈 있다고 해야 하나, 아님 어쩔 수 없는 사랑의 힘이라고 해야 하나.

그사이 진휘의 다급한 채근이 다시 이어졌다.

"결혼식! 몇 시 어디냐고!"

"12시, W호텔."

그동안의 친분으로 봐서는 그도 참석하는 것이 당연했다. 함께 만나 형과 누나의 연애를 고민했던 것이 수차례, 클럽에서 마주친 적이 한두 번도 아니고, 덤으로 무서운 누나의 잔소리까지 들어가며 술에 취한 걸 집에 바래다주기까지 했는데. 하지만 현재 상황, '됐거든.' 하며 매몰차게 거절한 이진에게 토라진 설정인지라 차마 갈 수가 없었다.

그대로 현관문을 박차고 나간 진휘는 아버지가 애지중지하는 잔디를 거침없이 밟으며 곧장 정원을 가로질러 차고로 향했다.

젠장!

차고 문이 열리기를 기다리는 동안이 마치 억겁의 시간처럼 느껴졌다. 가속페달 위에 얹힌 발에 자꾸만 힘이 들어갔다.

결혼이라니 기도 안 찬다. 어림없는 소리!

나 말고 딴 놈이랑 엮이는 건 전부 무효야!

공부든 바람이든 나 없이는 아무 데도 못 가.

앞으로 평생 무슨 일이 있어도 내 옆에서 안 떼어놓을 거야!

거짓이 살짝 섞인 몇 마디에 우왕좌왕하는 자신의 모습을 은휘가 무척이나 즐거운 눈으로 보고 있다는 사실을 알았다면 바짝 약이 올랐을 것이다. 하지만 이 순간 진휘의 모든 신경은 오롯이 한 사람만을 향해 있었다.

결혼식이 있다는 호텔이 가까워질수록 자동차의 속도는 더욱 빨라졌고 마음은 더욱 다급해졌다. 그의 자동차를 알아본 도어맨이 문을 열어주기 위해 신속하게 다가왔지만 그것마저도 기다릴 여유가 없었다. 날 듯이 차에서 내린 진휘는 열려 있는 차 문을 닫을 사이도 없이 호텔 안으로 뛰어 들어갔다.

로비를 지나는 사람들의 눈이 이제 막 호텔 안으로 들어선 그에게 하나 둘 쏠리기 시작했다. 가벼운 운동복 차림이 성장을 한 사람들 틈에서 조금 튀어 보이긴 하지만 그 때문은 아니었다. 그들의 눈길을 끈 건 몸 전체를 감싸고 있는 단호함이었다. 성큼성큼 빠른 걸음으로 로비를 가로지르는 그에게서는 철갑으로 무장하고 전쟁터로 나가는 무인의 비장함마저 엿보였다.

한 치의 망설임도 없이 웨딩홀로 향하던 그의 걸음이 처음으로 주춤거리더니 식장 입구에 이르자 우뚝 멈춰 섰다. 그렇게 애를 써서 달려왔건만 그를 기다리고 있는 건 바닥에 꽃가루 잔해만 뒹굴고 있는 텅 빈 식장이었다. 뒷정리를 위해 분주히 움직이고 있는 종업원들을 제외하면 식장 안에는 아무도 없었다.

허리에 양손을 얹은 채로 실망과 허탈함에 입술을 깨물던 진휘가 다시금 고개를 들었다.

포기는 이르다. 아마도 아직까지 호텔을 벗어나지는 못했을 것이다. 폐백실을 찾아 두리번거리는데 기다렸다는 듯 전화기가 삑삑거리더니 문자 메시지가 들어왔다.

식장에는 잘 도착했어? 이진이 말로는 굉장한 결혼식이었다는데 나도 갈 걸 그랬나봐 이진이 어머니도 참 대단하신 분이지?ㅋㅋ

이 대목에서 뭔가가 머리를 툭 쳤다. 그녀 어머니의 생일에 들었던 이야기를 떠올리며 진휘는 이를 으드득 갈았다. 이런 빌어먹을 자식 같으니라고!

집에 가는 즉시 이 녀석을 붙잡아 묶어놓고 회를 떠버릴 테다!

분을 삭이지 못하고 한참을 씩씩거리던 진휘가 이윽고 큰 한숨과 함께 고개를 저었다. 은휘의 짓궂은 장난질 몇 마디에 속아 결혼 축하 인사까지 했던 건 까맣게 잊고 비상등까지 켜가며 달려오다니. 생각할 수록 어이가 없었다. 결혼식과 떠난다는 두 마디에 완전히 이성을 잃 어버리고 얼빠진 바보 노릇을 한 것이다. 어쩌면 앞으로도 시정이 곁 에 있는 한 종종 바보짓을 하게 될지도 모른다. 하지만 그녀를 위해서 라면 그것마저도 기꺼이, 기쁘게 할 수 있을 것 같았다.

그나저나 일단은 호텔 어딘가에 있을 시정을 붙잡는 게 우선이었 다. 어디 가서 시정을 찾나. 어른들 결혼식이니 당연히 폐백은 생략했 을 테고. 잠시 생각하던 진휘는 당연히 그녀가 마지막으로 들를 곳을 떠올리고 그곳을 향해 줄달음질을 쳤다.

"축하드립니다."

"축하해요."

신혼여행을 가기 위해 옷을 갈아입고 나오는 두 사람을 향해 아직 자리를 뜨지 않은 하객들의 인사가 줄을 이었다. 더러는 축하 인사 대 신 허니문 베이비를 만들어 오라는 짓궂은 농담을 던져 주위 사람들의 폭소를 자아내기도 했다. 신혼여행으로 한 달 예정의 크루즈 여행을 선택한 건 역시 김미옥 여사의 센스가 돋보이는 대목이었다.

공항으로 떠나는 신혼부부를 배웅하고 난 뒤 자매는 나란히 주차장으로 향했다.

"비행기는 예약했어?"

"응."

"언제?"

"다음 주 화요일."

대답을 하면서도 시정의 속마음은 걷잡을 수 없이 복잡했다. 취소를 하는 편이 나을까 아니면 일단 나가서 마음을 정리하는 게 좋을까. 그는 왜 아직까지 아무 말이 없는 걸까. 혹시.

아니지. 아닐 거야. 서둘러 고개를 저으며 갑작스레 떠오른 생각을 털어버리려 했다. 그렇지만 한 번 자리 잡기 시작한 불안감은 쉬이 없어지지 않았고 도리어 잠깐 사이에 커다랗게 몸집을 불리고 있는 중이었다.

이런 속마음을 알 리 없는 이진이 투덜대기 시작했다.

"언니 가면 나 혼자 정원이 보면서 살림해야 하잖아. 것도 이 년씩이나. 으으으."

여행 일정이 잡힌 뒤로 이진의 입에서 나오는 고정 레퍼토리가 '이년'이었다. 고작 한 달 정도의 여정이지만 어쨌든 중간에 해가 바뀌는 것이니 아주 틀린 말은 아니었다. 한동안 혼자서 아기를 돌봐야 한다는 부담감 때문인지, 이진은 여행 이야기가 나올 때마다 투덜대기 일쑤였다. 하지만 지금 시정의 귀에는 아무 말도 들리지 않았다.

"차 열쇠 내놔."

갑자기 지금 당장 진휘의 얼굴을 봐야 한다는 마음이 너무도 절실해졌다. 독하게 그를 밀어냈던 자신의 모습이 떠오르자 더는 한시도 지체할 수가 없었다. 만나서 뭘 어떻게 해야겠다는 구체적인 생각이 있는 것도 아니었다. 하지만 먼발치에서 그의 뒷모습이라도 보아야 뛰는 가슴이 진정될 것 같았다.

다급한 마음을 알 리 없는 이진은 갑자기 발을 동동 구르며 다급해하는 그녀를 멀뚱하게 보고만 있었다.

"빨리!"

"왜 그러는 건데?"

"갈 데가 있어."

급기야 앵돌아진 이진이 톡 쏴붙였다.

"약속이 틀리잖아! 오늘 하루는 언니가 정원이 봐주기로 해놓고!"

"급한 일이 생겨서 그래."

"진짜 이딴 식이면 배식이 오빠한테 얘기해서 도우미 아줌마 붙여달라고 그러고 나도 손 놔버릴 거야. 언니 떠나기 전에 내가 먼저 가버릴 거라고!"

"손을 놓든지 말든지 너 알아서 하고, 어서 차 열쇠 달라니까!"

"싫어! 약속을 지키란 말이야. 팔자 좋게 이 년씩이나 외국 나가 있으면서 오늘 하루도 못 봐준다는 게 말이 돼?"

이진이 이렇게 막무가내일 때는 슬슬 구슬리는 것밖에 길이 없었다. 그렇지 않으면 하루가 다 가도록 주차장에 서서 승강이만 하게 될지도 모른다.

"이 년이라고 해도 눈 깜짝할 사이잖아. '갔구나!' 하고 있으면 올 거야. 그러니까"

"어림없는 소리."

난데없이 끼어든 목소리에 화들짝 놀라 고개를 돌리자 낯익은 얼굴 하나가 꿈처럼 다가든다. 너무 놀란 나머지 커다란 눈만 깜박일 뿐, 아무 말도 못하고 있는 시정을 향해 진휘가 다시 한 번 물었다.

"어디든 가게 내버려둘 거라고 생각했어? 그것도 이 년씩이나?"

"무, 무슨 상관이야."

습관처럼 반사적으로 나온 말이었지만 정작 시정의 목소리에는 단호함이나 매서움 대신 가슴 떨리는 아릿함만이 자리하고 있었다. 너무도 보고 싶던 사람, 혹여 그동안 상하기라도 했을 세라 도무지 눈을 뗄수 없다. 그리움으로 가득 차 넘실대는 눈동자는 수염 자국이 선명한 턱과 곧게 뻗어 내린 코, 그 어떤 소리보다 더 많은 말을 담고 있는 눈을 거쳐 차례로 올라갔다. 그리고 곧 그동안 그녀의 가슴을 채우고 있었던 한마디가 불쑥 튀어나왔다.

"보고 싶었어."

짧은 말을 하는 사이 두 눈 가득 금세 맑은 물이 고였다. 잠깐 사이에 가슴을 조여오던 긴장감은 채 한 뼘도 되지 않는 얼굴을 보자마자 사라져버렸다.

야윈 뺨을 타고 흐르는 눈물이 애처로워진 진휘가 따뜻한 손으로 볼을 감싼 채 엄지로 입술을 보드랍게 쓸어내렸다.

"애 좀 그만 태워."

손끝에 닿는 감촉만으로도 온몸을 돌고 있는 혈액의 움직임이 빨라진다. 파르락거리는 입술에 살짝 입 맞추며 다시 한 번.

"부탁이야."

너무 보고 싶은 나머지 거의 미칠 지경까지 몰아가던 남자의 짧은 입맞춤 한 번에 세상이 달라 보였다. 세상에, 이렇게 좋은 것을. 단지 이 남자가 내 앞에서 서 있는 것만으로도 이렇게 행복한데.

"사랑한다고 말해줄 때도 되지 않았어?"

나지막한 물음에 저절로 입술이 열렸다.

"사랑해."

평생 가야 한 번 볼까 말까 한 구경거리를 행여 놓칠세라 눈을 떼지 않던 이진이 언니의 고백을 듣자 길게 휘파람을 불었다.

이거야말로 연말을 앞두고 혜성처럼 새롭게 등장한 올해의 특종이 아니고 무엇이랴. 김미옥 여사의 재혼보다 더욱 흥미진진한 이야기가 바야흐로 눈앞에서 실시간으로 펼쳐지고 있는 것이다. 두 사람이 주고 받는 말은 물론이고 뜨거운 눈빛, 손가락의 움직임 하나까지도 기억해 둘 작정으로 이진은 눈을 번득이며 지켜보고 서 있었다. 지금 이 장면을 떠올리는 것만으로도 앞으로 남은 날들이 전혀 심심하지는 않을 테니 말이다.

눈치 없음을 가장한 채 도무지 비켜날 줄을 모르는 그녀에게 두 손을 든 진휘가 마침내 한숨을 내쉬며 말했다.

"미안한데 좀 비켜주겠어?"

어지간하면 무안함에 얼굴을 붉힐 만도 하건만 염치없기로는 김미옥 여사 버금가는 이진이었다. 그러니 부탁을 가장한 단호한 요구에도 턱짓으로 주위를 가리킬 뿐이었다.

"그보다는 언니하고 같이 여기를 뜨는 게 더 빠를 것 같은데요."

둘러보니 신혼부부가 떠난 후 서서히 주차장으로 모여들던 사람들은 새로운 볼거리를 제공하는 두 사람을 거의 넋을 놓고 구경 중이었다. 저만치에서 배식이 아예 입을 떡 벌리고 있는 모습이 눈에 들어오자 시정은 얼굴을 붉히며 몸 둘 바를 몰라 했다.

"근데 오빠 정말 깬다. 적어도 여기보다는 훨씬 분위기 있고 근사한 곳에서 고백을 할 거라고 내심 기대하고 있었는데. 길바닥은 너무 심하잖아요."

이진의 애교 있는 투덜거림을 가벼운 미소로 받은 진휘가 시정을 자신의 품속으로 끌어안았다.

잠시 후.

사랑하는 남자의 손에 이끌려 멀어지는 언니의 모습을 흐뭇한 얼굴의 이진이 배웅했다. 이제 언니의 일은 더 이상 걱정하지 않아도 될 것 같다. 해피엔딩이란 이래서 좋은 게 아니겠어.

그건 그렇고, 나만 보면 시시때때로 얼굴을 붉히는 그 녀석하고는 이제 사돈이 되는 건가? 흐음……

Epilogue

커튼이 반쯤 덮인 창을 타고 들어온 바삭한 햇빛이 너른 방 안 구석
구석에 빛을 뿌렸다. 커다란 방의 대부분을 차지하고 있는 침대 위에
도 햇빛은 고루 나누어졌다. 양지 바른 곳에 앉아 해바라기를 하며 나
른하게 기지개를 켜는 것 외에는 아무것도 생각하기 싫은 한가한 오전
나절이었다.

"이런."

곤한 잠에 빠져 있던 진휘가 약간 뒤척이는가 싶더니 이마 위로 손
을 올리며 고개를 돌렸다. 잠깐이었지만 눈가에 짙게 앉은 검은 그늘
과 적당히 듣기 좋을 정도로 나른하게 힘이 빠진 목소리가 퍽 매력적
이었다.

"깼어?"

시트가 부스럭거리는가 싶더니 시정의 자그마한 얼굴이 쏙 나왔다.

잠결에도 그의 가슴에 얼굴을 묻고 있었는지 양 볼이 발그레한 것이 퍽 보기 좋았다.

"미안. 나 때문에 깼구나."

커다란 손이 적당히 헝클어져 있는 그녀의 머리를 살살 어루만졌다.

"피곤하지 않아?"

어리광을 피우듯 품속으로 파고들며 묻는 말에 진휘는 고개를 저었다.

"아니."

엄청난 강행군이었던 이 주 동안의 출장을 마치고 비행기에서 내린 것이 오늘 새벽 2시였다. 밤 시간에 혼자서 마중을 나올 것을 염려해서 그녀에게는 미리 도착 시간을 알리지 않았다.

마침내 긴 여정을 마치고 집 앞에 도착해 불 켜진 침실을 발견했을 때의 안도감을 무슨 말로 설명해야 할까. 현관문을 열자마자 기다렸다는 듯 반가운 미소와 함께 품으로 달려드는 그녀를 안고서야 비로소 집에 돌아왔다는 실감이 들었다.

"은휘는 어때?"

결혼한 지 일 년이 다 되어가는 지금도 은휘를 '도련님'이라고 부르는 걸 시정은 어색해했다. 그래서 그와 단둘이 있을 때에는 호칭 대신 이름을 불렀다. 경찰서에서의 첫 대면에 이어 만취한 이진을 데리고 나타난 은휘에게 장시간 훈계를 했던 사실을 감안한다면, 앞으로도 한참 동안은 도련님이라고 부르기가 힘들 것이다.

"하고 있는 거 보니까 아슬아슬해서 걱정이 되긴 하더라."

"왜?"

놀란 시정이 베개를 대신해서 베고 있던 단단한 그의 팔에서 고개를 번쩍 들었다. 팔꿈치를 짚으며 몸을 일으키려는 그녀를 다시금 당겨 안으며 진휘가 말했다.

"공부를 얼마나 열심히 했는지 얼굴이 아주 반쪽이 됐더라고."

"못 말려."

학부 과정에서 경영학으로 진로를 바꾼 은휘는 졸업을 하고 곧장 미국으로 건너가 호텔 경영학을 공부하고 있었다. 늦바람이 무섭다는 말이 공부에도 해당이 되는지 미친 듯이 공부에만 전념을 하고 있었다.

"정원이는 요즘도 체제 말 안 듣는대?"

진휘가 어린 조카의 안부를 묻자 어제 이진에게 들었던 말이 생각나 시정은 키득거렸다.

"이진이 말이, 이대로 가다간 죽이고 싶은 다섯 살이 되기도 전에 삽 찾아서 한 손에 들고, 다른 손으로는 애 붙들고 조용히 마당으로 나가게 될 거래."

생애 첫 번째 사춘기가 온다는 세 살이 넘은 지 한참이 지났는데도 그녀의 꼬마 조카는 여전히 말썽쟁이에 어린 반항아였다. 시정이 결혼하고 이진은 정원을 데리고 김미옥 여사의 집으로 들어갔다. 무슨 말이든 '싫어!' 로 시작하는 반항은 갑작스레 할아버지 할머니의 관심을 한 몸에 받게 된 그때부터 본격적으로 시작되었다. 하긴, 김미옥 여사와 김이진의 유전자를 한 몸에 지니고 있다는 점을 감안한다면 필연적인 결과이긴 했다.

"오늘은 안 나갈 거지?"

머리를 매만지던 손이 잠깐 사이에 어깨로 내려가는가 싶더니 이내 시트 속으로 사라졌다.

"간지러워!"

키득거리던 시정의 어깨가 반듯이 눕혀지는가 싶더니 이내 커다란 등이 그 위를 덮었다. 팔꿈치로 자신의 몸을 지탱한 진휘는 손가락으로 설산 꼭대기의 눈처럼 흰 목덜미와 가슴을 조심스레 쓸어내렸다.

"응?"

채근하듯 재차 묻는 남편을 향해 시정이 고개를 끄덕였다. 이진이 샵으로 출근을 시작한 후 그녀의 시간은 전보다 조금 더 한가로워졌다. 여전히 지윤과는 곧잘 투닥거리곤 하지만 생각했던 것보다 이진은 제법 잘 해나가고 있었다.

"시차 때문에 잠도 거의 못 잤잖아."

걱정이 담뿍 담긴 시정의 얼굴은 사랑스럽기 그지없었다. 못 견딜 만큼 행복하다. 요즘의 그녀를 정의하기에 이보다 더 적당한 말도 없을 것이다.

한참이나 그녀의 얼굴을 들여다보고 있던 진휘는 작은 손을 들어 자신의 심장 위를 덮었다. 손바닥에 느껴지는 심장의 온기와 그의 사랑은 언제나 시정을 더할 나위 없는 편안함으로 이끈다. 한참 동안 작고 부드러운 손의 감촉을 즐기던 진휘는 그녀의 손을 들어 손가락 마디마다 정성스럽게 입을 맞추기 시작했다.

"직접 확인해볼래?"

"응?"

적당히 부풀어 오른 입술을 움직여 묻자 그의 입가에는 장난스러운 미소가 번졌다.

"진짜 피곤한지."

"오오."

그제야 말뜻을 알아차린 그녀가 낮은 탄성을 내지르는가 싶더니 이내 눈을 가느스름하게 떴다.

"안 피곤하면 어떡할 건데?"

"그럼 네가 피곤하게 만들어줘야지. 시차 적응해야 한다면서."

"지금은 아침이라고."

"그러니까."

품으로 파고드는 진휘를 위해 자리를 내어주며 시정은 눈을 감았다. 감긴 눈꺼풀을 통해서 말간 햇빛의 부드러움을 느끼는 그녀의 입가에 앞으로 절대 지워지지 않을 미소가 어리기 시작했다.

절대적인 몇 가지 / Fin

김시정이 사랑을 하면서 알게 된 연애에 관한 절대적인 몇 가지

❋ **연애 상대는 평생의 운명일 수도 있다**

운명의 상대를 만나는 건 평생에 단 한 번도 잡기 어려운 행운이
니 절대 놓쳐서는 안 된다.

❋ **해피엔딩은 영화 속에만 존재하는 게 아니다**

현실에서의 해피엔딩은 영화보다 소설보다 훨씬 더 짜릿하고 흐
뭇하다.

❋ **99%의 카카오처럼 사랑은 가끔 몸서리치게 쓸 때가 있다**

자고로 그늘이 있어야 햇빛의 귀중함을 아는 법. 쓴 맛 뒤에 맛
깔하는 달콤함을 달리 무슨 말로 표현할 수 있을까.

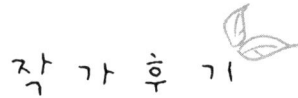

작 가 후 기

하룻밤의 짧은 외출을 마치고 집에 돌아오는 길, 밤기차에 몸을 실었습니다.

책장에 눈을 박고 있다 문득 고개를 드니 어둠 속에 서 있는 가로등 불빛에 언뜻언뜻 눈발이 스치는 게 보입니다. 호기심에 창문 가까이 얼굴을 대고 한참을 살폈습니다. 보이는 모든 것이 흰 눈에 덮여 불과 몇 시간 전에 떠나온 곳과는 전혀 다른 세상인 것 같습니다. 생각해보니 제가 기차를 탈 때면 항상 눈이 많이 왔던 것 같아요.

삶이란 허리까지 눈이 쌓인 산중에서 눈보라를 헤치며 힘겹게 앞으로 나아가는 것일지도 모른다는 생각을 가끔 합니다. 겨우겨우 한 걸음씩 발을 떼고는 있지만 빈말로라도 결코 빠르다고 말할 수는 없는. 하지만 결코 포기할 수도 없지요. 걸음을 멈추고 주저앉는 순간, 모든 게 끝이라는 것을 아니까요.

시정과 진휘를 품에 안고 있는 동안, 오로지 이 한 가지 생각으로 버틸 수 있었습니다.

파란미디어의 임수진 편집장님에게는 미안하고 고맙다는 말밖엔 달리 뭐라고 해야 좋을지. 긴 시간 동안 포기하지 않고 참을성 있게 기다려주어서 마침표를 찍을 수 있었어요. 정말 고마워요.

항상 다음 만남을 기다리게 만드는 코코, 꼭 한 번 만나고픈 리앙, 부지런한 모습에 늘 나를 되돌아보게 만드는 정크님을 비롯한 정파 가족들에게 고마운 마음 보냅니다.

출발지는 달랐지만 좋은 길동무가 되어 준 경미와 한국로맨스소설작가협회 회원들에게도 인사 전합니다.

고집 세고 말 안 듣는 딸이지만 그래도 세상에서 최고라고 말씀해주시는 엄마, 제게 다소나마의 능력이 있다면 그건 모두 엄마 덕분이에요. 엄마의 딸로 태어난 건 제게 크나큰 행운이고 축복입니다. 든든한 기둥이 되어주는 J군과 D군, 항상 고맙다.

마지막으로, 이제 영영 제 손을 떠난 두 아이 시정과 진휘가 앞으로도 행복하기를 빌며 저는 이만 물러갑니다.

여러분도 항상 행복하시길.

2009년 2월
한승희 드림